新木安利
梶原得三郎【編】

松下竜一 未刊行著作集──4

環境権の過程

海鳥社

◀1974年夏，豊前市・明神海岸にて（撮影者不明）

▼1973年８月21日，福岡地裁小倉支部にて，７人の原告（沼野カチエ撮影）

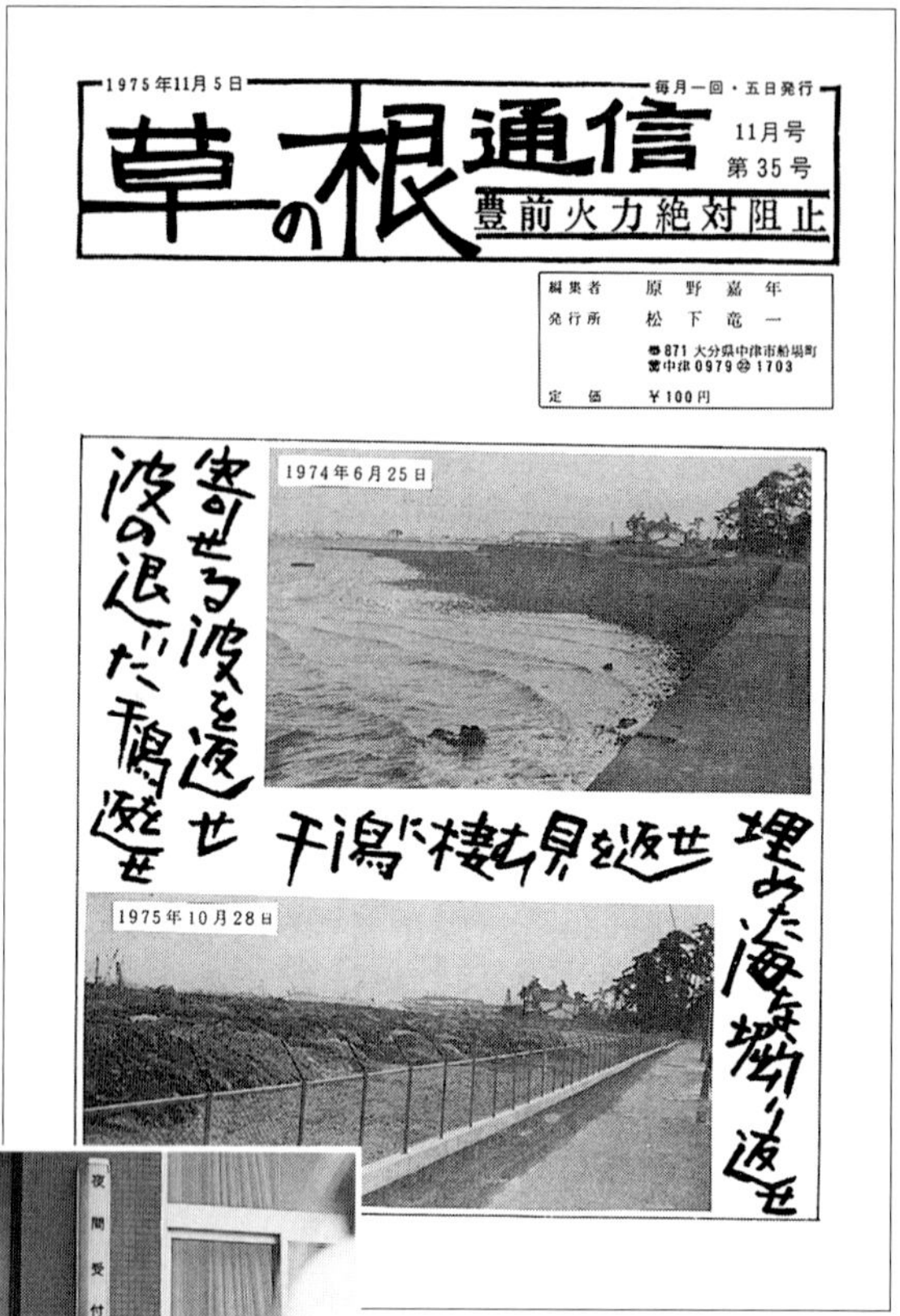

1975年11月5日　毎月一回・五日発行

草の根通信

11月号
第35号

豊前火力絶対阻止

編集者	原野嘉年
発行所	松下竜一 〒871 大分県中津市船場町 ☎中津0979㉒1703
定価	¥100円

寄せる波を返せ
波の退いた干潟返せ

1974年6月25日

干潟に棲む貝を返せ

1975年10月28日

埋めた海を掘り返せ

▲『草の根通信』第35号（1975年11月5日発行）の表紙。表紙掲載写真は梶原得三郎撮影

◀1979年8月31日，福岡地裁小倉支部玄関前にて（撮影者不明）

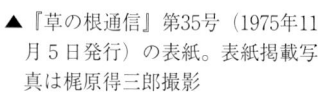

環境権の過程◉目次

Ⅰ　タスケテクダサイ

Ⅱ　暗闇の思想を掲げて

Ⅲ 「アハハハ……敗けた、敗けた」

環境権の過程

松下竜一未刊行著作集――4

＊本巻には、主として「環境権」に関わる原稿を集録した。
＊章立てを行い、原稿を執筆・発表順に並べたが、一部、従っていないものがある。
＊初出段階で、掲載枠の通しタイトルほか幾つかの見出しが付けられているものは、編者の判断で選択をした。また、元原稿に無かったと思われる小見出しは省いた。
＊数字表記を整理したほか、用字用語の最低限の統一を図った。
＊明白な誤記・誤植は正し、振り仮名も取捨選択をした。
＊登場する人々の肩書きや年齢は執筆当時のままとした。
＊適宜、編注〔 〕を入れた。

I　タスケテクダサイ

＊冒頭の新聞投稿分及びビラの原稿六本は、
「タスケテクダサイ」として一括りにした。

タスケテクダサイ

『タスケテクダサイ』

1970.7

『タスケテクダサイ』という本のことは、すでにご存じの方が多いと思います。山口の仁保《にほ》事件のことを詳述した本です。一家六人惨殺の被告として、岡部保さんは死刑を宣告され、最高裁に上告中です。

この一冊の本を読んで私は岡部保さんの無罪を信じました。無力な一市民が、圧倒的な権力機構により犯人に仕立てられていく過程に恐怖を感じます。いつ、自分もそんな立場におかれるのかわからないと思うからです。

岡部保さんは、私たちとは無関係な不遇な一市民ではありません。もし岡部さんに加えられている権力による力を、私たちが無縁なこととして見逃せば、次にはいつ私たちがそんな立場に置かれるかわからないのです。

山口の林牧師を中心に、岡部保さんを守る会が、懸命な抗議をおこなっています。だが、事態は非常に緊迫しているとのことです。今月末にも有罪の判決がおりるかもしれないといううわさもあるそうです。

『タスケテクダサイ』を、四冊用意しています。どなたでも差しあげますので、読んでください。そして、できるだけ多くの方に読んでもらってください。納得したうえで、署名運動に加わってください。できるだけ早急に、できるだけ多くの署名やカンパがほしいのです。なにしろ時日が緊迫していますので、「……を守る会」では、抗議電報を打つという非常行動を始めています。

獄窓から「タスケテクダサイ」と悲痛な声をあげている人のことを、一人でも多くの人が真剣に考えてください。

タスケテクダサイ

1970.8

今、七月三十一日午前十時五分。仁保事件、広島高裁差戻しのニュース速報を見ると同時に、私は宇部のMさんに電話した。話し中で通じない。Mさんも、あちこちに知らせているのだろう。受話器を置いて、立ち上がろうとすると電話が鳴り、Mさんからであった。「差戻しですね。いよいよ長い戦いになりますね。頑張りましょう」と、興奮した声が告げて来た。Mさんとは、昨日別れたばかりであった。

『タスケテクダサイ』という仁保事件のことを詳述した一冊の本を読んで、私はこの事件の持つ恐ろしさを痛感した。これは決して無縁な他人の事件ではないのだと知った。この事件には、別件逮捕、不当長期拘束、弁護人選任権妨害、拷問による自白強要という、どれひとつとっても私たち市民の人権侵犯にかかわる重大問題を含んでいるのだ。

これは、市民一人一人が自分の問題として取組まねばならない事件だと考えた日から、私は慣れぬ救援活動に加わった。さいわい、当地のキリスト教会の多田牧師が精力的な協力を申出てくださり、二人で仁保事件の岡部保さんを守る中津市民の会を結成した。会といっても、組織も何もないにわかづくりで、せめて一人でも多くの市民にこの事件の恐ろしさを知っていただくことから出発しようと、〈仁保事件の真相を聞く会〉を催すことにした。

二十九日夜のその集会を広く知ってもらうため千枚のビラを配り、本紙〔「毎日新聞」〕の短信欄にも告知していただいた。講師は『タスケテクダサイ』の著者金重剛二氏と、宇部の守る会からMさん夫妻とYさんが、わざわざ来てくださった。

二十九日の夕べ、私たちは宣伝車に乗って、その夜の集会への参加を市民に呼びかけて回った。私と多田さんは、最低百人の参加をみこんで会場のいすを用意した。

その夜来てくださった市民は四十人だった。正直いって、さびしかった。だが、この四十人の方たちがこれから力強い輪をひろげてくださるのだと、私は信じる。獄中から十五年間、無実デス、タスケテクダサイと叫んでいる声を、とにかくあなたも聞いてあげてください。その声がうそか真実か、あなたも判断してみてください。

再びタスケテクダサイ

1970.8

本欄で、『タスケテクダサイ』（仁保事件の本、金重剛二著、理論社）を読んでほしいと呼びかけたら、予想以上の反響で、四冊しか用意していなかった私は、恥ずかしかった。申しこんで来た方々は、何の組織にも属していない、むしろ臆病げな家庭の主婦が多かった。その中の一人は、私の送った本を読み、「私にもこんなに署名を集めることができたとは！」と、自らの活動に驚いて届けてくださった。

仁保事件が別件逮捕、不当長期拘束、弁護人選任権妨害、拷問による自白強要と、すべて市民人権侵犯にかかわり、決して私たちと無縁な他人の事件ではないことを読みとった上での、信念ある行動が活動になれぬ一主婦にも、それだけの署名とカンパをなさしめたのであろう。

非行動派の私も、協力者多田牧師と共に、「仁保事件の岡部さんを守る中津の会」を結成、七月二十九日夜、「仁保事件の真相を聞く会」を市民に呼びかけた。わずか四十人の集会であったが、「他人の痛み」を「自分の痛み」として受けとめようとする市民に、私は感動した。徳山、宇部からかけつけた金重、向井、山田の各講師も、中津市民の力強い反響を喜んでくださった。

最高裁は、先月三十一日、二審差戻しを判決した。無罪を信じていた岡部さんに、また長い苦しい戦いが始る。落胆しているであろう氏に、中津にも小さいながら「守る会」のできたことを知らせたいと思う。

岡部通保さんの訴えを聞いてあげて

1970.8

〝無実の父を助けて下さい〟と書いたライトバンで、全国を訴えめぐっている青年がいる。仁保事件の被告、岡部保さんの一人息子通保さんである。一家六人惨殺事件の犯人の子と呼ばれる屈辱の少年時代を経て来た人である。青年となって二度まで自殺未遂をおかしている。何とかして仁保事件の影から逃れたい、岡部の名を隠したいと思い続けて来たという。無残な青春である。だが、獄中の父に会い、ついにその無実を信じて救援活動に立ちあがった。勤めていた店をやめ、田畑を売払って資金を作り、ライトバンで走り回り、仁保事件の真実を懸命に訴え続けて来た。

広島高裁への差戻しで、もっともっと九州の人たちにこの事件のことを知ってほしいと、通保さんは今度初めてライトバンで九州を走る。だが、どこに行って訴えればいいかわからないという。聞いてくれる人のいる所なら、どこへでも行くという。もし皆さんの中で、ほんの十人のグループでも、通保さんの訴えを聞いてあげたいという方がありましたら、中津市船場町松下あて、早急にご連絡下さい。

仁保事件の岡部保さんの訴えを聞く会＝お願い

1971.4

市民の皆様

おいそがしい日々と思いますが、一人の男の心の叫びを聞くために、一夜参集してくださいませんか。

一人の男、岡部保さんは、実に十五年間死刑囚として世間と隔絶され、獄にあり続けた人です。仁保事件といっても、皆様の記憶には薄いことでしょうが、昭和二十九年秋に山口県の片田舎仁保で一家六人が惨殺されるという大事件でした。一年後に、その犯人として逮捕されたのが、岡部保さんでした。

地裁、高裁で死刑を宣告されつつ、しかし彼は無実を叫び続けて来ました。厚い壁の内からの弱々しい叫びは、なかなか獄外にまで届きませんでした。十年を越えて、やっとその声を聞きとめる人が出ました。以来、岡部保を救えという運動は野火のように拡がりました。なぜなら、岡部保さんに結びつく物的証拠は何一つなく、唯一の有罪根拠となった自白書も、激しい拷問による誘導であることが明白になったからです。

真実を求める救援運動のたかまりを無視出来ず、昨年七月末、最高裁は広島高裁に裁判のやり直しを命じました。そして、岡部保さんは保釈されました。十五年間の獄中での衰弱にもかかわらず、〈真実の声〉を聞いてもらいたいと、彼は東京を始めとして、各地を訴えめぐり始めました。

あなたも、彼の切実な声を聞いてあげて下さい。彼が六人殺しの犯人かどうか、どんな質問でも彼に直接ぶっつけて、判断して下さい。この集いに参集することで私たちは改めて、人権というものを考えてみましょう。もし、あなたが岡部さんのように身におぼえのない罪名で、突然別件逮捕され（飲み屋のツケをためているだけでも別件逮捕された例があります）、半年にわたって弁護士もつけられず、密室で拷問誘導させせられたとしたら、どうなるでしょう?

岡部さんのやり直し裁判はやがて始まります。検察側はメンツにかけても再び死刑宣告を公言しています。岡部保さんの、必死の訴えを聞いてあげて下さい。そして、あなたの眼と智力で、彼が有罪なのか無実なのか、正しくみきわめてほしいのです。お願いします。

時＝四月十四日(水)夜六時半　場所＝大分・町村会館三階ホール

話＝岡部保さん父子・『豆腐屋の四季』著者・松下竜一・他

仁保事件の訴えを聞く会世話人

深見芳文(大分大学・憲法会議)

粟津音松(日本キリスト教団大分教会)

田原千暉(俳人・民主文学大分支部)

寺司勝次郎(版画家・大分県美協)

阿九　新(コント作家)

吉田孝美(弁護士・自然を守る会)

野呂祐吉(造形劇場)

三浦良樹(書店勤務)

武口春利(毎日・デザイナー)

まだ終わってはいない仁保事件

1971.4

昨年七月、最高裁判決直前にあれほど世間の関心を集めた仁保事件も、死刑破棄差戻し、さらに岡部保被告の保釈と続くにつれ、いつしか忘れられ、すでにあれは落着したのではないか、放っておいても無罪だろうとさえいわれるようになりました。

決してそのような安易な状況ではないのです。いまここで救援運動が停滞すれば、あの八海〔八海事件、一九五一年〕の差戻し審のように、三たび岡部保さんは死刑を宣告されるでしょう。しかし、救援活動が長びくにつれて資金は欠乏し、世間の関心は薄れ、いよいよ苦しいばかりです。

仁保事件の真相を追求した、若き童話作家金重剛二さんの著書『タスケテクダサイ』が、先日、第二回大宅壮一ノンフィクション賞の最終候補に残った時、私たち救援運動の同志は、心からその受賞を祈りました。もし受賞すれば、この日の当らぬ良書が思いがけなく脚光を浴び、読者の関心を集め、停滞しがちな運動の新展開の起点となるだろうと思ったからです。――残念ながら、受賞出来ませんでした。

このすぐれた裁判告発の書は、いまでは書店から姿を消しています。全国各地の「守る会」がかかえこんで、ほそぼそと集会のたびに売っているのみです。私の手元にも、五十冊わびしく積まれています。四百円です。送料は当方で負担しますので、どうか一読お願いします。そして、あなたもまた、公正裁判監視の目となってください。

ひらかれた眼　仁保事件と私

1972.12

仁保事件判決前夜を、私は全国から集まって来た同志と共に、広島高裁の鉄柵沿いの石の歩道に坐して明かした。寒夜で、十時ごろ雪が降って来たが間もなくやんだ。私たちは四個の一斗罐に紅々とたき火して、それを囲んだ。この一夜が、やがて忘れがたいものになるのだと、毛布にくるまりながらしきりに思い続けていた。

私が仁保事件救援運動にかかわっていったのは、一昨年の六月であった。私の読者の一人である牧師夫人が、これを読んでみてくださいと送って来た一冊の本『タスケテクダサイ――仁保事件と岡部保さん』を読み、私は運動に参加したのであった。

そのころ、ようやく私はそれまでの自分の生き方に疑問を抱き、悩み始めていた。豆腐屋という煩雑な労働に追いまくられて、いっさい社会の問題と連帯することもなしに、ひっそりと自分の家庭にのみとじこもり続けてきた私が、たまたま『豆腐屋の四季』という本を書いたばかりに、たくさんの読者との文通交流が始まり、それはやがて私自身の閉塞的な生き方への問いつめとなって、私を追いこむに至っていた。

『タスケテクダサイ』という一冊の本を私は読んだ。しかし、もしそれを本屋で買って読んだのであれば、果たして私は運動に参加していったであろうかと、今になって疑問に思う。私は私の読者である一夫人からその本を贈られたのであり、いわば私は一人の読者から『タスケテクダサイ』を読んでの私の反応をじっと監視されているのだと感じたのだ。

私は、救援運動の中心者である山口のキリスト教牧師林健二さんに電話して、具体的にどのような運動をすればいいかと尋ねた。七月三十一日が最高裁の判決です、それまでに無罪判決要請の署名とカンパを結集してください、という林牧師の求めに応じて、私のおろおろした行動は始まった。

そして、私は永かった豆腐屋を廃業したのであった。健康がすぐれぬためもあったが、しかし豆腐屋という厳しい長時間労働に縛られる限り、とうていこのような運動にかかわる余裕はありえないと悟った私は、作家への転身に踏み切ったのである。

最高裁での差戻し判決ののち、私は九州各地を訴えてまわった。北九州に、大分に、佐世保に、鹿児島に。ある時は一人で、ある時は岡部さんの息子通保君と。やがて保釈された岡部保さんとも共にまわった。いわば私にとって仁保事件救援運動は、臆病で世間知らずな者の、それこそ恐るおそる踏み出した第一歩であった。

しかし、仁保事件救援運動は、むしろそのような私ごとき行動初心者の集まりにより成り立っている運動でもあった。なぜなら、被告岡部保さんは、政党にも労組にも無縁な大阪天王寺公園にたむろするバタ屋だったのであり、彼への支援に動く既成組織体などなかったのだ。林牧師や、東京の主婦小沢千鶴子さんなど、ほんとうに一人一人の市民によって始められた自主的運動が仁保事件の岡部保さんを守る会であった。

出発点は、岡部さんをかわいそうだと思う同情と、権力の不当性に対する素朴な怒りからであるが、しかし運動参加者はすぐに気付くのだ。これは、岡部保さんを救援するというだけの意味なのではなく、実は自分自身の人権を守る運動なのだと。

こうなのだ。もし、とるにも足りない軽微の罪（たとえば飲み屋のツケをためていることすら罪名に出来るのだ）で別件逮捕され、ただちに密室に連れこまれ、連日拷問にかけられる。弁護士にすら会わせてもらえない孤立無援の中で一六三日間も不当拘留され、過酷な尋問が続けば、ついには意識は阻喪し、警察の誘導するままの自白に乗らぬと確言出来るか。弱虫の私には、とても出来ないのだ。そんな立場に追いこまれれば、私もまた岡部さんと同じように、身に覚えのない自白をするだろう。その恐ろしさゆえに、私たちは仁保事件救援運動に結集していったのだ。

少数な運動であった。九州では、中津と北九州と佐世保と鹿児島にしか守る会は生まれなかった。それも、恥ずかしいほど不活発な運動であった。鹿児島の守る会を始めたN君は、叫んでも叫んでも無関心な周囲に疲れ果ててノイローゼとなり、今春自殺してしまった。私は、胸がえぐられる思いで、父上からの突然の訃報を聞いたのだった。

なぜ、人はこんなに他人のことに無関心なのか。判決前日夕刻、岡部保さんと私たちは広島市の繁華街で最後のビラ配りをした。だが寒さに手をオーバーにおさめた通行人の多くは、私たちが差し出すビラを受けとるために、手すら出そうとしないのだった。

だがしかし、十四日朝全国から集まって来たあの顔この顔。この二年余の運動の中で、広島で会い山口で会い仁保で会ったなつかしい顔である。愛知で、東京で、京都で大阪で名古屋で岡山で新居浜で、各地で戦って来た同志の顔である。

午前十時、無罪は判決された。

守る会は解散し、各地に散っていく。だが、弱小な力の結果の勝利を体験した私たち一人一人は、必ずまた次の問題に向かって行動を開始していくだろう。いったんみひらいた眼は、もう閉じることはないのだ。

Ⅱ　暗闇の思想を掲げて

落日の海

1971.11-12

1　奇形魚

ヤンセー　ヤンセー
ヤレコラサイサイ　ヨノナカ　サイサイ
ヤンセー　ヤンセー
ヨノナカドッコイ　ドッコイ　サイサイ

十月の湾の深夜は、ヤッケの上にゴム長胴着でふくれた私に、なお寒い。高崎山の黒々と突兀《とっこつ》する別府湾内で、定置網をしぼっていく漁師たちは、声低い歌に合わせて左右の手を交互にたぐり続ける。ヤンセーヤンセー、一人が歌う。ヤレコラサイサイヨノナカサイサイ、他の五人が追う。

しぼり揚げた網が船上でわずかの小魚を吐き出す。六人の共同作業の果ての、なんとちっぽけな海の幸。船出の時、小さな籠しか積んでないことを私は不思議に思ったが、こんなに小さな籠で十分だったのだ。イカ、カレイ、コアジなどがひと揚げごとに、その小籠に少しずつたまっていくに過ぎない。

前日突然たずねて行った別府漁協で、私は夜漁船への同乗をお願いした。何のためにと問われて、別府湾の漁獲を見たいのですと答えると、「ふん、新聞社か、新聞記者はあてにでけん」といわれた。こういう者ですと答えると、「おっ、テレビ〈豆腐屋の四季〉のあんさんか」と、急に親しんで来た。

「県、市、企業、政党、新聞記者、だれ一人わしらん本当の苦しみを真剣に聞いてくるっもんがおらん。是非あんさんがわしらん船に乗っち、実態を世間に知らせちょくれ」と、その場で組合長代行Nさん（五十五）の船に同乗が決められた。

午前一時半。湯の町の酔客のまだしきりに彷徨《ほうこう》する流川通りをくだって、約束の船だまりに来たが、まだ一人の老漁師しか来ていなかった。隣合って石段に腰をおろして待つうち、一人一人ひっそりと集まって来た。ほとんどが五十代以上の年配で、しきりに起き抜けの痰《たん》を暗い岸辺に吐き散らした。

「あああ、出て行くのんに精が出らんのう」。ガバガバと胴着をまといつつ隣の老漁師がつぶやいた。午前二時出漁。僚船わずか五隻、それぞれに散って離れた。「今晩なガラスのような凪《なぎ》じゃ」とNさんがいった。

「こうやって船が進むとなあ、エンジンの音に驚いた魚が右往左往して、それに連れち夜光虫がキラキラして、そりゃあ楽しい美しさじゃった」。Nさんは、光るもののない暗い波間を見おろしていった。七歳から乗り始めて、戦中一年の空白があるだけのいちずな漁師生活という。

「別府湾から魚を追い払ったのは、あいつらじゃ！」。Nさんのキッと指さす先に、新産都大分市の臨海コンビナートの巨大な灯の群れがあった。赤色の混じる巨大な灯の群れは、今あとにして来た別府の町の無数の小さな灯のさざ波のような美しさと対照的に、何か巨大なただれを思わせた。そのただれをおおって山の稜線かと見ていたものが、実は夜空にたなびいた煙なのだと、やっと私は見きわめて驚いた。

「あれっ、ハマチがかかっちょるぞ」。沖の方が少し赤らむころ、網を揚げた皆が驚いて叫んだ。この夜、小魚ばかりの水揚げにやっと海の幸らしいものがかかったのだ。だが、籠に吐き出されたたった一尾のハマチを、皆あざ笑った。奇形だった。背がガクンと曲がっている。「これじゃ金くれまいのう」とだれかがいい、「くるっもんか」とだれかが激しく答えた。しかしだれもその一尾を捨てようとしなかった。

帰って来た朝の船だまりに女たちが待っていた。「もうみんなオカにあがって土方に行くこつにしたきのう」と、Nさんが大声で女たちにいった。貧弱な水揚げを女たちに手渡す、自嘲の冗談なのだ。そう、冗談なのだ。ほろびゆく海を、彼等は離れることが出来ない。

2　南東の風

「フン、大分ん赤犬が！」

Nさんは激してくると、そうののしった。赤犬は犬の中でも一番小利口な性悪もんだという。Nさんののしりの対象は、漁場を金で売り渡し埋立てに協力した大分市のかつての漁師仲間に向けられているのらしい。つい九月末にも、新産都第二期計画で大分市大在村漁協が五十二億円の補償で漁業権を放棄した。それもNさんたちを痛く刺激しているのだろう。

「フン、わしらは一銭の補償ももらえやせん。ここは埋立て地じゃないもんなあ。そじゃけど別府湾ののど元にコンビナートおっ立てられち、そん廃液だけは湾の奥が引き受けて、漁もでけんのんに、一体だれがわしらを救うてくれるんじゃ！　エッあんた、網をよう見たろうが、網に藻がいっこもついちょらんじゃったろうが、網にも海岸線にも藻がつかんちゃどげなことか、あんさんわかるか。藻が生えて、それに虫が寄ってきて魚も集まるんよ。魚は藻に産卵し、藻に休むんよ。その藻さえ生えんごつなったんは、あのコンビナートの廃液以外に考えらるっか？」

「現によ、満ち潮ん時に南東の風が吹いちくると、きっと魚が死んじ浮いちくるもん。大分からん風が廃液を運んでくるこたあ確かなんじゃ。第一、自然死の魚とにおいが全然違うわ、そらもうたまらんにおいよ。ソん魚を市の公害課に調べてくりいちいえば、自分たちで県水産試験場まで持って行けちいいよる。エッあんた、あんな遠い蒲江まで一日がかりで臭い魚をさげてわしらに汽車に乗れちいうんか！　一体、県や市の誠意ちゃどこにあるんか。おそらく県市の発展のためには、とるに足らんわしら別府の漁師二百人くらい、どうなってんいいちゅうのが、おエラがたん腹なんじゃろ。……ああ、わしらもう二百人しかおらんわ。六百人からおったんじゃがなあ。今残っちょるんも、みんな四十五歳以上じゃき、いずれはほろんでしまうわしらじゃ。じゃけど、わしらが生きちょる限りは別府の海を捨てんで、絶対捨てんで。絶対に――」

潮に濁った赤い目で、Nさんはじっと私を見すえて語ることをやめない。

毎年十月、別府湾のアメタが水揚げされるようになると、海岸のあるホテルが、釣りと味の大家佐藤垢石《こうせき》氏に電報で知らせ、氏は東京からはるばると駆けつけ賞味したという。そのアメタも、一昨年よりほとんど見ない。別府湾から消えて行く魚が、ここ数年めっきりふえた。

ほろびの海と知っていて、しかし別府湾の漁師たちはこの勝手知った海の底を離れることが出来ない。「ヤンセー　ヤンセー　ヨノナカドッコイ　ヨノナカサイサイ」と歌い和しつつ網をたぐる時の、彼等の無意識に浮かべている微笑を見ていると、それが胸に沁みてわかる。

フン、大分ん赤犬めがとののしる時、海を売り渡した者たちへのさげすみと、しかし莫大な補償金への嫉妬と、Nさんたちの胸中は複雑な渦が巻いているのだろう。

是永勉著『別府今昔』に拾えば――。

鯨の吹く潮は夕日を浴びて花火のように美しかったと古老は語っている。

大きなイルカが三、四十頭も群れて高崎沖から別府湾をジャンプし、イルカの群れに囲まれたコイワシは逃げ場を失い、海上に一〇センチほども盛りあがるようになり、漁師仲間でこの状態を〝イルカエ〟と呼んだとある。

――十月五日、日出《ひじ》漁協は県公害局に、海の汚染をどうしてくれるのか、漁獲減を補償してくれと陳情した。県側の答えは、漁獲減と工場排水を直接結びつけるには資料不足と、とり合わなかった。日出は別府湾の西岸、臨海コンビナートの対岸にあたる。

牧歌の時代は遠くかすんで消えた。巨大な灯のただれは、二期計画へと増殖を始める。

3　赤潮

マリンパレス。正式名を大分生態水族館。別府市との境界に近接して、高崎山麓の海岸にある。高崎山の野猿をホラ貝で呼び出したアイデアマン、元大分市長上田保氏が館長だけあって、世界最初の、潮流のままの大回遊水槽には二千匹の魚群が遊泳している。

それだけに、別府湾から日に一〇〇トンの海水をくみ上げる水族館にとって、新鮮な海水は動脈なのだ。サンゴなどは、一日中新鮮な水をそそがねばたちまち死滅する。

ところが昨年ごろから別府湾に赤潮が激増した。ことしは五月二日から八月末まで赤潮の絶える日がなかった。マリンパレスでは、自動くみ上げポンプを停止させた。

「いやあもう、ハラハラのし通しですよ。毎日、湾の色を見ていて、赤潮の切れ目を発見すると、それっ今のうちだと大騒ぎです」

研究部長高松史朗氏はヤケ気味にいう。数年前まで水深一メートルからくんでいたのが、今は二〇メートルまでパイプを沈めているという。

「もう、東京の水族館では東京湾の水が汚染されて、八丈島あたりまで買いに行っています。トンあたり千円につくそうです。かりに別府湾が死滅して、蒲江あたりまで水を買いに行くとすれば、日に十万円の失費になりますよ。どこがそれをしりぬぐいしてくれるんですかねえ」

静かな研究部長が、チラといきどおりを示す。広い海の中の魚類を漠然と考えるより、こうして水族館のガラスケースの中の魚を見ていると、海水汚染が魚類にとっていかに致命的か、あたりまえのことが痛いほどわかる。

このままいけばマリンパレスが海水を買いに遠く行かねばならぬ日も近いだろう。「大分の自然を守る会」の要請で、九月四日別府湾汚染調査をした大分大学志賀史光教授は〈このままいけば別府湾は死滅する〉と警告した。別府湾全滅のCOD（化学的酸素要求量）平均が四・三PPMで、国の規制した基準Bランクを越えていることがわかったのだ。

「CODって何か知っていますか?」

日出の漁師幾人かに問うて、だれも答えられなかった。だが、CODを理解出来なくても、漁師たちは日々の切実な生活の場としての海の汚れを直感的に知っている。経験的に知っている。県や市や科学者たちが、高いCOD値を前にして、なお赤潮発生と工場廃液をはっきりと結びつけられないとことばを濁すとき、別府湾の漁師たちはキッパリとコンビナートを指呼して断言する。「大分マジ（大分市からの南東の風）が三日吹けば、きっと赤潮じゃもんなあ」

今、日出漁協の上野組合長は頭をかかえている。最近続々ととれた奇形魚をホルマリンづけにしていたのを新聞社にかぎつけられ、公表されたのだ。組合員からは、魚が売れなくなると激しく突きあげられている。

「しかしなあ、こんなことをいつまでうむしちょらりょうか。うむし続けちょったら、それこそ水俣んごと恐ろしい形で爆発する時がくるじゃろうしなあ……」

組合員四二〇人、自滅を待つのみなのかと、六十五歳の組合長の苦悩は深い。

海水に真清水湧きて魚育つ　　虚子

日出の城下海岸に句碑が立つ。ここの海底に清水のわく所があって、ここで育つカレイは〈城下カレイ〉と呼ばれて賞味される。昭和四十年に日出を訪れた獅子文六も「長年の恋人に遂に逢ふ」と、色紙に書き残した。

だが、城下カレイをふくめて日出海岸の魚は、大在、坂の市の方の遠浅の海岸で産卵するといわれている。そこを埋め立ててしまう第二期計画は別府湾の魚類のゆりかごの地を奪い尽くすことを意味する。漁師はほろび、ふるさとの味はほろび、意味を失った句碑一基海岸に残る日がくるのだろうか。

4　十年の決算

私はTさん（四十四）の案内で、臨海工業地帯の真ん中に位置する三佐遠見部落を訪れた。Tさんにとっては十年ぶりの再訪である。当時Tさんは銀行員であった。十年前、第一期計画埋立てで漁業補償（平均四百万円）を受け取った三佐地区漁民の現金勧誘に、Tさんは足繁く通ったのだ。

「夜討ち朝駆けでしたよ。夕方五時ごろから押しかけて行くんです。もう血眼でしたなあ。……漁師のきげん取りに裸踊りまでやらかしましたよ。海に入ってノリひびの竹抜きの加勢までした同僚もいましたなあ。他の銀行が海岸の道で自動車の灯を消して、にぎり飯をかじりながら、こちらの動向を監視していたりして……」

狂燥曲だったという。金に踊らされるあさましさが心に食いこんで、Tさんは間もなく銀行をやめて転職した。

あれほど足繁く通った遠見部落をTさんは見出せず尋ね歩いた。すでに新産都第一期計画の達成された臨海コンビナートの中に、十年前の漁村は埋没していた。

「ヤア……元気ですか。十年前のTです」

ぞんざいなものいいでTさんが入って行ったIさん方で「ヒャー、こりゃあ珍しい」と、迎えられた。十年間、無音に過ぎながら、それでもたがいに忘れ合わぬほど強烈なかかわり合いだったのだと、私には異様だった。

――大分県が農業県から工業県へとバラ色の夢を描いて新産都市指定を受け、臨海工業地帯第一期計画として埋め立てた(昭和三十四年九月、一号地埋立て開始)。

その時、漁業権放棄の補償を受けたのが、この三佐、家島地区の漁民だった。当時の金で二十七億円。払う県ももらう漁民も、県下では初めての経験で、まさに狂燥曲だった。

十年後の今、三佐、家島地区の人々に何が残ったか。

「まあ、たいていの人は、もうあん時の金は持っちょらんでしょうなあ。金貸しや手形割り引きをシロウト商法で始めて、たちまちいかれんごとなったんが、なんぼもおりましたよ。オカにあがった河童に何が出来るもんか。大過なくやって来たもんは一割くらいかな……」

預金勧誘の銀行員に、毎夜別府歓楽街に招待された味が忘れられず、とうとう遊興に使い尽くした悲劇。家を新築したが、補償金は四年間分割払いで、借金で支払っているうちにとうとう抵当に取りあげられてしまった悲劇。そんな話はいくらでもあると、Iさんは語る。Iさん自身は、不動産、電話売買に転業して、まあなんとかやっているという。

今、三佐、家島地区は巨大な工場群の小さな谷間にとり残され、強烈な悪臭と有毒ガスにさらされている。家島では集団移転を陳情したが、うやむやにされてしまった。

部落のつき合いもすっかり変わってしまったとIさんはいう。それぞれ転職して、漁村時代の濃密な連帯感が急速に薄れたのだ。

「ゆたかな海じゃったなあ。三佐のノリ技術は、どこにも負けんじゃったもんなあ」

Iさんは、いまさらの嘆きをいう。

三佐、家島にも漁師は残っている。高齢で転業をあきらめた者、転業して失敗した者が沖に出ている。ノベナワ漁でチヌなどとっている。Iさんの隣家の主人が網をつくろっていた。

「いやあ、わしは何もしゃべらん。わしがしゃべったこつが仲間に迷惑かけたら、わしゃおそろしい……」

その人は、かたくなに口をつぐんだ。奇形魚が網にかかるらしい。Iさんは、隣家のくれる魚でも吟味してから食べると、ささやいた。――二十七億円で漁業権を放棄した彼らの十年後の決算がこれである。そして、この地区の公害はこれからが本番なのだ。

5　巨象とアリ

大分臨海工業地帯の立地条件はすぐれている。内海であり、しかも埋立て地の岸から急に深くなっていること、瀬戸内海に通じていること、安い労働力、工業用水もあることなど。

一〇〇〇万平方メートルの巨大な埋立て地には「鉄と石油」を合いことばに、九州石油、九電火力、新日鉄大分工場などが進出した。もちろん、エースは新日鉄大分工場で、埋立て地の約七〇%にあたる二一〇万坪の敷地面積を占める。

その巨大さに、県も市も振りまわされている。四号地背後になってしまった大分飛行場は新日鉄の意向で東国東へ移転させられた。裏川という大分川の分流も新日鉄の意向で埋められることになっている。小さな川ではないのだが。

新日鉄大分工場は、まだ実働していない。第一号高炉建設中で、十月現在八五%の進み具合いという。完成すれば日産一万トンの出銑で世界最大となる。三号高炉まで計画中。

「製鉄所としては、ちょっと狭いんです」。ジープで構内を案内してくれた庶務課の人は、ことなげにそういった。構内には舗装路が縦横に走り、市街並みの交通信号が明滅している。歩いては、とても回りきれない。

湾上には、世界最初の試みとしてシーバース（海上基地）が建設されている。近い将来を見越して、三〇万トンクラスの大型原料船が接岸出来るように計算されている。巨大な紅色のアンローダー（起重機）が二基ガッシリとそびえている。一基で一時間二五〇〇トンの鉱石、石炭を陸揚げ出来るという。コンベヤーで原料ヤードに運ばれ、あと東西四キロにわたる構内を東へと進むに連れて製品化され、最後に東の岸壁から積み出される仕組みになっている（炭塵、鉄塵を噴きあげる原料置き場が市街地に一番近いことを憂慮する市民は多い。スプリンクラーで絶えず水をかけるから心配ないと、工場側はいうのだが）。

現実に今、臨海コンビナートの公害源となっているのは、操業中の昭電コンビナート、九州石油、九電火力などであり、ことに古くからある鶴崎パルプ、住友化学がひどい。だが新日鉄一号高炉が実働し始めると、それらが全部束になってもかなわないほどの亜硫酸ガスを高煙突で大分市全域にばらまくと、学者は計算している。

「どうも、世界最先端の技術を行く製鉄所を、本当に知らないいんじゃないですか？ 困りますねえ。なんにも知らぬ住民を、公害だ公害だと学者先生がけしかけてるフシがあります。……私たちは本気で公害防止に努力していますよ。たとえば構内のあき地をおおっているこの雑草をごらんなさい。これは自然にはえたんじゃないんですよ。建設中だから構内にあき地が多く、砂塵が市街に飛ばないように、わざわざ雑草のタネを買って全社員に植えさせたんです。そうすることで、社員一人一人も公害防止の認識を高めましたよ」

その雑草のタネ代に五百万円かかったと、新日鉄の案内者は強調した。

その夜、私は、三佐の八坂神社で地元青年グループが開いた公害スライドを観る会に出席した。公害の谷間に追いつめられた三佐、家島で十四人の青年たちが、公害追放運動に立ちあがった。もう、おとなには期待出来ないという。集まって来た十人ほどのお母さん方（なぜかお母さん方ばかり）が「すみませんなあ。あんたたちががんばっちょくれなあ」と、わびるように青年たちに頭をさげるのだった。

会は、月額五十円の会費を寄せ合って活動をささえようとしている。雑草代五百万円の巨大企業と、五十円会費の十四人。巨象とアリの戦いかもしれない。だが、追いつめられた若きアリたちは燃え始めている。三佐、家島の無気力なおとなたちに、熱気は広がらないだろうか。

6 反対運動

臼杵風成裁判を勝利に導いた吉田孝美弁護士事務所の狭い玄関に入ると、カボス（大分特産の橙）がいっぱい箱に詰められていた。時折り注文電話がかかり、事務員が記帳している。弁護士、大学教授などのにわか商い。

「大分の自然を守る会」（松田正義大分大学教授・会長）は、県内全域の自然保護を目的とする会で、別府湾汚染調査など活動規模が大きい。会員三百名、月額会費百円。会を絶対中立に置くため、労組からすらカンパはもらわない。にわか商いで、カボス、栗を扱って、十五万円ほど資金かせぎをしようとしている。先生たちがマイカーで産地に仕入れに行き、会員などに販売している。

「こんなこと邪道ですけどねえ……。本当は会員を積極的にふやして、会費だけで維持するのが理想だけど」

奥さんも一役買って、台所で栗を選別しているといいながら松田教授は照れ笑いした。

別府漁協で質問した時、Nさんはやや皮肉に答えた。「知ってますよ。じゃけど、あん人たちは〈大分の自然を守る会〉を知っていますか？」

一度もわしらん声を聞きに来たことねえもんなあ……」

生活不安に直面する漁師と、自然破壊を〈心の問題〉として受けとめる知識人との違和感だろう。同会の会員は、学者、芸術家、教育者、自然愛好者などほとんど知識人で、一般市民はごく少ない。これは、大分新産都の公害が一部地域を除けばまだ深刻化していず、むしろ〈予測される公害〉に対する戦いであり、それに敏感に反響出来るのは、どうしても知識人だということだろう。

「確かにからだを張って戦うという会ではありませんよ。臼杵の風成のお母さんたちが、からだをロープでしばって戦った時、応援を求められながら行かなかったことに批判はありました。しかし、われわれの会はそのような個々の行動に巻きこまれずに、その背後にあって広い視野での助言や資料を提供するのです。個々の行動に振りまわされれば、会は自滅しますよ」。斎藤事務局長はいう。

それではあきたりぬ、もっと積極的に住民や漁村に入りこんで行こうとしているのが、鶴崎高校の藤井、高橋両先生を中心とするグループ。

鶴崎は臨海工業地帯背後地であり、授業中にも悪臭でガラス戸をしめねばならないし、のどを痛め喀痰《かくたん》に悩む先生、生徒も多い。公害追及は必然の課題でもあった。同校の先生たちの共同研究『新産都大分と公害』（本年六月刊）は、大きな反響を呼んだ。さらに第二集を編集中という。

藤井敬久先生の書斎には、公害関係の研究書がたくさん積まれていた。勉強を始めて一年。「公害追及にシロウトもクロウトもありません。大切なことは、PPMを理解したりすることじゃなく、公害に対決するどれだけ確たる視点を持つかということです」といい切る。最近は求められるままに、連日各地学習会の助言者として出まわり、家庭で夕食を取ったことなどないという。「女房にとっては、これも産業公害の一種でしょうね」と笑う。三佐、家島の若きアリたちも、藤井先生たちが育てた。

コイのぼりを各地にあげて風向、気流調査をし、亜硫酸ガス拡散方向を追及したり、専門的研究を積み重ねているユニークな会に「公害追放大分市民会議」（大分大学経済学部、船橋、古川両研究室）がある。

十月六日、これら公害追及の二十二グループが集会し、連帯活動を申し合わせた。「別府湾、臼杵、津久見、佐伯湾連絡協議会」がその呼び名である。知識人、直接被害地住民だけでなく、一般市民をどれだけ巻きこんで、大きな力となっていくか、緊急な課題である。

7　癒着

三佐で会った元漁師Mさんは、決して忘れられぬ十余年前のことを語ってくれた。三佐の海岸に、まだノリひびの林立していたころのことである——。

「たった一夜でノリにしろぐされの出たことがあってなあ、わしどもは住友化学の廃液のせいじゃとにらんだわけよ。それで、いたんだノリを三種持って県の工業試験場に調べてもらうことになってなあ。そん時、わしゃあ、まだかかあもおらん若もんで無鉄砲じゃき、工場に入りこんで、未処理廃液をビンに取って来て、検査に出すノリ標本のひとつにドップリとかけたんよ。漁協幹部のSさんが、なんぼなんでん、そげな不正はいかんちゅうて止めたけど、なあにかまうもんかちゅうて、何食わん顔で他の二種と混ぜて出したんじゃ」

「さあ検査結果を発表するき来いちゅうんで、わしも幹部たちについち試験場に行ったわ。ところが発表の経済部長が、三種とも廃液の影響は認められませんでしたというじゃないか。わしどもは、あきれて聞き返したで！　ひとつだけ調べ残したんじゃろうがち。いいえ三種とも廃液の影響は認められませんち、ぬけぬけと答えるんじゃ。……わしが廃液かくっ時、そげなん不正はすんなち止めようとした幹部のSさんが、さすがにものすごく怒ってなあ、Mよ、こんやつをぶち殺せ、あとはおれが責任を持つち叫んだなあ。そしたらとたんに経済部長が椅子を蹴倒しち、ガタガタと逃げちいったなあ、あんころん試験場廊下はまだ板でなあ……ガタガタ逃げち行った音が、未だに聞こえるごたる……ほんとん話で」

Mさんの話は十余年前のこと。それは昔語りとしてもいい。だが、行政当局と企業の癒着は今も決して薄れてはいない。

つい最近も、県公害局係長が佐伯の興人パルプから買収され調査規制に手ごころを加えたことが露顕し更迭された。佐伯の児童は海を赤く描くという。それほどに佐伯湾を汚染し尽くした現況が興人である。水質基準が適用されてから、なんと海水で廃液を薄めて放出し濃度をごまかし続けた。

十月五日の大分県議会は、開発公社の不正問題を暴露した。

国立大分工専建設地として、大分県開発公社は昭和三十七年民有地を買収、学校を建てたが余剰地が出た。これは元の地主に返すか、公募し競売する土地のはずだが、開発公社は四十三年に宅地造成して県幹部十六人に時価四分の一の六六〇〇円（三・三平方メートル）で払い下げた。買った者、木下前知事、田尻出納長、秦新産都建設局長、角久間公害局次長ら、みな当時の開発公社の要職であった。

この事件は今、大分市民に激しい怒りを呼んでいる。発足したばかりの「別府湾、臼杵、津久見、佐伯湾連絡協議会」は、前記四名を公社に対する背任罪で地検に告発した。

そして、だれもが信じていることは、〈氷山の一角〉だということである。

ここで私は、はっきりさせておきたい。この取材記の視点を、新産都計画による被害者に据えていることを。

「陰でどれほどもうけよるじゃろうか」とうわさされる政治家、役人は論外としても、地価高騰で笑いの止まらぬ地主、活気づいた商人など、新産都サマサマの人々は多い。それらに目を向けず、被害者のみをたずね歩く私の取材記は偏向には違いない。

だがしかし、新産都計画の大前提が、県民生活の向上であり、しあわせの保障である以上、絶対に被害者は出てはならぬはずではないか。多数のしあわせのためには、少数被害者の声など抹殺しようとする思想を私は容認しない。――しかも、決して少数者ではないのだ、バラ色の計画の陰で苦しむ者は。

8　常套手段

〈別府湾を洞海湾の二の舞にするな〉、〈大分の空を四日市のように汚させるな〉などのスローガンに見られるように、大分新産都の公害は、まだ先進地のように深刻ではない。新日鉄が操業開始したら、また二期計画が遂行されたらという〈予測される公害〉の鋭敏な戦いが、大分の公害闘争の特徴である（そして、これが実は一番大切なことだろう。公害先進地のようになってからでは、もう余りにもおそ過ぎるのだ）。

しかし、大分市街の住民は、まだ深刻ではない公害の現状にうかうかとし過ぎている。すでに深刻化し始めている埋立て背後地の住民たちとの間に大きな意識差が生じている。

三佐、家島の若きアリたちが、五十円会費ではどうにもならず、デパート前でカンパを訴えようと話し合っている。花やかにカラー舗装された（新産都景気をあてこんで）商店街に、追い詰められたように彼等がガリ版刷りのビラを持って立つ時、それを自分たちの問題として足を止める人がどれだけあるだろうか。

個人的述懐を挿入する――。

私はこの取材を続けつつ、恥ずかしくやましい思いに、つい足はにぶりがちであった。私は中津市に住んでいる。さしたる企業もなく、空は美しく、妻は十月になって子らを連れて貝掘りに遊んだ。公害への意識は薄く、何の勉強もしてこなかった。同県内ながら、急行で一時間二十八分という距離が大分市の問題をはるかなものにする（中津では、テレビのローカルニュースも、大分市ではなく北九州市のものを受信する）。

公害について、新産都大分について、なんの知識もない私は、それこそおろおろと取材の彷徨《ほうこう》を続けた。恥ずかしく、身のすくむ思いに耐えつつ。

「周防灘開発計画の問題はどんな具合ですか？」。幾人かに逆問されて、私は答えるすべもなかった。

「大分新産都の次は、いよいよ周防灘がやられるんですよ。ぼやぼやしていたら、あなたの中津も公害のルツボですよ」と、痛烈にしかられるのだった。

私は、この取材にふさわしい者ではない。このことは痛切なやましさであったが、同時にそのやましさを背負って、ひとつの目ざめの日々でもあった。そのことへの感謝は深い。無知から目ざめへの旅として自身をとらえるなら、十月十日の取材行はひとつのピークであった。

その日、私は北海部郡神崎《こうざき》行きのバスに乗った。新産都第二期計画七、八号地埋立て絶対反対神崎期成会（甲斐義雄会長）の人々に会うためであった。

ここで簡単に、新産都第二期計画を説明しておかねばならない。大野川西側の一号から五号地までの第一期埋立てを完成した県は、第二期計画として、大野川東側を佐賀関へ向けて、六・七・八号の埋立て造成をする。これには大野川流路変更（西側河口を埋めて、既設の一号地を拡幅し、それで細められる流路分だけ、東側の岸を削る）も加わる。

造船、鉄鋼加工、石油精製、石油化学、合成繊維などの企業が進出を希望している。

埋立て反対だった漁民も、まず六号地海面の漁業権を持つ大在村漁協が五十二億円で調印した。以東の漁協は大きく動揺している。

漁師が金に弱いと難ずるのは酷だろう。札束にもろいのは漁師に限らぬ。まして別府湾は汚染し、先行きに不安を抱いている時だ。

――別府湾の汚染を行政当局が放置しているのは、海を汚して、漁民に漁業をあきらめさせ、第二期計画着工を容易にする策謀だと深読みしている人々が実に多い。まず一部を埋め立て、廃液で海を汚し漁業をあきらめさせ、一気に埋立てを広げる。常套手段なのだという。

9　学　習

神崎は、バスで大分市街より東へ四十分、八号埋立て地の直接背後地にあたる。海岸沿いの町なのに、なぜか漁業者がほとんどいない。海面埋立てで補償金を受ける者のないことが、埋立て絶対反対の結集を強力にしている。

神崎バス停で降りると、そこから細く荒い舗道が曲がりくねって海岸へ坂をなしている。くだって行った海辺に、稲生さんの家があった。背後の木立ちに鳥が鳴き、潮騒がとどく。稲生利子さん(四十九)を中心に、長男享さん(二十六)、長女聖子さん(二十四)の一家をあげて反対運動に力を尽くしている。

私がたずねると、利子さんは四人のお母さん方と一人の女子青年団員を呼集してくださった。反対期成会が発足して一年になるという。

一年前、彼女らは公害のことも何も知らなかった。県の計画に自分たちが反対出来るのだということすら思いつかなかった。だが、県当局の説明を聞くうちに疑問が多くなった。彼女たちは学習を始めた。そして一年たった。

「県の最初の説明会があった時、公害はグリーンベルトで防ぐから大丈夫だというんです。へえ、グリーンベルトという大層な機械が発明されてるんだなって、私はびっくりしたんですよ。ところが、よく聞いてみると、なんのことはない、松林のことじゃない。埋立て地と私たちの町を貧弱な松林でさえぎるというんです。エッ、あきれましたよ。コンビナートの煙突は松よりも低いんですかね?」

グリーンベルトを機械と間違えた一年前の無知談に皆爆笑した。

「私たちおとなし過ぎたんよねえ。勉強しなかったからよ。以前は県の課長や係長といったら近づけないほどえらく見えてたけど、私たちが学習しだしたら、役人の不勉強が見すかされて、あきれるほどだね……」

今年五月末、県から職員が説得の戸別訪問に来た。ここの主婦たちはオース、オースとひやかして迎えた。あとはゾロゾロと尾行した。ただいまどこに入りました。次はだれだれさん方ですと、有線放送は続けた。職員は立ち往生して引き揚げ、以後現れない。

「過疎対策だっていうけど、私たち住民は過疎でけっこうといってるんです。山と海にはさまれたこの美しい土地で平和に暮らしてるんです。過疎で貧しいからゆたかにしてやろうなんて、いらぬお節介ですよ。本当は住民のための埋立てじゃなく、大企業のためだってこと、だれにももうわかっていますよ」

「そうよ、結局県や市は私たち住民の命を大企業に売り渡そうとしているのよ。それは赤紙一枚で夫やむすこを戦場にかり出して行った国家思想と少しも違いないのじゃない？　やり方がソフトでうまくなっただけと思うのよ。……ねえ、時々こんなこと思わない？　こんなに私たち住民の意思が無視されるんなら、国家とか県とかなんのためにあるんだろう、無い方がマシじゃないかって――」

卓上の茶菓にも手を出さず、彼女らのいきどおりは切れ目がない。

「漁民たちだけの海ではないはずです。漁協が漁業権放棄したから、即埋め立てていいという法的根拠を突きくずさねばなりません。私たちここで生きる者の環境権は当然あるんだから、海面保護も法的に争えぬことはないと思うんです。……もっと学習しなければ」

ここの主婦たちは、臼杵風成地区のお母さんたちのあの果敢な戦いと、その勝利の判決に大きく励まされている。

「住民運動とは、創造行為だと思うんですよよ。こうやってワイワイしゃべり合ってるうちに、思いがけない戦法を創造出来るのです。……このごろ、私たちは県とけんかすることに、とても快感をおぼえてるんですよ」

稲生利子さんは、少しも気張らずに笑いつつ、そういい切った。

10　セキのかあちゃん

午後、私は稲生亭さんたちの自動車に乗って佐賀関へ行った。ここの人たちは、セキと呼ぶ。埋立て八号地の海面に漁業権を持つのは、セキの漁協なのだ。もし、この漁協が放棄すれば、いかに神崎の住民が猛反対しようとも県は強行埋立てするだろう。だから神崎の青年たちは、セキの漁師との連帯を強めようとする。

進んで行く海沿いの道は、古くから「愛媛街道」と呼ばれた。別府湾の東端で、四国への近接地として九四フェリーが出ている。人口二万余、日鉱佐賀関の大煙突で知られる。日鉱と漁師とミカンの町。

最近、日鉱退職者に肺ガン死亡者の多いことがわかり問題化している。別府湾汚染調査でも、佐賀関港海面からは、銅、鉛、亜鉛などの重金属が検出された。公害企業である。

漁師一四〇〇人。「セキんしはみんな二期計画に反対でえ！」。ノリ漁業と違って、八号地海面への補償は少ない。一四〇〇人もがどうして一挙に転職出来るか。生活をかけて反対をしている。

神崎に来て初めて知ったのだが、今や住民運動は全国的に連帯を始めている。神崎には、名古屋大学の先生が月に二度も来て学習指導する。水島など公害先進地からも来る。現に今も大阪の大学生が亨さん方に寄宿して、セキに同行していた。漁師と学生が結びつこうとしている。

セキの家々は、急な狭い石段で上へ上へと迷路のようにつらなっている。幾度も来ているのだろう、神崎の青年たちは、沖から帰ったばかりの漁師をたずねてまわった。

「こん前、あんたたちんあとについち、セキんかあちゃんたちがデモした時なあ、あんたたちはガンバローなんか歌うて、うしろん方のかあちゃんたちはなんも歌を知らんで、しょうがねえから手びょうし打っちょったそうじゃ。ひとつ、デモん時の歌を教えちやっちょくれや」

漁師の一人が、神崎の青年たちに注文した。セキの主婦たちが労働歌を歌ってデモる日が来るだろう（十月九日、佐賀関でも「新産都二期計画反対・公害追放町民会議」が発足した）。

福岡へ帰る享さんと、中津に帰る私と、夜の汽車の窓べで語り続けた。享さんは福岡で私立高校の教師をしている。だが反対運動のため日曜ごとに帰って来る。福岡出身の奥さんも、今は幸崎についついてビラ作りをする。

「神崎のおばさんたちの運動は、最初は自分たちの土地を守り抜こうという地域エゴからの出発でしたが、もうそこを突き抜けましたね。日本の政治そのものまで見据え始めていますよ。天皇陛下がなぜオランダでビンを投げつけられねばならなかったか。その歴史的背景まで理解していますよ。……私も来年は引き揚げて来て、じっくり土着の運動に取り組みます。本当のところ、今度の運動まで、私は村の青年たちとまるで無縁で浮きあがっていたんですよ。帰省しても村なかを歩かず、海岸ばかり散歩したりして……」

「村を守る戦いというのはおもしろいですねえ。神崎には〈石棺《せっかん》さま〉という信仰があるんです。八幡宮の岡で古墳に石棺が発見されたんです。ちゃんと祠《ほこら》を建てて〈石棺さま〉と呼び、信仰の対象になったんです。……今度のおばさんパワーの中で、一番激しいのがこの〈石棺さま〉を信仰するグループなんです。彼女たちは〈石棺さま〉におうかがいをたてて来て、それを村の人たちに流すんです。それが不思議に的を射てるんでおかしいんですよ。八号地はまだ大丈夫、六号地は間もなく落ちるなんてね」

父祖の地を営利文明に汚されたくない必死の願いが、石棺さまに託されるのだろう。

せっかんさま、せっかんさま、享さんと別れて夜の道を帰りながらつぶやいていたら、なにかなつかしい思いがわいて来るのだった。

11 団地と学校

激変していく新産都大分を、一望に俯瞰《ふかん》してみようと、私と版画担当の寺司さんは軽飛行機をチャーターして湾上を飛んだ。

〈離陸する大分〉の象徴新空港が、国東半島東端の海面にクッキリと白く長方形に見える。新空港から大分へ乗客を運ぶホバークラフトは湾上に白く幅広い航跡を残して快速で走っていた。一転して佐賀関まで飛び、二期計画対象の海岸沿いに大分へ引き返した。迫る山並に追い狭められたように、海岸沿いに幸崎の町がある。海岸を埋め立てられ煙突が林立すれば、これら小さな村々は、背後の山並にさえぎられて、公害の谷間となるだろう。

上空から俯瞰すれば、大分市街と臨海コンビナートが余りに接近していることが一望にわかり、今更の不安を誘う。新日鉄上空で旋回すると、すぐ眼下に明野団地が山をひらいて林立していた。

これも変わりゆく新産都の象徴なのだ。コンビナートに働く人たちの新興団地。完成すれば、七千戸三万人の町が出現する。大阪の千里団地以西最大という。

機を降りると、明野団地に向かった。コンビナートから約四キロ、山をひらいた新興団地はまだどんどん建設中だった。完成時には、ほとんど新日鉄社員で占められる。新日鉄正門から一直線にここに至る舗装路を、新日鉄道路と呼ぶ。

この団地には、県営住宅、昭電社宅などもあるが、新日鉄社宅の陰の存在になろうとしている。ウソかホントか、行商に来る野菜売りも社宅ごとに値を変えると聞いた。〈県住のヤツ、昭電のヒト、新日鉄のカタ〉と呼んで区別されるとも聞いた。新日鉄社員への地元民のコンプレックスが、こんな一口話を生んだのだろう。大分の町ににわかにふえたバーやクラブでも、背広の客より、新日鉄バッジをつけたジャンパーの客の方がモテるという。

団地中央では、間もなく開店の明野センターが突貫工事をしていた（十月六日開店した）。スーパーの中に市役所支所や警察派出所など公共施設を同居させる新しい形式。開店までのつなぎにプレハブ売店が立ち、プレハブ銀行が立ち、さながら西部劇の開拓的雰囲気を感じさせる。

泥んこ道を通って、明野西小学校をたずねてみた。急増する明野団地の児童を吸収するために、ことし四月開校したここも、まだ体育館など建設中だった。校庭には、プレハブ教室が二棟十教室並んでいる。来年もう一校開設するまでのつなぎという。

校長先生は、日ごと流入して来る児童の机とコシカケに頭を痛めていた。新日鉄社員が遠くから転勤して来るたびに、生徒がふえていくのだ。四月開校時七二〇人だったのが、十月現在一〇七七人。半年で実に三五〇人の増加という。「教育委員会が、なかなか机とコシカケをくれませんのでねえ」と、校長先生は嘆く。

「なにしろ学級の雰囲気が出来かかったと思うとドッと新入生が来るんで、先生は困っています。それでなくても、入って来る子が全国各地からの集まりで、子供たちの結びつきが弱いんですから……」

児童の出身地別をみると、兵庫県、北海道が圧倒的に多い。新日鉄所在の地である。なにしろ設備が何もないので、新日鉄に頼んで各教室にテレビを寄付してもらいましたという。教育委員会は〈善意ある寄付ならもらえばいい〉とそしらぬ顔をした。

「この学校では公害をどう教えますか？」と聞きたかったが、温厚な校長先生には酷な質問に思えて切り出せなかった。「どうです、すばらしい環境でしょう」と屋上に案内してくれた校長先生は、やがて新日鉄操業の煙がこの丘陵団地を襲うだろうとは、まるで思っていないようだった。

12 分析

河野光男さん、大分銀行従業員組合（いわゆる第一組合）副委員長。大分銀行では昭和三十八年に組合が分裂して、第一組合に残ったのはごく少数。徹底的に差別に耐えつつ勤務している。

「もう数年、背広をあつらえたことありませんよ。銀行員で上下違いの背広を着てるなんて、びっくりでしょ？　給料に不当な差をつけられますからねえ。家内もダスキン販売の内職をやっていますよ」。落ち合った喫茶店の隅で、河野さんは笑った。

河野さんは、なぜ組合が分裂させられたかを考えることから出発したという。そして、それが新産都建設、ことに富士製鉄（のちの新日鉄）進出と無縁でなかったことに気付いた。河野さんは、こう分析する――。

地方自治体が臨海部に膨大な埋立て作業を行ない、関連施設の建設をするには巨額の費用がいる。一般財源の少ない自治体は地方債にたよらざるをえない。県の金庫を預かる大分銀行などが、この地方債を引き受けた。

大分銀行の地方債保有高をみると、昭和三十五年上期末一七〇〇万円台であったのが、三十六年一挙に三億六七〇〇万円に急進した（三十六年は県が富士製鉄と建設協定を結んだ年）。以後伸びる一方で、四十四年上期末三十一億円にもなる。

地方債の伸びは預金の伸びを大きく上回り、銀行にとっては大きな負担であった。ここに銀行は預金獲得に行員に大ハッパをかけることになる。行員の労働は強化され、頸肩腕症候群患者（いわゆる職業病）が出たのもこの時期のことである。このような背景のもとに、組合は分裂させられ、ものいわぬ第二組合にほぼ組織し直されてしまった。

結局自分たちは新産都計画の犠牲者だとわかった時から、河野さんの新産都批判学習が始まった。

新産都計画は市民にとって、はたしてバラ色だったのか。河野さんの分析は「否」。

まず〈物価〉一番の影響は物価上昇に出た。流入する人口が物価をつりあげた。大分市の物価指数は昭和四十三年日本一となった（新日鉄建設最盛時である）。四十五年の上昇率も九州一。一時は大分市のアパート、旅館、下宿、そっくり新日鉄社員に借りあげられ、家賃は急騰した。

〈生活基盤整備〉三十九年から四十三年までの基本計画進展率をみると、産業関連投資が優先され、たとえば産業関連道路が三二四・四％の進み具合なのに、市民生活に一番大切な下水道はわずか三一・二％でしかない。その結果、住吉川など市中を流れる川は汚れ放題である。さらに、新産都計画の目玉商品ともいうべき「インダストリアルパーク」（工業地帯と住宅地を道路や緑地帯で分離する計画）も、公園緑化計画が四三・五％にとどまっている。野菜の流通改善策である中央卸売市場建設も実行されずじまい。

〈教育〉県高教組調査では、すでに公立高校とはいいえぬほど県立高校の教育費父母負担が高くなっている。四十四年度中生徒一人当たり支出一万五六五〇円、入学時平均別に二万八七八三円、このうち七四％は当然県費から支出すべきはずという。父母負担は日本一ではないかといわれる。産業投資へのしわ寄せがこんなところに顕著に出てくる。さらに新産都建設が進むにつれ、その労働力需要に間に合わせるため、現在県下高校が普通科六〇％、職業科四〇％であるのを、職業科五五％、普通科四五％に逆転させようとしている。

「このままいけば、新産都は新日鉄の景気の波のままになるでしょうね。もし新日鉄が不景気になれば、ここらで一発戦争でも起こらぬかという危険な発想が大分市民に出てこぬとはいえないでしょう」

河野さんはそこまで分析する。「鉄と石油」は、そこまで危険をはらんでいるのだ。

13　大分市民

激変する新産都の日々を、旧大分市内の主婦はどう受けとめているのだろう？　幾人もの方々に尋ねてまわった。これという個性的エピソードには、ついに出会わなかったが、一様に訴える〈心の不安〉は深かった。

「一体これからどうなるのかしら？　公害がどうなるのかっていう不安が無論つよいんだけど、それだけでなくって、なにかしら新産都というバラ色の夢に踊らされてるんじゃないかっていう不安。……商店街は派手にカラー舗装されるし、商品も高級化して、本当にほしい安い物がいつの間にか少なくなり、ついなんだか高い物を買わされてしまってる感じ。新産都だ新産都だって、まわりがみんな花やいで……考えてみれば新産都で主人の給料がふえたわけじゃなし、なんだか自分たちだけ都市化にとり残されたように、とても焦ってしまうんですよ」

彼女たちの話の中には、しきりに「向こう」とか「あの人たち」とかいう言葉が出て来る。新日鉄社員を中心とする明野団地の人々をさす。住み古びた自分たちの地の一角に、突如として外来の大集団が登場したのだ。しかもバックは巨大企業である。心理的圧迫は強い。

「なにもかもが向こうを向いてる感じなんですよ。商売人も向こうのごきげん取りに大サービスらしいわ。古くからの私たちより新来のお客さんが大切なんでしょ。卑屈だわ」

「私は二十年以上も税金をおさめて来たんだから、もうそろそろ見返りがあってもいいと思うのに、道路ひとつとっても、近所はひどいままよ。そのくせ向こうには新日鉄道路なんかサッと出来てしまう。私たちの蓄積して来た税金が、みんな向こうに使われるんだわ」

「ひとつは私たちもいけないでしょうね。おとなしいばかりで要求の声を出せないんだから。その点あの人たちは実にはっきりしてるわねえ。たとえば物ひとつ買うにしたって、私たちは古くからの縁にこだわって、いいたいこともついこらえるけど、あの人たちにはそんな遠慮がないんだからズバズバ主張するんだわ。商売人も、あの人たちをこわがっていますよ。行政への要求だって、あの人たちははっきりいいますよ。ましてバックは新日鉄だから、どうしても行政が向こう向きのペースになるはずよ」

そういう「向こう」の人たちの積極性、合理的ドライさは、これから自分たちも学んでいかねばという声は、こもごもの反省をこめて聞かされた。「向こう」の人たちと大分市民が融和して、いつの日か新しい気風が育つのだろうか。

「ある日、家の中を見回してみたら、本当は無くなってもいいようなガラクタばかりあふれている……それが今の物質文明じゃないかなって思うと、さむざむとするんです……」

新産都への疑問の最後は、皆そういった物質文明への不安にまで行き着くようだった。もうここらで産業発展の暴走を止めてほしい。物より心を大切にする生活に回帰したい。そんな願いを一人残らず真剣にいうのだ。

「でも、それを主人にいうとしかられるのですよ。家族を養っていく男のきびしさが女にわかるかって。産業に休止などありえないのだって。……なにか男には前進本能みないなものがあって、それが今の工業を前へ前へとめどなくころがしてるんじゃないでしょうか。それに歯止めをかけるのは女の役じゃないかしらって、ふっと考えるんです」

では、なぜ二期計画反対の運動に積極的に参加しないのですかと問うと、皆口ごもってしまう。彼女たちの非行動を責める資格は、私にもない。私自身、やがて来るだろう周防灘開発計画にすでに鋭くおびえつつ、何の阻止行動も始めてはいない。どのように行動すればいいのかわからないのだ。――すでに多くの行動者に次々と会い、話を聞いて来た私ですら。

14　風成のおなごし

十月二十六日、国連総会が圧倒的賛成で中国を迎え入れたという歴史的ニュースを、私は臼杵の風成地区、田口正晃さん方の薄暗い居間で知らされた。その報を持って集まって来たのは、あの果敢な風成闘争に身体を張ってきたおかあさんたちであった。「それでん佐藤はひらきなおったそうじゃ！」と、彼女たちは憤った。――二年間のきびしい戦いできたえ抜かれた彼女らの目は、国の政治まで自分たちの闘争の照準内に、確《しか》ととらえているのだ。

大分新産都という課題でのこの企画に、最初は風成への取材行は予定されてなかった。臼杵は、大分新産都の域外なのだから。

だが私は、おろおろと足探りの取材の中で、どうしても風成まで足を伸ばさねばこのルポを結べないと痛感するようになった。

思えば、国連で歴史的決定の成るころ、私は臼杵湾沿いのその小漁村へと、バスの客だったのだ。臼杵湾は群青の美しさだった。

ここでまた、私は恥ずかしい白状をする。あれほど全国に喧伝《けんでん》された風成の戦いを、ある日々新聞に読みながら、今改めて考えてみると正確には何も知ってない自分に気付いたのだ。こまった。せめて図書館で古新聞を読み直しカッコウをつけてから行こうと思ったが、いっそ風成の人たちにしかられるのを覚悟で、白紙のまま出かけたのだった。

田口さん夫妻は、近所のおかあさんたちを集めてくださった。とがめられるどころか、彼女たちが持って来たメカジキやフカやたくさんの新鮮な刺し身で、歓迎の膳はあふれた。海の幸ということばを、まぶしいほど私は実感した。「この人ですよ。テレビでも報道された戦いの最中の婦人会長さんは」と紹介された片隅の人に、私は内心アッと思った。猫背でペタンと畳みにすわっている人は、あまりにも闘士の像に遠く、本当に漁師のおかみさん然として、お人よしにみえた。

風成漁民の戦いを簡単に書く。

津久見市に本社を持つ戸高鉱業社は、臼杵市で石灰石を加工し新日鉄に納入している。それに適さぬ粗悪石灰石をセメント原料に売るべく、臼杵湾の日比海岸に大阪セメントを誘致することを、県、市とはかった（新産都と臼杵の問題は、無縁ではなかったのだ）。

埋立て予定地は、ちょうどグルリと半円に湾曲した風成部落の対岸にあたる。半年間吹く西北の風がセメント工場の粉じんをまともに吹きつけて来ることに、風成の人たちは気付いた。隣の津久見市が、どれほどセメント粉じんで白い町と化しているか知り尽くしている風成の人たちは、反対運動に立ち上がった。

直接埋立て地の海岸にある大泊部落の漁民は賛成にまわり、山や畠を戸高鉱業に売り渡した。臼杵湾沿いに点々とある漁村を、風成の人たちは一軒一軒、反対へと説いてまわった。

だが四十五年三月二十一日の臼杵漁業組合臨時総会は、混乱の内に埋立て海面の漁業権放棄を決めてしまった。そして四十六年二月、海底測量を阻止する風成の主婦たちと機動隊の衝突は、全国の耳目を集めた。六月二十日には強制着工。

しかし、臨時総会の決定は無効とする風成漁民の訴訟は、吉田孝美弁護士の鋭い立証で、七月二十日大分地裁で勝訴した。負けるとは思ってもいなかった戸高鉱業では、判決と同時に埋立てを開始しようと、砂利満載のトラック群を待機させていたという。

無論、ここまでくるには風成漁民だけの戦いでなく、全国でもユニークといわれた公害追放市民会議の共闘が大きな力であった。だがなんといっても、最初に立ち上がったのも、最後まで身体を張ったのも風成漁民、ことに主婦の団結である。前婦人会長さんはいう。「風成んおなごしは、日本の先端の戦いをしよるんだと思います……漁師はバカだ、百姓より下だといわれながらね」

15　声をあげよう

「いったいどうしてあなたたちにあんな強い戦いが出来たんでしょう?」。私には不思議でならなかった。彼女たちは、考えつつ説明してくれた。まず第一に、風成のおなごしは留守をまかされた責任があること。遠く三陸沖方面へ突きん棒漁に男たちが出てしまうと、八カ月もの留守を女たちがしっかり守らねばならない。長い伝統の責任感が風成の女たちの背骨なのだ。

「それに女は純粋なんですよ。男は一杯飲まされたら変身するし、金や野心やメンツで動くけど、私たちおなごしは、ただもう自分たちの村を公害から守りたい、この美しい海をよごさせたくないというほか、なんにも野心はないんです。……風成のおなごしは、もともとてもすなおなんですよ」

遠い海の夫や子の無事を祈って、風成のおなごしは毎月二度、そろって村の神社御霊《ごりょう》さんに参り、般若心経をあげる。

ことし二月十二日、大阪セメントは突如イカダを組んで海底ボーリングを始めた。おなごしたちは合羽を着、背に豆炭あんかを入れて、イカダに乗り移り機械を包囲した。一斗かんをガンガンたたいて唱和する御心経は、海岸まで響いた。千葉の漁港でテレビニュースに事態を知った男たちは、船を置いたまま陸路を急ぎ引き返して来た。十五日朝、彼らの帰着とほとんど同じく、機動隊はイカダの女たちを排除し始めた。女たちは一人一人命綱でからだをイカダにしばり、さらに全員は一本のロープをつかんでつながりすわっていた。

「いよいよ端からやられ始めた時、皆長ぐつをぬげち、うちは叫んだわ。長ぐつはいたまんま海に落ちたら沈むもんなあ」。イカダはかしぎ、機動隊に命綱を切られると、からだはのけぞり首まで寒中の水につかった。

「抵抗するなよ。男しも乗り移るなよ」と、皆叫んでいましめ合ったという。「おれんかあちゃんをどうするんか！」と、乗り移らんばかりに目をむいて泣く漁夫もいたという。無抵抗の女たちに機動隊二七五人であった。

　大分地裁で風成漁民は勝訴したが、県、市、漁協による控訴審は福岡高裁で十一月十五日から始まった。

「私たちにはお金がありません。吉田先生に迷惑をかけるばかりです。裁判が長びくほど苦しくなります。でも、このごろはなんにもほしい物がないんですよ。買いたい物がないんです。ただ裁判に勝ちたいだけです。これから五年はがんばれますよ。……五年くらい短いもんですよ、あの水俣の人たちみたいに一生苦しむことから考えればね。……それに五年もすれば、こんどは子供たちが戦いを継いでくれますよ」

　市中へのバスに乗ろうとする彼女たちを追って来た幼子が「かあちゃん、ぼくも行く」とねだる。でも「かあちゃんは公害反対に行くんよ」というと、スッとあきらめるという。


　許された回数を終えねばならない。先に断わったように、私は臨海コンビナートを否認する一方的立場での取材を続けた。反論はいくらもあろう。工業を否定して原始社会に戻れというのか、増大する人口を工業以外でささえうるのか、そんな声が聞こえるようだ。

　それに答えるすべを知らぬ。にもかかわらず、これだけはいっておきたい――。私たち市民がこんなに一方的に〈何がなんでも反対〉の声を結集して、それでやっと大企業と行政の暴走にわずかの歯止めをかけうるにすぎないということだ。声をあげねば、それこそ思うままにされると、肝に銘じておかねばならぬ。

風成の酒好きの漁夫田口さんがほろ酔いでもらしたことばで、この小さなルポを終わる。

「なあ松下さん。やがて周防灘もやられるそうじゃなあ。わしゃあ無学じゃき、ようわからんのじゃが、そげえ工場だらけになって気違いんごと物を作り出して、いったい、物ちゃそげん必要なんじゃろうか？」

16 企業が来たらおしまい

「落日の海」の取材から半年を経た。

焦点の大分新産都第二期計画は、いよいよ逼迫して来ている。大在村漁協、大在漁協、坂の市漁協と次々に漁業権は放棄され、いよいよ佐賀関漁協が最後の砦となった。神崎の稲生亭さん（10回参照）は、とうとう福岡市での教職を捨てて帰郷し、慣れぬ肉体労働に従事しつつ、二期計画の魔手から平和郷を守る闘いにすべてを賭けている。――だが、県当局は九月着工を表明した（六月十二日各紙）。

五月二十六日、私は初めて佐伯の興人を視察した。佐伯市民会議の片山重造議長に案内されて、あの余りにも悪名高き廃液を一見した私は、啞然としてしまった。排水溝を奔流をなして流れているのは、まさに醬油であった。「どうです、かなりきれいになっているでしょ？」と、会社側の案内者はむしろ得意気にいうのであったが、私は返す言葉もなかった。これできれいだというのなら、これまではタールのような廃液でも流していたのだろうか。

興人佐伯支社は、大分県初めての誘致工場として、昭和二十六年に設置された（当時、興国人絹パルプ佐伯工場）。

この時の、大分県と工場との誘致基本協定の中に公害関係条項は次の一条しかなかった。

第十二条　大分県及び佐伯市は興人の工場廃水に関し漁獲業者または、その組合を完全に了解せしめることを保証すると共に将来何らかの紛議が生じた場合にも大分県及び佐伯市の責任において問題を解決し、直接興人に迷惑をかけないことを保証するものとする。但し興人は廃水浄化設備を設置して、工場廃水の浄化に努めるものとする。

公害紛争処理をすべて自治体（県、市）に負わせるという、今では考えられない内容であった。そして東京から柴田博士を連れて来て、博士が考えた廃液処理施設を作れば廃液は「無色、無臭、無害」だといわせて、漁民を丸め込んでしまい、強引に誘致したのであった（紙パ労連興人労組佐伯支部発刊パンフより）。

昭和二十八年に操業を開始。以来醤油の如き廃液を佐伯湾に奔流をなしてそそぎ続けて来たのだ。佐伯児童に海の絵を描かせたら、赤く塗るという話を半信半疑で聞いていた私も、現にその廃液（きれいになったという！）を見て納得せざるをえないのだった。

昭和四十年代に入っての増産とともに、湾内の死魚事件が次々と発生したが、わずかの補償金で漁民を黙らせて来た。幼い子供が海に落ち、岸辺にもかかわらずコーヒー色に濁った水のためみつけだせずに死なしてしまうという事件も起こった。

さすがに市民もこらえかねて、四十五年十月に十六団体による「公害追放佐伯市民会議」を発足させた。ところが商工会議所までが加わっているこの市民会議は何の行動力も持たなかったので、積極的な人々によって四十六年九月、団体加盟から個人加盟に改組し、この時から佐伯市民会議はめざましい活躍を始めたのである。

その中で露見したのが、県公害局係長と興人の癒着ぶりであった。この追及を足がかりとして市民会議の活躍に拍車がかかった。

興人のやり方はあくどかった。排水口での廃液のCOD値を基準内にみせかけるため、大量の海水を汲みあげて薄めて放流していたり、また無届けで素掘りのため池を掘り、ここに高濃度の廃液をためこんでおき、県や市の調査の時の廃液を調節する細工などをした。〈ご存じですか！　興人廃液たれ流し処理工程見学ごあんない　素掘りため池は二度とみられません。おさそい合わせ是非お出かけ下さい。四月二十六日第一回ごあんない午前十時　ところ興人守衛所ヨコ〉——市民会議の出したビラの見出しである。さすがに、このため池は埋められた。

排水規制が厳しくなった工場は、「廃液濃縮燃焼装置」五基を完成して、陸上焼却し始めた。途端に亜硫酸ガスが噴き始めた。一・〇五ＰＰＭの高濃度である。市民会議は、焼却施設の廃液中のイオウ分の会社側届けにウソがあるとして、興人を佐伯署に告発した（六月五日、大気汚染防止法違反の疑いで告発）。

私は五月二十九日、NHKテレビ大分局で片山議長と対談するため汽車に乗った。別府湾にさしかかって窓外を見た時、アッと驚いた。なんという赤潮！　赤茶色の波が岸に打ち寄せているのだ。「落日の海」取材中見ることの出来なかったすさまじい赤い海を、私はこの日見てしまった。かわいそうな海、無垢だったお前が、こんなに汚されて——私は声に出してつぶやきたいほどであった。

そんな悲しみと、そんな憤りをこめて、私は片山議長と短い対談をした。白髪の片山さんは私にはっきりといった。「企業が来たらおしまいです。企業はどんなことでも平然としてやります。周防灘の人たちに、このことをはっきり伝えておいてください」

五月二十八日の「読売新聞」は、新日鉄操業（四月）後、排煙の亜硫酸ガスが四〇％ふえたことを報じた。光る粉塵も工場周辺に降って来た。微震動は民家のガラス戸を鳴らせて神経を苛立てているとも報じられる。

私のスクラップ帳〈公害ノート〉は、毎日新しい切抜きで埋められていく。新聞連載十五回で終わった「落日の海」の現状は、いよいよ深刻に続いているのだ——。

周防灘総合開発反対のための私的勉強ノート

1972.7

シンゼンソーって、なんなのだ？

シンゼンソーは怪獣なのだ

シンゼンソーという言葉を此頃よく耳にする。シンゼンソーとは何なのか。それを考えることから始めたい。なぜなら、周防灘総合開発は、このシンゼンソーという怪獣によって産み落とされた計画なのだから。

しかり、シンゼンソーは怪獣である。おそるべき怪獣である。しかも、これを倒すべきウルトラマンもウルトラセブンも居ない。もし今、私達市民が地球防衛隊となって、これに立向かわねば、この怪獣によって、私達のささやかな生活は踏みつぶされてしまうだろう。

どのようにおそろしい怪獣であるかを、立命館大学教授星野芳郎氏の小論文「新全総の思想に反対する」（雑誌『展望』所載）を参考にしながら紹介しよう。

キューゼンソーという怪獣の末路

シンゼンソーの前にキューゼンソーという怪獣が居た。それが、どのような末路を辿ったかを見てみよう。

一九六〇年代の国土開発は「拠点開発」と呼ばれる方式であった。これは素材供給型の臨海コンビナート（一地域に計画的に結合された大工場集団）を、先ず拠点として造り、その波及効果で地域の他産業を活気づかせ開発していこうとするものであった。

一九六二年策定の「全国総合開発計画」（いわゆる旧全総）により新産業都市と工業整備特別地区が指定され、この開発方式は地方へとひろがっていった。

この旧全総（キューゼンソー）による開発の第一目的は、工場と人口を分散させて地域格差を是正することであった。

だが十年を経た今の現実はどうか。史上空前の大都市化現象が生まれ、過密と過疎は全国的に深刻な問題となっている。なぜこんなことになったのか。

答は単純である。工場は分散しても、資本は集中を続けたからである。地方のコンビナートで生産された所得のうち、利潤部分は本社の在る中央に吸いあげられ、これが大都市の新事業を造り出すために、工場が分散するほど、中央への人口の集中が続くという現象が生じたのだ。

そして、地方への工場分散は、公害を全国規模でまき散らすことになった。農漁民は見捨てられ、大工場の雇用能力がないため流民化していく。――これが、キューゼンソーという怪獣の末路であった。

私達は台所に住むのか

旧全総の失敗を具体的に見るのが表である。地域別工業出荷額構成比で、基準年次（一九五八年）実績の関東三一・八%、九州七・七%、北海道二・九%を計画目標（一九八〇年）では、関東二九%、九州八%、北海道三%に持っていくはずであった、中央を減らし、その分だけ九州や北海道などを高める計画であった。

だが一九六八年実績では、関東は三六・一%に増加し、九州は五・二%にまで激減し、北海道も二・四%に減ったのである、格差はかえって大きく開いてしまった。

旧全総がかかげた目的は裏切られ、しかも大分新産都に見る如く、産業公害をはじめとする思いがけないほど多様なひずみが地域住民に大きくふりかかることになってしまったのだ。

六〇年代の日本は、世界第三位の経済大国になったと政府も財界もその急成長を自賛するのであるが、その陰にある恐るべき自然破壊、人間破壊には口をとざしている。

星野教授の試算によれば、六〇年代の経済発展で傷つき、あるいは死んだ人間の数は実に三千万人から四千万人に達

地域別工業出荷額構成比

	基準年次	計画目標年次		実　績	
	1958年	1965年	1970年	1965年	1968年
北海道	2.9	3.0	3	2.6	2.4
東　北	4.9	5.5	6	4.6	4.6
関　東	31.8	30.1	29	35.5	36.1
東　海	15.8	17.7	19	16.3	16.4
北　陸	2.3	2.7	3	2.3	2.3
近　畿	25.2	22.4	20	23.5	23.2
中　国	6.9	8.0	9	7.1	7.4
四　国	2.5	2.8	3	2.4	2.4
九　州	7.7	7.8	8	5.7	5.2

*「資料 新日本全国総合開発計画」及び「工業統計表」

していようという（労災保険の新規受給者は、今日、年間一八〇万人、交通事故死傷者は年間百万人、農薬中毒患者の推定数は百万人、その他おびただしく多様な公害患者など）。

それにもかかわらず、大企業を中心とする日本の産業は飽くことなく伸びていこうとしている（丁度、恐竜がとめどなく巨大化していって、ついに自滅するしかなかったように）。

その必然として登場したのが、新全国総合開発計画（シンゼンソー）という怪獣である。一九六九年五月に姿を見せた。

大阪市立大学宮本憲一助教授や星野芳郎教授は、これを〈居直った計画〉と決めつける。

少なくとも旧全総では、地方の向上を主要な柱としてかかげていたのであったが、それが現実に裏切られた今は、すっかりひらき直って、もはや新全総では地方の向上などひとこともいわない。地方の格差はそれでいいのだといい放つのである。

新全総の中心的立案者（シンゼンソーという怪獣の産みの親）である経済企画庁の下河辺淳氏はなんといったか。「志布志やむつ・小川原は、国にとっての台所である」と、まことに正直に新全総の本質を放言している。東京をはじめとする大都市が国の座敷であるなら、新全総がねらう志布志やむつ・小川原や周防灘は台所だというのである。

地方という台所で作り出される物。収益は中央という座敷に吸いあげられていく仕組みなのだ。台所だから、少々汚れても仕方ないというのだ。台所に一生住まねばならない私達は、たまったものではない。

日本列島株式会社

旧全総が拠点開発による地域開発であったのに対し、新全総は日本国土全体をひとつの都市と考えて、徹底的な地域分業で国土を利用し尽くそうというのである。これを宮本憲一氏は「日本列島株式会社案」と酷評する。〈これほど明確に虚飾をとりさって「資本の論理」を前面に出した計画はない。その意味では、これこそ日本資本主義の最後の国土計画と呼ぶにふさわしいものである。おそらく、このままますすめば拠点開発で生じた社会的病患は巨大化し全国化し、国土全域に公害はひろがり、過疎・過密問題は破局にいたるまで進行し、中央集権化と企業国家の性格はいよいよつよまるであろう〉と予言する。

シンゼンソーという怪獣の持つ〈思想〉の根本を成すものは、中央集権化の徹底ということである。その具体策が、ネットワーク構想である。中央と地方の所得格差はもはや問題にせず、社会的生活環境水準（つまり文化的雰囲気など）の格差を、このネットワークで解消しようというのである。

そのためには、新幹線鉄道を網の目のように張りめぐらして、東京、大阪と中核都市との間を三時間程度で結び、一日行動圏にしてしまうことで、日本列島のどこに住んでも、都市に居るのと変わらない文化水準や生活の便利さを味わえるようにしたいという「全国総都市化構想」の実施である。

地方という台所に住む私達も、文化の雰囲気に浸りたければ、新幹線という便利なものに乗っていつでも中央というお座敷に出て来なさいというのだ。

実際、やたらと特急がふえて、急行や鈍行列車が犠牲にされている不便さを、私達はすでに痛感し始めているのだ。新幹線を中軸とする交通・情報の強力なネットワークは、もう動き始めている。

その結果どうなるのか。

輸送と情報の新たな強力なネットワークが広がれば広がるほど、全国の物資と人は最大の中枢管理機能を持つ東京にいよいよ集中されるだろう。

日本列島を札幌、仙台、東京、名古屋、大阪、広島、福岡を中核とする七ブロックに分け、更に大きくは全国を五ブロックに分けて、九州圏、東北圏、北海道圏を、中央部分に対する食料供給圏として位置づけている。

日本列島を縦断する中枢新幹線を敷設し、これから網の目のようにネットワークを拡げていくのである。

この構想は、やがては道州制への移行の意図も秘めていることを見落としてはならない。全国七ブロックの道州制を領き、内閣任命による州知事なるものを置くことで広域開発行政を統括し、中央集権を徹底させようというのである。現行の地方自治制度の完全な破壊であり、私達の民意などもはや一片も反映させることは出来なくなるだろう。

プロジェクトとはなんだ?

東京大学の宇井純助手が『公害原論』の中で面白いことをいっている。〈カタカナがきたら気をつけろ〉というのである。

「落日の海」で神崎の主婦がグリーンベルトを機械と間違えた笑い話を私は書いたが、そのことを思うと、宇井純氏はみごとに言い当てている。カタカナが使われる時は（殊に私達無知な市民に対して使われる時は）、きわめてうさんくさいのである。

新全総にも、カタカナが大いに飛び出して来る。ネットワーク、プロジェクト、民間ディベロッパー、第三セクターなどなど。

ことにプロジェクトという言葉が多出する。なんのことはない、事業計画といい直せばすむ言葉である。カタカナに置き換えることで、さも夢をはらむ新案の如く、私達無学な市民はたぶらかされそうである。危ない、危ない。

ネットワーク（網の目交通網・情報網）をフレーム（骨格）として、各地域の開発を押し進め、その際の起爆力として大規模工業開発プロジェクト（事業計画）を設定していこうというのが、新全総の主柱であり、この大規模工業開発地域にあげられているのが、志布志湾、むつ・小川原、周防灘など全国十一カ所である。

つまりシンゼンソーという怪獣の背骨は、①新ネットワークの形成、②大規模開発プロジェクトの実施、③広域行政圏の整備であり、これらの差し示す根本思想は、中央中枢（大資本・国家）による徹底的な地方住民の管理にあるといってもいい過ぎではない。

星野芳郎氏はいう。「それにしても、新全総の立案者たちは、なぜ大都市に居ながらにして、全国を管理出来ると考えるのであろうか。それは彼等が人民を操作可能と考えるからである。なぜ、彼等は人民を操作可能と考えるのであろうか。それは日本経済と技術の偉大なる発展によって、それについて行けなくなる〈不適応階層〉がますます増大し、このような遅れた人たちはもともと能力は低く努力も不十分で、操作可能の対象でしかないと、彼等は考えるからである。一億総背番号の発想は、より深くはここに由来している」

立案者は即刻逮捕すべし！

シンゼンソーという怪獣の更におそろしいことは、その飽くことのない貪欲な膨張である。東京を中心とする全国管理の新全総システムが完了すれば、いよいよ巨大化した産業成長は、ついにはそのシステムを全アジアに拡大していくことになるだろう。東京を中心として全国をネットワークで管理したように、今度は日本を中枢として全アジアの管理へとシステム化をはかり始めるだろう。

膨大化していく防衛計画予算が、そのような思想と無縁だとは考えられない。

新全総に「新大東亜共栄圏思想」を読みとる星野教授の恐怖に、私もまた染められてしまう。私達は、周防灘開発問題を考える時、ただ一海域の狭い視野で捉えがちであるが、まず第一に頭の中に叩きこんでかからねばならないのが、このような〈新全総を貫く思想〉の恐ろしさなのだ。いわば、周防灘開発反対の闘いは、思想の対決なのだということを、しっかりと根に据えて立ち上がろう。人間を〈一個の背番号〉としか見ない管理思想に対する、〈ゆたかな感情を持つ人間〉の、実に人間らしい叛乱なのだと覚悟しよう。

星野教授は、その小論文を次の如くしめくくっている。あなたは、これを極論だと思うだろうか。

「ともあれ、人民の強力な抵抗に対しては、必ずや機動隊が大挙出動するであろう。一九七二年度の国家予算は、その費用をも十二分に確保している。新全総は暴力によって、日本の国土の自然歴史上かつてない〈暴力のデスクワーク〉である。（中略）佐藤総理大臣をはじめ各閣僚、それに新全総の中心的立案者である下河辺淳氏は、即刻逮捕に値すると思うが、どうであろうか」

逮捕されねばならないのは、それらの政治家と密に結合している大資本家も同列であろう。例えば新全総で初めて登場して来た第三セクターという名の奇妙な「会社」を考えてみれば、彼等の結合ぶりがよくわかる。まさに国家権力と大資本が露骨に結託して国土を喰い荒そうとしているのだといっても、いい過ぎではない。

具体的には、青森県むつ・小川原の開発のしくみを見てみよう。

次のように三機構で推進されるので、これをトロイカ方式と呼ぶ。

A　開発会社（国、県、企業共同出資）……………開発財源担当
B　開発公社（東北開発公庫、県出資）……………土地買収担当
C　開発センター（企業、県、国の情報機関）……開発企画担当

Aにあたる「むつ小川原開発株式会社」の役員は、左の如くである。

社長　　　安藤　豊禄（小野田セメント）

副社長　　　阿部　陽一（麻生セメント）
専務取締役　中尾　博文（元大蔵理財局長）
常務　　　　山崎雄一郎（元仙台通産局長）
常務　　　　横手　久（北東公庫支店長）
常務　　　　鶴海良一郎（元建設大臣官房長）

新全総に熱心なのはどのような人々なのか、これを見れば歴然とする。周防灘開発にも、やがてこのような大資本家と政治家と高級官吏の結託した会社が登場して来るはずである。

スオウナダ開発ってなんなのだ

貝掘りに行こうよ

周防灘とは、山口県室津半島（柳井市の近く）と大分県国東半島を結ぶ線から関門海峡までの大分・福岡・山口三県に囲まれた海域をいう。平均水深二四メートル、遠浅の海浜が多く、潮流は遅い。

山口県側には、既に徳山市を中心とする周南工業地帯をはじめとして、光、下松、防府、宇部、小野田など工業地帯は密集し、それに起因すると考えられる赤潮は、しばしば九州側の岸にまで達するほどになっている。九州側、殊に大分県域の海岸は、まだ無垢の状態に近い。

周防灘総合開発計画は、この三県にまたがる遠浅の海岸を、水深一〇メートル（沖合五～一四キロメートル）まで埋め尽くしてしまおうとする大構想であり、関係市町村は十一市十九町四村にもわたる。

図中の濃いアミ部分が、埋立予定海域である。その膨大さを見るとき、まさにこの計画で海はほろぼされるのだと極論せざるをえまい。

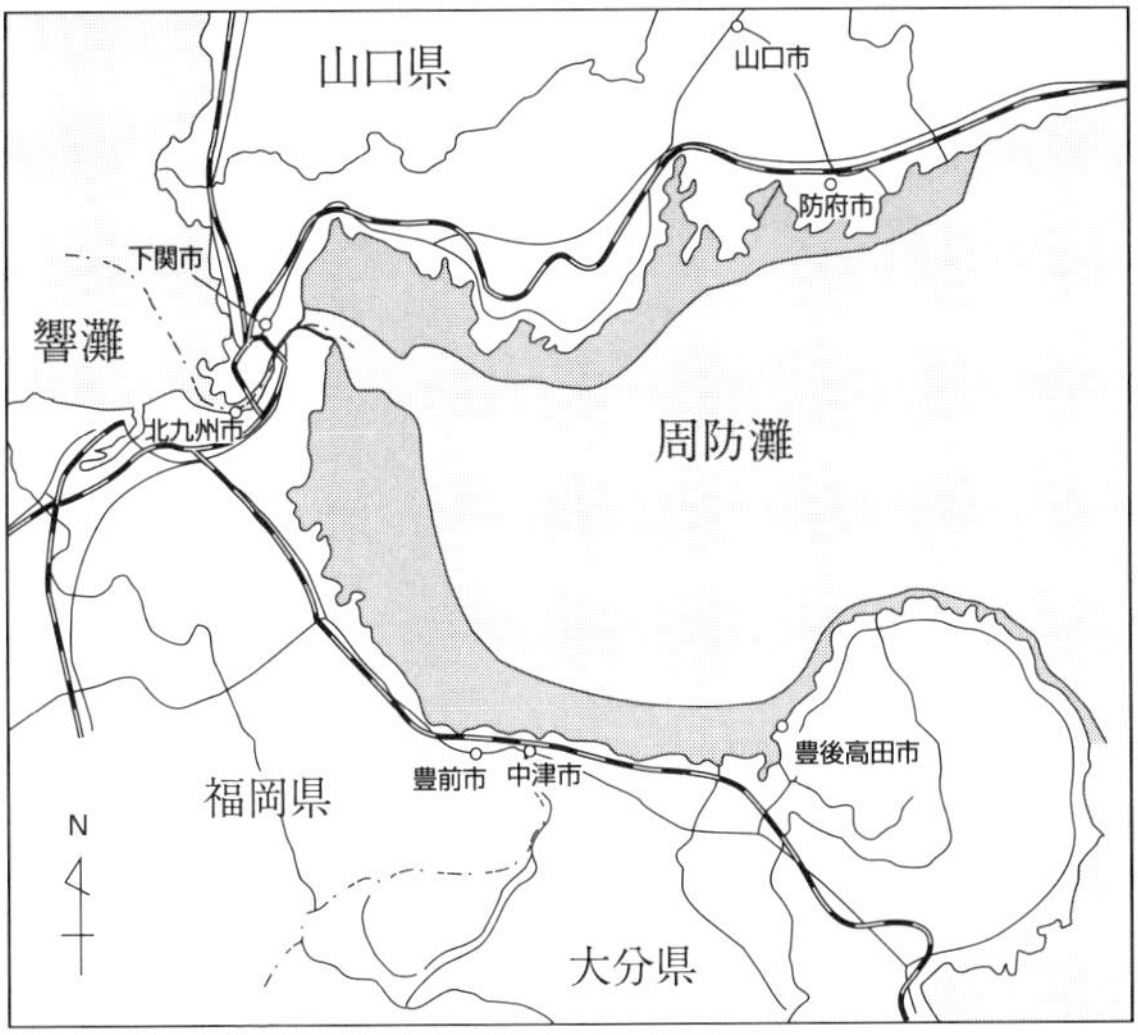

周防灘の埋立予定海域

六月十日午前十一時半、私は家族を連れて貝掘りに行った。友人のオンボロ自動車は水しぶきを立てて、岸から三キロもの沖に乗り入れた。そこから更に三キロも歩いたろう。二人の幼子も素足で砂を踏みながら嬉々として歩いた。中津の海岸は、それほど広大な遠浅の海なのだ。沖では、美しい絹貝を拾ってまわった。掘る必要もなく水底に出ている。振り返れば、浜の松原が遙かに遠い。

これだけの海域を埋め尽くして大コンビナートが来るのかと思うと、私は悪夢を見るような気がするのだった。

周防灘がねらわれた第一の理由は、この広大な遠浅ゆえにであった。大分県が発行している「周防灘総合開発の現状」という最新のパンフレットは、周防灘の利点として次の五条件を挙げている。
①海岸線からの海底勾配が五百分の一～千分の一の遠浅で、水深一〇メートルでの水面積が実に九万七〇〇〇ヘクタールにも及んでいる。
②瀬戸内海特有の温暖な気候と波静かな海面を持っている。
③台風等の自然災害が極めて少く、地震による被害は皆無である。
④陸・海・空の交通は極めて至便である。ことに港湾条件に恵まれ、関門海峡、豊後水道等を通じて外洋への出入が容易であり、海上はマンモス輸送船の航行が可能である。
⑤北九州市をはじめ周南地区、大分地区等には既存の工業集積があり、これとの有機的連関が容易である。

いうまでもなく、これは企業サイドでの一方的利点である。昭和四十五年六月十六日に周防灘を視察した国土開発審議会視察団は「沿岸後背地に近接して、広域にわたり市街地があるので公害防止対策がむつかしい」ことを指摘している。この一点だけでも、企業サイドの利点という五条件を否定し去る権利があるのではないだろうか。

私は多くの市民が、貝掘りに来ることをのぞむ。子供達が、どんなに健康な歓びを示して水しぶきを撥ねることか！

そして、そこで考えてみよう。

この海が埋め尽くされることで、私達はどれほど貴重なものを喪うのかを、もし喪われれば、もう永久にとりかえせないもののことを。

正気の沙汰なのか？

通産省は、昭和六十年段階における全国工業生産規模についての推計を日本工業立地センターに委託したが、同センターは昭和六十年の全国生産規模を四十年の五倍、石油化学は十三倍にふえると推計した。そして国民総生産は昭和六十年に一三〇～一五〇兆円に伸びるとし、その場合の周防灘の年間出荷額を十五兆円とみて、昭和四十六年五月に周防灘の開発規模を設定したのである。

いうまでもないことだが、新全総は中央の机上計算で設定されたものを、一方的にこのように押しつけて来るのであり、地域の側からの選択権など初めから無視されているのである。

この開発規模がどれだけ巨大であるかを見てみよう。

まず鉄鋼であるが、現在世界最大の鉄鋼工場は日本鋼管福山工場で年産一二〇〇万トンであるから、周防灘に新設される年産二〇〇〇万トンは、これを遙かにしのぐ規模となる（勿論一工場にはなるまいが）。

石油精製日産一五〇万バーレル（約二三万八五〇〇キロリットル）が桁はずれに巨大である。大分の九州石油が一〇万バーレルであるから、あの規模の工場が十五個並ぶと考えねばならない。

石油化学工業年産四〇〇万トンに至っては、狂気の沙汰としかいいようがないほどである。通産省資料によれば、一九七二年の全国エチレン工場生産能力合計が四八一万四〇〇〇トンである。現在の全国生産に匹敵するほどの工場を周防灘に設定するというのである。

火力発電一〇〇〇万キロワット。大分の九州火力が二五万キロワットであるから、同規模工場が四十個並ぶと考えれば大きさが想像できる。

むつ・小川原の開発規模にある年産一〇〇万トンのアルミニウムを、星野芳郎氏は「正気の沙汰なのか疑いたくなる。これはケタ違いに日本最大の工場である」と呆れているが、周防灘にはアルミは書きこまれていない。ところが実際には予定されているのである。磯村英一東洋大教授グループによれば、年産一千億円のアルミが来るというのである。トン換算いくらか私にはわからないが、多分むつ・小川原と同じ年産一〇〇万トン規模ではないだろうか。アルミをなぜ表示せずに隠しているのか。それだけの理由があるのであるが、次の節で述べよう。

かくて、出来上がったのが、「周防灘大規模開発構想図」である。ガン細胞の如くつらなって岸から出ている、このおぞましき埋立図を見よ！

四日市ぜんそくにかかる？

さて、周防灘開発計画に関する日本地域開発センターの調査報告が五月十九日に発表された（磯村東洋大学長ら）。

その中に次のような意味の、まことに当然な指摘がある。

ある開発計画を策定するにあたっては、まずその生産計画から生ずるはずの産業廃棄物その他の公害を処理出来るかどうかを確認してから定めるべきである。つまり、産業廃棄物など公害を処理出来る範囲内での計画に厳しく限定されねばならないのである。これは当然なことであろう。

ところが新全総では、まず必要な生産高が算出され、それによって〈正気の沙汰なのか〉といわれるほどの巨大計画が設定されてしまったのであり、それによって生ずるだろう巨大な公害には対症療法しかないのである。

かくて私達を襲うのは、未曾有の公害ということになろう。以下、その重要なものだけでも考えてみよう。

亜硫酸ガス　星野芳郎氏は、むつ・小川原計画をモデルとして、亜硫酸ガスの空中放出を計算してみせている。むつ、小川原計画が鉄鋼年産二〇〇〇万トンであり、これは周防灘と同規模である。火力発電が八〇〇万キロワットで周防灘の一〇〇〇万キロワットより少い。従って、周防灘ではむつ・小川原に予想されるよりなお多量の亜硫酸ガスが放出されることになる。その結論部分だけ書けば次のようになる。

「もちろん、今後十年あるいは二十年後には、重油脱硫や排煙脱硫の技術も進み、それらの設備もとりつけられはじめるにちがいない。しかし、言うまでもないことだが脱硫効率一〇〇%ということは、原理的に将来もありえない。……現代技術のこのような常識からすれば、石油と石炭と鉄鉱石の中の硫黄分だけで、年間七五万トンの亜硫酸ガスが排出されるものならば、将来いかにすぐれた脱硫装置が開発され、むつ、小川原コンビナートの各工場の経営者がいずれも聖人の如く良心的であり、そのうえ安全管理が行きとどいたとしたところで、少なくとも年間八万トンの亜硫酸ガスが広汎な地域にまき散らされることは疑いない。むつ・小川原コンビナートにおいて、将来大気中に排出される亜硫酸ガスの総量は八万トンから七五万トンの間にあると考えてさしつかえない。亜硫酸ガスひとつとりあげても、青森県官僚がこれを無公害コンビナートというのは、明らかに意識的な詐欺といわなければならない」

右文中の、むつ・小川原という個所を周防灘とそっくり置き換えて読めばいいのである。亜硫酸ガスが四日市ぜんそくの元凶であることは、既に衆知のことである。私達もまた、ぜんそくに苦しむ日が来るだろう。この計画を許せば。

水銀　年産四〇〇万トンの石油化学工業が来れば、少なくとも年産四五万トンの塩化ビニール工場が加わり、その原料の塩素の生産のために、食塩が電気分解され、そこで水銀電極が使われることになる。その水銀は塩水や洗浄水にまぎれて一部洩れてしまう。この水銀の洩れが年間四五トンから六〇トンとみられる。この水銀は状況によっては、大量の水俣病を発生させる危険をはらんでいる。

ヘドロ　アルミニウムをなぜ表示せずに隠したかというと、アルミニウム生産過程で必要なボーキサイトから膨大な赤泥が廃棄物として出るからであり、これの処理が出来ないからである。一〇〇万トンのアルミ生産から生ずる赤泥は、少なくとも二〇〇万トンである。この赤泥は粒径が微小であるため沈降速度が極端に遅く（一メートル沈むのに八十時間）、安易に海洋投棄すれば、予想外の遠い海域に流れていって、浅海の海草や底棲動物を壊滅させるだろう。

日本軽金属苫小牧工場は昨年十月に完成しながら、いまだに操業を始められずにいる（今年六月現在）。赤泥の廃棄をめぐって地元漁民の反対にあっているためである。

磯村教授グループの計算によれば、周防灘計画で出るヘドロは、赤泥を含めて実に年間三〇〇万トンになるという。

いったいこれをどこに持っていって捨てるというのだろう。

へドロで大問題になっている田子浦が、地域全体で一〇〇万トン、新日鉄八幡製鉄所が年間一〇万トンくらいであることからも、いかに膨大なへドロか、呆れるばかりである。

フッ素　一〇〇万トンのアルミニウムを生産するには約三万トンずつの氷晶石《ひょうしょうせき》のフッ化アルミニウムが必要であり、これから年間三万トンのフッ素が排出される。もちろん捕集回収装置はあるが、一〇〇%の効率ではない。洩れたフッ化水素はごく微量でも植物を枯らしてしまう。年産一〇万トン規模の工場でも、この洩れのために附近の農家とは年中トラブルが絶えない。ましてて、その十倍もの工場が来れば……。

重金属　非鉄金属精錬所では、集塵機や沈殿池によって、排ガスや排水から重金属の洩れることを防ごうとしているが、どちらからも粉塵として洩れることは避けられない。ヒ素、カドミウム、アンチモン、亜鉛などの地上や海底への堆積は限りなく増大していくだろう。カドミウムがイタイイタイ病の元凶であることは、いうまでもない。

石油　石油関係の公害は別項で後述する。

用水　直接の産業公害とは別に、たとえば開発計画により、私達市民生活の水は被害を受けないか（つまり供給不足にならないか）を考えてみよう。

九州地方建設局による周防灘の水資源開発構想によれば、山国川をはじめ十一水系に数十のダムを作り、また幅二〇〇～八〇〇メートル、延長五〇キロメートル、水深一〇メートルの河口湖を造り、徹底的に河川の水を利用し尽くそうという計画である。おそらくこのような用水策により、農業用水や住民の飲料水に大きな不足が生じて来ると考えられる。もともと当市の水資源は潤沢ではない。豆腐製造という豊富に水を使う仕事をしていた私は、夏の渇水期の断水に幾度も苦しんだものだ。

忘れてならぬことは、水は企業に優先されるということである。長崎市の水不足は余りにも有名であるが、一般家庭の断水騒ぎはしばしばなのに、三菱造船所などの大企業が断水で操業停止したという例はないのである。佐賀関製錬所もまた然りである。磯村教授グループが「両計画（志布志・周防灘）ともに、住民の立場に立って根源から洗い直すべきだ」と結論した理由の一点が用水への疑問なのだ。

で、中津はどうなるん

『広辞苑』なんかに載りたくない

いまフジの花が盛りの福沢旧邸は、修学旅行の観光バスが絶え間ない。中津の町の唯一の観光地だといっていい。金にならない小観光地。

結局、中津は北九州市のベッドタウンの様相を呈してきていることを、最近の新聞は報じている。北九州市まで急行で五十分であってみれば、そうなっていくのは当然だろう。

市の発展即大企業誘致という発想が、平和郷破壊に必ずつながっていく現状で、私は市の発展など少しも望んでいない。最近、日本新薬の進出を漁民が団結してはばんだことは、ともすれば温和な妥協にながれがちな中津市民に、よきカツとなった。

その海に、潮干狩りのバスが各地からやってくる。私も過日、赤ん坊まで連れて一家で馬刀《まて》貝掘りに行った。まて貝掘りは楽しい。クワで干潟の表面を薄くけずると、砂に小さな穴があらわれる。その穴に食塩を少し落としこむと、なぜかまて貝があわてて飛出してくる。そこをすかさずつかまえるのだ。

だが、この海もこの貝も、十年後はどうなっているのだろうか。この遠浅の海を埋めつくしてしまおうとする周防灘開発計画が不気味でならない。日本の国土と人心を浸食しつくしていく大企業というモンスターが、ついにここにねらいを定めたことに、私は鋭くおびえている。

人口流出地帯の一救済策としての開発計画を、自然への牧歌的愛着のみで否定し去ることは許されまいが、せめて大企業本意の開発計画を是正していく住民としての監視は、しかと見据えていたいと思う。私が地方選で革新候補応援に立ったのも、ひとつはその願いをこめてであった。――福沢諭吉があいそをつかして以来、いまも保守の壁の厚い町である。

しかし、それも少しずつ変化しつつある。「司法権の独立を守る中津市民会議」は、広く市民を結集して、市民運動の新しい萌芽となろうとしている。そしてまた中津市議会はこんどは共産党市議を副議長に選んだ。

『広辞苑』第一版に登載された〈中津市〉は、一昨年の第二版から消えてしまった。岩波書店に問い合わせたら、人口が減少して重要性のない町になったと判断しましたので、ということであった。

貝掘りが出来て、ツバメが多くて、空の美しい町――それが重要性のない町のみの特権であるなら、私は〈中津〉が『広辞苑』第三版に復権しないことを、ひそかに願ってる。

平和郷に何がやって来るんだ？

本年三月定例市議会で、福田正直議員の質問に対し、久恒企画課長は周防灘開発構想に関して、次のように答弁している。

「大分県の埋立地域は主として石油が中心となろう。国の調査にもとづく中間データの解析によれば、山口県域はすでに過密で特に石油は漁民の反対で立地不可能、福岡県域は水資源に難点がある。大分県域は未開発の水資源もあり条件は有利、ということになっている。……また埋立水域の調査結果は豊後高田地先宇佐地先より中津地先の方がヘドロ層が少なくて埋立条件が有利という結果が出ている」

大分県当局は、周防灘総合開発のＰＲ資料として、①基礎資源型工業、②非公害型加工工業、③食品コンビナート、④農林業生産加工工業を四本の柱として宣伝広報しているが、②③④は単なるつけたりに過ぎない。

周防灘開発の大分県域が公害企業の最たる石油シリーズになることは間違いない。

山口県域では漁民の反対にあい、福岡県ではいち早く県議会の石油反対表明にあい、どこからも嫌われた石油コンビナートが大分県に押しつけられたのである。

わが県でも四十六年七月二十二日、「波及効果を期待出来ぬ石油関係に反撥」のポーズをみせたのであるが、その舌の根のかわかぬ八月十九日の周防灘開発促進協議会（県北三市三郡の市長、村長、議会議長その他三十人）で林総合開発課長は「昭和六十年代の石油精製で全国の四一・六％、石油化学で四六・一％のシェアーを大分県が分担する」ことを得々と語っている。

かくて国東半島から中津まで、巨大な石油タンクで埋め尽くされる悪夢の如き光景が出現することになるだろう。

その光景を具体的に想像したい人のために、田尻宗昭『四日市・死の海と闘う』の冒頭部分を引用しよう。三重県四日市市は、四日市ぜんそくで世界に知られる悪名高き石油コンビナートの町である。

昭和四十三年七月、私は前任地の東北から四日市に着任しました。新しい仕事は四日市海上保安部の警備救難課長というもので、まあ「何でも屋」といったところです。

四日市が〝公害の町〟だということは知っていましたが、それも、ススでも空から落ちてくるんじゃないか、という程度の認識しかなかったのです。近鉄の四日市駅を降りたときの最初の印象はまるで西部劇のような町だな、という感じでした。そして駅から車で保安部にむかう途中のあたりの風景は、今まで見たこともないような赤・白だんだら模様の煙突・銀色に光るパイプ、丸いタンク……などが林のように並んでいて度肝を抜かれました。そして車が走るにつれて、なんだか工場のなかを通っているような錯覚にとらわれた――、えらいところに来た。保安部に着いて窓の外を見ますと、周囲どちらを向いてもコンビナートでぎっしり囲まれている。しかも、とくに印象的だったのは、真夏なのに煙突からめらめらと炎が燃え出していることでした。そのときの実感として、まるで火薬庫の真中にいるような不安を感じたんです。
それから港を見てみようと、早速巡視艇に乗って海に出た。小さい港の中にニョキニョキとやたらに桟橋が突き出し、タンカーがひしめき合っている。なにかいやな予感がしました。そして、ふっと水面を見たときに、仰天したんです。これはなんだ、この色はなんだ、黄・赤・白・茶・黒と五色ぐらいあるんです。しかも、それがペンキのように、ドロッと流れている。私は海の男ですからいろいろ海を見てきましたけれども、こんな海ははじめてです。まったく強烈な印象でした。

十年後の中津の町、中津の海がこのようにならぬと、誰も保証できないはずだ。

油びたしだぞ！

周防灘計画に想定される原油供給量は、年に三〇〇〇万キロリットルを超えるので、一〇万トンタンカーに換算すれば、三百隻を超える計算になる。つまり、毎日一〇万トンタンカーが港に往復することになる。
『四日市・死の海と闘う』には、読んでいて身のすくむようなタンカー事故がこれでもかこれでもかというほどに挙げられている。
「ここで一つの問題は、タンカーの乗組員が法律上なんの資格も義務づけられていないということなんです。陸上でしたら、消防法のなかに危険物取扱い主任者の資格がはっきり決められている。

ローリーでもガソリンスタンドでも全部免状がいるんです。とうぜんのことです。それによって安全が確保され、また働く人たちの生命が守られている。ところがタンカーの乗組員については、小は一〇〇トンもない小型タンカーから、大は三〇万トン級のタンカーにいたるまで、機帆船にも漁船にも共通する一般的な運転資格以外、タンカーという危険作業に従事することについては、まったくなんの資格も必要としないことになっているんです。たとえば機帆船や漁船の船長でも明日からいきなりタンカーの船長にもなれるということです」

動く火薬庫とも呼ぶべき巨大タンカーが、このような杜撰《ずさん》な管理しかなされていないのである。昭和四十六年十一月、新潟港外に停泊中のリベリア船籍のタンカー、ジュリアナ号が二〇メートルを超える強風で流されて座礁し、船体が二つに折れた。この時流失した原油は六〇〇〇トンであった。中和剤の散布、ムシロの投入、オイル・フェンスなどの対策を講じたが、これといた決め手はなかった。

このように危険なタンカーが年に三百隻以上も出入りすることになるのである。

しかも、林立する石油タンクにいったん事故が発生した時はどうなるのであろうか。

地雷にも絶対大丈夫な設計のはずであった新潟市の昭和石油（日産四万七〇〇〇バーレル）のタンクが、昭和三十九年六月の新潟地震では最初のひと揺れで火を噴いたのであった。次々と誘爆して市街をも延焼し、実に十五日間にわたって燃え続けたのであった。アメリカから油田消火の名人を呼び寄せたりした騒ぎは、今も私達の記憶になまなましい。

このような事故の問題だけではない。

厄介なことに、石油はいくらていねいに扱っても〇・一％は必ず洩れるのである（宇井純『公害・原点からの告発』）。

三〇〇〇万キロリットルの〇・一％は三万キロリットルである。実に年間三万キロリットルの油洩れが沿岸部から広く周防灘全域を汚染していくことになる。

宮脇　最近ドイツの論文を読んで知ったのですが、川なんかの場合は、たった一リットルの石油が一〇〇万リットルの水を汚染するそうですね（一トンの石油が一二平方キロメートルの海を汚染する）。

宇井　一リットルで一〇〇万リットルというと一ＰＰＭですね。一ＰＰＭというのはずいぶん濃いほうでしょう。実際は、もう一ケタ下、あるいは二ケタ下で油臭魚が生じるのです。一九六四年十月、科学技術庁の調査報告によると、油分が〇・〇五ＰＰＭであっても二時間後に着臭し、〇・〇一ＰＰＭで二十四時間、〇・〇二一ＰＰＭでも九十六時間後に着臭したとある。

この稿を書いている今朝（六月十一日）の新聞県内版に小さな記事が出ている。全文引用する。

「十日午前六時すぎ、大分市豊海、菱東肥料化成工場の燃料用重油タンクから重油が流れ出し、排水溝を伝って住吉泊地に流れこんでいるのを同工場の作業員が見つけ、大分海上保安部に届けた。同保安部から巡視艇『にいづき』など四隻が出動、四〇〇メートルにわたってオイルフェンスを張って油の拡散を防ぐ一方、泊地内への船舶の出入りを禁止し、油中和剤約一・六キロリットルをまいて処理した。

泊地内には一面に油が浮き、約一キロ四方にわたって油の臭気が漂ったが、ノリ漁場からは離れていたため漁業などへの直接の被害はなかった。

同保安部の調べでは重油タンクの調節弁が故障、約一トンの重油が流れ出た。この日の油処理作業は同保安部に油中和剤は二七〇リットルしかなく、オイルフェンスもないため、あわてて県新産都建設局から集めたため処理完了まで約八時間もかかった」

周防灘大分県域を埋め尽くす石油コンビナートでは、右の如き小事件（?）は、日常に起きるだろう。周防灘は油びたしになってしまうだろう。

（注）オイルフェンス：海面に流出した油の広がるのを阻止する防材。浮袋から広いつり下げ幕がさがっており、これを連結して汚染部分を囲む。しかし、波の高さがせいぜい一メートルどまりの海面でしか役に立たない。ＰＰＭ：ピーピーエム。公害用語の中で一番使われる単位。百万分の一を意味する。

なんで、そんなに石油を運ぶんだ？

新全総がねらう鹿児島県志布志湾も石油コンビナートとしてである（食品コンビナートなどというゴマカシをくっつけているのは大分県と同じであるが）。

志布志湾沿岸では、漁民を中心として広範囲な住民の反対運動が湧き起こっている。同じく鹿児島県の美しい国定公園錦江湾内の喜入には、既に石油基地がある。

一体、なんでそんなに石油を貯めこむのだろう。青法協鹿児島支部の出した「新大隅開発計画批判」は、その理由を次のように述べている。

「昭和三十五年に改正された日米安保条約の下で自衛隊は着々とその軍備を増強してゆきました。しかし、その戦略は、アメリカの核の傘の下でアメリカに頼りながら、敵を水際で防ぎ、一ケ月間もちこたえるというものでした。しかし、一ケ月間はもちこたえるためには、軍用機や戦車や軍艦のための石油や経済活動に必要な石油が一ケ月間は続かなければならないわけです。海上自衛隊の増強が進んでいるとはいえ、中東から日本までの長い航路を往復する多くのタンカーを護衛することは不可能です。そこで少なくとも戦争が始まっても一ケ月分以上の石油を国内に備蓄する必要が生じたのです。このことは、自民党の安保調査会でも真剣に検討され、昭和四十一年の中間報告でも強調されています」

このような方策に基づいて我国の石油備蓄は強化され、一九七一年には四十五日分の備蓄量を持つに至った。新全総の計画の中では、昭和六十年の石油備蓄量を八十日から九十日分へまで持っていこうとしている。かくて日本国中に石油基地を張りつけることになるのだ（中東へのタンカーの往復が約一カ月かかることからも、我国の備蓄一カ月以上の線は出て来る）。

下村治氏の計算によれば、昭和五十五年の日本経済に必要な石油を運ぶには、日本とペルシャ湾の間に二〇万トンタンカーが往復二列に並び、一時間間隔で出航し、三十分ごとにすれ違わねばならないという計算になるという。

まして新全総が実働し始める昭和六十年代にはどうなるか。タンカーの往復が二列に並んで数珠つなぎという光景が現出し、その航路にあたる東南アジア諸国との緊張関係は避けがたい問題となるだろう。

二〇万トン級タンカーの満積時の吃水は一八～一九メートルである。海面下にそれだけの深さで沈んでいるのだ。ところで船は波などで上下にピッチングするのであるから、二〇万トン級タンカーの航行する海は最低二四メートルの深さは必要ということになる。これに対してマラッカ海峡の深さは平均二五メートルで、二〇万トン級タンカー通過がギリギリなのである。マラッカ海峡を通過する大型タンカーの乗組員は海図をたよりに、極度に緊張するという。タンカーが数珠つなぎとなる時、その事故は大国際問題となるだろう。

おそろしいことである。

匿名氏よ、あなたに答える

なぜ匿名なのかなあ？

ここに一枚のハガキを紹介しよう。

差出人の名はない。いわゆる匿名のハガキであり、消印は中津局になっているから、中津市民の一人であろう。私が周防灘開発反対を主張していることに対する反論である。

「周防灘開発のもたらす地域社会の経済・生活・文化向上の波及効果を真剣に考えてみて下さい。大分県は現在鹿児島県についいで全国二位の過疎県です。もし大分新産都建設がなかったならば、それこそ全国一の後進県になったでしょう。私共の生活は社会福祉は日を追って向上しているものだから中央の半分しかない所得でも得々として貧困の切実感がないのかもしれない。昨年のドル・ショック以来周防灘開発は掛け声ばかりで画餅《がべい》にしか過ぎなくなりそうなことを市民は余り知らない。自然を守ること結構、でも人間の生活、文化水準を向上させる為には産業開発しかないいんじゃないか。公害も恐いけど、住民のかしこさでそれを防ぐことが出来るし、なんにしても若者が、優秀な人材が出て行ってしまうような街の姿をもっとつきつめて考えてみるべきです。

松下さんも『豆腐屋の四季』を書いていた時のような労働の楽しさ、人生のやさしさ、たゆまぬ社会への奉仕の心に立ちかえるべきだと思います」

私には最近よく匿名のハガキや手紙が来る。なぜ匿名にしなければならないのかと、私はいぶかしくてならない。正論を信じているのなら、ちゃんと記名で書いて来るべきだ。それに対して、私は私の考えをただちに返信するのだから。

ともあれ、この匿名のハガキに述べられているような考えを周防灘開発計画に寄せている市民は、相当に多いだろうということは、私も察している。

そこで私は、そのような市民の代表としての匿名氏に、以下の文章で答えよう。

大スーパーがどっと来ますよ！

第一点「公害も恐いけど、住民のかしこさでそれを防ぐことが出来る」というのは、この匿名氏の不勉強による全くの楽観論に過ぎない。住民の賢さくらいで防げるなら、どうして現在このように日本中に公害問題が噴出していようか。

これまで繰り返し述べて来たように、いかに技術が進歩しても、原理的に公害を一〇〇％処理出来ないことは科学者の言明するところである。まして忘れてはならないことは、企業とは利潤追求が至上目的だということである。いかにすぐれた公害処理技術が開発されても、それが企業利潤を大きく圧迫するほどの出費を必要とするのであれば、決して設置しないということなのだ。

エコノミック・アニマルといわれるものの非情さを、私達は肝に銘じてかからねばならないのである。そういう甘い楽観論は、ただちに改めてほしい。

第二点、果たして企業誘致が匿名氏の期待するような中津市の住民生活の向上につながるのかどうかを考えてみたい。中津市に来るのは石油コンビナートであるから、それに即して考えよう。まず雇用効果であるが、石油産業はいうまでもなく装置産業であり、ほとんど労働力を必要としないのである。石油タンクが巨大な面積を占めるにもかかわらず、タンクに人は要らないのである。周防灘の九州側雇用人口が山口側のわずか半分しかないのは、そのためである。

しかも九州側（福岡・大分両県）の労働力一万一八〇〇人という数字も、磯村教授グループの算出によれば、多分に水増しであり、実際には、こんなに要るはずはないと指摘されているのだ。更に注意しなければならないのは、あたかもこれがすべて地元雇用の如き錯覚である。石油化学の基幹部門は高度の技術が必要であり、当然既存の工場（県外）から配置転換されて来る者で占められるのであり、地元住民は臨時工や雑役や下請け企業の労働力としかならないのだ。

過疎対策として誘致したはずの鹿児島県喜入町の原油基地労働者はわずか一五〇人であり、このうち地元雇用は五十人に過ぎなかった。

なんという過疎対策！

さて次に、地元に波及効果があるのか。

当然のことながら石油産業の原料である原油は輸入なのであり、地元とは関係ない。その設備も高度であり、地元からの調達など考えられない。

では波及効果というものを、例えば人口が増加して商店街がうるおうというような意味で期待しているなら、これも幻想におわりそうである。

大分新産都計画で、大分市内の商店街はどうなったか。成程、竹町商店街はカラー舗装したり噴水を作ったりして美しく派手になっているが、実はそうしなければ進出して来た長崎屋をはじめとする外来大スーパーに太刀打ち出来ないからである。莫大な借金で商店街を飾りたてながら、それでも売上げがふえないという実情なのである。

六月九日付の「朝日新聞」県内版の小記事を引用しよう。

大阪市に本社を持つ株式会社ニチイの福博文副社長は、八日、大分市で「同市中央町の若草公園わきに大分ショッピングデパートを建設する」と語った。

ファッション衣料を目玉に、来年五月オープンする予定だが、すでに井筒屋デパートをはじめ大型スーパーが相次いで大分進出を決めている現状から、地元商店では過当競争を心配する声が強まっている。

しかも、新日鉄など大企業の購買部は、あらゆる商品を市価よりずっと安価に内部販売していることも忘れてはなるまい。

匿名氏が、もし商店関係の人なら、是非先進コンビナートの町の商店街を調査に行くことを勧めたい。いや、遠くに行かなくてもいい。中津市内で既に次のような例が起きていることを、匿名氏はご存じか。富士三機工場に納品していた某商店（私は名を知っているが）が、同工場が新日鉄に合併された途端しめだされてしまったのである。新日鉄などの大企業に、地元商店が入り込む余地はないのである。

もう一例挙げよう。某電気メーカーの小売店会が、全県下一斉の売出し月間をもうけたのであるが、売上げトップは中津市であり、最下位が大分市であったという。いかに大分市の小売店が苦しんでいるかを如実に語っているではないか。

ギャンブルの方がもうけるんだって⁉

第三点、コンビナート誘致により、市の税収入がゆたかになるのか。

四日市市の場合を例に引けば、先ずコンビナート誘致のための膨大な先行投資があった。これには、工場誘致のために事実上のヤミ起債までしたのである。その結果はどうなったか。

「私どもが三十九年に調査した当時、市の当局者こういっておりました。『四日市市自体が公共投資として一年間に使える金というのが九億円しかない。ところが先行投資のヤミ借金を返すためにはそれが丁度半分あるので、そのことで新規投資は四、五億にとどまる。四日市は表面的には富裕団体といわれているが、実はこういう工場誘致に使ったヤミ借金の返済で十分な市民のための福祉投資ができない』。その後四十二年に来た時は『ヤミ借金が終わると次の問題は公害対策費です』とのべていた」（『宮本憲一証言集』より）

事実、やっと起債返済が終わった時待ち受けていた問題は、コンビナートが生み出した公害に対する対策費であった。四十四年度の四日市市公害対策費は三億三〇〇〇万円である。

四千億円という巨大投資によるコンビナートから四日市市は、年わずか十億円前後の税収入しかあげていない。ところがコンビナートは一日約一億円の利益を上げ、それは本社のある中央に吸いあげられていくのである。

四日市市の市民生活がいかに貧しいかは、次の如く示されている（昭和四十一年五月）。道路舗装率三・五％、屎尿処理率一八・一％、ごみ処理率三一・三％、下水道普及率一四・五％、都市公園一人あたり〇・三平方メートル。

しかも驚くべきことは、このようなひずみがはっきりわかりながら、四日市市ではなお第三コンビナートが造られたことである。なぜそのようなことになるのか。それを宮本憲一氏は次の如く分析する。

コンビナートの税源として大きいのは、償却資産税である（設備に対する税）。しかしこの資産は加速度償却されることになっている（つまり設備が老朽化するほど税収が少なくなる仕組であるが、これが加速度的なので数年もすれば無税に近いようなことになるのだ）。

従って税収を増加させるためには、また新しい巨大設備を造らせて、それから高い償却資産税をとるしかないのだ。そうして税収をはからねば、公害対策費も出せないのだ。

なんのことはない。既存コンビナートが生み出す公害対策費捻出のために、また新しいコンビナートを造らざるをえないのである。その新コンビナートがまた新しい公害を生む。その対策費をひねり出すためには第四コンビナートを造る。このとめどない悪増殖をどのように考えればいいのか。市民を待ち受けるのは地獄ではないのか。

原油基地鹿児島県喜入町の例を考えてみよう。原油基地が来る前、喜入町は国庫から年間一億八〇〇〇万円の地方交付税を受けていた。ところが日本石油が一億二七〇〇万円の固定資産税を喜入町におさめた途端に、地方交付税はわずか四千万円に減らされてしまった。なんのことはない、一三〇〇万円の税収減ではないか。

周南コンビナートの中心地徳山市はどうか。「企業を誘致すれば地元がうるおうといわれているけれど、税金だけとってみると、うるおうとはいえないですね」と、高村坂彦市長は語っている（「毎日新聞」五月二十日）。公害都市の代表の如くなりながら、コンビナートからの税収がわずかであるとすれば、市民は救われないではないか。事実、皮肉にも、徳山市がコンビナートから得る税収は、なんと徳山ボートのあげるテラ銭の半分でしかないのである。

例を挙げていけば際限がない。遠くを見る必要はない。大分新産都を見てもわかる（「落日の海」11・12・13回を読み返してほしい）。

このような矛盾が起きるのは、ひとつは税収の中央集権的配分（国が七、県が二、市が一の割合）のゆえであり、ひとつは、企業が負担すべき公害の跡始末を地方行政体がしているからである。そうであってみれば、地方行政体の首長もまた、私達住民と同じく中央（国・大資本）の犠牲者のはずなのだ。私達と共に立ち上がって闘う立場のはずなのだが。

ここで私は日本一奇抜な過疎対策を打出している名町長を紹介しよう。

広島県比婆郡西城町。ここの山中に一昨年夏以来怪獣が出現するというのだ。一・五メートル位というから、なんともかわいい怪獣である。類人猿だ、ニホンザルだ、山人だ、いや熊だろう、さらには目撃者の幻覚だろうということで一向に正体はつかめないという（「アカハタ」一月十一日）。

怪獣騒動で、にわかにこの過疎の町は脚光を浴びることになった。西城町の知名度があがって、東京に陳情にいってもすいすい通るという。町長がこれを利用せぬ手はない。早速町役場内に「類人獣係」を指命して本腰を入れ始めた。この際徹底的に捜査に踏みきってはという議員の質問に町長はこう答えている。「平和愛好的なものと、私はかように考えております。捕獲とか、捜査とか考えるべきではない。幻の怪物として、長く町民とともに生きてもらいたい」

コンビナート誘致に幻想を抱く首長より、はるかに名町長ではないか！

おれ貧乏なのかなあ？

さて第四点。匿名氏は、ハガキの中でいみじくも次の如くいっている。「私共の生活は……中央の半分しかない所得でも得々として貧困の切実感がないのかもしれない」

そうなのだ。それでいいじゃないか。おれ貧乏なのかなあ、などと無理に悩む必要などありはしない。

〈ゆたかさ〉とは意識問題なのだ。なにをもって、ゆたかさだと感ずるかの問題なのだ。家の中に物が溢れたから、ゆたかだということにはなるまい。中央の半分の所得でも私達は美しい空の下に住んでいる。松林の海岸も持つし、遠浅の海では貝掘りも楽しめる。心身を破壊する公害とは無縁だ。――これほどゆたかな生き方があろうか。

人口が少なくて文化水準が低いという問いかけには私は次のように答えよう。確かに中津市では演劇など観る機会は極端に乏しい。だが、演劇を観ることによる一時的感興と、中津市の子供達が幼い頃からゆたかな自然の中で成育していくことのすばらしさを比較すれば、私はためらいもなく後者を選ぶ。

コンビナート誘致により中津が都市化すれば、成程中央からの文化が流れこむだろう。だが都市化により喪われた自然が市民の心の成育に与える底深い破壊は、他の何をもってしてもつぐないうるものではない。

三菱銀行の頭取が、〝泥棒のない社会〟を見に中国に行くといったことに対し、鹿児島県の自然を守る会代表小谷正秋氏は「そんなに遠くに行くことはない。柏原（志布志湾沿岸）へ行けばいい」といっている（「朝日新聞」五月二十七日）。泥棒がいなくて、交通事故死ゼロの町、それこそが〈ゆたかな町〉ではないか。すこやかな文化の町ではないのか。

バートランド・ラッセルは「人類が二十一世紀に突入出来る可能性は五分五分だ」とショッキングな発言をしている。今のような物質万能文明が続けば、あと三十年で人類は滅亡するかもしれないのだ。今、〈しあわせ〉とか〈ゆたかさ〉とかの発想転換こそが、滅亡を救う唯一の道である。それは中央に求むべくもない。私達地方からこそ興っていく新文明ではないだろうか。

さて匿名氏のハガキの第五点、「昨年のドル・ショック以来周防灘開発は掛け声ばかりで……」は、決してそんなことはない。

私達市民には知らせぬまま着々と調査は続いている（すでに四十五年度から四億円の調査費が投入されて運輸省、建設省、通産省による基礎調査が終わり、あらたに四十七年度には水産庁、気象庁も加わって八億五四〇〇万円の調査費が組まれている。当市でも野球場横で伏流水調査のやぐらが組まれているから、匿名氏も行って御覧なさい）。

そしてとりわけ私達が気をつけなければならないのは、単発的に出されて来る計画が実はすべて周防灘開発計画の一環であるということだ。

例えば耶馬渓ダムは、明らかに周防灘開発のための用水確保であるし、三光村と中津市の合併問題も「開発計画の前提には必ず地域行政の合併が起きる」といわれる原則通りであるし、豊前火力の問題も、苅田沖空港の問題も、すべて周防灘開発計画の一部分なのだ。目の前に迫っているこれらの事実を前にしても、匿名氏はなお周防灘開発は画餅の計画などといってうかうかと見過ごしているつもりだろうか。

第六点。若者の流出は、確かに皆で考えなければならない中津の大きな問題である。私達はこれから周防灘開発反対運動を高めていく過程の中で、当然住民サイドでの中津市のマスタープラン作りをしていかねばならないと考えている（若者の流出に対する志布志の人達の考えは面白い。若者が都会に働きに出て送金して来るのはやむをえないじゃないか。その若者達が時折り帰郷するときのため、あくまでも美しく静かな町を残しておくのだという）。

とにかく立ち上がろうよ

母を愛せ！

海という文字が、母という字から成り立っていることは、見ればわかる。地球上のいのちは海から発生したのだ。ついに我々人類にまで至ったいのちの始源は海であった。海はいのちの母なのだ。私達は今、その母なる海に凌辱の限りを尽くしつつある。このままいけば、業罰は遠からず人類にふりかかるであろう。

海は、いのちの母にとどまらぬ。いうまでもなく文明の母でもあった。殊に瀬戸内海は、日本の文明をはぐくみ各地に伝達していった穏やかな母であった。

ここに、瀬戸内海汚染総合調査団（星野芳郎団長）が出した大部な調査報告の書物がある。実に貴重な記録である。同書から少し引用する——。

> あなたの住む町から一番海に近い駅まで、電車、汽車、あるいはバスで行く。そこから歩く。海が見つかるかどうか、見つかったとして、その海で稚魚が育ち、子供達が泳いでいるかどうか。
>
> 海がコンクリートで仕切られはじめて十年余、工場は工場を呼び、汚染は汚染を呼ぶ。海を追われる漁民が続き、眠れぬ夜を泣く子供らが増える。
>
> 私達が身近なものと思っていた瀬戸内海は、いつか工場によって私たちとへだてられ、私達

が思っていた姿と似ても似つかぬものに作りかえられつつある。

資本の目に、瀬戸内海はスクラップとしてしかうつっていないのではないかと思える。かつて中国山地、また全国の村々がそうであったように、あるいは炭坑がそうであったように、九州山口の炭田が次々スクラップにされて約十年、替って急伸をとげた石油化学工業は、今、瀬戸内海汚染の尖兵、少なくともそのひとつ、としてある。

COD、DO、PPM……、それらの指標で瀬戸内海の汚染が、量的に表わせるとの考えは、余りにも無機的にすぎると言えよう。汚染は人々の生活におそいかかり、ズタズタにし、転業をも強要する。汚染のための集団移転で遂に廃村になった集落さえ一、二に止まらない。

私達はそのような瀬戸内海と全体的に取組もうと試みた。その意味で、私達の行為は調査であるとともに、「旅」であるとも言えるかもしれぬ。

七月二十日、私達は勇んで出発したものだ。おしかくせぬ不安も抱き、西へ。


調査の結果は無惨であった。

調査は、ごまかしのきかぬ底泥を採取して分析されたが、底泥に小動物が全くいないところが三分の一もあった。汚染に最も強いゴカイの仲間だけがわずかに生息しているところがさらに三分の一を占め、工場地帯に面した瀬戸内海沿岸の三分の二までが死の海かその寸前にあることがわかった。

母は死に瀕している。

瀬戸内海の入口にあたる周防灘をコンビナートが埋め尽くす時、穏やかな母はもう完全に息の根を止められるであろう。

母を愛せ。

母を愛せ。

漁民党

六月四日の研究市民集会に参加して来た漁民は、ごく少数であった。私達の働きかけがまだ不十分で力弱かったからである。

だが、参加して来た宇佐市長州漁民の一人から、次のような手紙をあとでもらった。

「四日の研究集会に参加の機会を得ました事、大きな意義ある成果を得、今度此の様な集会、大会を開かれる事を心から呼びかける漁民の一員です。

私は永い漁業生活の中で漁民は、純粋な気持で海で暮らして来たのです。現在の海の荒れかた、濁り、又せばめられ、汚され、これでよいのかと歎かわしさを感じさせる毎日です。

私は長い間漁民に海を返せと叫び続けて居ます。だが自然と言うか現在の機構と言うか、この恐ろしい機構が海を返すどころかだんだん私共漁民から海を取り揚げていく。これでよいのかと毎日歎き、あたかも海は麻薬の中毒患者と同じ状態ではないでしょうか。海の言う健全な自然の状態は日一日と消え去りつつある時、四日の研究集会は本当に心強いものでした。

どうかこれからも政党政派を超越して漁民党として周防灘を守る会を今後度重ねて起される事希

望致し少々の努力を惜しまない漁民です。頑張って下さい」（原文のまま）

この手紙は嬉しい。

漁民の参加の少なさにしょんぼりしていた私達を、この一通が励ましてくれる。

豊前海漁民の生活は苦しいと聞く。もう海を手離し、補償金を貰って陸に上った方がいいという声の方がむしろ多いとも聞いている。それについては私達市民にも少なからぬ責任がある。海の挙げている悲鳴に耳をかたむけ、もっと早くから漁民と共にその対策を真剣に考えるべきだった。これからは私達は漁民の中に入り、漁民の声を聞き、共に真剣に海の問題を考えたいと思う。

企業立地の埋立てが、漁業放棄によってのみ可能となる現状では、漁民こそ闘いの最も有効な砦であることは当然のことである。〈漁民党〉を核として、私達市民が連帯する時、たとえシンゼンソーという怪獣でさえ私達の母なる海を奪うことは出来ないだろう。


本気で集まろう！


私達は六月四日の研究集会の盛上りを発展させて、七月に「周防灘開発反対市民会議」（仮称）を発足させる。こまかな規則も何も作らぬ単純な会とする。周防灘を開発の魔手から守ろうと手をつなぐ人なら、誰でも参加を歓迎する。とにかく本気な者の集まりにしたいのだ。

当面の構想は、高校の先生を核とした幾つかの研究グループを作り、開発計画にひそむ多様な問題点を、中津地域に即して研究することを考えている。一定の成果があらわれ始めたら研究結果を各地域の小集会で発表していくことで、市民の理解を深めたい。

来年、開発計画の青写真が発表される時、即座にこれを科学的にチェック出来るほどに、私達は学習を積んでおかねばならない。

そしてこの計画が三県の広域にわたる以上、私達は福岡県域、山口県域の住民組織とも固く連帯していかねばならない。更には新全総の思想を打ち砕くために志布志湾の人々との連帯も組まねばならない。更に身近には、大分新産都二期計画阻止に必死の闘いを展開している佐賀関町民との連帯こそ重要である。

隣市豊前市とは豊前火力発電所の問題で早急に連帯を組まねばならない（地区労が既に共闘していることは頼もしい）。

この問題を、最後に考えてみたい。

九州電力が豊前市八屋明神ケ浜（市民の水泳場）を埋め立てて計画している豊前火力発電所は、四十八年度着工、五十一年度夏に一号機（出力五〇万キロワット）を運転開始、五十二年には二号機を完成、将来は七五万キロワット規模を二機建設する構想である。

最終的に完成すれば二五〇万キロワット出力となるのであり、これは周防灘計画で九州側に予定される六〇〇万キロワットの二四％を豊前火力で受け持つことになる。明らかに、周防灘計画の一環なのである。

私達が最も気をつけねばならないことは、この海域の一箇所でも許せば、もはや周防灘開発計画全体を許さざるをえなくなるということなのだ。豊前火力を許せば重油による海域汚染は必至であり、中津の漁民も宇佐の漁民も漁場を手離さざるをえなくなるからだ。

なんとしても、この豊前火力問題に当面の目をむけねばならない。

二〇〇メートルの集合型煙突から出る亜硫酸ガスは、北西の風に乗って中津市街に降って来るだろう。九電側の説明は、低イオウの重油を使用するとのことであるが、我国の輸入石油の九〇・四%はイオウ分の高い中東産なのである。高価で少ない低イオウ重油を常時使うとは、まず考えられない。

更に脱硫装置であるが、昭電が開発した最新技術で脱硫率九三%である（「読売新聞」六月九日）。豊前火力は当然これ以下であろう。もし一〇〇万キロワットの火力発電所が硫黄分一・五%の重油で運転されて、九〇%の脱硫装置をつけたとしても、年間四〇〇〇〇トンの亜硫酸ガスが放出されるのである。

それに温水の排水による海水温度の上昇がある。海の生態系を変化せしめ、海苔をはじめ海域の魚類に甚大な影響を与えるだろう。

そういうことを、私達は緊急に学習しなければならないのだ。

母たちへの私的呼びかけ

これは六月二十六日付「朝日新聞」家庭面（全国版）に寄稿した小文である。ここに再録しておく。

ある時、数人のお母さんたちと公害問題で話し合っていたら、一人がこんなことをいいだした。

「男には、もともと前へ前へ進んで行く前進本能みたいなものがあるんじゃないかしら……だから産業抑制なんか出来るわけないと思うのよ」

この指摘には、他のお母さんたちも即座にうなずいたものであった。これは至言のようである。現在のGNPを支えているのは、すべて男性の闘争本能、前進本能、開拓本能であるに違いない。いわば高度成長経済政策は〈父性の文明〉といおうか。その必然として、我国は今や救いがたいほどの公害地獄を呈し始めている。そして、この公害問題の真の解決策は、もはや〈父性の文明〉の中には無いのだと極言しても間違いなかろう。闘争し前進し開拓にいちずな者が、その必然としてタレ流す跡始末を本気でやろうはずはない。

それをやれるのは〈母性の文明〉しかあるまい。ともすれば男の前進を引きとめ、家庭に引き戻そうとたくらむ〈母性本能〉を基盤とする新文明にしか、公害問題の真の解決策は託せないだろう。

大分県の臼杵湾を公害企業の進出から守り抜いた中心は、風成という小漁村の母たちであった。彼女たちは補償金には終始目もくれず、ただ自分たちの子や孫の命の安全のみをひとすじにみつめて闘い抜いた。命を産みはぐくむ者のやさしさを芯とする〈母性文明〉の価値観が、物質的ゆたかさよりも、貧しくても美しい環境を選択したのだ。

私が今、そのようなことを如実に思うのは、私の住むこの中津の海を周防灘総合開発計画という魔手がおおい始めているからなのだ。国土総破壊ともいうべき新全国総合開発計画の重要な一環として、私たちの海は埋め尽くされようとしている。まさに〈父性文明〉のとめどない前進（実はころがり）の総仕上げともいうべき狂気の計画である。

これを私たちがつぶすことが出来るとすれば、それは反対運動の中心に母親たちが大挙して結集した時以外にあるまい。

これまでの運動の中で、開発計画に対する住民側の反論は科学的でなければならぬとされて来た。だが、果たしてそうであろうか。「汐干狩の海を残したい」とか「浜遠足の白砂と松林を残したい」とかいうような感傷的反論を堂々とかかげて母たちが一斉に立ち上がるとき、〈父性文明〉がかかげる開発の利益論と真に対決出来ないだろうか。

そもそも両文明の価値観が違うのだから、〈父性文明〉がふりかざす科学など一方的に拒否してかまわぬのだ。「女は科学に弱いんですよ。何をいわれてもわかりません」とぬけぬけといい放てばよいのである。

お母さんたち、立ち上がりましょう！

このまま男に任せてころがりこんでいく先の地獄をチラとでも考えてみるのなら――。

漁民には、あんな絵を見せておけ！

いったんは稿をまとめたあとに、一帖《いちじょう》のマル秘文書を入手したので、その中で注目すべき一点だけを、急ぎここに挿入しておく。

入手したのは「福岡県長期ビジョン試案策定研究会」（東京研究会）の第四回討議録である。この中で下河辺氏（又しても彼！）は、次のような案を出している。

これまでのように海岸線をべたべたと埋め立てるのではなく、沖に向かって幹線道路を突き出して、沖に港や空港を造り、この幹線道路沿いにたがいちがいに工場をくっつけていくことになる（そういう海上構築法を研究中なのだ）。

この場合、漁民は従来通り漁業が出来るのだという説明になって来るだろう（出来るはずもないが！）。そして、もし漁民が埋立てによる漁業権補償を期待して開発計画に賛成するのだったら、補償金さえ貰えない始末になるだろう（なぜなら、埋立てなどしないのだから）。

しかし、いかに科学的に新奇な計画図を示して来ようとも、必ず海は汚されていくのだ。漁民たちは、数年ならずして、自分から漁業を捨てていくことになるだろう。

どのように計画を示して来ようとも、私たちは絶対反対なのだという覚悟を定めておこう。それ以外に、私たちの生き残る道はないのだ。

生き残るなどという表現が、大げさだと思うかもしれない人たちの為に、このマル秘文書から、次の一節を引用しよう。

県側役人　響灘もそういう発想法で平和共存して行くのだという考え方でよいか。（注・鉄鉱所や石油コンビナートの隣りで海水浴を楽しめるという下河辺式夢の発想！）
下河辺　響灘はすでに汽車が発車しているのではないか。それを途中で止まれといえるか。不幸な発車ではないのか。

県側役人　では、北九州はどうなるか。

下河辺　死ぬわけだ。

ああ北九州市民よ！　あなた達の都市は、周防灘総合開発計画（響灘もその一環）により、息の根を止められることを、計画立案者によって既に宣告されているのだ。

新全総を殺人計画と断定する星野教授の洞察の鋭さを立証して余りある一言ではないか。死ぬわけだといい放った時の下河辺氏の冷然とした表情がみえるようである。

人間的心情の復権を　計算可能な開発利益論に抗して

1972.3

思えば、われながら奇異な成行きである。科学にも技術にも縁のない作家である私が、火力発電の公害問題を、数字などあげて説きまわる羽目になったのだから。

九州電力豊前火力発電所建設で揺れている福岡県豊前市で、二月半ばから夜ごと開かれた公害学習会の建設反対側講師を、私は引き受けたのである。主催は市教育委員会であり、公民館での社会教育活動の一環として、豊前火力建設賛否の二講師を立てて、各一時間ずつの持ち時間で説明をし、自由に質疑を受けるという学習会であった。主催機関への信頼感と、賛否両者の説明を同時に聞ける好機とあってか、寒夜にもかかわらず、各公民館は地区の人々であふれた。

寡聞にして知らないのだが、地域の工場誘致問題で、行政当局が賛否両者の講師を立てて、全地区公民館に学習会を開いたという例は、希有なのではないか。もし、この学習会が真に市当局の発意で始まったのであれば、豊前市は全国に誇るべき優れた試みの先駆けをしたというべきであった。だが真相は、市職労組の強硬な要求団交に屈して、しぶしぶの開催だったのである。だから、その学習会を通じて「知る市民」が急激にふえ始めたとみるや、学習会日程なかばに突如として、九電との協定調印を押し切ってしまったのである。

各地で起こっている開発行政と住民のかかわりに、ひとつの範ともなるはずであった有意義な試みを、豊前市当局は自ら裏切ってしまったわけである。

協定調印の翌夜の学習会で、一人のおじいさんが、さも納得いかぬげに質問に立った。「わしゃあ百姓をしちょるもんじゃが……協定がもう結ばれたちゅうけんど、そらあおかしいなあ。わしんとこには、なんの相談もこんじゃったが……」

公民館に失笑が起こった。まさか、豊前市当局が九電との調印にあたって、その可否をお百姓のおじいさん一人一人にまで問うて回るはずはない。今の政治機構の中で、そんな考えは失笑を買うほど突飛ですらあろう。しかし、このおじいさんは素朴な考えの中で、調印可否の相談には当然自分もあずかるはずだと信じこんでいるのだ。なぜなら、まさに自分は市民の一員なのだから。

首をかしげかしげいうおじいさんの疑問に、私は胸が熱くなり「そうなんです。市民一人一人の声に耳を傾けてまわらない政治が間違っているのです」と答えた。おじいさんの発想は一歩も間違っていない。むしろ、おじいさんの発言を常識外れとして失笑した人々の、その〈ならされた常識〉にこそ、現今の民主主義の衰弱があるのだ。

われわれと子孫が住みついていくこの故郷の環境を少なからず変化させる巨大発電所が計画される以上、その可否には、それこそ市民一人一人の意見を徴して回るのが当然である。今の行政機構の中でそれが実行不可能だとしても、そのような姿勢だけは持たねばならぬ。とすれば、その前段階として一人一人の意見の基礎となる全資料を、賛否両者から徹底的に全市民に知らせる機会を行政当局は率先して用意せねばならぬはずである。

豊前市職労組当局に要求してかち取ったのは、そのような意味での市民学習会だったのだ。

学習会は、私にとって真剣勝負であった。なにしろ市民は、賛成側講師と私の説明を同時に対等に聞き、それぞれ賛否判断の天びんに掛けるのである。飛び出す質問のひとつにでも答え得なければ、一夜の参集者の大半を賛成側にまわしてしまうかもしれなかった。私は作家であり、技術問題には答え得ぬなどという弁明は許されるはずもない。

だが実際には、私が立往生するほどの技術的質問はなく、市民の大半は、火電の公害は防ぎきれぬことを認めたようである。しかしなお起こる質問が二点あった。

一点は、どうしても電気需要増加は必至ではないかという問いかけである。これへの私の答えは、それこそ時間を尽くして語れば限りない。それは、現在の電力に頼りきった文化生活そのものへの反省と価値転換であり、少数の被害者には目をつぶって成り立つ多数の幸福という暗黙裡の差別的発展への懐疑であり、さらに大きく根本的には、電力をとめどなく食いつぶしてやまぬ高度経済成長政策の拒否である。もちろん、短時間に十分に展開できる程度の論旨ではなく、なお首をかしげる市民も残ったかと思う。

二点は、人口三万余の豊前市の過疎状況からの開発浮上期待を踏まえての問いかけである。中でも、忘れえぬのは、一人の中年者の質問であった。「確かに豊前火力が公害を出すことはわかりました。しかし、わしの息子はここに働き場がなくて川崎に行ってるんだ。川崎でどうせひどい公害を浴びているんなら、ここに工場に来てもらって、親子で公害を浴びながら一緒に働く方がいいと思う。工場に来てもらうには、電力が必要だが、それをどう考えますか」

白状すれば、私はこの問いにいささかたじろいだ。確かに厳しい現実である。そして、それが農漁業を切り捨てる国の政策そのものから発している以上、私ごときに答え得る妙策などあるはずもない。だからこそ政治を変えねばならぬのですという真正面からの答えは、現時点でかえって逃げとしか受けとめられまい。「あなたの息子さんがつかれて帰省して来るとき、せめて憩いを与えるような美しい故郷を守り通すのが、われわれのつとめではないでしょうか」というとっさの私の答えは、その質問者の説得には弱過ぎたかもしれぬ。とはいえ、今までの開発論議で常に欠落していたのは、自然愛好的心情論であった。それが欠落する限り、開発論者の〈計算可能な巨大利益〉の説得に、住民は常に屈伏するしかないのである。

作家である私が、あえて市民学習会の講師の席に立つのは、開発論議の中に〈計算不可能な人間的心情〉の主張を復権させたいからにほかならぬ。風成や志布志に見るようにすでに多くの人々がそう考え始めているのだ。

地域エゴ、涙もろさを起点に

1972.9

「よう来たなあ」

「おお、おお、自動車を飛ばして、徹夜でなあ……よう来たなあ」

関西電力多奈川第二発電所建設反対運動の中心者である小里さんや浜田さんは、はるばると中津、豊前から訪ねて行った私たち四人を、えもいえぬなつかしさで迎えてくれた。

和歌山市に近い岬町には、多奈川火力第一発電所（四六万キロワット）があって、関電はこれに巨大な第二火力を増設しようとしているのであるが、住民の抵抗は既に二年余にわたって、これにストップをかけるすばらしい闘争を展開している。私たちの訪ねた八月九日、大阪府公害対策審議会も、現状では公害予防策に疑点が多いとの中間答申を出していた。

九州電力が福岡県豊前市（中津市の隣）に建設しようとしている巨大な火力発電所の反対に立ち上がったばかりの私たちにとって、この小さな岬町の人々の自信に満ちた運動に触れることは、どのような大学教授の説を拝聴するよりも力強い収穫であった。

「いつでも応援に行くさかい、あんじょうやりなはれや」と激励されて、若い私たちは本当に奮い立った。〈ババたれ関電いんでまえ〉などという痛烈な立て看板が、町を挙げての闘いの熱気を噴き上げていた。その熱気に染められて、私たちはまたはるかな道を突っ走って帰って来た。

私は豆腐屋あがりの地方作家である。日本の経済の見通しなどという巨視的見解を持てるはずもない。岬町の小里さんもブリキ屋のおっさんで、事情は私と大差なさそうだ。ただ、近くに巨大な火力発電所が建設されれば、公害により自分たちの健康も生活も破壊されると恐れて、反対運動に立ち上がっているだけのことである。まこと、小さな地域エゴイズムに発した行動であろう。

だがしかし、痛烈に愉快なことは、相手が産業動脈の電力エネルギーであるという特殊性である。私たちの行動の基点は、公害からの小さな地域防衛闘争以上のものではないとしても、ことは電力エネルギーのストップであるから、たちまちに日本経済の動向を律する巨視的問題とつながらざるをえなくなって来るということであろう。

東北電力を相手に黒井の人たちが直江津火力を撃退したように、あるいは東京電力を相手に銚子の人たちが実に五二〇万キロワットという巨大発電所を白紙撤回させたように、全国で次々と住民パワーが火力発電所にストップをかけていけば、基点は公害からの素朴な地域防衛闘争でありながら、その結果、日本の産業経済にもたらすブレーキははかりしれまい。

既に関西電力では、通産省の認可を得て、管内の大口需要企業に対し電力使用制限令を発した。そこまで関電を追いこんだ、と同時に関西の産業を追いこんだ少なくとも一因を、ブリキ屋のおっさん小里さんなどがになっているのだと考えれば、私には痛快である。

関西の産業が、電力供給制限（最高三〇%）により操短を迫られたとしても、「そないなこと、わしゃよう知らんわ」と、小里さんは笑っていい放つだろう。彼らには、目の前に多奈川火力第二発電所が来るか来ないかだけが問題なのだから。

年一〇％の経済成長で突っ走っていくと仮定して、昭和六十年の膨大な電力、石油、鉄鋼などを中央の机上計算ではじき出し、志布志や周防灘に設定して来たのが、新全国総合開発計画であった。冷静な学者はこの設定数字を読むだけで、歴史上かつてない国土総破壊であり〈暴力のデスクワーク〉とすら断じた。田中内閣が「日本列島改造論」と看板をかけ変えてみても、新全総との本質の差はどこにも見出せぬ。私たちが貝掘りに行く豊前海を埋め尽くして石油化学工業が立ち並ぶのだ。で、何もわからぬ私たちでさえ、さすがに素朴な問いを発してしまう。「一体、そげえ物を造っち、だれに売るんじゃろうか？」

宇井純氏は、中津での研究会の席上、きっぱりと答えた。「ふたつの道しかありませんね。ひとつは外国に売りつける。ことにアジアに。しかし今でもエコノミックアニマル日本はアジアのきらわれ者ですから、これ以上物を売りつけるには、武力による威嚇《いかく》が必要になって来ます。自衛隊の海外派遣にエスカレートします。もうひとつの道は、国内に溢れる物をかかえこんで自爆してしまうしかありません。どちらをたどってもほろびます」

それを救うには、年一〇％などという高度成長を低下させるしかない。そして、どうやらその最も有効な手段が発電所建設反対運動だとすれば、地域エゴのはずの私たちの住民運動は、実は巨視的には救国の闘争だということになって来る。

そうなのだ。もう、もうけもほどほどにしましょうやと、昨年の年収五十四万円の貧乏作家はいいたいのだ。これで一家五人生きられたんだから。

私は今、同志と共に毎夜四日市コンビナートの状況を撮影した映画を上映して回っては、豊前火力建設反対を訴えている。ある夜は、漁協の倉庫にむしろを敷いて、ある夜は、お寺のお説教の場に便乗して。もう十数回この映画を上映しながら、幼子がぜんそくに苦しむ画面になると、やはり私は涙ぐんでしまう。この涙もろさが、私の行動の起点である。すぐに二人の幼子を想って〈むげのうてたまらん〉気持ちが、豊前火力建設反対運動に私を突き上げる。

父性愛、地域愛というそんな狭小なエゴイズムからの涙もろい行動が、実は「日本列島改造論」の首ねっこを押えることにつながるのだと考えれば、なんだかたのしくて、今夜もいそいそと映画をかついで友と出かける。こうして、周防灘開発おことわりの市民は着実にふえていく。一夜一夜の集いは小さくても——。

計算が示すこの害　豊前発電所に反対する

1972.10

九州電力が、豊前市に建設しようとしている火力発電所に、隣市の中津市の市民である私達「中津の自然を守る会」は反対運動を続けています。しかしながら、市民の中にも「公害は絶対反対だが、九電は公害を出さないと約束しているのだからつくらせるべきではないか。電力は絶対必要なのだから」という意見が少なくありません。

本当に公害はないのでしょうか。ごく簡単な計算をしてみます。九電が豊前火力に使用する重油量は、一〇〇万キロワット工場で年間一四〇万キロリットルです（九電パンフから）。そして、九電は硫黄分一・六％の重油をつかうといっています。重油一四〇万キロリットルは重量に換算するとほぼ一四〇万トンです。そこで、二・二四万トンの硫黄が燃焼されることになります。この硫黄が燃焼して発生する亜硫酸ガスは四・四八万トンです。

これに対し九電は、排煙脱硫装置を取付けて、亜硫酸ガスを取除くといっています。ところが、五〇万キロワットの工場に対して、半分の二五万キロワット分の装置なのです（それも八〇％程度の脱硫能力）。ですから、この排煙脱硫装置が完全に年間稼働しても、亜硫酸ガスの四〇％しか除去できないことになります。

従って、四・四八万トンの亜硫酸ガスのうち六〇％は空中に野放しに出て行きます。つまり、二・六八八万トンの亜硫酸ガスがまき散らされるということです。現在、ぜんそくで有名な四日市コンビナートが、全工場で吐き出す亜硫酸ガスが年間四～六万トンと計算されていますから、実に豊前火力一社で、四日市コンビナートの半分量の亜硫酸ガスが放出されるわけです。

これで、建設に賛成できるでしょうか。

暗闇の思想

1972.12

あえて大げさにいえば、〈暗闇の思想〉ということを、このごろ考え始めている。比喩ではない。文字通りの暗闇である。

きっかけは、電力である。原子力をも含めて発電所の公害は、今や全国的に建設反対運動を激化させ、電源開発を立往生させている。二年を経ずに、これは深刻な社会問題となるであろう。もともと、発電所建設反対運動は公害問題に発しているのだが、しかしそのような技術論争を突き抜けて、これが現代の文化を問いつめる思想性をも帯び始めていることに、運動に深くかかわる者なら既に気づいている。

かつて佐藤前首相は国会の場で「電気の恩恵を受けながら発電所建設に反対するのはけしからぬ」と発言した。この発言を正しいとする良識派市民が実に多い。必然として、「反対運動などする家の電気を止めてしまえ」という感情論がはびこる。「よろしい、止めてもらいましょう」と、きっぱりと答えるためには、もはや確とした思想がなければ出来ぬのだ。電力文化をも拒否出来る思想が。

今、私には深々と思い起こしてなつかしい暗闇がある。十年前に死んだ友と共有した暗闇である。

友は、極貧のため電気料を滞納した果てに送電を止められていた。私は、夜ごとこの病友を訪ねて、暗闇の枕元で語り合った。電気を失って、本当に星空の美しさがわかるようになった、と友は語った。暗闇の底で、私達の語らいはいかに虚飾なく青春の思いを深めたことか。暗闇にひそむということは、なにかしら思惟を根源的な方向へとしずめていく気がする。それは、私達が青春のさなかに居たからというだけのことではあるまい。皮肉にも、友は電気のともった親戚の離れに移されて、明るさの下で死んだ。友の死とともに、私は暗闇の思惟から遠ざかってしまったが、本当は私達の生活の中で、暗闇にひそんでの思惟が今ほど必要な時はないのではないか、とこのごろ考えはじめている。

電力が絶対不足になるのだという。九州管内だけでも、このままいけば毎年出力五〇万キロワットの工場をひとつずつ造っていかねばならぬという。だがここで、このままいけばというのは、田中内閣の列島改造政策遂行を意味している。年一〇％の高度経済成長を支えるエネルギーとしてなら、貪欲な電力需要は必然不可欠であろう。

しかも悲劇的なことに、発電所の公害は現在の技術対策と経済効果の枠内で解消しがたい。そこで、電力会社と良識派を称する人々は、「だが電力は絶対必要なのだから」という大前提で公害を免罪しようとする。国民すべての文化生活を支える電力需要であるから、一部地域住民の多少の被害は忍んでもらわねばならぬという恐るべき論理が出て来る。

本当ならこういわねばならぬのに——だれかの健康を害してしか成り立たぬような文化生活であるのならば、その文化生活をこそ問い直さねばならぬと。

じゃあチョンマゲ時代に帰れというのか、と反論が出る。必ず出る短絡的反論である。現代を生きる以上、私とて電力全面否定という極論をいいはしない。今ある電力で成り立つような文化生活をこそ考えようというのである。日本列島改造などという貪欲な電力需要をやめて、しばらく鎮静の時を持とうというのである。その間に、今ある公害を始末しよう。火力発電に関していえば、既存工場すべてに排煙脱硫装置を設置し、その実効を見究めよう。低硫黄重油、ナフサ、LNGを真に確保出来るか、それを幾年にわたって実証しよう。しかるのち、改めて衆議して、建設を検討すべきだといいたいのだ。

たちまち反論の声があがるであろう。経済構造を一片も知らぬ無名文士のたわけた精神論として一笑に付されるであろう。だが、無知で素朴ゆえに聞きたいのだが、一体そんなに生産した物は、どうなるのだろう。タイの日本製品不買運動は、かりそめごとではあるまい。公害による人身被害、精神荒廃、国土破壊に目をつぶり、ただひたすらに物、物、物の生産に驀進して行き着く果てを、私は鋭くおびえているのだ。

「一体、物をそげえ造っちから、どげえすんのか」という素朴な疑問は、開発を拒否する風成で、志布志で、佐賀関で漁民や住民の発する声なのだ。反開発の健康な出発点であり、そしてこれを突きつめれば〈暗闇の思想〉にも行き着くはずなのだ。

いわば、発展とか開発とかが、明るい未来をひらく都会思考のキャッチフレーズで喧伝《けんでん》されるのなら、それとは逆方向の、むしろふるさとへの回帰、村の暗がりをもなつかしいとする反開発志向の奥底には、〈暗闇の思想〉があらねばなるまい。

まず、電力がとめどなく必要なのだという現代の絶対神話から打ち破らねばならぬ。ひとつは経済成長に抑制を課すことで、ひとつは自身の文化生活なるものへの厳しい反省で、それは可能となろう。

冗談でなくいいたいのだが、〈停電の日〉をもうけてもいい。勤労にもレジャーにも過熱しているわが国で、むしろそれは必要ではないか。月に一夜でも、テレビ離れした〈暗闇の思想〉に沈みこみ、今の明るさの文化が虚妄ではないのかどうか、冷えびえとするまで思惟してみようではないか。

私には、暗闇に耐える思想とは、虚飾なく厳しく、きわめて人間自立的なものでなければならぬという予感がしている。

海を売りたい漁民たち　周防灘開発計画のかげで

1973.2

漁師をダマス

ダマサレタ、ダマサレタと、竜王の漁師たちが怒っているという噂が耳に届いて、私は苦笑してしまった。ダマシタ張本人が、私ということらしい。

九州電力が、福岡県豊前市の明神ケ浜海域を埋め立てて、最終規模二五〇万キロワット出力の巨大火力発電所を建設しようとしていることに対して、私たち大分県中津市の有志は「中津の自然を守る会」を結成して、反対運動を始めたのであったが、その第一歩の行動として、東海テレビ制作の映画『あやまち』を持って、漁師町をまわったのである。『あやまち』は、四日市コンビナートの実状を撮ったものであり、ぜんそくに苦悶する幼な子の姿が画面に登場する。私は涙ぐむのである。

私たちにとって、漁村への出入りは初めてであった。中津市竜王という漁師町で、第一回の上映をした。映画のあと、私が説明役で、もし豊前火力が建設されれば、高煙突から吐き出される亜硫酸ガスは、わずか五キロの距離の中津に降下し、いま画面に観たように、幼な子やお年寄を公害病にしてしまうのですと説き、どうか建設反対の署名に協力してくださいと用紙をまわしたのであった。漁協の集会場には、雨中にもかかわらず八十人もの漁師やその家族が集まり、その大半が署名をしてくれた。

十日もしてからである。ダマサレタ、ダマサレタと竜王の人たちが怒っているという噂が私の耳に届いたのは。

「自然を守る会の連中は、豊前火力の公害のことんじょういうから、つい反対署名しちしもうたけんど、よう聞いちみりゃ、周防灘開発に反対しちょるそうじゃ。ダマサレタ、ダマサレタ」というのである。

たしかに私はダマシタのである。

私たちは、豊前火力建設を、たんなる公害問題としてはとらえていない。あきらかに、これは周防灘総合開発という巨大計画の引金だとみての、反対なのである。新全国総合開発計画のなかでも最大規模の周防灘開発は、山口・福岡・大分三県にまたがり、その遠浅沿岸を水深一〇メートルまで埋め尽くし、鉄と石油の巨大コンビナートを林立させようという恐るべきものであった。ドルショックや、あいつぐ公害裁判でさすがに表向きは隠れてしまったが、しかし田中内閣の列島改造政策に組みこまれて、遠からず具体化するのである。いや、現に具体化した第一弾が豊前火力という巨大発電所の建設計画だと、私たちはみているのだ（本誌〔『月刊労働問題』〕一九七二年十月号恒遠俊輔「豊前火力阻止のために」を参照されたい）。

そして、哀しいことに、中津の漁民の多くがこの周防灘総合開発をのぞんでいることを私は知っている。

だから私は、竜王の漁師たちに説明するのに、豊前火力の公害に焦点をしぼって、周防灘開発とのかかわりにはひとことも触れなかった。漁師たちは、それは大変だといって署名してくれたのだ。だが、だれかが入れ知恵したらしい。豊前火力建設に反対することは、実は周防灘開発反対につながることなのだと。そして彼らはダマサレタと気付いた。

中津の漁民たちは、海を売りたいという。そのためには周防灘開発を一日も早く断行してほしいとのぞんでいるのだ。彼らは、ここ二年間の大分漁民が手にした巨額の補償をじっとみているのだ。大分新産都二期計画をあくまでも遂行しようとする県当局は、埋立海域の漁協に巨額の補償金を支払ってきた。大在、坂の市などの組合は、各戸別平均二千万円にも及ぶ金を受けとっているのだ。

遠くない所の漁民仲間が手にした巨額の札束に、いまや中津の漁民の心は動揺している。もちろん、その背後には、豊前海漁民の苦しさがある。三年前から赤潮が頻発し始めた。環境庁による昭和四十七年八月調査をみて奇異なのは、周南コンビナートを中心とする対岸の山口県側海域のCOD値より、むしろ工場皆無の豊前海域汚染濃度のほうが高いことである。潮流の関係で、対岸の汚染が豊前海に運ばれてきて澱むのだと考えられる。赤潮の頻発は、この〈貰い公害〉であろう。

周防灘開発反対を説く私に、中津市今津町の一漁民は、「そんなら、あんたが海の汚れをこれ以上進行させせんと保証してくるっか！」とはげしく逆問してきた。私は答えられなかった。答えられるはずもない。瀬戸内海に発して周防灘に及ぶ広域汚染をくい止めるには、国の政策しかありはしない。その国の政策が海を汚し漁民を棄民化しようとしているのであってみれば、私は今津の漁師の逆問に声を呑まざるをえない。

（それに対する答がただひとつあるとするなら、「だから共にたたかいましょう。国の政策を変えさせるために」ということしかない）

海をカネに変えさせるもの

国の政策が漁民を淘汰していく方向にしかないことを、豊前海漁民のほとんどが肌で感じている。だからそれに対してたたかうという反発とならず、金になるうちに海を売りたいという安易な逃げ道を考えるのだ。

豊前海沿岸漁民のなかで、ものの見える幾人かの漁師に遇うと、必ず聞かれるのは四十六年から突然周防灘海域の漁船の出力制限が十馬力以下から十五馬力以下にあげられたことへの不信である。もともと、周防灘の漁業資源保護の観点からきびしいまでに十馬力以下を守らされ臨検に遇ったりしていたのに、ある日突如十五馬力まで許されることになったのである。それを決める会議には、驚くべきことに三菱やヤンマーというエンジン・メーカーが参加していたのだ。

結果はどうなったか。

漁民は競争で馬力アップし、エンジン購入に百万円の借金をつくったのである。さらにどうなるのか。十五馬力にアップした漁船は、乏しい周防灘の漁業資源を根こそぎとりつくしてしまうであろう。国や県の指導は、漁民に借金させて、しかも海を渇れさせてしまおうとしているのである。

つまり、海に絶望させ、海を金に変えさせる方向に追いこんでいるのだ。「公害を考える千人実行委員会」（豊前市）の機関誌『草の根通信』第三号に寄稿している豊前市宇島の漁師Uさんは、はっきりそれを見抜いて書いている。

〈つまり、水産庁が二、三年前から行政指導を変更したことと、近ごろさかんにいわれている新全総、日本列島改造論、周防灘開発とは深くかかわりあっているのだと思います。海の埋立てをやるとき障害になるのは、そこで生活している漁民の漁業権の問題ですが、魚がとれなくなった漁場の漁業権を放棄することは、そこの漁民にとってそれほど重大ではなくなるでしょうし、企業なり国なり県は、安く海を手に入れることになります〉

結局もうけるのは、エンジン・メーカーである。漁船エンジンだけではない。海苔漁業にも機械購入借金が少なからぬ負担となっている。この冬、中津市小祝《こいわい》の漁師たちは、まるで競争するように全自動海苔乾燥機をとり入れた。一台八十万円もかかるこの機械はたしかに労力を省く。海苔漉きから乾燥選別までをやってのけるのだ。

だがしかし、その機械購入にあたって、はたして漁師一人ひとりが収支勘定をしてみたかどうか、きわめて疑わしい。端的にいえば、多くの漁師が、「二反百姓が耕耘機を入れた」愚を繰り返しているのだ。海苔機器は海水に浸って痛みがはげしい。一台八十万円の機械が二年ほどで駄目になるとしたら、その償却費を勘案してなお有効であったとするためには、よほどの海苔生産高でなければなるまい。いまの豊前海の海苔生産高は、それほどのものではない（平均年収約二百万円）。

小祝の漁師たちが全自動機を高価な金を投じて購入したと知ったとき、まだまだここの漁師は海に将来を賭けているのだと信じてうれしかった。しかし、そうではなかったのである。とにかくいまのうち頑張って海苔収益の実績を揚げておけば、いよいよ漁業権放棄のときに、補償金が高くなるというのである。それを楽しみに精出しているといわれたとき、私は唖然とし、哀しみが湧いた。

仕組まれた罠

漁民は海を売ろうとする。

私たち住民は、コンビナートによる公害を恐れて、なんとか海を売らせまいとする。ついには、漁民と町の住民の対立ということも発生する（大分市で現実に起こっている）。

しかも争い合う漁民も町の住民も、ともに国の政策に翻弄される被害者なのである。哀しみの底から憤りが突きあげる。

四十七年十月、豊前火力発電所建設の埋立地である、豊前市八屋漁協と、その隣保に当たる宇島漁協、松江漁協は、九州電力に対して二億二五〇〇万円プラス五千万円で、共同漁業権を放棄した。プラス五千万円は、漁業振興費という名目である。

直接埋立地は八屋漁協に属しているので、補償の大半は同漁協が取り、残りを東と西の隣保である宇島・松江両漁協に分ける。その比率は、まだもめているらしいが、六対二対二という線らしい。この分割で計算してみると、八屋漁協の取分は一億六五〇〇万円であり、組合員六十三人で頭割りすれば平均二六〇万円ということになる。あきれるほどの安値で海を売り渡したことになる。

しかし、一応これは共同漁業権の放棄であり、漁協としては、さらに埋立海域に設置されている区画漁業権（ノリ、マスアミなど）補償で九州電力と交渉中なのだ。四十七年十二月段階で、九州電力が八屋漁協に示している区画漁業権補償は、わずか五千万円という低額であり、さすがに漁協もこれを拒んでいる。とはいえ、漁協にしてみれば、すでに共同漁業権を売り渡した弱みがある。いずれ低額で押し切られてしまうであろう。海を売り急いだ者の悲劇としかいいようがない。

参考までに、八屋漁協の漁師の海苔年収は一二五万円である。たしかに低い生産高であるが、最低十年補償としても一人に付き一二五〇万円のはずである。

実は、この八屋漁協は、かつて豊前海の有数な海苔生産地であった。それを駄目にしてしまったのが、九州電力の築上火力である。既設の築上火力（一四万五〇〇〇キロワット）は、企業のない豊前市唯一の工場として地元に歓迎され、その公害は黙過されてきたのであるが、しかしその温排水は確実に海苔の収穫を減少させつづけたのだ。さらに、石炭専焼であった築上火力の灰堆積場として海域一部を埋め立てたことが潮流を変え、いよいよ海苔に打撃を与えることになった。

つまり九州電力は、みずからの既設工場により年々漁民を追いつめてきたのであり、そのことによっていま、わずか二億七五〇〇万円の安値で海を手中にしようとしているのだ。

怒るべき漁民は、いまは怒りさえ萎えて、むしろそのわずかな金のほうに頭を屈するのである。そして、豊前市議会は〈恩顧ある〉九州電力に新鋭火力建設を誘致したというわけである。巧妙に仕組まれた罠を連想させる。

九州電力が、豊前火力五〇万キロワット工場で出す温排水（タービンに吹きつけた蒸気をふたたび水に戻して循環させるために、海水を汲みあげて海水で冷却する。そのため、七度も温度が上がった海水が海面に戻される）は、実に毎秒二〇トンである。一〇〇万キロワット工場で四〇トンもの高温排水が毎秒排出されるのである。

私たちの追及に対して、九州電力は〈深層取水方式〉を採用するから大丈夫だと答えた。つまり海底の冷たい水を汲みあげるので、たとえ水温が上がっても、海面の暖かい水温との差は少なくなるというのである。ところが、宇島港の沖合水深一〇メートルでの海底と海面の温度差はごく小さく、真冬にいたっては、逆にわずかながら海底の水温のほうが高いのである。九州電力のいいぶんは、根拠のないたぶらかしにすぎない。

すでに豊前海沿岸苅田には、一〇〇万キロワットに近い苅田発電所が稼働している。もし豊前火力が建設されれば、この両者の出す温排水は豊前海の水温を高め、海苔を壊滅させていくであろう。そのことによっていよいよ豊前海漁民は海を売り急ぐことになろう。救いがたい悪循環である。

蒼い美しい海の底が……

だが、まだ豊前火力建設阻止にのぞみがないわけではない。松江漁協の隣りの椎田漁協が強硬な反対に結集しているのだ。

面白いことに、周防灘福岡県域の共同漁業権は、西は北九州市門司の田の浦漁協に始まって、東は大分県との県境吉富漁協にいたる十八漁協全部の共有であり、たとえ一部水域の漁業権を放棄しても、十八カ浦全部の組合印が必要なのである。

十一月にひらかれた豊前市民会館での対九電団交の場で、椎田漁協の反対決議文を朗読した蛭崎勉理事は、「もし九電がこのまま強行するなら、第二の風成を覚悟せよ」と宣言した。大分県臼杵市の小さな漁村風成が、県と市と漁協を相手にして訴訟を起こし、ついに大阪セメントの進出を阻んだその先例にならって、訴訟を考慮するという宣言であった。一瞬、九電幹部の表情が変わったようであった。

私は十二月半ばの暖かい昼、椎田漁港で蛭崎さんと待ち合わせた。箱船に海苔を積んで帰ってきた彼と、岸辺で語り合った。この冬は暖かくて、どうも海苔がよくないという。「どうですか、蛭崎さんは、豊前海の漁業に将来の見通しがありますか」という私の問いに、五十三歳の理事はしばらく沈黙したあと、「国や県が漁業振興策をとらぬ限りジリ貧でしょうね」と答えた。椎田漁協の組合員平均年齢は四十五歳くらいという。若い後継者は乏しい。だとすれば、もし九電がある程度の金を積むということになれば、はたして最後まで反対を貫けるかどうか疑わしくなってくる。福岡県漁連の圧力が加わり始めているらしい。組合長の態度も実にあいまいである。蛭崎さんの苦悩は深いようであった。

十二月十日、私はまだ暗い宇島港を出漁する西元忠夫さん（五十四歳）の船に同乗していた。四・八トンの櫂漕ぎ船である。近所の若者が相方で働いている。

沖に出たころ、国東半島の山肌に朝日がのぞき、みるみる全円をあらわした。時計を見ると七時九分。全円の輝きは、波のうねりの面を紅く染めて、そのひとすじの紅い照り返しは船の進行とともに走りつづけて美しい。

七時五十分、第一回の網を入れる。

六十本もの歯を持つ鉄櫛で海底を掻くのである。船腹から両脇に突き出した太い丸太からロープでこの鉄櫛を曳いている。この丸太は曳かれる力で先端がこっくりこっくりと揺れるので、〈こっくり・まんが〉と呼ばれている。こっくりこっくりと揺れることで、海底の鉄櫛もピョンピョン撥ねて、そのために海底のドベ（泥）が網に溜まらないという仕掛けになっている。

網を入れた地点は沖合一五キロで、ちょうど周防灘の中央にあたる、ここらの水深は二〇メートルである。

八時三十五分に網を揚げる。デレッケ（やぐら）にロープで吊り揚げるのである。吊り揚げた網から甲板に吐き出された物を見て、私は唖然とした。まさに、ごみの山である。ありとあらゆるゴミの堆積である。農薬の袋、洗剤のポリ容器、サンダル、ビール缶、タワシ、木片。それらをかき分けながら、少しのアカガイと小エビとカレイなどを見つけ出すという作業なのだ。

私は、海への詩的幻想を打ち破られる気がした。蒼い美しい海の底が、このようなゴミの堆積場となっている現実に茫然としたのである。

西元さんと若い衆は、そんなゴミのなかから拾い出す魚や貝を七種に分けて箱に入れていった。①アカガイ、②ツベタ、③カレイ、④ベタやタコ、⑤アカエビ、⑥シロエビ、⑦ガンショエビ。

いちばん値になるというアカガイとガンショエビはわずかしか獲れない。

網を入れて曳く間が短い休息で、網があがると、ゴミの山を掻き分けて漁獲を探し、そのゴミを捨てて甲板を洗い流すという作業の繰り返しなのだ。それは、かなりきびしい労働であった。いくどめかの網入れのころ、すでに船は対岸の山口県宇部の工場群が見えるほどの位置にきていた。

周防灘の狭さを、私は実感した。

周南コンビナートの汚染がたやすく回流してくるのも当然だと思った。

政治には期待しちょらん

巨視的にみれば、周防灘は大きな池みたいなものであろう。それを、なにか巨大な環境容量をもつ海としてとらえるところから、周防灘総合開発などという無謀な計画が机上設計されるのだ。中央の机上で新全総などという設計図を描いた下河辺某などという高級役人は、一度漁船に乗ってみるがいいのだ。そうすれば、この周防灘の狭さが実感できようし、この一部たりとも埋め立てることがもはや灘全域を死滅させることであり、それはついに瀬戸内海をドブ池と化してしまうことなのだと、自分自身に慄然とするはずである。

帰港する西元さんに、「投票にいきますか」とたずねた。衆院選の投票日で、しめ切りの刻が迫っていた。「さあ、間に合えば……」と西元さんは答えた。しばらくしてつぶやいた。「わしら、政治には少しも期待しちょらん。漁民のなかから代議士は出らんもんなあ。漁民は団結した力になりきらんのんよ。だから政治家も漁民のことなど本気で考えちくれん。わしらも期待せん。はええ話が、一杯飲ませちくるるもんに投票する漁民が多いちゅうことよ……」

帰港は、夕刻五時であった。

この日の水揚げは、さあ一万五〇〇〇円くらいかな、という西元さんの見積もりであった。これから油代三千円を引き、あとを三人で分ける。西元さんと若い衆と、それから船や機械の償却費を一人分とみるわけである。したがって、この日の一人の取り分は四千円となる。

「漁師ほど割に合わん商売はねえち、つくづく思うなあ。官庁に勤めよれば、子どもが成人していちばん金の要るころには退職金が入ってくる。ところが漁師は逆よ。子どもにいちばん金の要るころにゃ、もう思うように働けんごとなって水揚げも減る一方よ……」

西元さんの息子は、大学に行っているという。無論、漁師を継がせるつもりはない。自分の代で終わると考えている。

寒風のなかを帰りつつ、私の心は重く沈んでいた。このような人たちに、漁をつづけて海を守ってくれという権利は私にはない。しかしながら、巨大開発を阻止するもっとも有効な砦が漁民の漁業権にかかっている現状では、なんとかしてその漁業権を企業に売り渡さないでほしいと願わざるをえないのだ。ついには、札束を手にした漁民と敵対せねばならぬ日がくるかもしれぬ。本当は敵などではないはずなのに、本当は、ともに弱者同士なのに。

私は肩をすぼめて帰っていった。

西元さんと若い衆は投票にいったろうか?

豊前火力反対運動の中の環境権

1973.4

環境権訴訟を検討中

環境権訴訟を、検討中である。

広い底力のある運動の、おのずからな発露としての裁判闘争ではなく、逆に、どうにも運動が拡がらない絶望状況を打開する一転機を期しての、まことに少数者による訴訟検討なのである。甚だカッコよくないのである。

九州電力が福岡県豊前市の海岸地先を埋め立てて豊前火力発電所建設計画を発表したのは、一昨年末であった（最初の発表時、二五〇万キロワット出力であったが、反対運動が起きてのち、一〇〇万キロワット出力の説明に変わった）。周防灘総合開発計画のエネルギー拠点であるとの判断のもとに、関係地区労（福岡・大分両県にまたがる）が、まず「豊前火力誘致反対共闘会議」を結成して反対を表明、続いて地元豊前市の高教組の先生たちを中心に「公害を考える千人実行委員会」（恒遠俊輔代表）、大分県中津市には「中津の自然を守る会」（横松宗会長）が生まれて、豊前火力問題は昨夏より、にわかにクローズアップされて来た。豊前市の西隣である椎田町では、町議会が反対決議を採択し、町ぐるみで各団体構成による「椎田町を公害から守る会」を発足させ、各戸の玄関に「豊前火力反対」のステッカーを貼った。

半年余を経た今、事態は惨憺である。ただひとつ反対表明をしていた椎田町議会は、二月十九日臨時町議会をひらいて、賛成に一転。翌々日、福岡県は九電と環境保全協定を調印。地元漁協は既に早く漁業権放棄をすませている。

無工場地帯としては日本一厳しいといわれる協定の締結により、もはや反対運動は収束すべきだとする無力感が、運動の内部に瀰漫《びまん》し始めている。九電の、四月—電源開発調整審議会申請、六月—着工は、もはや反対運動内部にすら既成事実化し、もう勝負はついたという声は、運動幹部の中にすら露骨である。

そんな絶望的状況の底で、決して協定などで妥協はしない少数者によって、最後の手段としての環境権訴訟が検討され始めたのだ。

実質わずか半年の反対運動の中で、確かにこの豊前一帯の住民感情は揺れ動きはしたが、しかし真に住民に拠点を据える運動としては、ついに点火すらしなかったと告白せざるをえない。理由を敢えて分析すれば、次の如くなろうか。①豊前市にしろ中津市にしろ、それぞれ人口三万、五万余の田舎町であり、開発による浮上を、行政はもとより、多くの市民も期待していて、その拠点となる火電を認めざるをえないこと。②漁民もまた、積極的に海を売り急いでいる（大分新産都二期計画で、漁民補償が二千万円を超えた事実をみているのだ）。③無工場の美しい自然地帯で、公害の恐怖を知らない。④大学もない田舎町で、若者は流出し、人的新陳代謝がなく、行動者が皆無であり、運動自体にアレルギー的市民感情があること。⑤電力は絶対に必要なのだという素朴な市民感情が強く、それに対して九電は積極的ＰＲ工作を展開した（テレビコマーシャル、新聞広告、ビラ折り込み、家庭訪問、招待旅行等々）。

分析をいくら詳細にしてみても繰言に過ぎぬ。運動がまるで拡がりを持たなかった事実だけが、ぬっとして残るのみ。運動が拡がらなかった、広げることが出来なかった事実に居直って、敢えて少数者による環境権訴訟を検討し始めたのである。

豊前火力発電所計画の欺瞞性

豊前火力の計画概要は、次の如くである。一号機五〇万キロワット出力（昭和五十一年七月運転開始予定）、二号機五〇万キロワット出力（昭和五十二年運転開始予定——この二号まででやめるとは、九電は断言していない）、二五万キロワット処理能力の湿式排煙脱硫装置を、それぞれにとりつけて重油のイオウ分は一・二％以下とする（これにより、一〇〇万キロワット出力で一時間のSO_2は一一六一立方メートル以下となる）。窒素酸化物は、二五〇ＰＰＭ以下に押さえる（平均二〇〇ＰＰＭ）。温排水は一〇〇万キロワット出力で毎秒四〇トン。

確かに、無工場地帯としては厳しい数字が並んでいる。これは、北海道電力伊達火力と比較するとわかる。伊達火力の排脱装置が、わずか八・二五万キロワット処理能力であることと比較して、豊前火力二五万キロワット排脱装置は巨大であるし、重油イオウ分も伊達火力一・七％に対し豊前火力一・二%と低い。窒素酸化物にいたっては、伊達火力三〇〇PPM、豊前火力二〇〇PPMの差がある（温排水のみはなぜか豊前火力の方が極端に多量である）。

ただ、このような比較で感じることは、北海道電力の方が九州電力より、まだしも正直ではないかということである。北電に対して九電の数字が厳しいのは、果たして実現可能な数字なのかどうか、疑わしいのである。湿式排脱装置二五万キロワットも、反対運動の展開の中で急に泥縄式に持ち出されて来たものだ。その技術はまだ実証されていないが、昭和五十一年までには完成させる自信がありますという九電の技術陣の説明を、私たちは納得するわけにはいかない。わずか八・二五万キロワットの排脱装置を持ち出している北海道電力の方がまだしも正直な感じなのだ。

あるいはまた、このような無工場地帯で一・二%の重油を年間一四〇万トン確保出来るかどうかも疑問である。最近、九州電力大分火力でこんなことがあった。大分火力五〇万キロワット工場は、従来一二〇メートル煙突で一・七%イオウ分の重油を使っていたのであるが、四日市判決後の世論に押されて、一・一%の重油に切換えたのである。しかしながら、一・一%の重油を確保し続けることがどうしても出来なくて、急遽一二〇メートル煙突を二〇〇メートルに建て直して、高煙突完成と同時に、また重油イオン分を一・六%にあげたのである。

右の現実から推断して、九電が一・二%の重油を確保出来るとは信じがたい（九電は先の段階で低イオウ重油は入手し易くなるような説明をしているが、最近の石油事情からして、むしろ将来の方が厳しくなると考えるべきであろう）。協定への疑問は尽きないのである。

環境権訴訟の意義と論理

それにもかかわらず、九州電力はついに一度も我々の要求する〈冷静なる研究市民集会〉にも〈公開討論会―パネル・ディスカッション〉にも尻ごみして出てこなかった。我々に尽きせぬ疑問を残したまま、押し切ってしまおうとしているのである。かくなる上は、法廷という否応ない公開の場に、九電の計画案の正体を曳きずり出し、審問するしかあるまい。とはいえ、ねらいは単なる技術上の数字争いではない。環境権というものが、まだ実定法上の条文を持たぬ、いわば抽象的理念を背骨にした未踏に近い訴訟であることに、私は作家としての興趣を深めるのである。

結局、今後〈環境権〉というものが実定法上条文化されていくとしても、それは今から数多く提起されていくであろう環境権訴訟が実際に法廷の場で展開していく論理の中からしか方向づけされないのであるから、今、環境権を提起する者は、極言すれば勝ち負けは度外視しても、まさに有効な捨石には違いないのであり、より大きな捨石たらんためには、矢張り存分に高い理念をかかげての論理を展開すべきであろう。

環境権を楯に豊前火力建設差止請求訴訟を提起する論理を具体的に展開しよう。

まず何よりも、瀬戸内海という巨視的環境レベルでの位置づけを打ち出したい。今、瀬戸内海の地図をひらいて、真に無傷な海岸線は大分県国東半島から福岡県苅田《かんだ》町の手前までの、周防灘豊前海沿岸だけである。この一点を強力に踏まえるだけで、私はこの訴訟は成り立つとみる。また、この一点で成り立たせねば、さして環境権訴訟の意義はないであろう。

もはや瀬戸内海が救い難いほど汚染され、その海岸線が増殖するガン細胞の如く張り出し変形して来た状況に恐怖するなら、あと残されたほとんど唯一の無傷な海岸線は、〈絶対自然〉として、すべての人為的な触手から、完全に凍結されるべきである。たとえ、豊前火力の埋立海面が三九万平方メートルに過ぎぬ小域だという主張があったとしても、〈絶対自然〉としての凍結の前には、いささかも正当ではありえまい。

ほろびゆくトキを保護鳥として大切にする点での国民的同意が既存である以上、同じく追いつめられて瀬戸内海の一隅に残る海岸線の絶対保護が正当論理となれぬはずはあるまい。なぜトキの絶滅を憂うるのか。その答えをあっけらかんとしたいいかたですれば、つまり後の世代に遺してやりたい〈愛すべきもの〉であるからということに単純化される。豊前海海岸も我々沿岸住民にとって、まさに後の世代に遺してやりたい〈愛すべきもの〉なのである。

〈環境権〉というものは、かくの如く、後に来る者とのかかわりが密なのであり、もっといえば、のちに来る者たちの無言の権利をも含んだ主張であるはずであり、その重さは人類の歴史を曳いて、裁判官とてたじろぐほどのものであるはずなのだ。裁判官をも含めて、我々だけでこの豊前海海岸を処分するなら、のちに続く世代から我々は永久に〈愛すべきもの〉を奪い去ったのであり、彼らの環境権を抹殺したことになるのである。そのことに、我々は戦慄をおぼえぬまでに人類同胞意識を喪っているのであろうか。

もっと卑近に話を落とそう。豊前火力埋立海域は、この近辺唯一の海水浴場である。その消滅は、九電提供のプールでは決してつぐなえぬのである。のちの子らが海で遊ぶことの権利を、誰が奪うことが出来るのか。

〈絶対自然〉などという主張を、現実離れした精神論として笑われるのなら、このうえなく現実的に、政治家の発言を援用してもいい。すなわち二月十四日、環境庁に於ける瀬戸内海環境保全知事・市長会議で、三木長官は、もはや瀬戸内海浄化には、新規埋立ては一切ストップするしかないと、出席首長連に決断を迫っているのである（福岡県と九電の二月二十一日の協定調印は、三木長官の発言効力が実体化する前に、急いで既成事実をつくりあげておこうとの意図であったろう）。

環境の評価基準

海は漁業者だけのものであるはずはない。漁業権さえ買い上げれば海を占有出来るなどということが許され続けて来たこと自体、不可思議なほどである。それはつまり、今の社会機構が、「物の生産高計算」でしか評価基準を持たぬゆえの必然であろう。海がある。その海への評価は、そこで生産される漁獲量や海産物でしか計算されない。だから、それに相応する対価を払った者が占有してもいいという考えが正当となる。

海というものの評価の中で、実は生産高での計算はもっとも矮小な評価でしかなく、万人が来て海を楽しむ価値は、計算を超えて巨大なはずなのであり、その楽しみは万人が持つ権利であり、それこそが環境権なのである（私は安易に、海を楽しむ価値と書いてしまったが、それではまだ卑小ないいかただという気がする。海がそこに存在する、その存在自体の価値というべきか）。

大気のことを考えると、この「生産高計算」での評価は、もっと露骨になる。大気は、直接には物を生産しない。海と違って一尾の魚も生まない。ゆえに評価ゼロである。だからこそ対価さえ払わずに企業は平気で占有を続けているのである。大気汚染は、大気の占有そのものではないか。我々は、もうここらで生産高計算に変わる真の評価基準を確立すべきであろう。その新評価の中で、さしずめ大気などは絶対評価を付与されることになるだろう。

環境権の闘いを支える思想

私は今、毎晩、豊前市内各公民館をまわって、〈無工場地帯では日本一厳しい〉と喧伝されている九州電力と福岡県の「豊前火力建設に伴う環境保全協定」（二月二十一日調印）の正体を訴えている。

豊前火力一〇〇万キロワットの工場から排出されるイオウ酸化物は、協定によれば、一時間一一六一立方メートルである。「これは皆さん、あなたのお家の六畳の部屋に亜硫酸ガスがいっぱい充満していると想像してみてください。さあ、そんな部屋が四十七個並んだ量なのですよ。それが一時間に出るというわけです」と説く。皆、びっくりして聞く。窒素酸化物は、二五〇ＰＰＭ以下と協定にはある。「これは皆さん、一時間一五〇〇キログラムということです。といっても、よくわかりませんね。皆さんの自動車エンジンからも窒素酸化物は出ています。そこで、自動車と比べてみましょうか。実に自動車一万二五〇〇台分にあたります。大変な量ですね。――協定が完璧に守られたとして、これだけは出るのですよ」と説く。益々、皆びっくりする。九電が、いくら二〇〇メートル煙突で高空拡散して、最大着地濃度は一八キロメートル地点に出て〇・〇〇九ＰＰＭなどといっても、そんなサットン式なんか信じてはいけませんよ、長崎三菱重工の風洞実験など、信じてはいけませんよと、私はくどいほど訴える。

とにかく、今の浄い豊前の大気の中に、大量のまがまがしきものが吐き出されることを私はどうしても我慢出来ないのだ。それがどう拡散されるかなどという論法以前のことなのである。大気というものをこれほど冒瀆して、人類に未来はあるのだろうか。海を後世に遺そうとする如く、大気を後世に遺そうとする汎人類史的視点に立てば、我々は敢然として豊前火力イオウゼロ、窒素酸化物ゼロの要求を突きつけるべきであろう。

私がそういう発言をする時、多くの人が世慣れたしたり顔で薄笑いしながらいう。「まあまあ、世の中はそんな完璧な理想論では成り立ちませんよ。そもそも、作家が政治や経済や科学技術に口出しすることが無理なんじゃありませんか。そんなことより、あなたは立派な小説を書いてごらんなさい」。ろくに小説も書けぬ無名作家の私は、そんな皮肉にいたくしょげはするけれど、さりとて口出しをやめるわけにはいかないのだ。

結局、危機感の差なのであろう。もし、もうこれ以上環境（海とか大気とか）をいじっては、人間は生きられないのだという事態をすべての人々が認識すれば、その絶望的危機の前に人々は総意を結集して、まず大気とか水とか土とかに「絶対評価」を与え、もはやこれを寸毫《すんごう》も犯すまいとするであろう。そして、すべてをそのタブーからこそ出発させるはずである。その「絶対評価」を踏まえて、大気を、水を、土を侵さぬような文明が出発していくだろう。勿論、極論だとは承知である。さりながら、環境権というものの一番底深い根は、そんな極論にこそ据えておかねばと、私は考える。

電力がとめどなく必要だとする考えは、もはや我々市民の中で絶対的神話と化している。このことを疑い、これにあらがう者は稀である。この神話がある限り、電力生産のためには、環境汚染もやむをえないという弱々しき公害是認論に追いこまれざるをえぬ。

しかし、この問題でも、大気や海や大地こそ「絶対評価」なのだという価値転換さえなされれば神話は崩れるのである。もうこれ以上大気や海を汚すことはタブーだとなれば、とりあえず今の段階で発電所増新設は凍結せざるをえない。そして、既設の発電所も必死に対策を講じねばなるまい。窒素酸化物除去装置なども真剣に研究されるだろう。

そして、おのずから我々の文化は、〈限られた電力〉に相応した変化を示していくであろう。明るさの文化を虚妄とまではいい切りはしないが、しかし脆弱とはいえるであろう。かりに節電文化の過渡期において、しばしば〈停電の日〉がもうけられたとして、そのような日常の暗闇に耐えることは、今の如く明るさに甘えきった脆弱な我々の思想を確実に鍛え直すであろう。卑近な例をあげれば、少なくとも〈停電の日〉によるテレビ離れの一夜が、人々の思考に影響せぬはずはあるまい。今ほど、我々が暗闇にひそんでの沈思を必要とするときはないのではないか。

明るいことはいいことだ、前進はいいことだ、生産はいいことだ、経済成長はいいことだ、国威高揚はいいことだ――などなどに背を向けて、我々は今こそ暗闇にひそんで、沈思すべきであろう。

環境権訴訟の闘いへ

今夜、私は豊前の公民館で、「残念ながら福岡県と九州電力は締結を結んでしまいました」と説明した。一人のおじいさんが質問の手をあげて、さも不思議そうにこういった。

「そりゃ、おかしいのう。わしには、協定を結んでいいかどうか聞きにこんじゃったど」

会場には笑い声が起こった。このおじいさんは、県や市が協定を結ぶとき、その県民や市民一人一人に、相談しに来ると信じこんでいるのだ。今の社会機構の中で、それは失笑を買うほど突飛な考え方なのだが、しかし本当は、このおじいさんの考えこそ、なによりもまっとうなはずだと思うと、私の胸は熱くなった。憲法二十五条の生存権を踏まえて、更に十三条の幸福追求権に励まされて、我々はよりよい環境を求めて生きる以上、その環境を悪しき方に改変するにあたって、豊前市当局は市民一人一人に直接問うてまわるのが当然なはずである。更にその前提として、一人一人に賛否の判断資料として、徹底的な火力問題学習会を早い時期に実施すべきであったのだ。それこそが真の民主主義である。

私は今、むらむらと怒りに燃えている。

私には、今回豊前火力建設にあたって、九州電力と関係行政当局のとった手段は、実に卑劣であり不正であったと糾弾せざるをえない。

私は、腹の虫がおさまらぬのである。

同じく腹の虫のおさまらぬ幾人かが寄って、クソッ、環境権訴訟でとことんやっちゃるど、と歯ぎしりしているのである。はっきり告白して、それは、この平穏無事を好む豊前風土の中で、珍奇なほど突出したはねあがりとしか受けとられないだろう。どれだけの支援を期待出来るか実に心細いのである。

しかし、なにしろ我々は怒っているのである。なんとかせねば腹の虫がおさまらぬのである。

全国の皆さんにお願いします。周防灘の一角で、私たち腹の虫をおさえかねた若者幾人かが、やむにやまれず環境権訴訟の旗揚げをしたと風の噂にでもお聞きの節は、俠なる一臂《いっぴ》の御助力をお借しください。

武器としての環境権　〝預かりもの〟を汚さぬため

1973.6

『瓢鰻亭《ひょうまんてい》通信』の前田俊彦氏は、最近しばしばの講演や文章で酒井伝六氏著『ピグミーの世界』に触れる。去る六月十七日、中津市での「反公害・環境権シンポジウム」における講演もそのことから始められた。

ピグミーはアフリカの森の民族であるが、ことさらに前田氏が感銘して紹介するのは、ピグミーにとっては一切が森の〈客〉であるという発想についてである。まして人間は、何者といえども森の〈主〉たることはできない。

――そこから敷衍して、われらの〈里〉に侵入して来て一方的に〈主〉たろうとする企業への人民抵抗につなげていく彼の論理を、同じく当日の講師淡路剛久氏（立教大助教授・民法）は「前田さんにかかると、環境権もあんなふうにいい変えられるんだなあ」と、面白がった。

この世において、何者といえども〈主〉たることは出来なくて、〈客〉であるという考え方は、まさに当日の意見発表の中で、大分新産都二期計画埋立反対に果敢に闘っている佐賀関漁民西尾勇氏によって、次のように具体的に語られた。「われわれは、今では、海は預かりものだという考えになっています。どんなに札束を積まれても、海を売る権利はないのです」

中津市という小さな町で、小さな会が短期間に準備したにしてはこの環境権シンポジウムに思いがけないほど多くの人々が各地から集まって来た。各地で反公害住民運動を展開している人々が、〈環境権〉に寄せる並々ならぬ期待を感じさせられる。淡路氏の言葉を借りれば、「どうも皆さんは環境権を〈魔法の杖〉と思っているようで……法律学者としては困るんだなあ」ということになる。

〈環境権〉とは、この日の講師の一人仁藤一氏（大阪弁護士会）らによって提唱されて以来、早くも昨年七月、北海道伊達市の住民が火電建設阻止訴訟に適用して打ち出したごとく、各地の運動現場で実践的に注目を集め始めている。四大公害訴訟の勝訴も、しょせんは被害の事後補償にすぎなかったのであってみれば、もはや企業に対しては事前の建設差止めしかないと考え始めるのは当然であろう。その武器として〈環境権〉が提唱されているのである。

「すべて国民は、健康で文化的な最低限度の生活を営む権利を有する」（憲法二十五条）のであり、幸福を追究する権利が尊重される（憲法十三条）のであれば、われわれの生きる基本である空気や水を汚すおそれのある公害企業の進出を法的に差し止めうるはずなのである。これを法廷で認知させうればまさにわれわれ住民にとって、これは〈魔法の杖〉だ。

淡路氏が「困るんだなあ」というのは、われわれ法律のしろうとからすれば全くあたりまえな主張である〈環境権〉が、現行の法体系（あるいは社会体制）の中で、容易に認知されないという事情を知る法学者の苦しい困惑である。私は笑いながら淡路氏にいったのである。「私たちはどんどん環境権をかかげて突っ走りますから、あなた方専門家はその理論づけに、必死に追いかけてくださいよ」

けさのテレビで、敦賀湾のＰＣＢ汚染魚をコンクリートミキサーに入れて、セメントと共に地下に塗りこめようとしているニュースを見て、私は「あっ、ガンクだ！」と思った。小松左京氏のＳＦに登場する〈わけのわからない〉不気味な合成物である。敦賀湾沿岸の地中で、幾年ののちにＰＣＢ汚染魚のエキスとセメントその他が合成して、いつの間にか不気味な〈わけのわからない〉猛毒地下水を湧出しているさまを連想したのである。

この世の〈客〉たる謙虚さを忘れたわれわれは、あたかも〈主〉の如く海を埋め大気を汚染し続けて来た。実は今公害として顕現しているもののあとに、今度こそ致命的な〈ガンク〉が日本列島の海に地中にひそかに形成されつつあるのではないかという不安は、すでにだれの胸にも濃いのではないか。

さればこそ、もう発展とか開発とかはいらない、せめてここらで踏みとどまって、もはやこれ以上〈預かりもの〉である海を大地を大気を汚してはならぬという住民が各地にふえているのであり、その皆が〈環境権〉に切なる〈魔法の杖〉の夢を託すのである。

それが今の社会体制の中で容易に通らぬ権利であり、これを制圧するには企業もなりふりかまわぬことは、六月十四日、北電が機動隊まで導入して伊達火力を強行着工したことひとつからもわかるのである。

それにもかかわらず、次のことだけは実に確かなことである。その困難を突き抜けて、全国各地で〈環境権〉をふりかざす住民が公害企業建設差止請求訴訟を噴出させ始めるのも、もう間もないだろうことは。

暗闇への志向

1973.7

妻と二人の幼子を素材に、とりえもなく温和な日常些事を作品化し、さりとていずこからの注目を浴びるでもなければ、ささやかに自費出版し、知友誰彼の喜捨にすがりて有難くも生きる資を得ている地方作家の身であってみれば、ただもう世の邪魔とならずひっそりと一家寄り添うて、かすかな日常をせめては小さなメルヘンと化し、自らを慰めたいが願い。

されば、火力発電所建設反対運動などというおどろしきことをなんのはずみか始めざるをえぬハメになってはみても、退嬰《たいえい》の本性は隠せるはずもなく、ともすれば妻に子らに寄り添うて自らメルヘンの小世界に溺れこみ、たたかいなどに遠く隠れ棲まんとはかるのである。

たとえば真冬の一夜――。

私と妻と二人の幼子は、電熱を喪った電気炬燵に足を差し入れて、蛍光灯の消えた暗い部屋に寄り添うている。炬燵の中には、せいぜい毛布を丸めこんで、八本の足を温めあいながら。

「とうちゃん、なし、でんきつけんのん？」

「うん。窓から星のよう見えるごとなあ」

「そうかあ、ほしみるき、くろおしちょるんかあ……。あっ、みてみて、おとうさん、ほしがみえるちゃ」

三歳の幼子、やがてまた問う。

「とうちゃん、なし、こたつつめたいのん」

「うん。今からおとうさんがなあ、こたつもなんもない哀しい女の子のお話をしてやるきなあ。その女の子はなあ、寒い雪の中で、手も足もほっぺたもつめたいんだよ。なんとかして、手や足をぬくめようとしたんだ。健一も歓君も、こたつはつめたいけど、毛布に足をくるんで少しずつぬくもりながら、おとうさんの話を聞くんだよ……」

創作力乏しき父は、暗い部屋に寄り添う三歳と二歳の幼子にアンデルセンの『マッチ売りの少女』を語りかけるのである（本当に、寒い暗がりの底でこそ、心に沁みて）。

「女の子はねえ……こごえた指をぬくめようと、とうとう思い切って、売り物のマッチを一本すったんだよ……」

シュッと擦ったマッチの火が、じっと見守る幼子の四つの瞳に思いがけなくキラキラと燃えて、あっこんなに小さな炎は美しかったかしらと、貧しき父ははずんで二本目のマッチを擦るのである。そう、まさにマッチ売りの少女みたい。

――火電建設反対運動などと生意気なことをするなら、まず自分の家の電気を停めてしまえといお節介ないやがらせ電話に、おおさ停めてやるわい、と意地張って家中をまっくらにした〈電気離れ〉の一夜が、さながら願いのごとくメルヘンと化し、柔らかい心に神秘さは沁みたか、その冬の一夜以降、二人の幼子は「とうちゃん、またでんきけそうやあ」と、しばしばの夜、〈停電ごっこ〉をせがむのである。されば私は、あれから幾夜電気を停めて、幾つのなつかしい物語を子らに聞かせたのだったか。シュッとともすマッチの小さな炎が、アリババの呪文のごとく鮮烈に、暗がりの中の物語に色彩を添えてまぶしい。

私が最初の一夜、家中の電気を停めんとしたとき、暗闇がさながらメルヘンと化すであろう予感は、すでに濃かったのである。もともと私の裡にみずうみのごとくなつかしい暗闇の在ったれば。

十年前、死んだ友と共有した暗闇である。

友は、極貧の底で電気料を滞納した果てに送電を止められていた。私は夜ごと、この病友を訪ねて、暗闇の枕元に坐った。暗闇の底では、なぜか言葉の選びぬかれて、されど言葉の乏しき気づまりとはならず、二階の小部屋なれば窓から星空のみえて、私は友と夜を更かすのであった。医薬すら求められぬ貧しさの底で、肺を病む彼の治療はナントカ式線香療法とて、ああ、暗闇にともるあの小さく紅い線香の点火を、私はせつない詩句のように想い出す。どうしてやれもしなかった。自分自身、貧乏豆腐屋として四人の弟をかかえて絶望に心身をすりへらしていたのだし、むしろ死にゆかんとする友のうらやましくて。

友は二十五歳で死んでいった。濃密でなつかしい暗闇を遺して。あの暗闇こそ、まさに私と友の青春であったか。あの暗闇のはらんでいたものを想えば、今にして私の裡にむくむくうずき湧く胎動のごときがある（思えば、送電を止めた九州電力への怒りなどつゆほどもなく、ただになつかしく暗闇に浸りこんだ君であり僕であった。――そう、想い出す。あの夏は君の窓下の畦道に蛍がよく飛んだ）。

九州電力豊前火力発電所（福岡県豊前市、重油専焼一〇〇万キロワット、七月着工予定）建設反対運動の経過を、いまさらしるすつもりはない。らちもない敗北のあっけない経過であり、あえて私自身のことをいえば、いつしか豊前火力反対六者共闘会議（社会・共産・公明三党と地区労、連合婦人会、中津の自然を守る会よりなる全組織連合）からさえ、なぜかしらきれいにはじき出されていることの意外さに呆れ果てているのである。

されど、少数ながら若き同志たちのいて、「なあに、そんうち九電相手に環境権訴訟をおっぱじめてやらあな」と意気まきつつ、なにやら執念深くシコシコと動いているのであるが、全組織からしめ出されたわれらであってみれば、九電さまにとっては蚊ほどの痒みもあろうはずはなく、フンと鼻先で無視されている始末。気弱な私のめぐりに集まる若者らの、これまた不思議に気弱ぞろいなれば、いやもうおのれらの無力は繊細なハートにひびいて、いたくはにかみつつ夜の闇にまぎれて〈豊前火力絶対阻止〉などと手描きポスターをひそやかに九電の電柱に貼りめぐるのである。

いま六月活動目標は、十七日に予定している「環境権シンポジウム」である。とるにもたりぬわれらの運動に連帯して、遥かの地より淡路剛久、星野芳郎、仁藤一氏らが駆けつけてくださるのであれば、なんとか百人くらいの人員は集めなきゃあと、知恵をしぼっているのである。

今夜もひそひそと会議を重ねて、いま八人の同志が散っていったのであるが、友情のぬくみはまだわが部屋に残って、私は寝るのが惜しく、さっき決めたばかりの「暗闇集会」の計画を考え続けるのである。十七日のシンポジウム前夜祭を、なにか型破りなものとしたい思いで論をつくして、ふとゆきついたのが「反電力・反開発・反進歩・暗闇対話集会」であった。

十六日夜、豊前市の公園の暗闇に集まって、われらは反電力・反開発・反進歩を語らんとするのである。

司会者やプログラムなどいりもすまい。卒然と思いあふるる者から暗闇に立ち、暗闇の思想を述べるのである（いや、思想だなんて、大げさ大げさ。ま、なにやらしゃべりちらすわけ）。触発されて、またこなたの暗がりに一人、あなたの闇に一人と、独白はさざ波のごとく拡がりゆくだろう。と、暗闇の底からおどろにも太鼓鳴りいでて、ローソクの炎のちらちらと燃えはじむれば、みよ、湧くごとく鬼の登場して、豊前火力退散祈願の神楽を舞うのである。

やがて静かに、ローソクデモは出発する。町へ――。

そうなのだ。執拗にこだわりたいのは闇なのだ。発電所建設反対運動を押し進める者の拠るところ、つづまりは〈暗闇への志向〉以外にあろうか。

電力需要の絶対的増加（九州に関しては、今後毎年五〇万キロワット工場がひとつずつ必要なんだそうな）をふりかざして、されば現時点で不可避の公害を免罪されんとする電力会社に抗するわれら住民の論理はなんなのか。

もとよりわれら住民が撲《う》つのは公害であってみれば、公害の問題に需要などの入りこむ余地はないと、一言に峻拒するが正論である。なによりも尊きは人の命であり健康であれば、よしんば一人たりとも侵されるなら、電力とて許されぬのであり、公害のともなう発電所の建設は認められるべきではない。

とはいえ、なんとこの正論の、住民説得力を欠くことか。現代生活の仕組みを洗いあげれば、いずれどこかで誰かの犠牲にのっかってしか成り立っていないことを無意識裡に認知しているわれらであれば、〈一人たりとも犠牲者を出してはならぬ〉正論も、所詮は世間表向きのタテマエとしか映らぬのである。してみれば、発電所建設反対運動の中で、やはりわれらは一歩後退して電力需要の問題にかかずらわざるをえぬらしい。

されば、いずこの反対運動にも登場するのが次の論拠である。

電力需要の中味を分析すれば、八割は大企業であり、われら家庭需要は二割にすぎず、需要の増大もひとえに高度経済成長で驀進する大企業ゆえであれば、われらは大企業の営利の犠牲はまっぴらであると。正当なる追究である。

だが、この論理とて煮つめていけば、大企業の産み出す物とわれらの生活と無縁であろうはずはなく、さらには大企業の仕組みのどこかにかかわって暮らしている住民の数限りなく在るのであれば、やはりこの舌鋒《ぜっぽう》の刺すきっ先は、みずからにかえってくる部分を含まぬとはいいきれぬ。

五月十三日の「読売新聞」によれば、今年また「家電製品、爆発的な売れ行き」なのだそうである。クーラー、ステレオ、電子レンジの生産が需要に追いつかぬそうである。電力需要増大の元凶大企業を増殖させているかなりの部分を、われら住民がになっていることはまぎれもない。電力会社が、かかる住民の弱みにつけこまぬはずはない。

今や深刻に電源立地に立往生しはじめた東電や関電の呼びかける節電広告は、まさに右のごとき弱みにつけこむ巧緻な紳士的恫喝《どうかつ》であろう。どうせ電力文化にどっぷりと溺れこんで脆弱化した民衆は、節電などできようはずもないとみこして、節電せねば今にもテレビやクーラーの止まるがごとく深刻感を煽り、つづまりは発電所建設反対住民を〈地域エゴ〉という民衆の敵呼ばわりし、孤立に追いこんでいく迂回作戦であり、いうなれば発電所周辺の少数住民と電力需要側多数都市住民を相闘わせようという隠微な策謀であろう。そうなのだ。電源立地はいまやおおむね田舎であり、電力需要は都市であれば、うかうかすれば、田舎と都市の住民同士の争いとなり、遠くで電力会社がほくそえんでいるような光景までおこりかねまい。

かくなればわれらは、〈節電〉どころか、みずから積極的に暗闇を志向して〈停電〉を要求すべきである。

電力会社の呼びかけに応じて、みみっちくしぶしぶと節電することと、みずから〈暗闇を志向して〉きっぱりと電気を停めることは、劃然《かくぜん》と異質なのである。みずから志向して得た暗闇には、なにかをつむぎ出す可能性が胚珠《はいしゅ》のごとくみっしりと凝縮して秘められているのだ。

電力会社が節電を恫喝の手段とするなら、かくのごとくわれらはさらに先取りして、〈停電の日〉をこそ要求せんとするのである。ああ、思うだに愉しきかな。全家庭〈テレビ離れ〉した一夜の濃密な暗がりから、なにがむらむらと復活してくるのか。

予感しないか。

暗闇にひそみこむとき、人間の思惟のおのずからきりきりと錐のごとく根源めざして収斂《しゅうれん》されゆくだろうことを。明るさの中での虚飾を剝ぎとられて、それこそ五体ひとつでの厳しき自立が、そこからこそ出発するであろうことを。闇の底に寄りあえば、おのずから言葉は親しく、本然のやさしさを帯びはじめることだろうことを。発展とか開発とか成長とか、つまり明るい未来なるものが、意外にも虚妄であることの、闇の底からこそ見通せるだろうことを。さらには、明るさの中で隈なく国民を統轄してきたつもりの支配者に、この国民の〈総くらがり〉は、うろたえるほどに不気味であろうことの痛快さまで。

われらの企図する「暗闇対話集会」の趣向を思えば、なにやらんヒッピーめいておかしけれど、もとよりわれらヒッピーなどになれぬいじらしきまでにまっとうな勤労の徒であり、放浪性なき愛郷青年である。

さて、われらの暗闇志向に対して、「電気を守る」(おお、たちまちにしてかかる名の会がわが町に結成されたのだが)良識派市民いいけらく、「そんなに暗闇がお気に召すなら、停電などといわずに、ランプの生活に戻ればよろしかろうに」。われらの良識市会議員もおっしゃった。「発電所反対運動をする連中は、チョンマゲ時代に帰ればいい」

それにカッコよく応ずる論理はない。くやしいけれどないのである。答えるとすれば、ヒッピーとなるか隠者となるか。されど繰り返していうごとく、われらはいじらしきまでに小心気弱な勤労の徒であれば、豊前平野を棲み家として、まっとうに家庭生活を営みたいのであり、さればささやかながら電力を必要としているのである。かといって、ここでたじろげば発電所反対運動は成り立たぬのであり、さればわれらはここで敢然と開き直るのである。

暗闇を志向しつつ、しかし恒《つね》なる暗闇に棲まんとするのではなく、われらとて電力の最小限は求めるのだとする論理は、まこと歯切れ悪くカッコワルイのであるが、われらもとより小心温順な市民であれば、電力完全否定のごとき革命的極論は抱かぬのである。

恥ずかしながら、ささやかな電力は欲しいのであり、それをしも否定しさるのではなく、ただ貪欲に野放図にふくれあがり海岸線を喰いつぶしてやまぬ電力需要を懐疑し拒絶し、われらの豊前平野と周防灘を守り抜かんとするのみである。いうまでもなく、われらの志向する暗闇も光ありての闇であり、ともに綯《な》い合わせてこそ、密度も放射も濃いのである。闇が闇であり続けてもならぬし、光が光のみであり続けてもならぬ。

筑豊の闇を棲み家とする作家上野英信氏の、既にして十年前の断片を引こうか——。

闇——それはけっして空間ではない。しいたげられた肉体と魂が、そこにおのれをひたすことによって救いと力をくむことのできる、唯一のたしかな実質であり実体である。闇こそ日本の農民が信頼をよせることができた哲学そのものであり、思想そのものであったといえよう。そしてそのゆえに、表現すべきことばをもたぬ農民にとって、闇こそは神そのものであった。たえまなく稲妻に洗いだされては、またたちまち闇のかなたにかき消されてゆく古い巨大な天井の梁《はり》をみつめながらわたしは、人工光線のあふれる近代都市市民たちの、うつろな目と孤独な魂のことを思った。どこにも闇をたたえない近代式アパート生活者たちの倦怠《けんたい》と無気力を思った。
近代とは闇とのたたかいの歴史であった。古い腐りきった闇のしかばねを追放した。しかし追放しただけであって、なにひとつより新しい、より深い闇を創りだすことはできなかった。闇をもたない人間。そのゆえに真の光をもたない人間。かれらは生まれた国ももたず、生むべき国ももたぬ二重の国籍喪失者として、人工光線のうすら明りの海をけだるくさまよい歩くだけである。

〔「新聖地巡礼」その一、「西日本新聞」一九六二年四月十八日〕

闇ありて光は放射し、光ありて闇は密度を深化する。さればわれらの暗闇への志向とささやかなる電力要求と、なんの矛盾あろうか。われらは敢然と開き直って家庭用電力を要求し、しかして〈停電の日〉を要求することによって、これ以上のとめどない発電所建設を、もちろん高度経済成長そのものとともに、明解に否定しさるのである。発電所が産業を刺戟増殖させ、さらに次なる発電所を産み出す、救いがたい悪循環をきっぱりと断つのである。

さりながら、ここでもうひとつ歯切れ悪くカッコワルク愚痴を洩らせば、われらが要求するささやかな家庭用電力といえど、いずれ最寄りの既設発電所から届いているのであり、さればわれらはその既設発電所のばらまく公害を暗黙ながら是認しつつ、みずからの文化生活を享受しているのである。思えば、ますますもって、恥ずかしながらの生きざまといわねばならぬ。

だがわれら、いじらしくも生き抜くために、ここでも開き直らねばならぬ。テッテイテキに開き直らねばならぬ。恥ずかしながら、ここで足を踏んまえて、さればかの既設発電所の公害防備施設をせよと、電力会社に要求するしかないのである。周辺住民と手を組んで。

さて、私はこのところしきりに旅を続けるのである。豊前火力建設反対運動の中で、ゆえしらず孤立させられてゆく寂しさに耐えかねるごとく、さすらい続ける。

東京電力を撃退した千葉県銚子市へ、東北電力を撃退した新潟県直江津市黒井へ、北陸電力を撃退した石川県内灘町へ、関西電力を相手にたたかい続ける大阪府泉南郡岬町へ、北海道電力に裁判をいどむ北海道伊達市へ。

発電所反対運動のカッコイイ明解な住民論理を求めて行く先々で執拗に繰り返す誰彼との対話の中から、しかし求める明解さは、ついに浮かびあがってこない（突きつめれば、やはりどこかしら恥ずかしながら歯切れは悪くなるのである）。すべていずこの運動も、どこか答につまる一点があって、しかしそこで逆に開き直った所だけが発電所建設計画を撃退しえているのである。いや、あえていえば、〈開き直ること〉こそ、発電所建設反対運動での住民側の論理ではないのか。

〈まぎれもなく被支配者に属しながら、支配者的思考をする〉民衆のこっけいさをだれだったか鋭く剔出《てきしゅつ》していたが、なんとわが豊前平野にその種の思考意識のはびこってやまぬことか。

「そらあ豊前火力に多少の公害はあるじゃろう、しかし、なんちゅうてん電力は国にとって必要じゃもんなあ――」と説くときの良識派市民の口ぶりたるや、まるで国政の一端をでもになうエライさんに化したがごとく憂いに満ちているのである。おお、田舎のおっさんが、国の電力まで心配してやるいじらしさ（待てよ、この表情はいつかも見たぞと考えれば、ああ思いつく。ちょうど選挙のとき、おだてられて票集めの先兵となって駆けまわる田舎のおっさんが、さもいっぱし代議士某と結びついて政治の重要部分に関与しているごとく、興奮にのぼせあがって懸命なさまと、なんと酷似していることか）。

日頃、政治のセの字にも触手できぬ背番号的市民われらであれば、かかるときこそテッテイテキに復讐の快を遂げねばならぬのだ。「俺たちは電力を要求する。されど俺んちのそばにゃ発電所は真っぴらごめんだ。――さあ、あとどうするかはお国の方で考えろちゃ。国っちゅうもんな、そんなこつ考えるためにあるんと違うんけ？」と開き直ってうそぶけばいいのである。それが現状況で、みずからのいのちと健康を守りわが里を守る住民側のしたたかな論理である。しかり、開き直ること以外に、虫ケラ住民われらに抵抗の論理があられようか。

テッテイテキにメタメタに全国九電力を相手に、われら住民開き直ってしまえば、いうところの電力危機が起こるであろう。起こさしめればいいのだ。電力の危機状況を現出させればいいのだ。はっきりしていることは、民衆にとって電力危機即社会の破局ではないことだ。われら小心気弱な住民の歴史を振り返るがいい。なんと柔順に状況に順応し続けて来たことか。されば「家電製品、爆発的な売れ行き」も、つまりは与えられた状況への柔軟な順応にすぎず、電力不足到来となれば、実際には三度もまばたきすれば順応してしまうこと、たしかだ。いわんや、みずから志向して適当なる暗闇を求める心情派の、各地に少なしとしまい。

電力危機を恐れること民衆にあらずとすれば、本当にそれを破局としてうろたえる者は、いま電力危機を煽りたてている電力会社であり財界であり政界以外のだれだというのだ。電力危機を、むしろわれらは現出させねばならぬのである。混沌が生まれるなら、その混沌の中からこそ、新しい文化が出発するのだ。

ああ、されどされどわれらの〈開き直り論理〉は豊前平野に空転して、反対を叫べば叫ぶほどに孤立させられゆく寂しさよ。ただ、われら若ければ、おろおろとなおたくらみは続けてやまず。早やも深夜のわが耳に、きたる六月十六日の暗闇に鳴る太鼓の音の、とどろとどろと聞こゆるけはい。

われら、しろうと！

1973.9

――何をしても、しろうと。

ふと、孤りの思いの中で、そんなことをつぶやいて、私は苦笑している。

そもそも私のしろうとぶりときたら、十四年間生業であったはずの豆腐屋においてすら、ついに本職らしくはなれずに終わったほどである。豆腐を、あぶらげを、しきりに出来そこなわせては、跡始末の父を嘆かせ、配達先の店々では商人らしからぬ無愛想ぶりを陰口され続けた。さすがに見切りをつけた父に、「まだ俺ん元気なうちに、なんとか転業させせちゃらんと……」と、あわれがられた。

私が短歌を作り始めて、新聞歌壇に作品が入選するようになったとき、父はこれだと思ったらしい。姉の家に行って「どうじゃろ、竜一は歌の先生に転業出来んじゃろか」と、ひそかに相談したことをのちに知って、私は涙ぐんだ。

その短歌の世界でも、私はしろうとであった。歌壇とは、無数の大小結社歌誌によって構成されるが、それら結社誌に属する歌詠み諸氏からは、新聞歌壇は軽侮《けいぶ》の眼でしかみられぬのだった。しろうと達の投稿欄というわけである。

だが私は、頑なに結社誌からの参加勧誘を拒みながら、新聞歌壇ひとすじの投稿を続けた。読み較べて、しろうと歌であるはずの新聞歌壇の作品群の方が、より濃密な感動をはらんでいたからである。

深夜二時から懸命に働いたにもかかわらず、またしても豆腐の出来そこなった夜明け、突きあげる哀しみのままに思わず指を折って私の作歌は始まったのだったが、新聞歌壇の投稿者の皆、それこそ自らの生活の歓び哀しみを、どうかして表現せずにはおれぬ衝動のままに懸命に指折りまとめて作品を成していくのである。技巧の稚拙さを超えて、ひたむきに表現している内容（＝生活）そのものの実在感が、読む者の心を打つのは当然である。閉塞的な結社誌と違って、広域な読者無数に開放されている新聞歌壇であってみれば、寄せられる作品の背景をなす生活は常に多様で清新であり、そこに溢れる生活の息吹に、私はどれだけ励まされ続けたことか。

どうやら、くろうと歌人になるということは、このようなまなましいまでの清新な息吹の直接表現を殺して、静謐《せいひつ》な技巧形式に整調する術にたけるということらしく、そんなくろうと歌人にだけはなるまいと、私は気負うて思うのだった。

豆腐屋から作家生活に転じて四年目に入る。またしても、この世界で私はしろうとである。「そろそろあなたも作家らしいものを書いてみせてください」などと誰彼からいわれるたびに、私は照れてしまう。これまで刊行した六冊の著書のいずれも〈作家らしい〉作品ではなく、〈しろうと〉の作品だという辛辣な評価を、私も黙ってうべなうしかない。

『豆腐屋の四季』という素朴な生活記から出発した私に、しろうととしての印象はつきまとうて離れぬだろう。

しかし、短歌の世界でしろうとであることを少しもひけ目としなかったように、作家世界におけるしろうとぶりをも、私は苦にしているわけではない。もとより非才を知り抜いているのは己れ自身であってみれば、作家としての気負いなど一片もなく、要するにひ弱な身がペン一本で家族五人を支えていければの願いだけであり、しろうと視されたところで、いささかの照れを感ずる以上の屈折はない。

ここまでなら、私のしろうとぶりも己れ一個の問題としてとどまっていた。周防灘総合開発反対、豊前火力建設反対に立ち上がった昨年から、私のしろうとぶりは周辺社会に思いがけない波紋を拡大していくことになってしまった。

なにしろ、全くの運動のしろうとである。

十四年間、豆腐屋として家庭内にとじこもり続けた私は、一切の運動とか組織とかと無垢なまで無縁であり続けた。ひたすらに読みふけったのも梶井基次郎、尾崎一雄、小山清らの小世界であり、社会科学者にも思想書にも触れることなく、マルキシズムのマの字も知りはしないのである。

そんな私が周防灘開発反対――その拠点としての豊前火力発電所建設反対に立ち上がったのも、政治的な理念からであろうはずはなく、豆腐を配りながら朝に夕に往き来した山国川の河口が、ひそかに〈私の風景〉と名付けているほどしたわしく、そんな風景を押しつぶして銀色の石油コンビナートが現出することを想像するだけで耐えがたかったのである。

だが、運動のしろうとである私は、立ち上がった途端にいきなり強烈なパンチに遇わねばならなかった――。

昨年五月、「瀬戸内海汚染総合調査団」の一行から周防灘開発を憂慮して現地研究集会を呼びかけて来た。講師陣を派遣したいというのである。私は広島大学まで出向いて講師の一人と面談し、中津市での「周防灘開発問題研究市民集会」を六月四日と定めた。

多くの賛意者と共に準備を進めていた日、突如共産党から研究集会中止を勧告された。講師陣がトロツキスト幹部だという指摘である。私はうろたえてしまった。しろうとの私には、トロツキストとは何者なのか、わからぬのである。平和な中津の町に、このような危険な破壊分子を導入したら、全市民にどのように申し開きするのかという鋭い問いかけに、私はおびえてしまった。しろうとが運動にかかわることの恐ろしさを思った。

だが、しろうとにもしろうとなりの判断基準がある。私は、広島大学まで出向いて一夜胸襟《きょうきん》をひらいて語り合った講師の学究の徒としての印象を大切にしたいと思った。一人の人間を一党の情報で裁断する前に、自分の目と耳での判断にかけたいと決めた。

私は執拗な反対を押し切って、この研究集会を開いた。――その日から、豊前平野での反開発運動は真の意味で出発した。「瀬戸内調査団」の一行も、今夏また調査船で訪れてくれた。地道な研究の徒ばかりであり、危険分子の烙印を押された一年前を笑い話にして語り合った。

反対運動に立ち上がって以後、私はおのずから、いわば運動の〝くろうと〟ともいうべき革新政党や労組の幹部らと接触していくことになったのだが、その人たちの私に接する態度は、常に大人が子供に対するような高みからの微笑を含んでいた。

とかく直情的に事を進めようとする私は、いつも彼らのやんわりした制止でたしなめられた。「まあまあ、あなたの気持ちはよくわかるが、運動には運動のルールがあるのだから」というのだ。しろうとの君にはわからぬ、永い民主運動の歴史から生まれて来たルールがあるのだといわれれば、私ははにかんで黙るしかない。だが無念なことに、そのようなルールを踏んでいく過程で、運動の〈根〉ともいうべき怒りはみるみる薄れ、爆発しそうだった活力はそがれていくのだ。

ふと私は、そこにしろうと歌壇のあの清新でなまなましい息吹と、くろうと歌壇の整い過ぎた技巧がかえって消し去っているものの対比を思って奇妙な気がするのだった。運動と歌壇というとっぴなまでに懸隔《けんかく》した両者の内側で、なにやら〝しろうと〟と〝くろうと〟の対比だけは相似ている気がして不思議なのだ。

火電阻止に必死になればなるほど直情的に動いてしまう私は、やがて気付いてみたら、そのようなくろうと組織から、ていよく排除されていたのである。

電力危機なるものが深刻な社会問題化して来ている時点での火電建設反対運動は、もはや単なる公害問題を超えて、鋭く政治を問う。「作家であるあなたが、これほど重大な政治問題に口を出すのは、事を誤るのではないか」という厳しい批判は、当然私に集中している。複雑な政治や経済の仕組みの中に、理論を持たぬ作家の心情的発言を持ちこむことは、社会的混乱を招くだけというのだ。

だが、もはやしろうとであることに居直る覚悟の私は、そのような批判によって揺らぎはしない。

なぜ心情的発言が、政治理論や経済理論の下位に著しくおとしめられねばならぬのか、その根拠をこそ逆問したいのである。砂浜に残るかそかな水鳥の足跡をこよなくいとおしむ心情的発言は、政治や経済の側からの発言で、あっけなく圧殺され続けて来た。その結果が、救い難い環境破壊であり、なおも政治や経済の論を優位させる限り、その加速はだれしもの予知するところであろう。それを制止できるのは、もはやしろうとの心情的発言の復権にしかないのではないか。

この社会を構成するすべての人為的事象は、つづまりは一個一個の人生を尊く生かし切ることにこそかかわるはずであってみれば、その厳たる視点のみを踏まえて、おおよその専門界をも、たとえしろうととても鋭く見抜き得るのだと、私は考え始めている。不遜であろうか。

たとえば、私はこの上なく科学のしろうとである。火電問題を公害の局面からとらえるとき、それは優れて科学や技術の問題となる。最初そのことに、私のたじろぎは深かった。到底、それとの対決はできがたいと思ったのである。

だが、ここで適用される科学が、どれだけ徹底的に私たち住民を大切にしているかどうかという視点に立てば、しろうとの私たちとて、科学を見抜けるのではないかと私は考えた。

住民をどこまで大切にしているかという視点に立って、火電問題での〈科学〉と〈しろうと〉の論理は、次のように対立する。

一例を〈逆転層〉にとる。

大気は上空に昇るほど冷えていくのが常識であるが、特殊条件により高度にかえって高温層が現れる。これが逆転層であり、ちょうと空気のふたが出来たようになり、排煙はここでふさがれて高空拡散をせず澱んでしまい、やがて降下してスモッグをもたらすのである。従って、逆転層がどの高度に通常発生するのかは、重大問題となる。

豊前平野に通常発生する逆転層の高度は一五〇～二〇〇メートルであると主張する電力会社の技術専門家に、その根拠を問うと、一年間に四日半の上空気象調査をした、と答えたのである。私たちは唖然とした。「たった四日半の調査で、豊前平野の年間気象をうんぬん出来るのか！」

その時、専門家の浮かべた困惑したような薄笑いを、私は忘れない。これだからしろうとは、という語調でこういったのである。「松下さん、それが科学というものですよ」

つまり、四日半の調査をすれば、あとは科学的統計などと照応して、それで年間気象を推断出来るというのである。科学とは、そんな効率のいいものだという。

「それが科学というものですよ」という一言は、恐らく全国各地でしろうと住民を沈黙させる権威的発言として機能して来たに違いない。専門家の口から、それが科学だといわれれば、科学のしろうとは恐れ入るしかなかったのである。だが、そのような権威によって保証されたはずの安全開発地域で予測を超えた公害が噴出するに至って、もはやしろうととて科学に疑い深くなっているのである（否、科学そのものとはいわぬ。それを操作する者に対して）。

科学的効率なるものが、統計の中に均《なら》してしまった数字は、厳密に現象そのものであるはずはない。豊前平野に棲み着く者のくらしの中からの常識として、いかに科学が証言するとも、たった四日半の調査で年間気象の推断など出来ぬと主張するのである。「豊前平野に侵入して来るのなら、少なくとも三六五日の連続気象調査を踏まえた上で出直して来い」という要求は、棲み着く者の権利として当然なのである。それをしも非科学的というなら私たちは頑固なまでに非科学の徒でありたいと思う。

それにしても、今や平和な棲み家を守ろうとするには、しろうと住民たる者なんと未知な手段に追いこまれていくことか。にわかに小六法など買いこんで来て法律学習を始めている己のなりゆきが、ときにふと戯画めいてくる。

七三年八月二十一日、私たちしろうと市民七人、豊前火力建設差止請求訴訟を提起したのである。いわゆる環境権訴訟である。

「国民はすべて健康で文化的な最低限度の生活を営む権利」（憲法二十五条）を有し、「幸福を追求する権利は尊重される」（憲法十三条）のであってみれば、それを充足するためのよりよい環境に住む権利は基本的人権であり、それはだれからも侵害されない——〈環境権〉とは、端的にいえばこのような法理であり、まこと私たちしろうとに理解しやすく、共感は濃い。

もっといえば、海の問題でこの法律はきわ立って来る。従来、海を埋め立てるには当該海域の漁業者が漁業権放棄をすませれば、全手続きは完了した。背後地住民に海への権利はなく、一片の発言も認められない。だが〈環境権〉は、海に対する住民の権利を鋭く主張する。なぜなら、海は万人共有のものであり、環境の主要因子だからである。

これほどしろうとの熱い期待をになう〈環境権〉も、しかし法律専門家からの批判は厳しい。しろうとの論であって、法廷で通用する法律論とはなりえないというのである。

法律の細部に実践的に詳通する専門家ほど環境権を非現実視する傾向は、それなりに当然であろう。だが専門家がどのようにためらおうとも、もはや全国各地で環境破壊と対決するしろうと住民は、憲法二十五条をかかげて蜂起し始めているのである。法律実践の細部を知らぬままに、かえって〈環境権〉の原理的正当性一点を見抜いて、やむにやまれず熱い期待を賭けていくしろうと住民の突出を、必死にあと追いして法理定着に努めるのは、もはや専門家に課せられた責務であろう。

提訴以来、私たちに全国から寄せられた期待は並々ならぬものがある。運動にも法律にもしろうとらしい人々ほど、私たちへの共感が熱い。

——しろうととは、常にいささかドン・キホーテなのである。

Ⅲ　「アハハハ……敗けた、敗けた」

豊前環境権裁判第一準備書面

1974.3

昭和四十八年（ワ）第六百十二号
火力発電所建設差止請求事件
準備書面（第一）
原告　伊藤龍文ほか六名
被告　九州電力株式会社
昭和四十九年三月四日
原告　伊藤　龍　文
釜　井　健　介
坪　根　　侔
恒　遠　俊　輔
市　崎　由　春
松　下　竜　一
梶原得三郎

福岡地方裁判所小倉支部御中

一羽の鳥も、一群の草も

一羽の鳥のことから語り始めたい。

ビロウドキンクロ。ガンカモ科に属する冬の渡り鳥で、遙かなシベリア方面からこの豊前海沿岸にやって来る。静かな内海の浅瀬で貝類をあさり、潜水も得意である。遠い酷寒の地から、ひたぶるに飛来した、この小さな鳥の姿をみつめていると、「本当によく来たね」と呼びかけたい親しみがこみあげる。来年冬、また懸命に飛翔して来たこの可憐な鳥が、明神ケ浜に降り立とうとして、既にそこが海岸ならぬ埋立地と化していた時のとまどいを思うとあわれである。豊前火力建設が押しすすめようとしているのは、そういうことである。

それは例えば、次のようにいうことも出来る。即ち、法的にいえば、これは、「日ソ渡り鳥等保護条約」（昭和四十八年十月十日調印）を明らかにないがしろにしているのであり、国際信義にもとることだと。同条約が渡り鳥等の生息環境の保護をうたっている以上、それに逆行する明神埋立ては、まさに申しひらきの出来ぬ同条約違反であるからだ。

だが、私達が語りたいのは、そのような条約に触れる触れぬの論ではない。なによりも、可憐な渡り鳥そのものへのいとしさに執してこそなのだ。しかして、このような〈いとしさ〉の心情はしばしば勝手に忖度《そんたく》されて、かくもささやかな心情は、豊前火力建設等という巨大問題に比すれば、歯牙にもかけえぬうたかたの如きものとして抹消され勝ちである。そのような価値判断は、人間の尊厳の否定である。

もし、一個の人間が、「私は火電よりも一羽の渡り鳥をこそ尊く思う」といい放つなら、その一個の心的宇宙に、誰が踏み入ってそれを逆転させえようか。人は己が心の内側を守る為には自ら死さえ選ぶというのに。しかり、私達は、あくまでも己が心情を大切に貫かんとして、豊前火力建設反対に立ち上がっているのだ。これまで開発問題、公害問題で人の心情的主張がほぼ完全に抹消され続けて来た歴史的事実を思えば、余りにも異常である。ヒトが人たるは、その心情のゆたかさに尽きよう。その心情をなぜに人は開発問題に関しては抹消してしまうのか。

私達が、これから述べ続けることは、ひたすらに自らの心情の流露《りゅうろ》である。それを、本件訴訟の主張として、些末という人がいるなら、まさにそれは人間の尊厳の否定だと私達は受けとめよう。心情に拠る主張が、果たして科学論拠に比して、余りにも恣意的としてしりぞけられねばならないものであろうか。

一体、私達はなぜあの明神ケ浜に遊ぶビロウドキンクロやシラサギやカモメやユリカモメやシギやセキレイをいとおしく思うのであろうか。それは、所詮分析解釈できぬまでに本能的な心情の動きであろう。そして、可憐な小鳥を愛するそのような心情は、おそらくは、ホモサピエンス幾万世代を経て形成され細胞因子に潜在化せしめられて来たものであろう。とすると、その確かさは、あるいはなまなかに形成された近代科学以上のものを見抜いているやもしれまい。ひょっとしたら、小鳥をいとおしむココロがあるがゆえに、人類は生息しえてきたのかもしれぬ。そのココロを喪失するとき人類は滅びるのかもしれない。

私達は、自らの心の内に湧く、自然の郷愁を想うとき、己が感情の中に自然を畏敬《いけい》し自然の中で生きた遙かな祖先のぬくい血をふと感じるのである。

シチメンソウについても語りたい。

あかざ科に属するこの塩生植物は、我が国では北九州南曾根から大分県の豊後高田の間を唯一の自生地とする朝鮮満州系植物である。古代（第三紀頃）日本と大陸が継続的に地続きであった頃の名残りであり、今も仁川の河口や熱河省には果てしなく拡がるシチメンソウの大群落があると聞く。それと同じ植物が明神の浜辺で泥をかぶり海水に浸りながら、気の遠くなるほどの地球的時間を生き抜いていることに私達はいいしれぬ感動を抱く。既に曾根地域のシチメンソウが昭和十年頃の干拓、更に飛行場造成等によってほとんど滅ぼされてしまっていることを思えば、明神のシチメンソウよ、なんとしても生き抜けと熱い思いで励ましたくなる。ましてこれらを踏みしだく明神地先三九万平方メートルの埋立てを私達は許すことはできない。

私達は、豊前火力の公害を告発すべく鳥や草のことから語り始めているのだ。鳥や草がほろぼされるなど、とても公害などとはいえぬという者と私達はついに無縁であろう。私達は生きて死んで行く。仮に、過ぎていく地上でその宿りの場としての自然を、己が一代で破壊することの誰に許されるのか。祖先から受け継いだ自然は、子孫に出来るだけそっくりと引き継ぐべきだと信ずる。大気や山や海はいうに及ばず、鳥や草にすらそのような思いは及ばねばなるまい。鳥や草を残すことがなぜそれほど尊いかを、科学的論拠で証せよと迫られるとき、そのような面倒なことをいう前に私達には唯一の答がある。——即ち、鳥も草も祖先とともに共存してきたものなれば、私達もまたその共存関係を子孫に引き継がねばならぬと考える、という単純で誠意に満ちた答えである。

ナマ身の証言

公害は、精緻な分析に拠る科学的視点よりは、むしろ現地住民の生活感覚による証言が実態を究明する。

だが、公害論争の中ではこれまで余りにも科学的視点による裁断が権威的にまかり通ってきた。その結果、当の本人が公害病による痛苦を必死に訴えているのに、科学的に診察した医師が、あなたは公害病ではないと裁断するという奇妙な現象が頻発している。ナマ身の身体の痛苦は当人が最も知る。いかに科学が、あなたは苦しいはずがないのだと診断するとも、いや私のナマ身は苦しんでいるのだという現実は厳然として残る。

なぜそのような奇妙な齟齬《そご》が生じるのか。

即ち、人は、あくまでもナマ身の存在なのだという自明の基本事実を忘れるところに、そのようなゆがみが生まれるのではないか。ナマ身とは感情も肉体もすべて相関し総合された丸ごとの人間という意味である。そして、公害の諸因子は私達のナマ身のあらゆる部分に作用することになる。それを精緻な科学分析で究明するならば、例えば、亜硫酸ガスは〇・〇〇九ＰＰＭの作用しかないから、これは無害だと診断する。窒素酸化物も分析すれば微量だからこれも無害だと診断することになる。その他火電公害の諸ファクターを一点ずつ分析測定すればそれぞれ無害な微量であり、無害＋無害＋無害＝無害だとの裁断が科学の権威をもってくだされることになる。だがナマ身にとって諸ファクターは、それぞれ無関係独自に作用するのではない。ナマ身の側からすれば同時にすべての公害を引き受けるのである。この時、微量の亜硫酸ガスと微量の窒素酸化物と微量のバナジウムは、ナマ身の中で統合されて充分に有害となるのである。

無害＋無害＋無害＝有害となってナマ身を苦しめる可能性の方がむしろ濃いとせねばならぬ。まして、これまでの公害論争のファクターの中には、一羽のビロウドキンクロやシチメンソウの群落のことは掬《すく》いこまれてなかったのだ。繰り返していえば、ある人にとっては水辺のシチメンソウは、生きる歓びの源泉であるかもしれぬ。それの喪失による意気沮喪《そそう》は充分ナマ身を苦しめるファクターたりうるであろう。

いいたいことはこうなのだ。公害を論ずる場合、人間の感性への影響をも含めてありとあらゆる煩瑣《はんさ》なまでのファクターを全部拾いあげ、しかして、それら一点ずつを精緻に分析し、分離するのではなく、それらの総合的相乗作用をとらえうるのは、ほかならぬ痛苦のナマ身を持つ人以外にはありえまい。ゆえに、私達は厳然として宣言するのだが、現地住民の公害に苦しんでいることを訴える証言があるのなら、それはどのような科学的権威によっても否定はされえぬということだ。

とすれば現在、日本全国に捲き起っている火電現地の反対運動がなによりも重い証言となる。即ち彼らは、現実に火電の公害にナマ身を苦しめられているがゆえに反対運動に立ち上がっているのである。以下に掲げるのは、全国で既存火電の公害を告発し、その撤去を迫り、改善を迫り、増設に抗している現地住民組織である。勿論、これは私達がたまたま関知しているに過ぎぬ一部の組織であり、もし精査すれば、これより遙かに多くの組織を知るであろう。

私達はなぜこれを掲げようとするか。

私達はこれこそが、火電公害の証言だと断言出来るからである。電力会社がどういいつくろおうとも、御用学者がどのように理論的に無公害を検証してみせようとも、現地のナマ身の人間がその痛苦に憤激して立ち上がっているという深刻な事実の前には、まさに一片の詭弁《きべん》たらざるをえぬ。この重い証言に、電力会社はどのように答えるか。

以下が、火電公害の実在を証言する諸組織名である。

鹿島市民会議・東京電力公害反対突撃隊・千葉市から公害をなくす会・千葉市公害塾・電力公害研究会（東電労組）・岩瀬から公害をなくす会・公害から三国町を守る会・岬町関電対策連絡協議会・多奈川火力公害訴訟団・反公害堺泉北連絡会・姫路いのちを守る会・四日市公害とたたかう市民兵の会・和歌山から公害をなくす市民のつどい・渥美の公害勉強会・渥美火力公害対策住民の会・いのちと暮しを守る石巻牛川住民の会・東三河公害問題調査研究会・田原町公害対策協議会・尾鷲三田火力増設反対連合会・三佐家島公害追放研究会

一人の少女が、私達をみつめる

地域に住みつつ反対運動を貫くことがいかに困難であるかは、私達自身この二年間にわたって痛感し続けたことである。乏しい生活費を圧迫しても運動費は自らの身銭を切るしかないし、勤務のあとの憩いの時間をつぶして日夜駆けまわらねばならないのだ。それは自らのみならず全家族をまで巻きこんで家庭生活そのものに深甚な犠牲をもたらさざるをえない。しかも、そのようにしてまで行動する者に容赦なくいやがらせや脅迫は続き、勤務先での圧力も加わる。

これほどまでに耐えつつ、なお反対運動に立たざるをえぬのは、公害という一方的理不尽を許せぬからである。前項に〈証言〉として掲げた住民組織に属する一人一人が、公害そのものによるナマ身の苦痛に加えて、更に運動の困難をはねのけて闘いを続けている事実をみるとき、そこに実在する公害の大きさは既に付言するまでもないまでに実証されているのだと私達は考える。公害のない所に反対運動の起きようはずがないという単純な事実を裏返せば、運動のあるということこそが公害の発生の明白な証言だからである。ゆえに、私達は前項に反対運動の名を連ねたそのことだけで、この上なく直截に火電公害の実在を証明したと信ずる。それ以上の付言は必要ないと考えるのだが、敢えて二例を挙げて火電公害の具体を瞥見《べっけん》しておこう。

a　北陸電力富山火力発電所の事例

スライド映写の画面から紅い服の一人の少女がじっと私達の方をみつめている。この九歳の少女はもう地上に居ない。昭和四十七年六月十一日に急死したのである。医生協富山診療所所長黒部信也氏の剖検所見によれば、「肺は気管支の喘息症の病理学的変化を示しており、喘息発作重積を死因と考えてよい」、「亜硫酸ガスを中心とした大気汚染が患者の喘息発作の誘因として働いた可能性は考慮されるべきであろう」と述べている。この少女、富山市草島の成田栄子ちゃんは、生来健康であったのが、四十一年夏頃から発作を起こし始めたのであり、これは富山火力発電所二号機稼働と時を同じくしている。以後富山火力の増設と共に症状は悪化し、ついに急性発作で急逝したのである。

富山火力は、現在八一・二万キロワット出力であり、富山市北部地域（岩瀬・萩浦・草島）の大気汚染の最大の元凶となっている。一人の少女の死は痛憤を誘うが、それ以上に注目せねばならないのは、既に同地域には、四十八年十二月現在、公害認定病患者が八十二名にも達している事実である。呼吸することが苦しいという地獄的様相は、千万言をついやしても他人には伝ええまい。四日市ゼンソクに苦しむ幼な子が「かあちゃん、もう死んだほうがいい」といったというひとことを粛然と受けとめるしかない。しかして、富山市北部地域の認定病患者が八十二名としても、現実には、その認定で落とされてしまったにもかかわらず実際には苦痛を感じ続けているであろう人々は遙かに多数であろうと察しられるのである。

ここで私達は、最も基本的なことを一点確認しておきたい。即ち、公害病認定とは何かである。ある種の産業廃棄物等に起因して病者の発生した場合、その認定と未認定はどこで一線を引かれるのか。この程度ならといわれるような基準が客観的に引きうるのか。人のしあわせの基本が健康な生理状態にある以上、それを他者が客観的に決めうるはずはない。唯一の認定は当人以外には出来ないはずである。しからば当人はどのようにして自らの不調を認定するのか。いうまでもなく、それ以前の健康状況との比較においてであろう。

とすれば、公害病とは客観的な他者による重症度のランクづけでなく、それまで保持していた健康状況がいささかでもそこなわれたと本人が自覚する時点で、それは紛れもなく公害病なのである。死者とか、重症者とかだけが公害病なのではなく、「どうも以前より調子が悪い」と呟く多数の人々も残らず公害病なのである。いわれなく一方的に、私達は保持している健康を他者によってそこなわれるという理不尽を許容できない。とすれば、症状の軽重を問わず私達は公害病を告発するのである。

b　中部電力渥美火力の例

常春の農業地帯渥美で四十八年一月八日、九日に渥美火力（一〇〇万キロワット）からの煤塵が降り、名産のキャベツに黒い斑点を与えるという事件が発生した。その被害範囲は実に十数キロに及び、これによって出荷不能等の被害に遇ったキャベツの損害額は一億円に達した。この一億円は当時作付けされていたキャベツであって、いったんこのような被害によってイメージダウンした損害は、計算出来ないほどに深甚であり永く尾を曳くことになる。

このススは分析された結果、硫酸含量がきわめて高くバナジウム、ニッケル、鉄、アンモニア等も検出された。

強調すべきは、はからずもキャベツ被害で露呈されることになった火電の煤塵は、毎日多量に空中にばらまかれているという事実である。即ち電気集塵機の効率が不完全なままに、相当量が空中に放出されざるをえないのである。ということは硫酸や重金属を含む煤塵まじりの空気を常時呼吸させせられているということである。生活の基盤たる農業に大被害を与えられたにとどまらず、長期にわたって隠微に健康被害に襲われているのだ。しかも追及された中電幹部は、電気集塵機の故障でホッパーに付着した煤塵をとり出そうとして、あやまって地上にこぼしたものが折からの強風で散らされたのだと子供だましな解答をして、全住民の憤激を買ったのである。

ここでもまた、ひとつ明確にしておきたい。私達は、火電の煤塵がキャベツに被害を与えたという名の事実のみをして公害だと限定しない。その一事実から派生するすべての波紋を含めて公害だというのである。即ち、キャベツ被害が出たという顕著な公害に伴いそれの対処に、農協・住民・町当局・その他実に無数の人々が長期にわたり奔走せざるをえなくなったことを含めての公害なのである。しかも中電がすなおに自らの手落ちを認め、謝罪し、対策を協議すべきに言を左右にして誠意を示さぬがゆえに、この公害は益々とめどなく大きくならざるをえぬのであった。

見えぬ働きへの畏敬を

以上わずかに二地点を瞥見したに過ぎぬが、その公害の深刻な実態は紛れもないのである。私達の豊前平野をそのような侵害から守らんとするのは至当なことであろう。

豊前平野は、周防灘に面する田園地帯である。災害にも縁の薄い気候温暖の地として近時は果樹園芸も盛んである。これという巨大企業の存在もなく、それゆえに大気はいまだ清く保たれている。

豊前火力建設予定地の豊前市は、人口三万余の町であり、市全体の八〇％余りが田園地帯であり、背後の犬ケ岳には特別天然記念物のシャクナゲをはじめ、天然記念物のヒメシャガ、更にはブナの原生林等、学術上貴重な植物が百数十種も群生しているのである。犬ケ岳一帯の四季は、豊前市民の心のふるさととなっている。犬ケ岳が豊前火力予定地である明神地先から南西一五キロメートルに位置することを思えば、高煙突からの排煙は海からの風に乗ってまさに直撃するであろう。火電の排煙が樹木を枯死せしめることは、前記富山火力周辺におけるスギなどの著しい立枯れ状況をみても、あるいは中部電力尾鷲三田火力によるヒノキの顕著な生長阻害によっても、既成事実として検証されている。

　ところで、樹木の立枯れ等の公害は、紛れもなく公害でありながら、それは公害論争の中で重い場所を与えられずに来た感がある。一体樹木の果たしている働きはどのようなものであろうか。ただ列挙してみるのみでも、まず酸素の生成という貴い作用に始まり、大気中の塵埃浄化・地域温度の調節・地下水の調節・山崩れ等の防禦であり、更にいえば、生き生きした緑が私達に与える安らぎと歓びもまた貴重である。これだけのものの喪失が、重い公害でないと考えるのは異常であろう。しかしながら、それが軽視されるのは、いうなれば、それら樹木の働きの大部分が隠れた働きであり、私達に充分可視的ではないからである。

　私達は、果たして自然というものの不可思議なまでに精緻な仕組みをどこまでとらえているのであろうか。軽んじて滅ぼしたあとに、それが果たしていた働きの大きさに気付いた時、もはや取り返しがつかなかったということを私達は怖れる。それを避けるためには、樹木をも枯れさせてはならぬということにも重く心を配らねばならぬのである。

　勿論、樹木被害の発生する時は、同時に農園芸被害の発生も確実である。だが、そのような顕著な被害の発生の以前に私達が何よりも許せないのは、豊前平野の大気はまだ汚染されていないから、この程度なら汚してもいいという考え方で、豊前火力の公害が許容されようとしていることである。私達は全く逆の思考に立つ。即ち清浄な大気だからこそ、その清浄さを保ちたいというのである。前者の思考に立てば、日本中の大気は汚染し尽くされてしまうことになる。

どのような理由づけにしろ、大気汚染は、おそるべき冒瀆行為である。大気汚染こそは全生物の生きる源泉であり、これを汚染して次代に引き継ぐことは絶対に許さるべきことではない。私達が主張するのは、豊前平野の大気を今以上に汚染させぬということである。放出されるものが〇・〇〇九ＰＰＭゆえに許されるという論はとらぬ。たとえ〇・〇〇九ＰＰＭであろうと、今以上の汚染であることは紛れもないからである。

海――いのちの母

海が母の字より成るは、太古、最初のいのちを妊んだ海への古人の畏敬であったろう。その母への凌辱の今やとどまることを知らぬ。豊前火力建設の為の明神地先三九万平方メートルの埋立てを、私達はいのちの母への凌辱として、自らを楯としても阻止する覚悟である。

豊前海は、瀬戸内海の西端、周防灘に属する海域である。瀬戸内海沿岸がガン細胞の如く増殖した埋立地におおわれて、大工場群を形成している中で、さいわいにして、福岡県行橋市から大分県国東半島に至る海岸線は、巨大埋立てをまぬがれ、ひとつの工場群もないのである。それにもかかわらず豊前海域の汚染状況は深刻化している。これは、山口県側の周南コンビナート等の汚染の回流によるものと考えられる。周防灘の潮流を見るに、豊後水道から押し入る大量の上潮流（約九〇％）は、伊予灘を経て山口県沿いを通る本流となり、周南コンビナート群（徳山・下松・宇部・小野田）の大量の工場排水を運ぶことになる。この本流は、灘の西端関門に突き当れば、一部は福岡県側に方向を変え、ついで下潮に乗って沿岸沿いに南下し次第に方向を東に変えていくが、その流れは緩慢であるから次の上潮で一部は再び押し返される。かくて汚染水は停滞し、底質も極度に悪化してくる。

豊前海十八漁協は、明神地先埋立てに賛成したが、それは真に歓迎しての賛成ではなく、前記の如き理由による豊前海の汚染の進行に絶望し、いくばくの補償金で海を放棄せざるを得なかったからである。

だが、まことに自明なことを述べるのだが、漁業者が放棄したのは漁業権に過ぎない。埋立海域で漁業を営む権利を放棄したに過ぎない。しかして、海は厳然として残るはずである。海そのものを売買する権利などは誰にもありえない。もともと漁民に与えられているのは、海で漁を営む権利であり、海そのものを所有する権利ではない。漁業権の放棄されたあとの海は、誰のものなのか。それは誰のものでもあるまいし、同時に誰もの共有物であるだろう。私企業が、漁業権を買い上げたからといって、それがあたかも海そのものをまで買い上げたかの如く専横に海を埋め立てることが許されるとは呆れ果てるばかりである。

よろしい、そんなに埋め立てたければ、漁業権に加えて、海そのものをも買い上げていただこうではないか。しかして、海の価格は巨億である。豊前海明神地先の海三九万平方メートルの価格は、どのように算定されようか。漁業権の放棄は、漁民にとっては生活権の放棄だが、それは同時に私達にとっては食糧としてのタンパク源の喪失である。明神地先は、前項の藻場として、魚類の産卵と生長の場であり、これの喪失は、豊前海漁業に少なからぬ打撃を与え、それはひいては、私達のタンパク源の減少である。その価格の算定はいくらに換算すればいいのか。

あるいはまた、一人の人間が海岸にたたずんで安らぎを得るという心情の働きは、どのように価格換算されうるだろうか。日々の生活に疲れ、打ちひしがれて海岸にたたずんだ者が、おだやかに光る海面をみつめるうちに、湧然として生きる活力を蘇生せしめたとすれば、その時の海の存在の価格は、その者にとって敢えていえば百万円どころではあるまい。

かくの如く一人一人にとって海の価格ははかり知れぬのである。海岸にたたずんで海に慰めをうる者、海から啓示をうる者、汐干狩を楽しむ者、海水浴を楽しむ者、一人一人の心の受けとめようで、その価格は絶大である。そして、海は万人に対して開放されているはずであり、更には、私達の後に続く子孫にまで開放されているはずであれば、まさに価額は、無限倍されねばならぬのである。それにとどまらぬ。現今の価額がまだ認知しえていない精妙な作用で、海は自然界に寄与していることは充分に察しられるのであり、そこまでを測らんとすれば、もはや海の価額は、私企業の支払能力を超えての巨億である。

「政府は、瀬戸内海が、わが国のみならず世界においても比類のない美しさを誇る景勝地として、また、国民にとって貴重な漁業資源の宝庫として、その恵沢を国民がひとしく、享受し、後代の国民に継承すべきものであることにかんがみ、瀬戸内海の環境の保全上有効な施策の実施を推進するため、すみやかに、瀬戸内海の水質保全・自然景観の保全等に関し、瀬戸内海の環境の保全に関する基本となるべき計画を策定しなければならない」とは、瀬戸内海環境保全臨時措置法（昭和四十八年十一月二日施行）第三条である。この法文の述べる趣旨からしても、瀬戸内海の一隅たる明神地先の埋立ては許されないはずである。そも同法は、もはや死滅に直面した瀬戸内海をなんとか蘇生させるべく、与野党一致による議員立法として採択されたものであった。

埋立ての被害に加えて、そこに建つ火電から放出される温排水は、海の生態系を混乱させ、漁場を悪化させると考えられる。摂氏七度も高温化した海水が一日に三五〇万トンも水深浅く潮流よどみ易い豊前海に放出されるのであれば、その影響は深甚であろう。水温に敏感な海苔養殖などの荒廃を憂えざるをえない。

勿論、原告七名は漁業者ではない。しかして農業者でもない。されば漁業被害・農業被害について言及する権利はないなどとする論は、私達にとってこっけいきわまりない。

ここで明確に宣言しておきたい。私達は、原告七名であるが、しかし七名それぞれの私的権利、私的利益を追求して、かかる訴訟を提起しているのではないということである。即ち、私達は豊前平野全体の環境保持を目的として、それを侵害するものを排除せんとしているのであり、いうなれば、私達七名は、地域環境（豊前平野・豊前海）の代表として立っているのであり、本件訴訟においては、私達七名はまさに漁業者であり、農業者でもあるのだ。

いやもう、まわりくどい論旨の展開はやめよう。地上のいのちの始原を妊んだ母への凌辱はどのように理由づけようと断じて許せぬのである。

電力需要の正体

豊前火力発電所は、豊前平野の住民の電力を産み出す為のものでない。それは進出して来る大企業群の為の電力である。

例えば、昭和四十七年度の九州の総電力需要量は、三二九億八七〇〇万キロワット時で、これは対前年度伸び率一五・九％となり、全国の一〇・八％を大きく上回り、全国一の伸び率であった。その原因は、産業用需要が前年度比六・四％から一六・七％に急成長した為である。全国平均が六・三％から九・一％に成長したに過ぎないのと較べれば、この急成長は異常である。これをもっと具体的にみれば、四十七年度中に次の大企業の新増設があったからである。新日鉄大分工場の操業開始、麻生セメント苅田工場のキルン増設、三井アルミ大牟田工業所増設、三井アルミ若松工場操業開始、三菱工場香焼工場新設、九州石油大分の増設、日立金属苅田工場の操業開始、三井鉱山コークス工業新設等々。

私達が憤激するのは、九州電力社長瓦林潔氏は、同時に九州山口経済連合会会長として、九州に企業を呼びこむ急先鋒に立っているということなのだ。彼が昨春、九経連会長の立場で、全国をまわり、九州への企業進出を呼びかけてまわったことは、むしろ誇らしいニュースとして報道された。その呼びかけに応じて九州になだれこんで来る新企業の為に、今や九州の電力需要増は全国一となっているのだ。私達の家庭に向かっては、電力危機を繰り返し、節電を強調しつつ、一方では巨大需要を自ら開拓してまわっているのである。

私達は、確かに電力のお世話になっている。さりとて、かくの如きふざけた理不尽をまで許容せねばならぬいわれはない。私達は豊前平野の工業開発は望まない。従って、豊前火力は必要ないのである。大企業進出で必要となる電力を産む為に私達の土地の侵害に耐えるわけにはいかない。

勿論、それら企業が産み出す製品も、私達の文化生活を支えるに貢献しているのだという反論はあろう。だが、それもほどほどである。次々と産み出された文化製品なるものは、いやおうなくコマーシャルに乗せられて家庭に送りこまれ、家庭の電力消費すら多消費型に変えさせていく。物は家庭に溢れながら、心の充足感に遠い生き方に、私達は組みこまれていっているのではないか。真に充足した生き方とは、清浄な大気の中で、緑に囲まれて、もの想うゆとりを持てることに尽きよう。自転車で駆ければ用の足せる今ののんびりした豊前平野に私達は執する。

私達は、既に現在の我が国の文明のありようが異常に物中心と化してしまっていることに深甚な恐れを抱いている。そして、その方向を是正せぬ限り、人類の将来は暗いと考える。バートランド・ラッセルが「人類が、生きて二十一世紀を迎える可能性は、公害によって五〇％しか残されていない」と喝破《かつぱ》した警声に私達は刺されるのである。

最も怖れるのは、電力需要の増大を認め続ければ、それは果てしない泥沼に没することになることだ。即ち、発電所は必ず工業開発を呼び起こし、そして工業活動は必ず肥大化せざるをえず、更に新たな発電所を要求するのである。このような仕組をいったん許容すれば、発電所は加速度的に増大し、工業地帯は国土を侵蝕し尽くしていくことになる。

どこかで踏みとどまらねばならぬのである。それ以外に、将来の破滅を救う道はないと私達は信ずる。ゆえに敢然として豊前火力反対に立っているのである。

私達は、昨年十月の中東戦争に伴う石油危機突発以前から、そのような視点に立って限りある地球資源石油の濫消費を戒め、高度経済成長の抑制を訴えて来た。中東戦争に伴う石油危機下で、私達の主張の正当性は実証された。高度経済成長への反省は、政財界にも生まれ、にわかに国民に向かっては節倹の訓話を垂れ始めた。当然、私達は豊前火力は断念されると信じた。だが、国の電調審はこれを承認し、九州電力は強行するのである。

私達は、このような国家を許さぬ。このような九州電力を許さぬ。かかるヤカラに任せて進む先は破滅以外にありえぬ。豊前火力は、今や私達にとって〈人類破滅〉の象徴の塔としてそびえるのである。

ニセ民主主義の正体

だが、私達がいかように公害を叫び、その理不尽をののしるとも、しかし豊前平野の行政当局、即ち福岡県も豊前市も、大分県も中津市も宇佐市も、豊前火力の建設に賛成して調印したではないか。関係十八漁協も納得したではないか。されば国の電調審も承認し、田中角栄総理大臣はこれを決定したではないか。つまり民主主義に則ってこれは住民の総意に基づいた計画なのだという得々とした反論が返ってきそうである。果たしてそれは民主主義に則ってのことであったか――。

〈豊前市の場合〉

一体、このような決め方があるだろうか。昭和四十六年十月二日豊前市議会は、まるで市民の知らぬ間に豊前火力誘致決議をなし、いかにもそれに応じるという形で十月十五日、九州電力は豊前火力建設計画を公表したのであった。そして驚くべきことに、以来九電との調印に至るまで、豊前市当局は一度の公聴会も開催していない。豊前市全域に影響の及ぶこのような大問題を一度の公聴会も開かずに押し切ったのである。これでは市民である私達の一人一人の意向はどこに反映させることが出来るのか。勿論、市議が市民の代表であるというやもしれぬ。しかしながら豊前市議を選出する時点で、まだ豊前火力誘致問題は具体化していなかったではないか。私達は、豊前火力にどう対応するかを考えて現市議を選出したのではなかった。まして豊前市議の大半は土建業者で占められ、開発工事に利害関係を有するのである。私利を離れてこの問題に対処するとは考えられない。

まるで唐突に四十六年十月二日の市議会で誘致を決議したが、それを決議する前に広く市民の意向を聞く方策を実施せねばならないはずであった。まるでヤミウチみたいに不意に決議しておいて、その決議に基づいて以後は豊前市当局は全く九電と合体しての建設計画に邁進したのである。にわかじたての豊前市公害対策審議会（二十一委員）に諮ってこれで市民代表の意見を聞くという形式がとられたが、しかしながら、この審議会への諮問は、火電誘致の是非を問うたのではなく、火電誘致の前提に立って、その公害防止協定の内容をはかったに過ぎない。つまり、公対審にはかる前に、建設決定は既成の事実とされていたのである。

そして、この公対審は四十八年一月二十六日、協定賛成答申を出したのであるが、しかしこの公対審のメンバーは、市長の選任であり、その偏向ぶりは呆れるばかりであった。まず、公対審会長は九州高圧KKの岡本次郎常務であるが、この工場は、九電のコンクリート電柱を製造する九電身内の会社なのである。その他、委員の中には元九電社員あり、九電顧問医あり、火力建設推進協議会長あり、という有様であった。これで、ＮＯの答が出る方が不思議であろう。しかも各委員は私達の公開質問状にも答え得ず、ついに答えに窮した五委員は責任を感じて辞任を申し出たほどである。

このようないいかげんな公対審の答申を、民意の反映の如くみせかけて、豊前市当局は協定調印に押し切ったのである。その経過のどこにおいても、真に公正な立場で広く市民一人一人の意向に耳を傾けようとする努力は一片も見出せなかった。

とりわけ呆れたことは、四十八年二月中旬に始まった、豊前市教育委員会による社会教育の一環としての十公民館に於ける豊前火力問題での賛否両講師を招いての学習会であった。しかるに、この学習会が三会場を終えた段階で突如、協定が調印されたのであった。即ち、豊前市当局は、このような学習会で、火電公害の実態を知る市民がふえ始めたことにあわてふためき、なりふり構わず調印を強行したのである。なぜ市民が充分に学習を終えるまで待てなかったのか、第四回目の学習会で一人の農夫のいった言葉は、まことに痛烈な告発であった。「協定が結ばれたちゅうけんど、そらあおかしいのお。わしんとこには、なあも聞きにこんじゃったど」

その間、豊前市の地区労を中心とする豊前火力誘致反対共闘会議・自治労京築総支部現闘本部・公害を考える千人実行委員会等の反対闘争は絶え間なく続き、時には千人集会も開かれたほどであった。一方賛成派の協議会は、やっと四十八年四月十二日に結成されながら、その活動はまるで表面化していないのである。

〈中津市の場合〉

豊前火力二〇〇メートルの高煙突による排煙は、むしろ県境を越えて中津市を襲うとして広範な反対運動は豊前市以上であった。四十七年七月三十日「中津の自然を守る会」が結成されたが、これには婦人会、地区労、社会・公明・共産三党も加わった。同会が、四十七年の九月市議会に提出する「反対決議採択請願」の協力に全市議（三十名）を自宅訪問した時、実に二十一市議が協力を約して署名捺印したのであった。しかるに、市議会が始まると、これらの市議は、ひそかに火電賛成の立場に転じてしまったのである。自らの意見でこのような急変がなされるわけはない。そこには、九電の工作が充分に推断出来るのである。

豊前市と同様、中津市に於いても、一度の公聴会も開かれなかった。豊前火力建設問題に関しては、市当局は全市民を対象に、どのような説明会も開かず、一片の資料も出さなかったのである。その間、「中津の自然を守る会」、「中津・下毛地区労」、「中津連合婦人会」等から市議会や市長に提出された豊前火力反対署名は、実に三万名分に達した。人口五万六〇〇〇の中津市で、この反対署名は、ほとんどの中津市民が豊前火力に反対の意向を表明したものと考えざるをえない。それにもかかわらず中津市議会は豊前火力に賛成していったのである。

〈福岡県の場合〉

私達がなによりも憤激するのは、福岡県知事の態度である。私達は、亀井光福岡県知事は九州電力社員ではないかと疑う。それほどに彼は九電のお先棒をかついで工作を続けたのである。わけても、関係漁港への説得工作は露骨をきわめた。四十八年六月二十二日、県水産局長名で椎田漁協役員を県庁に呼び寄せた知事は、県庁内で椎田漁協役員会を開かせて、豊前火力賛成を強要するという、あるまじき行政指導をなしたのである。更に七月四日夜、県知事は、知事公舎に椎田漁協副組合長二人を呼び寄せた。重ねて賛意を強要、ついに椎田漁協の反対決議のあるまま地元同意書を七月六日朝、中央の電調審に発送したのである。さすがに電調審も知事の暴走に呆れて、この同意書を認めず、七月九日の電調審から豊前火力審議は、はずされたのであった。一体、なぜこんなにまでして、知事は九電に加担し、豊前火力建設に躍起となるのか。亀井知事は福岡県民の知事ではなく、九州電力の代弁者であるのか。

しかも私達の、再三の訪れにもかかわらず、ついに一度も知事は私達との対話を持とうとしないのである。

豊前海十八漁協がついに豊前火力に賛成していったのは、九電の金銭工作と、県当局の露骨な行政指導によってであった。行橋市稲童漁協の賛成決議が全くの仮空総会であり、岩本組合長の議事録偽造であったというとんでもない事件が四十八年八月に発生したが、なぜそのようなことをしたかという新聞インタビューに、岩本組合長は、県が早く賛成しろと余りに急がすのでと答えている。県当局の干渉はかくもなりふり構わず露骨であった。

このような行政がまかり通るなら、どこに民主主義があるのか。

〈電調審の場合〉

電調審――正式には電源開発調整審議会。田中角栄総理大臣を委員長に、大蔵・農林・通産・建設・自治・経企庁・環境庁等の大臣及び学識経験者によって構成されるが、この学識経験者たるや、名うての公害企業昭和電工社長・住友金属社長らなのである。ほとんどが経済界に偏したこれら委員によって、発電所は認可を審議されるのである。この委員会審議資料は、地元知事の同意書を根拠とするのみである。その知事同意書たるや、前述の如く、地元住民の意向を反映させたものでない。とすれば、この電調審に私達の意向を反映するすべはないのである。四十八年七月十九日に発した私達の公開質問状も抹殺して、一片の返答もよこさなかったほどである。かかる審議会で、私達の郷土を激変せしめる重大決定が一方的に許認可されるのだ。これを泣き寝入りして見過ごすことが出来るであろうか。

私達は四十八年十二月十七日、第六十三回電調審の幹事会議の場に強行入場した。その時、電源開発官が机上に置いていたメモは、「(豊前火力に関しては)問題点を残したまま(電調審)にかけることは問題であり、前例としない」というものであった。なんというふざけきったせりふであろうか。「前例としない」とまでいわねばならぬ不当な行為で、彼等はあくまでも豊前火力認可を押し切ろうとしていたのである。

その問題点というのは、明神地先の埋立てに関してであった。即ち、豊前火力建設に伴う埋立地明神地先は前述の如く瀬戸内海に属し、従って「瀬戸内海臨時措置法」が適用されるのである。同法第十三条は、瀬戸内海の埋立てに関しては、その基本的方針に関して瀬戸内海環境保全審議会に於いて調査審議して定めるとなっている。ところが、豊前火力を認可しようとする十二月二十日の電調審当日、まだこの環境保全審議会は出来ていなかったのである。つまり、明神地先の埋立てがどうなるかも決まらぬのに、その上に建つ発電所の方を一方的に認可するという逆立ちした行政手続を踏もうというのである。まさに、なりふり構わぬとはこのことではないか。ついに十二月二十日、電調審は、機動隊に守られて私達現地住民を寄せつけずに、認可答申を出してしまったのである。

その答申によって、四十九年一月二十二日、総理大臣は豊前火力建設計画を決定し告示した。ところが官報告示には、豊前火力建設予定地は福岡県豊前市妙見地先となっていたのである。実際の建設予定地は明神地先であり、全然別個の土地を決定したことになる。豊前市には妙見という小字名が四カ所あるが、いずれも海岸から四キロ以上離れた山の手なのである。

私達がこの地名ミスを重視するのは、単なる官報の印刷ミスではなく、ずっと電調審の審議過程からそうであったことを確認しているからである。このように、信じられぬほどのミスが生じるのも、現地を全然知らぬ中央役人や企業代表のみによってズサンな審議がなされるからである。私達は、この地名ミスによって、総理大臣の決定は無効であるし、電調審審議そのものも無効であると判断し、直ちにその旨を総理大臣宛てに申し出たのであるが、一月二十五日現在、なんらの解答も受けとっていない。法に最も厳正であるべき総理大臣が、まるきり違った地名で決定をなしながら、それを単なる訂正ですませるなどということは、よもやあるまいと私達は信じたい。もし、そのような暴挙をなすなら、もはや国民に法の遵守を説く資格を総理大臣自ら捨て去ったのだと、私達は受けとめよう。

——以上、縷々と述べたてて来た姿が、豊前火力建設に伴う〈民主的手続〉であった。かかる民主主義が、私達の真剣な声を押さえこんでいくなら、もはや私達は叛乱を起こさざるをえないではないか。かかる行政のゆがみを是正する良心と権威を、私達は司法に求めるのである。

九州電力の住民無視

九州電力の如きを、資本の暴力という。その巨大な資金のままに、テレビコマーシャルを連日駆使して宣伝を流し、美麗なパンフを次々と豊前平野の家庭に送りこんで来た。それに抗して私達が電柱にポスターを貼ってまわれば、屋外広告物条例違反等と譴責《けんせき》されるのである。金さえ出せば、公共電波を買い占めて、自らに有利な偏向宣伝が認められ、金のない私達は、電柱広告すら罰せられる。資本主義社会とはそんなものさといってしまえばそうには違いないが、怒りは突き上げるのである。

九電の宣伝がいかに住民を愚弄《ぐろう》するものであったかの一例として、彼等が各家庭に配布して来た美麗なパンフの№5を挙げよう。この中で次の如く述べている。「このたび……豊前火力発電所に、我が国最大級の規模をもつ排煙脱硫装置を設置することを、正式に決定いたしました。この装置は、排煙に含まれるイオウ酸化物の八〇～九〇％を吸収除去することができ、……これで、亜硫酸ガスの心配はなくなりました」

これを一読すれば、誰しも本当に豊前火力の亜硫酸ガスの八〇％が除去されると信じるであろう。ところが、九電が取り付ける排脱装置は、一〇〇万キロワット出力の発電機に五〇万キロワット処理能力の装置なのである。つまり、半分の排煙しか処理出来ないのであり、その処理能力は全体としてみれば僅か四〇％にしかならぬのである。しかし、このパンフのどこを読んでも、そのようなことはしるされていない。要するに、住民をだませるだけだまして押し切ろうという露骨な態度なのである。

その傲慢さは、例えば豊前海十八漁協との協定書中にもみられる。その第八条は、驚くべき文面である。「この協定の締結により十八漁協の漁業権に関する一切の補償問題は解決したものとし、十八漁協は九電に対し、一切の異議苦情を申し立てないものとする。もし、漁業上第三者およびこの水域に権利を有する他の漁業者から異議申し立てがあっても、十八漁協は一切自己の責任においてこれを解決し、九電に迷惑を及ぼさないものとする」

かくの如き九電であるから、豊前火力に関する詳細な資料は一切、私達市民に公開していない。否、私達市民だけではない。市当局等にも資料は渡していないのである。中津市に於いては、ついに一度も、九電は一般市民の前に出て説明しようとはしなかった。四十八年十月二十九日の市民集会は、会長名で懇切に出席を要求したにもかかわらず、九電大分支店長佐竹哲夫氏は、これを拒絶したのである。進出して来て多大な迷惑を及ぼそうとする九電が、一般市民の前に立って、一度の説明もしないのである。

私達はやむなく、福岡市の九電本社に出かけて社長との面会を求めた。しかしながら、その都度屈強な多数の社員に私達はもみくちゃにされ追いかえされたのであった。私達は、今もって瓦林潔社長の尊顔に拝謁出来ぬ。九電社長とは、そんなに偉い存在なのか。

このような九電である以上、私達は信頼を寄せるわけにはいかない。豊前火力建設に備えての事前調査がどれだけなされたかも、きわめて疑わしい。たとえば、排煙拡散の重要な条件となる高空の気象条件に関しても、九電は四十六年十一月と四十七年四月に、合計四日しか調査していないのである。今年一月に環境庁が発表した事前調査指標によれば、高度一五〇〇メートルまでの気温垂直分布を連続三年間調査し続けなければならないとなっている。それに比すれば、九電の調査は、まるでしなかったにひとしいといわざるをえぬ。

四十七年十月七日、九電唐津発電所温排水に捲きこまれて、二人の幼な児が水死したが、それに対してとった九電の対応は、まさに九電の本質を象徴していたといえよう。発電所次長が被害者宅に来たのは百ケ日を過ぎてであり、結局九電は一人につき九十万円を補償として支払って決着をつけたのであった。幼な児とはいえ一人の人間のいのちを九電は九十万円としか評価しなかったのである。住民無視の何よりの証左ではないか。豊前市には、もともと築上《ちくじょう》火力発電所（一四・五万キロワット）が二十六年頃から稼働していた。その為、周辺の住民はその煤塵に随分苦しめられて来たが、そのような訴えはついに相手にされなかったのである。

環境権の主張

以上、私達は、九電と行政が一体となって強行着工しようとする豊前火力に、激しい怒りと、公害の不安を述べて来た。私達が豊前火力建設阻止を請求するのは、これまで述べて来たすべての理由によってである。それは、一羽の小鳥のことにもかかわるし、一人の少女の死ともかかわり合うことである。しかして私達が述べて来たひとつひとつのことが、法的にいえば私達のどのような権利を侵害しているのか、それを私達は述べることは出来ない。私達は法律に疎《うと》い原告らによる本人訴訟であるからだ。

だが私達が、懸命に述べて来たように、もし豊前火力が来れば、こうなるであろうというひとつひとつのことは、私達にとって怒りを誘うまでに理不尽なのである。とすれば、これほどの理不尽をこらしめ、私達を救済する法律は当然に存在するはずだと信じる。そしてそれは、私達が主張せずとも、裁判所が判断して適用してくれるものだと私達は信じる。裁判とは、そういうものであろうと、私達は理解して来た。

仮に、私達は訴状では環境権と名付けて主張したが、私達の真意が豊前火力から私達の環境を守ることにある以上、きわめてふさわしい権利主張であった。九電はこれに対して、憲法に拠る環境権は認められない、なぜなら憲法は個人の権利を保障しているのではないからという答弁書を寄せて来て、私達を仰天させた。私達は、憲法は国の最高法規であり、日本国民すべて、この憲法の恩恵に浴しているものと信じていたら、そうではないというのである。私達はそんな寝言みたいな法律論に応ずるつもりはない。私達はひたすらに、この豊前火力の横暴を訴えるのみである。そして、それは法的にも当然救済されるはずだと信じる。もし、私達を救済する法律がないというなら、日本は法治国家たる資格を失することになろう。私達は敢然として、「**豊前火力建設差止**」を請求するのである。

われらが暗闇の思想　豊前平野の開発を拒否する心情

1974.4

羊頭狗肉の核

羊頭狗肉とは、かかることとか。

われらの掲げる「暗闇の思想」も、そのおどろしき意匠のわりには、なんとも中味は平凡陳腐であり、理想と称する体のものではあるまい。ありようは、豊前火力発電所（福岡県豊前市）建設反対運動の過程で、某紙に書いたわが駄文のかりそめに付した表題「暗闇の思想」〔本書115ページ〕が始まりで、以後いつの間にやらわれらの運動のさながらキャッチフレーズと化し、つい調子に乗って、アングラ的歌姫浅川マキのくらやみコンサートをこの片田舎で興行したりするうちに、どんななりゆきやら、あたかもこの混迷の時勢を撲つ〈土着思想〉のごとく注目されるに至り、いまさら頭を掻き掻き、ごめんなさい、思想だなんて、そんな大それた中味なんかなかったんですと、私は小さくなっている始末である。例えば「暗闇の思想」を、一切の電力を拒否し現代の文化を捨て去る極北的思想と解して、遙々と東京から取材に来られた記者氏すらあって、いやもう私は照れたことであった。

考えれば分かろうではないか。いわゆる住民運動の中から育つ〈思想〉が極北的なものでありえようはずがない。それは常に適度に微温的であろう。

定職を捨て、家郷を離れてさすらうヒッピーならいざ知らず、われらは皆いじらしきまで豊前平野に棲み着き、定職大事に、妻子ともろもろの血縁はらからのしがらみに縛られて生きる小心平凡の徒輩であれば、まさか一切の電力拒否などありえなかろう。おたがいさまに、現在の生活を家族ぐるみ維持していくに、もはや電力を欠かせぬ社会に組みこまれているわけであり、さればわれらとて電力一切拒否などとカッコイイ極論はいえぬ。電力の必要は、ちゃんと認めているのである。そして、そこから先、傍点を付していうのだが、われらが認めるのは、ある程度の電力であり、それ以上の電力は拒否するのである。あけすけにいえば、「暗闇の思想」の核は、これだけのことである。

なんともサマにならぬ、歯切れの悪い言い分であり、さればこそ冒頭に羊頭狗肉とことわったのである。

コマーシャルを法廷に

しかし、ここで少し不気味なことをいっておこうか。もし一切の電力拒否がホンモノの「暗闇の思想」だとするなら、それは体制にとって痛棒をもたらす思想には遠い。なぜなら、その信奉者は一握りのヒッピー的あるいはアングラ的生活遊離者たらざるをえず、さすればそれはついに体制を撲つ多数思想とはなりえぬからである。一方、われらの唱える歯ぎれの悪い、なにやら折衷的な

「暗闇の思想」は、その微温さにより、まだしも受け入れられ易く、まかり間違えば世直しの思想の一翼たりうる影響力を秘めているらしいのだ。なによりも、豊前平野というこの平凡な田園都市で、既にさざ波のごとく共鳴者は拡がり、現実に豊前火力建設差止請求という一個の環境権訴訟をまで突出させているなりゆきに、重い実証をみる。

ホンモノよりも、うさんくさいニセモノの思想の方が体制にとって不気味であろうことを思えば、気弱なインチキ教祖にも、ふと微笑は湧くのである。

白状すれば、われらの「暗闇の思想」の形成過程は、実にみごとにコマーシャリズムの法則にのっとっている。すなわち、正味よりコマーシャルが先行するうちに、ついにはコマーシャルが正味を錯覚させていくあの催眠的経緯である。もともと、敗けに敗け続ける非力な運動を、なんとか外見だけでもカッコウつけたくて軽はずみにも唱えてみた「暗闇の思想」は、俄然われらのコマーシャルと化し、繰り返し唱えるうちに、ついになにやらんほんとに大層な思想を内に抱いているかのごとき集団錯覚が、われらの運動に生じてきたという次第。

弁護士からも見捨てられた〈無謀な裁判〉といわれるわれらの環境権訴訟第一回公判で、私は弁護士並みにカッコウつけて述べたものだ。「裁判長、本日の傍聴席には、四日市から来ています。遠く北海道伊達から来ています。各地で、公害と闘い続けている果敢な住民が来ています。しかして、彼らはみなそれぞれに〈暗闇の思想〉を抱いているのであります――」

われらはついに、コマーシャルを法廷にまで持ちこんだのである。

いま自分たちのことを

思想というものが、なにがしの普遍性をもたねばならぬというなら、その意味においてもわれらの「暗闇の思想」は思想たる資格を失する。なにがしの普遍性どころか、われらは狭窄《きょうさく》なまでに、豊前平野のみに執してしか、ものをいわぬのである。われわれは「豊前平野の開発」を峻拒して闘っているが、しかし普遍的に開発を拒否しているわけではない。否、われらにとって、普遍的な開発など無関係であり、そんなことを論ずる暇はないのだ。よその土地の開発是非は、よその土地の者が決めることであり、われらは豊前以外のことは知らん顔である。

ところが、奇妙なまでに、ものごとを普遍的に、あるいは俯瞰《ふかん》的に考えたがる御仁は多いもので、しばしば私は次のごとき質問に遇うのだ。「あなた方は開発を否定するが、それなら出稼ぎに苦しんでいる者のことはどうするのか」

うんざりして、以下の問答となる。「出稼ぎに苦しんでいる者とは、あなた自身のことですか?」、「いや、別に私じゃない。しかし過疎地帯に行けばそんな悲惨な人が沢山いるじゃないですか」、「エッ、この中津市にそんなひどい過疎地帯があって苦しんでいるのですか?」、「いや、中津といってるわけじゃない。たとえば山陰なんか……」、「おや、なぜ中津市民の私たちが山陰のことを心配してあげねばならないんです?」、「心配するとかじゃなく、あなたが開発を否定するから、じゃあ一例として山陰の過疎地帯に関しても開発を否定するのかどうかを聞きたいのです」、「そんなこと私は知りませんよ。それは山陰の某地の住民自身が決めることで、中津の私が答えることではないじゃないですか」。

　ものごとを易々と普遍化し大局化し抽象化するという意味において、案外にこのような思想家が多過ぎて困惑させられる。およそ非思想家のわれわれは、ただもうぴったりと豊前平野のみに視座を据えて、ここに即してしかものをいわぬのである。

　もともと、二年にわたって揺れ続けてきた豊前火力問題は、火電自体の公害問題というより、それをエネルギー源として開発されるであろう大工業開発への賛否として争われてきたのであった。開発推進市議は議会でブッたものだ。「わが町は人口が減少し、過疎地帯となり、みな貧しいのです。煙突が産業のシンボルとするなら、ごらんなさい、この町でたくましく煙を吐いている煙突があるでしょうか。これではまるでアフリカのコンゴ並みです」

　ところで、過疎で貧しいという訴えに、どこまでの実体があるのか。演説する市議センセイは艶々と血色良く、腹も突き出て、まさかご当人のこととは聞こえぬ。では、本当に過疎で悩み苦しんでいる誰の声を汲みあげて代弁しているのかといえば、にわかにあいまいとなる。

　なんのことはない、かつて人口六万を越えた中津市の現在が五万六〇〇〇人であり、従って過疎であり、過疎というものは貧しいものだと〈観念〉しているに過ぎないのだ。案外五万六〇〇〇人が適度であり、否、むしろぜいたくなほど生きるに快適な人口かもしれぬとは考えぬのである。

「なぜ、あなたは豊前平野の開発を拒否するのですか」と、市当局に調査を委託された九大の某教授が聴き取りにみえた時、私は答えた。「開発により、人口がふえて町の規模が大きくなることが気にくわんのです。……今の中津市は、自転車を走らせば、一応すべての用が足せる範囲のこぢんまりした町です。これが住む者にとって快適な町の限度じゃないのですか」

中津住民は貧しいか

本当は、私はもっともっと無数に小きざみな答えを胸底に秘めているのだ。たとえば山国川の河口に来るカモメやシラサギやセキレイやシギや、あるいは遙かなシベリアからいじらしくも飛来して、ここらに遊ぶビロウドキンクロなどが埋立てによって追われていくことがたまらぬのですとも答えたい。貝掘りをする海が喪われるのがいやなのですとも答えたい。砂浜と海の境目、あのくろぐろと濡れてやさしい渚辺を守りたいのですとも答えたい。いっそ、もっと大まかにいえば、海が海のままたりえぬことこそ不快だと答えてもいい。さらにまた、巨大なものが来ることに本能的に反発を感ずることも、依怙地《いこじ》なほどにいいたてたい。巨大なものは、必ず周囲を支配するのであるから。

私がわざとここに挙げてみたのは、世上の公害論議の中では定かな〈公害〉としては到底掬いあげえぬ心情的部分のみである。しかしながら、いうまでもなく人間が優れて情操的存在であることを前提とすれば、開発に対してわれら現地住民の心情がいささかたりともかげりを持つのなら、それこそまさに定かな公害であり、先住者の既得権を発動して侵入者を排除せんとするのは至当であろう。

そこまでいい切った時、われらの運動から革新政党も離れていった。貧しき庶民の味方革新政党は、大資本との対決をいいつつ、内実はどうやら豊前平野の開発を否定できないのである。現実に豊前平野で多くの人びとが開発による繁栄を期待している以上、庶民に密着したる政党として開発拒否などはいえぬというのであろう。しかして、きっぱりと豊前平野の開発反対をいい切る私は、「大衆から遊離し、大衆を蔑視した文筆家」として、革新政党信奉者から非難される始末である。冗談いうないといいたくなる。年間収入六十万円に満たぬ無名文士は、貧しき庶民の最たる者であり、大衆遊離も蔑視もへったくれもありはせぬ、その大衆の中のまぎれもない一人ではないか。

豊前平野に開発期待が渦巻いているのは事実である。一九六九年五月、新全国総合開発計画に基づいて、中央で一方的に周防灘総合開発計画が打ち出されて以来の現象である。それまでは結構自足していたはずの豊前平野に、繁栄への飢餓感みたいなものが瀰漫し始めたのである。

われらがいま、哀しくも憎まれつつ、それでも執拗に開発賛成論者に問いかけるのは、「本当に豊前平野の住民は貧しいのか」という一語である。たとえば、貧しさの指標を次のような形で設定してみる。一人の市民の起居する畳数、日照時間、呼吸する大気の清浄度、交通事故率等々。具体的数字を検証するまでもなく、中津市民は東京都民よりゆたかであると気付く。東京よりゆたかな中津を、どうしていじくるのかと、開発賛成論者に問うのである。

豊前平野の開発を拒否する以上、豊前に建つ新規発電所を、よしんば無公害とて断固拒絶するのは当然である。ここに大工場が立地せぬなら、新しい電力は要らぬ。そこで、ある時の九州電力との問答――。

「いえ、ここに工場が来るから豊前火力を建てるというのじゃなく、とりあえず当面は北九州への送電ということなんです」

「じゃあ北九州に発電所をふやせばいい。俺たちが犠牲になるこたあ、ねえじゃねえか」

「そんな身勝手な！　いまの複雑な社会は互いに協調し合ってこそ成り立つもんでしょう。たとえば私の着ている服は名古屋製ですし、靴は大阪製ですし……」

九電側が述べるこの社会協調論理は、まさに公共性の論理の一環として、われらの私権をたじろがせる。そこで一見いいこめられた形のわれらは俄然まわりくどい問答をかなぐり捨てて、「ああ、俺達は身勝手ちゃ、とにかく豊前火力はおことわりじゃ」と、破れかぶれの居直りをきめこむことになる。それは、まさに没論理とみえる。しかし、どっこいそれは無思想ではない。優れて哲学的でさえあろう。つまり、われわれは、なにがなんでも豊前の自然環境を守り抜くという哲学に徹しようとしているのであり、その一点を貫く不器用な手段として〈身勝手〉を押し通すのである。その底には、いまの自然を守り抜くことは絶対に正なのだという揺るぎなき信奉が据わっている。

一見、現世への非協調ともみえ、公共性をふりかざす行政論理からすれば〈民衆の敵〉と烙印されかねぬとも、しかし悠久の歴史に照らせば、〈仮の宿り〉のわれらは、このたまたまに生きて過ぎゆく場としての〈自然〉を、後代にできる限りは無傷のままに遺し、引き渡していかねばならぬはずである。現世での協調や公共の論理を突き抜けて、絶対的に信奉するわれらの哲学を押し出すためには、〈身勝手〉な峻拒の一言を臆面もなく打ち出して、居直るしかないのだ。

〈居直る〉と、敢えていう。

大資本と行政一体になって推し進める開発強権を前に、ほとんど素手ともいうべきわれらに残された唯一の抵抗手段は、このような〈居直り〉に徹することしかない。〈居直る〉とは、もっともらしい良識をいったん突き抜けて向こう側に出てみることだ。恩顧の情にもろく義理厚きわれらは、容易に居直って彼岸には行けぬのである。

「豊前火力に反対するんなら、お前がたん電気をまず止めちしまえ」と、うんざりするほど私はいわれ続けてきた。「暗闇の思想」などと、きいたふうな主張を掲げる以上、自ら暗闇を選べというのである。不思議なまでに、この種の非難は電力会社とは何のかかわりもないお節介な良識市民によって発せられるのである。良識市民とは、常に社会の〈公序良俗〉を遵守して生きているのだという、揺るぎなき自己満足に支えられているらしく、それに刃を突きつけるごとき存在は〈民衆の敵〉として許せなくなるのである。電力のお世話になりながら、その義理も恩顧も忘れて発電所に反対する〈身勝手〉な徒輩《とはい》に対して、積極的に怒りの電話くらいは叩きつけたくなるらしいのである。もっと冷静に、論理でいどんでくる良識市民もいる。「お前は、いま使っている電力は拒否できんじゃないか。それでいて、需要急増に応じて必要となる発電所を拒否するのは、論理としても一貫性がないじゃないか」

そこでわれらはニヤリと笑って、良識派に問い返すのである。「ここまで認めているからといって、なぜこれ以上をも認めねばならぬのか」と。一体なぜ、そのような論理の潔癖さを通さねばならぬのかと。即ち、われらの〈居直り〉である。

ほどほどへの居直り

良識派のいう〈筋を通した論理〉を裏側から敷衍《ふえん》すれば次のごとくなる。どうせわれらは電力のお世話にならなければ生活できないのだから、かくなる上は電力会社のいうままに発電所を認めるのは当然でしょう。何カ所でも何カ所でも、とめどなく——。

実際、とめどなくである。どうせ電力需要急増の正体は大企業の増殖エネルギーなのだから、一個建つ発電所を動力源として生産規模を拡げる企業は、たちまち肥大化して、さらなる発電所を要求し始めるだろう。それにとどまらぬ。そのような企業活動が生み出す〈新製品〉は、華麗なコマーシャルに乗せられて、圧倒的に家庭に送りこまれ、ますますわれらの家庭を〈電力多消費型〉生活へと追いこんでいくのである。一度認めた以上、どこまでも認めるという論理の一貫性に立てば、かくてとめどなくなる。〈毒食わば皿まで〉という至言のままである。犯され続けた果ての破滅が見えぬか。

そうなりたくないために、われらは居直る。敢然《かんぜん》と居直る。成程われらは電力なしでは生活できぬという事実は認めよう。しかし、だからどこまでも容認するとはいわず、ほどほどにとどめようというのである。このほどほどにという言い方は、およそ思想の美学には合わぬらしく、イデオロギーの範疇《はんちゅう》では軽蔑される用語であろう。だからこそ、電力の必要を認めた以上はどこまでも許し続けるという義理固い良識がはびこる。それにくみせぬなら暗闇にひそめと石を投げられる。

私は冒頭に、われらの〈思想〉の中味は、このうえなく平凡で陳腐で微温的だといった。つまり、ほどほどにの思想である。

だが、ここでいおう——このほどほどにを押し出し貫いていくためには、周囲に瀰漫する良識派からどれだけ指弾され、〈民衆の敵〉視され、果ては脅迫状を受けとり、深夜までいやがらせ電話を受け、多くの友人から捨てられねばならなかったかを。それだけではない、自らの内なる〈良識〉のしがらみを切って、いったん向こう側に出るための〈居直り〉が、いかに至難であるかを。

平凡、陳腐、中庸の「暗闇の思想」が、永い惰眠の豊前平野に、いまあきらかに鮮烈な何かを興し始めているのは、対豊前火力の戦列に加わる一人一人が、この〈居直り〉によって、良識とか権威とかの前に、もはや一歩もたじろがぬ自立を開始したからである。

弁護士からも相手にされぬ〈無謀な裁判〉を、「ああ、そんなら俺たちちんじょうでするか」と軽はずみにもおっ始めてしまったのも、〈居直り〉の精神であったし、まるきり法律も何も知らぬわれらが法廷で堂々としゃべろうとするのも〈居直り〉である。「アレッ裁判長、法律はそげなんふうになっちょるんですか。知らんじゃったなあ。……しかし裁判長、どうもそれは、私らの生活常識から判断して、なんか変ですよ。そらあどうも、法律の方が間違うちょるんじゃないでしょうか」と、われらは法廷での〈居直り〉を貫くであろう。

節電の正体を見抜く

いったん〈良識〉を突き抜けて居直れば、結構見えてくるものがある。まず、官民一体となっての〈節電〉キャンペーンの正体が見えてくる。

石油危機の昨年末から、にわかに政財界は省エネルギーを唱え始め、「消費者は王様」のコマーシャルもまだテレビ画面から消えやらぬのに、国民に節倹の訓戒を垂れる始末である。びっくりするではないか、われらが唱え続けてきた「暗闇の思想」とそっくりになってきたのだ。「われわれはこれ以上のとめどない電力を拒否する。それは高度経済成長の否定であり、しかして同時にわれわれの文化生活なるものへの厳しい自省をも当然に含む。企業へのとめどない電力を許さぬ以上、われらもまた家庭において野放図な電力消費生活への見直しをせねばならぬ」と述べてきたわれらの「暗闇の思想」は、どうやら、節電を強いる政財界から表彰されまじき模範的協賛思想とも見えそうであった。

だがどっこい、ここでもわれらは〈居直った〉のである。われらの機関誌『草の根通信』は、「節電非協力宣言」を急遽発するとともに、むしろ積極的にあかあかと灯をともそうと呼びかけ始めたのだ。ふざけているのではない。そうすることでしか、われらの志向する「暗闇の思想」へ至れぬからである。あかあかと蛍光灯をともすことでしか「暗闇の思想」へ至れぬとは、痛烈な皮肉であろう。なぜ、そうなるのか。それは〈節電〉の正体を見抜けば、分かってくる。

中東戦争に端を発する「石油危機」に、最初はうろたえたかもしれぬ九州電力が、やがてニンマリと含み笑いに変わったことは間違いない。石油否定による公認された電力カットは、もののみごとに企業操短、モノ不足、インフレ、不況、失業等々に短絡され、身に迫る危機意識はあっという間にゆきわたり、何は措《お》いても電力だけは優先的に確保せねばという大衆合意が一気に形成されたと、九電は読むのである。もはや環境問題などは、逼迫する生活危機の前にふっとんでしまった。よしこの期に押しきれとばかり、あの最も深刻な石油危機下の昨年末に電調審を申請し、豊前火力建設計画の承認を得てしまったのである。勢いに乗った九電は、さらに鹿児島川内火力の倍増、川内原発の倍増計画と矢つぎ早に打ち出しているのだ。確かにいまは石油が制限されているが、どうせこれは政治外交ルートで解消されることと、たかをくくって当面燃料計画もないままの発電所の建設にとりかかっていくのだ。

二重の犯罪

要するに、九電はこの石油危機を絶好の機会として徹底的に利用している。電力の足りない生活を、これでもかこれでもかと演出してみせることで、〈電力不足〉への住民嫌悪をかきたて、だからこそ発電所立地に協力しましょうという紳士的恫喝はまんまと成功しつつある。どうやらこの頃では学校で先生までが節電を説いているらしい。回覧板による九電からの節電呼びかけは、まさに〈社会良識〉による隣人相互監視さえにおわせて陰険である。

これほど節電を呼びかけつつ、他方ではいま、九州になだれこんでくる新企業を野放しに受け入れているという矛盾を凝視するだけで、〈節電〉キャンペーンのインチキぶりは丸見えのはずなのだ。なんのことはない、九電社長イコール九州・山口経済連合会会長であり、彼こそが九州への企業呼びこみ張本人なのだ。彼が昨春、「電力豊富な九州へどうぞ」と行商して回ったことは隠れもない。「自分で呼んだのだからいまさら電力がないとはいえぬ」と弁明して、野放しになだれこんでくる企業への電力供給を引き受け続けているのである。今年元日の新聞放談においても、「電力は豊富です」と企業向けPRは忘れなかった。それは向こうを意識しての談話であり、ささやかな家庭消費者であるこちらに向かっては、電力危機を説き節電を強要するのである。その分厚い二枚舌を思い浮かべるだけでヘドが出そうになる。

公害という視点から見据えれば、九電社長は二重の犯罪をおかしている。第一は、巨大企業の呼びこみによるとめどない電力需要を満たすため、とめどなく発電所を新増設せざるをえず、それがもたらす公害が地域住民を苦しめるという犯罪。第二は、そうやって呼びこんだ巨大企業そのものが御多分に洩れぬ公害企業で、それぞれの立地地域に公害をふりまく、つまり九電の立場は幇助罪《ほうじょざい》に該当する。

暗がりから星空を見る

ここまで〈節電〉のからくりを見抜けば、われらのなすべきことは定まってくる。全家庭が節電を拒否し、むしろあかあかとともして、この際一斉に電力消費を増大させることだ。そうすることによって、まだ石油供給が完全に回復しないいまのうちに、九州電力の企業誘致を破綻させることだ。つまり、新企業に回そうにも現状の発電能力では及ばないほどに電力を使い尽くさねばならぬ。逆にいえば、〈節電〉に協力することは九電に余剰電力を与えることであり、それは企業の呼びこみを許し続けることとなのだ。いまでさえそうである。いったん石油削減が解消したのちの発電所と巨大企業のつるみ合った増殖はすさまじいばかりだ、と覚悟しておかねばなるまい。

一見無法者みたいに居直った者の眼には丸見えとなるこの図式が、〈良識〉の枠内にとどまる人ほど見えなくなるのだから奇妙なばかりである。

大笑いしたことがある。マジメな革新政党信奉者が、さも秘密をつかんだという調子で、あの一派は矢張りトロツキストだと、われらを断じたというのである。なぜなら、われらの貼るポスターが暗すぎるというのが推断の根拠だった。

明るく手をとりあって歌声を高らかにひびかせる建設的イメージは、それはそれで結構だが、しかし、このように〈暗さ〉を嫌悪し、暗さの底にまで思索の錐《きり》を降ろそうとせぬ者こそが、どうやら薄手な〈良識〉を形成し勝ちであり、〈居直りの眼〉を持つ者を排除していく先兵となるだろう危惧《きぐ》は濃い。

「ほお、ここにおいでのみなさんは、暗がりから星空を見上げることを愛する暗闇派ですな」と、交渉の席で薄笑いしたのは福岡県環境保全局長であった。気の利いた揶揄《やゆ》のつもりであったろう。

しかり、われらはしばしば暗き川辺に立ちて星空を仰ぐ。されば、無窮久遠《くおん》の微光を見つめた眼で、汝よいま見返されているのだと知れ。

放たれたランソの矢

標的・環境権裁判に向かって

1974.12

晩秋から初冬、幾つかの大学祭を廻った。その都度、「ランソの隊長来る」の立看板に対面しては照れ笑いした。ランソの隊長すなわち私のこと。某誌に連載した「立て、日本のランソのヘイよ！」（『松下竜一 その仕事 13 五分の虫、一寸の魂』所収）という戯文の中で、自ら隊長を称したことに由来する。

某誌に、豊前・環境権裁判の記録の連載を引き受けた時、私の脳裡に浮かび来た一語があった。〈ランソのヘイ〉である。濫訴の弊と書く。庶民が濫《みだ》りに訴《そ》を起こすことの弊害を説く法律用語なのである。私はこの一語に、法をもって支配する者の思想の集約をみた。法を知らぬ庶民たるもの、濫りに訴訟など起こしてはならぬという戒めは、法を手中にしている者たちの発する思想以外ではない。無知なる庶民たるもの、法律などは知らないでよろしい。濫りに法律などに近寄れば弊害の方が大きいというのであり、その真意を今ひとつ敷衍すれば、庶民ひとりひとりの権利は出来るだけ眠らせておきたい、そのことによって体制の安康が維持出来るという支配思想はまぎれもない。

とすれば、そのことを逆手にとって、世の庶民たるもの、己が抑圧された権利をふりかざして、濫りに訴え狂うことによって、おのずから法を庶民の手中に取戻し、かくて真に庶民のあたらしい世が到来しないかという壮大な夢を托して、私は自ら隊長を称し「立て、日本のランソの兵よ！」と、全国に向けて呼びかけ、まず兵らに範たる実践記録を連載しようという次第であった。

ランソの隊長自らが原告の一人である豊前・環境権裁判は、型破りだといわれる。まず、弁護士がつかぬ本人訴訟ということからして異例である。法に無知なる七人の市民が、こもごもに立って弁論を展開するが、それに共闘して傍聴席からの発言もまた活発である。第二回公判で、悲鳴をあげた裁判長は「こんな裁判はですね、日本にはないですよ」と怒った。途端にまた、傍聴席からひと声、「現に、ここにあるじゃないか！」。

あとで裁判長はおっしゃるのである。「あなた方の気持はよく分かるんですよ。しかし、あなた方のように生《なま》の心を法廷に持ってこられても、どうしようもないんですよ。裁判は法律に縛られてるんですから、矢張りあなた方も裁判に訴えられた以上は、法律に乗っかっていただかんとですなあ」。更にふっと呟かれたのである。「これが昔の大岡裁判ならいいんでしょうけどねえ……」

我々とて裁判長に意地悪をしているわけではない。しかし、裁判長も共に苦悩して新しい公害裁判の方向を切り拓いてほしい切望をこめて、我々は無知なる庶民流裁判を貫こうとするのである。すなわち無知なる庶民流裁判の直截な宣言としては、第一回公判で原告の一人がいい切っている。

「法律があるから暮しがあるのではなく、暮しがあるから法律がある」という考え方に尽きる。

さればたとえば、被告側弁護士がお得意の法律論をふりかざして「まず原告さんに果たして環境権という権利があるのかどうかを論じようじゃありませんか。そしてそんな権利がないんだということになれば、この裁判は打ち切りましょう」とにこやかにおっしゃるとき、我々はこういうのである。「法律論なんぞは一番最後でよろしい。まっ先に論ずるべきは、何よりも事実についてであるべきだ。各地の既存火電がどのような環境破壊をもたらしているかの事実の検証から始まって、その事実認識の上で、ではそれを救済するにはいかなる法的手段があるかを考えるべきではないか」

ここには、まず法律を絶対視して法律に合わぬ生活の事実は切捨てようとする者と、なによりも生活の事実こそ重視してそれを守るために法律を役立てようとする者との対比が鮮明ではないか。

四大公害訴訟の反省は、命や健康を喪ってのちの〈勝利〉のむなしさであった。その悔いを踏まえれば、たとえまだ誰も公害病に苦しむ者が出ていないとしても、やがてはそれに至るに違いないほどの環境悪化が進行し始めた段階（或は、充分にそれの予測出来る段階）での発生源差止めこそ、新しい公害裁判の拓いていく道であろう。

ところが現行法では、〈環境〉に対してその環境の住民一人一人には〈私権〉を認められていないがゆえ、環境悪化を己が権利の侵害として訴えられないというのである。そうであり続けるなら、結局また住民はみすみすと己が肉体の損傷されるまで待つしかなくなる。そのような繰り返しを突き破り現在の公害裁判の厚い壁を破るべく、我々は〈環境権〉を主張しているのである。すなわち、憲法第二十五条から導かれるよりよい環境はそこに棲む一人一人の私権であって、それを犯すものに対しては排除権を持つのだとする。

それだけに、この画期的な環境権主張は法的に幾多の困難な問題を含んでいて、容易に達成され難いというのが法曹界の通念となっている。我々の裁判が弁護士に見捨てられた一因もそこにある。

とはいえ、そのことを我々は少しも気にはしていない。環境権の達成を、法曹界に期待せぬからである。

環境権の確立は、圧倒的な世論による以外にないと、我々は信ずる。つまり、その法的細部などは知らずとも〈環境権〉という言葉そのものが世間的に普遍化していくとき、法曹界のいう法的諸問題なるものはおのずから押し破られていくと考えるからである。されば豊前・環境権裁判はそのような〈言葉普遍化〉の起爆力として位置し続けるのであり、その効果は自負している。

手近に云っても、たとえば三西農薬裁判（福岡地裁）、竜王プロパンスタンド撤去裁判（小倉支部）等は、はっきりと環境権を掲げての訴訟であるし、遠く云えば今年七月の酒田環境権訴訟（山形地裁）がある。

訴訟とまではいうまい。もっと卑近な一例をあげよう。九州電力の豊前火力建設の為の強行埋立てに阻止戦線を張った我々の同志二名が逮捕された時、当会の女性会員はたじろがず機動隊員に8ミリカメラを突きつけたのであった。機動隊員の一人が怒った。「なんで俺の顔を撮るんだ。お前たちはいつも肖像権をやかましくいうじゃないか！」――というはずだったのに、彼は肖像権を環境権と口走ってしまったのだ。我々にはやされて機動隊員氏は照れてしまったが、修羅場の中で機動隊員までが思わず〈環境権〉を口走るほどの〈言葉の普遍化〉に、ランソの隊長たるもの微笑したものだ。

その日からランソの隊長、まだ遙かな地平とはいえ確かに揺曳《ようえい》する曙光《しょこう》をみているのである。

文明への懐疑

1975.1

「水俣」写真展（ユージン・スミス氏）の初日を終えて、会場の戸締りを済ませれば、寒空に星々が冴えていた。暗い公園を抜けて帰りつつ、ひとりの人のことを想い続けた。

その人はいま、厳冬の山頂に臥している。食を断って、既に十四日目のはずである。

その人が命を賭してハンストに入ったという速報の届いた夜、私は直ちに同志を語らって、一枚の敷布に激励の寄せ書きをした。日頃は悪筆を愧《は》じて筆など持たぬ私が、〈烈魂に寄す――九州・豊前火力反対一派〉と中央に大書し、更にこみあげる思いを即詠せんとして、しきりに〈むらきもの〉という重い言葉は湧きながら、もどかしいまでにまとまらねば、ただ〈忿怨われもまた〉とするすのみに終わった。

以下、同志たちに筆を回したが、さすがに若過ぎる同志たちの語彙である、〈愛〉とか〈誠〉とかの一字に精一杯の思いをこめるのであった。速達で送ったその寄せ書きも、いまは山頂のテントに運ばれていよう。地図に見れば、その山頂は二〇〇メートルに満たぬ高さのようである。さえぎるもののない山の秀《ほ》に臥し、星々を仰ぎ続ける人の研ぎ澄まされていく思念を想う。

私がかつて、「暗闇への志向」〔本書146ページ〕という一文を某紙にしるした時、その人は「美しい情景を想って涙がこぼれました」と告げたが、それは私の一家五人が電灯を消して窓辺に寄り添い星空を仰いだ夜の記述なのであった。その人が星空に托す想いを、私は知っているつもりである。

その人宇治田一也氏は、ハンストを始めるにあたって、決意を短く告げている。

「多奈川第二火電の着工中止について、私のささやかな努力の限界を痛感し、ここでハンストに訴えても、できるだけ多くの方々に問題を提起させていただきたいと思い至りました。問題は故郷和歌山の越境公害の恐怖に始まり、大阪府の公害行政やさらに、電力需給の根本方針等、旧来の常識にさからって全国的な視点に及びます。

ともかく多奈二は着工されつつあり、ときを急ぎますので、型破りの拙い形ではありますが、実情を知るに至った一住民として止むを得ぬ訴えであります」

氏は既に一九六九年に、埋立てに抗議して三十三日間にわたる長期ハンストを敢行しているが、それに踏切るとき、死を覚悟していたことをのちに述懐していることから察して、今回のハンストへの決意は、この短過ぎる一文の言外にこそ深くひそめられていよう。

大阪府泉南郡岬町には、既設の多奈川第一火力発電所がある。三年前、豊前火力建設反対に立ち上ったばかりの私が、最初に視察した火電公害先進地が岬町であった。そこで見せられた硫酸の雨により穴のあいた銅板は、〈証拠品〉として貰って帰っている。それほどの公害に苦しんでいる人々にとって、革新知事すらが、更に第二火電の増設を認めたことは、救いのないことであった。岬町の人々は第一火電の公害による被害補償と第二火電の差止めを請求して係争中である。

だが、その被害は岬町だけにとどまらない。二〇〇メートル高煙突の排煙はひと山越えて和歌山に達するのである。宇治田氏が県境の山頂をハンスト地点に選んだものも、そのことの訴えなのであった。〈山越えの公害のおそれ耐えぬ日のつもりてついにハンストに入る〉と訴えている。

宇治田氏は保田與重郎氏に師事して、右翼とされる。各地の公害問題地で、加害企業のガードマンとして登場する右翼をしか見ていない我々に、一見、氏の行為は奇異であるが、しかし右翼思想の純粋な系譜は、当然なまでに〈国のまほら〉を守らんとする心なのであり、氏の行為こそ優れて右翼の真髄だと分かる。

他方、黒田革新府知事が公害の元凶たる第二火電を認めたことも一見奇異であるが、しかし為政者として現実にかかずらう以上は、そうならざるをえぬことも実は当然なのである。なぜなら現在の電力問題は、それと現実的に対処する限り、電力需要の増加という事実の前に妥協せざるをえぬのであり、それをしも峻拒するためには、現実を抜きん出た〈哲学〉なり〈文学〉なりを背に負うての、反進歩の思想がなければならぬからである。すなわち、とめどない電力に依拠せざるをえぬ文明への懐疑である。現在の革新にそのような思想はない。それどころか、不思議なまでに〈科学〉に信を置く現在の革新政党をみれば、進歩への渇仰も並々ならず、さればそのことと確実に比例する電力需要のとめどない増加を拒否すべくもないのは当然である。

かくて、革新が電力開発を是認しそのことによって環境破壊を必要悪とするとき、保守主義（まさに進歩を懐疑し、国のまほらを愛惜する）がそれに抗するという宇治田氏の先例は、七五年以降各地に少なからぬ図式となろう。

一人の人間の全人格が一瞬に光輝する刻がある。

七三年十二月二十日、私達小さな人数は機動隊に囲まれていた。東京都霞ケ関第四合同庁舎前。庁舎内の経企庁会議室で開催中の電源開発調整審議会は、その日豊前火力の建設認可を答申しようとしていた。現地住民の真意を聴いてほしいと訴えて三日前から上京している私達は、機動隊にさえぎられ、庁舎前にたたずむことすら許されぬのであった。「せめて会議の結論だけでも早く知りたいのだから、ここに居らせてほしい。決して乱入したりしないから」と哀願する私達を取り囲んで彼等は日比谷公園へ連行しようとする。

その時だ。わざわざ支援に上京してくれていた宇治田氏が進み出て、静かに機動隊長にいい放ったのは。「あなたにこういうことをいってみても通じるかどうか。――この青年は、ついこの前血を喀いたばかりの身体で九州から出て来ているのです。彼はここで再び血を喀いて死ぬかもしれない。もしこの青年がここで死ぬなら、私もこの場で死にます」

その言葉は、卑しい魂をも刺し通し、たじろいだ隊長は私がそこに居続けることを黙認した。そして、機動隊長以上に、私自身がその言葉に打たれていた。人の真実の気魄は、いつまでも耳朶に響き続ける。

由来、私には右翼も左翼もありはしない。照れながらいえば常に人の意気に感ずる浪花節漢を自称するのだが、しかしもし氏が厳冬の和泉山脈についに自らの命を絶つとするなら、その刻私も又死にますといい切れぬ己れに、果たして浪花節漢の資格があるのかと思うたじろぎは、いま寂しく湧いてやまぬのである。

海の環境権

1975.2

漁民が埋立海域内の漁業権を放棄したあと、背後地住民がその埋立てを阻止する法的拠りどころは、ほとんどない。

昨年三月十九日から施行された公有水面埋立法の一部改正が、あるいはそのような法的根拠たりうるのではないかという期待を、一時我々に与えた。その第四条二号が「其ノ埋立ガ環境保全及災害防止ニ付十分配慮セラレタルモノナルコト」を認めた上でなければ、都道府県知事は埋立免許を出してはならぬと定めたからである。大正十年（一九二一年）の制定以来、公水法に完全に欠落していた環境への配慮がやっと付加されたのであってみれば、我々が淡い期待を寄せたのも無理からぬことであった。

ところで、この条項はきわめて抽象的であり、あいまいな短文である。このあいまいさは、当然国会でも追及されたが、政府は〈環境保全〉に関してどのような点をチェックするかの技術的細目は定めていないので、ケース・バイ・ケースで判断していくことだと答弁している。つまり、埋立免許者である都道府県知事の解釈に一任するというものである。

我々は、既に一昨年年末、九州電力豊前火力発電所建設差止請求訴訟を係争中であり、この発電所が豊前海（周防灘）明神地先三九万平方メートルの埋立地の上に建つ以上、我々の訴訟請求趣旨には当然埋立て差止めも入っているのである。漁業者はことごとく賛成し、埋立てに抗するのは背後地住民だけという訴訟なのだ。

この埋立海域は海水浴場であり、潮が引けばその遠浅の干潟は潮干狩の場でもある。すなわち、我々にとっての明神海岸という〈環境〉は、海水浴場であり、潮干狩・磯遊びの場であり、釣場であり、散策の場そのものを意味する。されば、〈環境保全〉とは、このような〈環境〉そのもののそっくりな保全でなければならず、到底埋立ては許されぬはずだと解釈して、そのことを意見書として福岡県知事に提出したのであった。

だが我々の意見書を一蹴した県知事は、昨年六月二十五日に九州電力に埋立免許を交付、翌日九州電力は強行着工してしまった。それを阻止しようとして行動した我々は五名の仲間を逮捕され、内三名は現在刑事裁判の被告とされている。

県知事にとっての〈環境保全〉とは、埋立てによって周辺水域に及ぼす影響――すなわち、水質汚濁防止法にかかわるところの水質基準値に汚濁がおさまるかどうかということだけなのである。背後地住民にとっての〈環境〉がそっくり喪われることなど、問題外なのだ。なぜなら、海水浴も、潮干狩も、釣も眺望も、実定法に於ける〈権利〉として定着していないのだから、顧慮する必要はないということであろう。

しかし、改正公水法第四条二号を、あたりまえな国語として解釈するなら、誰しも我々がとった如き解釈をなすはずである。我々のそのような正当な解釈を福岡県知事にとらせえなかったのは、我々の非力な運動の哀しさであった。改正公水法の解釈範囲がケース・バイ・ケースで定着していくのだとすれば、その第一号（実に豊前海埋立認可は、改正公水法に基づく我が国第一号免許であった）に於いて、最も悪しき範例をなさしめた我々の運動の非力を全国に向かって詫びたい気持である。願わくばより強力な運動体が、公水法第四条二号の正当な住民解釈を範例として獲得してほしいという思いは切である。

これからますます汚染の進行していく海に絶望して、漁業権を補償金に換えていく漁民のケースは、いよいよ多発するはずであり、そうである以上、真に埋立て阻止に立ち得るのは漁民ならぬ背後地住民我々であり、その我々が現在わずかでも拠りどころとなしうるのが公水法第四条二号だとすれば、この条項の住民解釈を即、行政解釈として定着させることこそ、とりあえず緊要なのだと考える。

我々の訴訟も、二月から立証段階に入る。弁護士もつかぬ、原告七人による本人訴訟は、とまどいの連続であるが、たとえば「海は漁業者だけのものではない。背後地住民すべての共有物である」という我々の主張を、さてどのように〈立証〉すればいいのであろうか。どのような著名な法学者を証人として証言を求めても、それは多分参考意見でしかなく、科学的立証とはいえぬであろうし、さりとて、この主張こそ我々の埋立て差止めの核心をなすのであれば、なんとしても裁判長を首肯せしめるだけの〈立証〉をこころみねばならぬのである。

思い悩んだ我々が考えだしたのは、市民二百人による証言である。いわゆる科学的立証というものが不可能である以上、いかに多数の市民が既得権としてその海岸を多様に利用していたかの証言を次々と重ねていくことによって、ゆえに我々はこの海岸に権利を持つのだと納得させるしかないのだと考えたのである。

おそらく、この証拠申請には、裁判長も仰天するであろう。裁判長との問答が、今から想像つくのである。

「これは二十人の間違いじゃないですか？」

「いえ二百人です」

「二百人なんて、とても時間的に不可能ですよ。一体、どんな証言を求めるのです？」

「証人一人一人にですね、あなたは明神海岸に海水浴に行ったことがありますか、潮干狩は、散歩は、釣りは、と尋ねることによって、市民にとっての明神海岸がどんな場所であったかを明らかにするつもりです」

「同じ問いを二百人に繰り返すのですか？」

「そうです。より多くの者があの海岸を利用していたという事実を示すことによってしか立証とはならん、と思うんです。二百人どころか、五百人も一千人も証人として立てたいんです」

「しかし、実際問題として困りましたなあ」

裁判長がどんな溜息を吐こうと、この方法以外に、我々の主張の〈立証〉はありえないだろう。

だが、我々の訴訟を無視して、現実に豊前海での埋立ては傍若無人に進行していき、おそらく判決の出る前にその完了をみるであろう。「もし、我々が勝訴して、海の完全復元を迫られたときに、それが可能なのか」という我々の怒りの求釈明に、九電は「この裁判、負けるとは考えていませんから」とうそぶくのである。確かに埋立てが完了してしまえば、その既成事実の重みに判決がひきずられるだろうことを思えば、我々の訴訟のむなしさはいうべくもない。

　そのむなしさに耐えつつ、なお執拗にこの訴訟を係争し続ける我々を支えるものは、我々の主張が絶対的に正しいのだとする信念以外にない。我々は、かつて本訴訟の第一準備書面で次の如く宣言した。「海が母の字より成るは、太古、最初のいのちを妊んだ海への古人の畏敬であったろう。その母への凌辱の今やとどまるところを知らぬ。豊前海の埋立てを、私達はいのちの母への凌辱として、自らを楯として阻止する覚悟である」

　自らを楯とした者らが、海を守る海上保安部に逮捕され、二月五日が第二回刑事裁判である。翌六日が埋立て差止めの民事裁判であれば、今日は被告、明日は原告の忙しさである。

豊前海戦裁判　被告冒頭陳述書

1975.2

被告人（船舶安全法違反、艦船侵入）西尾　勇
同　（艦船侵入）　上田　倉蔵
同　（艦船侵入、威力業務妨害）　梶原得三郎

右の者らに対する威力業務妨害等被告事件につき次のとおり陳述する。

昭和五十年二月五日

福岡地方裁判所小倉支部御中

抵抗権についての我々の考え方

土一揆・百姓一揆

さて、本件六月二十六日（昭和四十九年）の我々の行為は、九州電力と行政が一体となって理不尽にも侵害せんとする我々人民の権利を、身体を楯としても守らんとする抵抗にほかならなかった。しかして、このような我々人民の抵抗権は、現行法をもって理非裁断は出来ぬと我々は主張する。以下、人民の抵抗権について、我々の基本的考え方を述べたい。

抵抗とは、常に被支配者としての民衆が、支配者の圧政に対してぎりぎりに追いつめられた時点で武器を取り闘うことだとすれば、その例証は我が国の歴史の中に数限りない。否、むしろ、支配者に対する民衆の抵抗こそが歴史を現在まで押し進めてきたといわざるを得まい。たとえば室町時代の土一揆がある。年貢の減免や徳政を求め、守護の支配に抵抗した農民の闘いである。

「正長元年九月日、一天下の土民蜂起す。徳政と号し、酒屋・土倉・寺院等を破却せしめ、雑物等ほしいままにこれを取り、借銭等悉く之を破る。管領之を成敗す。日本開白以来、土民蜂起これ初めなり」としるされた正長一揆に始まる土一揆は近畿一円に拡大し、嘉吉元年（一四四一年）には幕府も徳政令を出さざるを得ぬほどであった。

あるいは又、徳川幕藩封建制下に頻発した百姓一揆がある。江戸時代二六〇年間に発生した百姓一揆は一六〇〇件を超えるとされるが、一揆の昂揚した十八世紀中葉には毎年四～五件、天明年間には平均毎年十五件と頻発し、以後幕末に至るとますます頻度を増していった。その背景には、続発する大凶作・災害の中で、なお「百姓と胡麻の油は絞れば絞るほど出る」という言葉で表徴される如き農民収奪政策が改まらず、餓死者、病死者は数限りなく、堕胎や間引きが全国的に拡がるという悲惨な状況があったわけであり、まさに農民は一揆に立たざれば死を待つほかなかったのである。しかしてこのような百姓一揆が、封建支配体制の危機の深化と比例して幕末に激増し、しかも世直し一揆に見るような質的深化をもったことは、それが幕藩体制崩壊の底流としての要因をなしたこととして史家の位置づけている通りである。

このような民衆の死を賭した抵抗の実例は、歴史の底から無数に浮かびあがってくるのであり、そしてこれら民衆の抵抗こそが歴史を改変する底流となり続けたことが分かる。すなわち、民衆の抵抗権こそは、歴史的視点に於いてまさに正当な評価に位置づけられているといえよう。勿論、これらの一揆の中心者らは苛烈な処刑に遇ったのであり、時の政権者にとっては法に背く不逞の徒であった。しかし今、歴史は彼等の抵抗権を正当に評価する。彼等が死を賭して改変して来た歴史の恩恵の果てにつらなる現在の万民の評価は、彼等の崇高なる抵抗を賛美することにおいて一致しているのである。つまり、民衆の抵抗権は時の支配者が操作する現行法などでは裁けぬことを、歴史が明白に実証しているといえよう。

抵抗権思想の歴史

抵抗権の思想に若干触れてみたい。

抵抗権思想の萌芽は、既に古代ギリシャに於いてみられるとはいえ、明確な抵抗権思想はイギリスのジョン・ロックに始まるとされている。すなわちロックは『政府に関する二論』（一六九〇年）の中で次のように述べている。

「一国の臣民にせよ、外国人にせよ、暴力によって人民に属している固有の権利を奪おうと企てるならば、それに対し暴力をもって抵抗してよいことについては、各方面で意見が一致している。だが行政長官や君主など支配者がこれと同じことをするとき、それに対する人民の抵抗は近来否定されている。

しかしながら、法律によって最高の特権的優越権を与えられた者が、それを利用して人民に暴力を加えるならば――それは、自分たちが同胞に対して優位を占めるのは、ひとえに法律のお陰であるのに――その法律を破る権力まで獲得するようなものである。しかし、この不法行為は二重の意味で彼等の罪過が一層重いことを示す。なぜならば、第一に彼等は法律によって人並み以上の特権に与《あずか》っているのに、それに酬いることをせず、第二にまた同胞からその掌中に委ねられた信託にそむき、それを濫用しているからである。

正当な権利なくして暴力を行使するものは――たとえば、社会内で法律によって認められずに暴力を行使する場合、常にそうであるように――誰でもその相手との間の戦争状態に身を投ずることになる。その際、その時以前の綱紀はすべて解消せられ、すべての約束はことごとく消滅して、各人は自分自身を防衛し、侵略者に抵抗すべき権利のみが認められる」

以上に要約される如く、ロックは統治者が彼に信託された権力を濫用するとき、国民は抵抗し新しい統治組織をめざすことが出来ると説くのである。ロックの確立したこのような市民社会の原理は、アメリカ独立宣言（一七七六年）、フランス人権宣言（一七八九年）、ジロンド憲法草案（一七九三年）、ジャコバン憲法草案（一七九三年）等に採択されていった。ジェファーソン起草のアメリカ独立宣言の前文は次の如くいう。

「われわれは自明の真理として、すべての人は平等に造られ、造物主によって一定の奪いがたい天賦の権利が付与され、その中に生命、自由および幸福の追求の含まれることを信ずる。また、これらの権利を確保するために人類の間に政治が組織されることや、そしてその正当な権力は被治者の同意に由来するものであることを信ずる。そしていかなる政治の形体といえども、もしこれらの目的を毀損するものとなった場合には、人民はそれを改廃し、彼等の安全と幸福をもたらすべしとみとめられる主義を基礎とし、また権限の機構をもつ新たな政府を組織する権利を有することを信ずる」

フランス大革命の憲章「人権宣言」第二条は「人権とは、自由の権利、財産の享有権、圧迫に対する抵抗権をいう」と定めた。続いてフランス革命立法議会が採択した一七九三年六月二十四日憲法第三十五条は「政府が人民の諸権利を侵害するときは、暴動は人民および人民の各部分にとって最も神聖な権利であり、また、もっとも肝要な義務である」と宣言した。いずれも、独立と革命という熾烈なる歴史的実践、すなわち人民の血によってあがなわれた抵抗権の位置づけであるところに重みがある。

我が国に於いては、明治前半の自由民権運動に於いて多くの民権思想家が新たな国家構想をもとに、幾多の私擬憲法案を提唱した。それらはすべて明治政府の強権のもとに葬られたが、伏流水の如く生き続けて、現在の憲法に生かされることになったと歴史家は評価している。中でも最高の私擬憲法案とされている植木枝盛の「日本国国憲案」は「抵抗権」の明示に於いて際立った特色を示すといえよう。

第六十四条「日本人民ハ凡ソ無法ニ抵抗スルコトヲ得」
第七十条「政府国憲ニ違背スルトキハ日本人民ハ従ハサルコトヲ得」
第七十一条「政府官吏圧制ヲ為ストキハ日本人民ハ之ヲ排斥スルヲ得。政府威力ヲ以テ擅恣暴逆ヲ逞フスルトキハ日本人民ハ兵器ヲ以テ之ニ抗スルコトヲ得」

第七十二条「政府ホシイママニ国憲ニ背キホシイママニ人民ノ自由権利ヲ残害シ、建国ノ旨趣ヲ妨グルトキハ日本人民ハコレヲ覆滅シテ新政府ヲ建設スルコトヲ得」

まさに第七十一条は人民の武装権であり、第七十二条は革命権である。勿論、植木のこのような抵抗権思想は、もともと秀吉の「刀狩り」以来去勢され続けてきた我が国の土着思想に根ざすものとはいいがたく、ロックに始まる欧米の思想の系譜に触発されてのことであった。

しかして、このような人民の抵抗権思想の背景には、もともと個人の尊厳は人間が生まれながらに持っている権利であり、国家以前に存し、国家に与えられたものではない〈自然権〉であるから、国家もこれを侵害してはならぬという理念がある。アメリカ独立宣言前文のいう「われわれは自明の真理として、すべての人は平等に造られ、造物主によって一定の奪いがたい天賦の権利が付与されれ」ているという考え方である。

以上の如くブルジョア民主主義革命の基本理念としての抵抗権は、自然法・自然権から導き出されたものであるが、マルクスは「この自然法ではなく、社会の発展の法則、革命の歴史的推進力である運動法則に適応するところの法理として、抵抗権の権利づけを行った」（平野義太郎『抵抗権とその理論』）のである。すなわちマルクスは、その史的唯物論から「発展法則に添う人民の運動を進歩的なものとみなし、逆行する弾圧を反動的とみなし、進歩的な人民の旧制度の濫用に対する抵抗権を歴史法則より制定する」（平野・同論文）のである。我々が本稿の冒頭に例示した百姓一揆の歴史的評価に実証される通り、マルクスの抵抗権の位置づけは正当である。

ここに於いて我々は、我々の行動を一面では我々に天賦の生存権の侵害に対する抵抗権として踏まえつつも、且つ明確に、マルクスの説く社会の発展法則に適応する法理としての抵抗権であることを主張するのである。

ケルンの刑事法廷に立たされたマルクスは「いったい諸君は何を合法的立場というのか。その法律はすでに没落した、また現に没落しつつある社会的利害の代表の手によってつくられたものであり、したがって人民全体の一般的要求とは矛盾する特殊利益を法律にまで高めたものにほかならぬ。しかしながら、社会は法律にもとづいているものではない。そういうことは法律学上の幻想である。むしろ法律の方が社会を基礎として成立しなければならぬ。……いわゆる合法的立場なるものは、このようなある特殊な人々の利益を、それがもはや主要ではないのに支配的なものだとなし、少数の利益を強制的に多数の利益の上位に優先させるために国家権力を濫用するものである」と述べているが、まさに現今のあさましいばかりの利潤追求に基礎を置く資本主義社会にあっては、その法制も又、ひと握りの資本家の利権に好都合に構築されていること自明であり、彼等支配者のいう合法とは、しばしば国家権力の濫用であること、公害問題に於いて殊に顕著である。このような国家権力の濫用に抵抗する我々の行動こそが新しい社会を招来するテコとなるのであり、それこそが歴史の発展則に照らして〈良き行為〉であったと主張するのである。

足尾鉱毒事件

さて、ひるがえって公害とは何であろうか。いうまでもなくこれも又、支配者による被支配者たる無力なる人民への、いわれなき理不尽なる生存権侵害であり、多数人民の犠牲の上に成り立つ少数者の利潤追求行為といえよう。

公害を惹起《じゃっき》する企業は、巨大な資本を有し、人民労働者の搾取の上に成り立つという意味に於いて支配者たるのみならず、常に時の政権に庇護されるという意味に於いて一層支配者なのである。政経一体となっての支配者が、被支配者人民をどのように苦しめ、そして追いつめられた人民がなぜに抵抗権を実体化せざるを得なかったかの顕著な例として、近代の公害の原点ともいうべき足尾鉱毒事件にみてみよう。

古河市兵衛が足尾鉱山を買収して鉱山の仕事を始めたのは一八七七年（明治十年）であるが、早くも翌年から渡良瀬川流域に魚の死骸がみられるようになる。渡良瀬川には毎年洪水があり、この洪水が流域の田畑を肥沃にして来たのである。一八九〇年（明治二十三年）の大洪水で、農民はもはやこれが足尾からの毒水であることに気付く。

田中正造が初めて国会で鉱毒問題の質問に立ったのがこの翌年であった。

政府は国会の場ではこれを無視し、後日、官報紙上に回答を載せた。「群馬、栃木両県下渡良瀬川沿岸の耕地に被害あるは事実なれども、被害の原因確実ならず、右被害の原因に就ては、目下各専門家の試験調査中なり。鉱業人は成し得べき予防を実施し、独米より粉鉱採聚機を購入して一層鉱物の流出防止の準備を為せり」という有名な回答がそれである。

一八九六年（明治二十九年）に渡良瀬川流域に何百年来の大洪水が起こり、この頃から農民は請願上京を繰り返すようになる。更には田中正造の第二回国会質問等もあって、東京で街頭演説会がもたれ、ようやく足尾鉱毒事件は社会問題化してくる。

ついに一九〇〇年二月、農民は大挙請願上京を試みるのである。

荒畑寒村の『谷中村滅亡史』は次の如く伝えている。

見よ、被害住民は遂に憤怒せり。最後の大破裂は遂に来れり。聴け、明治三十三年二月十二日の夕べ、群馬県邑楽《おうら》郡渡良瀬村早川田《すがわだ》なる、鉱毒事務所雲竜寺の梵鐘は、殷々として晩秋の荒原に咽びぬ。これを聴くや、群馬県邑楽郡多々良・渡良瀬・大島・西谷田・海老瀬・郷谷《さとや》・大毛野の諸村・栃木県足利郡毛野・吾妻・久野の諸村および同県下都賀郡谷中村の人民無慮三千、各々蓑笠に身を固め、「……人のからだは毒に染み、孕めるものは流産し、育つも乳は不足なし、二つ三つまで育つとも、毒の障りに皆斃れ……悲惨の数は限りなく……」と悲愴の声に鉱毒歌を唄ひつゝ、老を扶け病軀を支へ、瞬時にして雲の如く集まり来れり。（略）

十三日に至るや、午前十時頃雲竜寺を出で、館林町に向ひたる時は、鉱毒被害民の数、実に一万二千と号したりき。しかして栃木県足利郡久野村長・稲村与一これが将たり。同県安蘇郡堺村助役野口春蔵は一隊の青年を率ひ、馬に騎して号令指揮しつゝ、旗鼓堂々として途に邑楽郡役所を襲ひたるに、郡長は恐怖して逃走せしかば、更に、館林町に向ひて警察署の門前に出づるや、ここに警察官との間に一場の争闘を惹起し、遂に五名の被害民は警察官のために負傷せしめられしにも屈せず、警官が死力を尽せる防禦を蹴破り、更に進んで川俣に至りたるが、ここには警察官の全力と、数百の憲兵とが警戒し居れるより、野口春蔵の指揮する青年団二千五百人は、川舟二隻を大八車に載せ、舟の前に斜めに切りたる青竹数竿を、剣の如くに装ひたるを曳き、警官もし峻拒せばこれを以て突き破らんと進み行きしに、一隊の憲兵巡査は突如として藪蔭より躍り出で、途を遮り、洋刀を以て突き立て、靴にて蹴倒し、拳を固めて乱打し、土砂を投げ掛け、負傷して倒るゝ者を捕縛する等、一場の大争闘を惹起し、被害民は遂に十数名の負傷者を出して退却するに至れり。

しかるに館林警察署長は、憲兵巡査等を率ひて被害民の逃ぐるを追撃し、或いは罵詈し、或いは突き倒し、或いは踏み蹂り、また被害民のある者は帯剣を以て乱打され、或る老人は五人の巡査に水中に投ぜられ、或る者は捉へられて両眼に泥を塗られ、或る者は口中に土砂を押しこめられ、負傷者は路傍に横たはりて呻吟し、流血は点々斑々として数里にわたり、凄愴酸鼻、ほとんど戦場のごとき観あらしめき。

これが史上有名な川俣事件であった。

一挙に結末をいえば、政府は谷中村一村をつぶして遊水池とすべく、ついに土地収用法をもって一九〇七年七月、同村をとりつぶしてしまう。

「明治政府悪政の紀年日は来れり、天地の歴史に刻んで、永久に記憶すべき政府暴虐の日は来れり、準備あり組織ある資本家と政府との、共謀的罪悪を埋没せんがために、国法の名に依て公行されし罪悪の日は来れり。あゝ、記憶せよ万邦の民、明治四十年六月二十九日は、これ日本政府が谷中村を滅ぼせし日なるを」という書き出しで始まる「谷中村滅亡」の章を、私は居たたまれぬ程の支配者への憤怒なしには読まれぬし、同時に被支配者谷中村民への涙なしにも読めぬのである。このような暴虐の背景には、古河市兵衛と時の政権の中心者原敬・陸奥宗光・井上馨・西郷従道らとの特別な関係があった。あるいは日清・日露戦後での「銅は国なり」という国策があった。だが、人民を滅ぼしていかなる国が存在するであろうか。我々の耳には、尚、田中正造翁のさけびが鬼哭の如くに聞こえ続けるのである。「亡国に至るを知らざれば、これすなわち亡国なり」と。

足尾は明治という特殊な時代の出来事なのだという位置づけを我々は許さぬ。公害をもたらす企業と、それを庇護し人民を弾圧する政権の支配構造は、呆れるまでに今も温存され、且つ巧妙化していると考える。

植木枝盛の国憲案第四十四条にいう「日本人民ハ生命ヲ全ウシ、四肢ヲ全ウシ、形体ヲ全ウシ、健康ヲ保チ……」という個人の尊厳は、四日市ゼンソク患者にとって、水俣病患者にとって、イタイイタイ病患者にとって、その他今や全国に数えきれぬ公害病患者にとって完全に収奪され続けているといわざるを得ない。数万人ともいわれる患者を出し、一五〇人以上の死者を出したチッソ水俣工場の存在は尚許され続けて、その理不尽を条理を尽くして抗議する川本輝夫氏を有罪とするが如き支配者の論理は、谷中村一村をとりつぶして公害の隠蔽をはかった明治のそれとなんの差異もないのである。否、現今に於いては、尤もらしい公害法などの制定の下に、一見、行政が取締まってくれるのだという幻想をふりまき、そのことによって逆に人民の直接抵抗権の芽を抜き去っているという意味に於いて、支配者の策はさすがに明治のそれより一層巧妙といわざるを得ない。

だが一見、尤もらしき法にも行政にも裏切られ、裏切られることによってついには自らの五体を楯としても、各地に抵抗を続けていること三里塚農民の闘いをはじめとして少なくないのである。そしてこれらの闘いこそ現時点での法がいかに裁断しようとも、歴史的視点で必ず正当化されてゆく歴史改変の脈々たる底流をなしつつあることまぎれもないのである。

本件に至る経緯

本件に即して述べたいと思う。

我々にとって、豊前火力発電所建設計画は、まさに寝耳に水であった。

一九七一年十月二日の豊前市議会が全く唐突に豊前火力誘致を決議し、それに応じるという形で、九州電力が二五〇万キロワットの発電所建設計画を新聞発表した時、驚きをもって初めて知ったのであった。いうまでもなく、火電は各地に於いて大気汚染の元凶をなしている。かの四日市裁判の被告会社の中でも、中部電力四日市火力発電所のイオウ酸化物排出量は最大であった。北陸電力富山火力発電所周辺では多数の公害病認定患者が発生し、一少女が亡くなった。人身被害のみならず、各地で果樹被害、農作物被害、温排水被害を出している。殊に憂慮されるのは、火電の立地によって、やがて周辺コンビナートが造成され、公害激甚地帯となっていくという事実である。事実、本件火力発電所も周防灘総合開発計画という巨大計画のエネルギー基地として構想されたことはまぎれもない。我々が、このような破壊計画から豊前平野の大気を、海を、人身の健康を守ろうとして建設反対運動を起こしたのは当然であった。私の住む大分県中津市に於いては、一九七二年七月に「中津の自然を守る会」が結成され、中津市連合婦人会、中津・下毛地区労、社会・公明・共産三党、市民有志の参加する幅広い反対運動が展開されるに至った。

同年九月の中津市議会に「中津の自然を守る会」は多数の署名を添えて、豊前火力建設反対決議の請願を提出したのであるが、これには三十名の市会議員のうち実に二十一名がその趣旨に賛同して紹介議員としての署名をしたほどであった。だが、金と権力を握る九州電力の裏工作は、僅かの間にこれらの市会議員を寝返りせしめ、我々の反対決議請願はうやむやにされてしまったのである。金と力に任せた九州電力の世論操作は圧倒的であった。美しい宣伝パンフは各家庭に送りこまれ、諸団体を見学旅行に招請し、新聞広告、更にはテレビコマーシャルを使って日々の宣伝を繰り返した。

一体、金も力もない我々は、そのような圧倒的な宣伝にどうすれば太刀打ちできようか。我々は電柱にビラを貼ってさえ警察にとがめられるのである。支配者は我々のわずかな宣伝手段さえ合法的に禁じてしまい、一方で電波や紙面を駆使して世論を形成していくのである。そのような中で、次第に我々の運動が孤立化させられていったのは無念なことであった。一九七三年二月から三月にかけて、豊前市も中津市も、九電との環境保全協定を結んでいった。しかし、豊前市当局も中津市当局も、一体どのようにして市民の声を聞いたというのか。一度の公聴会も開かず、市民を対象とした正式な説明会すら中津市では開かれなかった。ほとんどの市民がその計画内容を判断しかねるうちに、協定は押し切られていったのである。

あるいは関係漁協の漁業権放棄はどうだったのか。福岡県知事亀井光は、反対決議を掲げ続ける椎田町漁協を賛成に転じさせるべく、漁協役員を県庁舎に呼び出して、庁舎内で役員会を開かせるなど積極的な干渉を繰り返したのであるが、ついには一九七三年七月九日の電源開発調整審議会に、県知事は漁協の反対決議を無視して地元同意書を提出した。さすがに呆れた電調審からこれを突き返されるという前代未聞の醜態を演じたのであった。

まさに県民の為の行政どころか、九電の代弁人としての姿としかいいようのない亀井知事のやり方であった。

勿論、我々は幾度も県知事に話し合いを求めていったが、ついに一度も知事と会うことは許されなかった。あるいは九州電力本社にも再三出かけたが、その都度、屈強な九電社員に力づくで押し出されるのであった。更に国の電源開発調整審議会は、機動隊を出動させて、上京した我々の代表をしめだし、密室審議の中で、なんと建設地の地名をすら間違えて、豊前火力建設を認可してしまったのである。

一九七三年六月、県知事が埋立免許を出そうとしていることに対して、我々は公有水面埋立法、瀬戸内海環境保全臨時措置法に照らして、多くの問題点のあることを意見書として提出したが、これも又、完全に無視されて免許が出され、六月二十六日の九電着工となったのである。つまり、我々はあらゆる方法手段をもってなんとかこの理不尽な行為を阻止せんと運動を続けて来た果てに、着工というとりかえしのつかぬ事態に追いこまれ、もはや身体を楯としての阻止以外になくなったのであった。そして、そのような阻止行動に立つことに我々のたじろぎはなかった。真に己が生存の環境を守り、更には、子孫へ遺すべき義務を考えるとき、むしろ座してこれを見送ることこそ恥ずべきことと思えたのである。

その結果、我々三名は逮捕・拘留・起訴され、私は職をも喪わねばならなかった。今も中津公共職業安定所の係官は「刑事被告で保釈中のあなたでは、まず就職はむつかしいですね」といって、いまだ一度も職業紹介をされていない。企業と権力のみごとな連係プレーによって構築された支配の体制はまさに完璧に張りめぐらされ、我々の生殺与奪の権は挙げて支配者の側にあるといわねばならぬのだ。

かかる体制化では、いうまでもなく公正なる法なるものも、支配体制保持の為の強力な道具であるに過ぎず、人民とは乖離《かいり》したひと握りの権力者の利益を守るにふさわしく出来ているわけであり、されば我々の抵抗権は、かかる現行法を超えて、歴史の発展法則に添う正当な権利として、そのような体制を打破し、新しい人民の社会を導くに至る行為を正当化しているのだと宣言して、冒頭陳述を終わりたいと思う。

市民の証言を積みあげる　九州・豊前環境権裁判

1975.5

過日、井出孫六氏とお会いした折、氏が我々の豊前火力発電所建設反対運動を、遙かな東京から並々ならず注視されていたことを知らされ、それもどうやら我々の運動実態を超えての過褒《かほう》的評価を含む注視らしく、当事者の一人として照れざるをえなかった。

氏の注視は、我々が既に訴訟という手段で行動化している〈環境権〉の主張にある。すなわち、火電建設に伴う福岡県豊前市明神海岸地先三九万平方メートルの埋立てに抗して、漁民ならぬ背後地市民七名が「海は我々全市民の共有環境であり、よしんば漁業者がその漁業権を電力会社に売り払ったとはいえ、我々背後地市民の権利を無視してこれを埋め立てることは許されぬ」と主張して係争中なのであるが、そのことが、東京から豊前をのぞむ井出氏には、目を見張る思いがするのだという。そしてそれは、「あなた方の運動に指摘されて、はじめて東京に住む自分たちのことをふり返らされたのですが、東京湾というものが台なしになってしまったというのに、都民のだれひとり環境権を侵されたという形で東京湾の埋立てや汚染に抗議した者はいなかった」という、氏のくやしさにつながる。

我々にとって、全くあたりまえないいぶんでしかない〈環境権——海に対する〉主張が、なぜ東京で行動化されなかったのかは、東京の方々に考えていただくこととして、当地の状況を少し報告させていただく。

各地の埋立てがそうであるように、豊前海においても既に海域汚染に苦悩している地元漁協はいち早くなにがしの札束で漁業権放棄をすませたのであり、現行法下ではもはや埋立てを阻止する権利者はいないことになる。

だが、誰が考えても自明なことであるが、海が漁民だけの所有物であろうはずはない。漁業権とはそこで漁業を許されている権利に過ぎず、海を私有出来る権利ではない。されば漁業権を買い取った企業とても、専横な埋立てによって海を殺すことは許されぬ。

海、あるいは海岸は、その環境に棲む万民の共有であるはずであり、一人一人がその権利者なのだという〈環境権〉を掲げて、我々は七三年八月、埋立て差止めを含む火電建設差止請求訴訟を提起したのである。世上、豊前環境権裁判と呼ばれる。到底そのような画期的権利は認知されぬと尻ごみして一人の支援弁護士もつかぬまま、法律にしろうとの市民七名は自ら法廷で、法律用語を使わぬ住民論理を展開しているのである。

福岡地裁小倉支部での公判もようやく第六回にさしかかり、我々は今、漁民ならぬ背後地市民が海（海岸）に対して〈環境権〉を持つことの〈立証〉を迫られている。だが、〈環境権〉という新権利がいまだ現行法の中に認知されていない以上、よしんば著名な法学者を証人申請したとしても立証されることではあるまい。

我々の考えたことは〈二百人証言〉である。豊前市民二百人が公判に出廷して、それぞれが明神海岸をどのように利用してきたかの証言を積み重ねるのである。「私は、家族を連れてよく貝掘りを愉しみました」、「海水浴にかよったものです」、「夏の夕べ、私の散歩の場でした」などを、次々と陳述するとき、それこそが豊前市民の生活史そのものの重さを曳いて、市民の既得権としての〈環境権〉の立証となるはずである。

　現実には、がんじがらめの超保守的田舎町（革新市議ゼロ）で、畏れ多い法廷に立とうという勇気ある二百人を発掘することは、都会人の考えるほど容易なことではない。だが〈環境権〉の立証がこれ以外にないのであってみれば、その準備として、多くの市民に「あなたと明神海岸とのかかわりは？」と問うアンケート用紙を配布しているのであるが、回収される回答の実に一〇〇％が、なんらかの形で明神海岸とのかかわりを述べていることは私を驚かせる。

　たとえばこのような回答がある。「私の家内は豊前の山の奥の出ですが、見合の時に、私が海辺なので〈山の幸〉と〈海の幸〉が一緒になればくらしがゆたかになるだろうということで、話がまとまったのです。豊前には、このような夫婦が私の知っているだけでもかなり居ます」

　海と市民とのかかわりは、私の貧弱な認識を超えて多岐なのであった。だが、このような市民の証言を薄笑いして被告側は主張してくるであろう。「あなた方があの海岸を利用していたという事実は認めましょう。しかし貝掘りをしたり海水浴をしたり釣りをしたり磯遊びをしたりすることと、あそこを埋めて発電所を建てることとどちらがより社会にとって重要事でしょうかね？」

　開発論に於いて、常に住民をひっそりと沈黙させてきたこの常套句には、経済価値に置換出来ぬものは無価値として見捨てる非情な資本主義論理が貫徹している。

されば我々は法廷に於いて、敢然といい放つのだ。確かに、我々が明神海岸で掘るアサリ貝を換算すれば幾百円に過ぎぬだろう。しかし我々がいうのは貝という物の値ではないのだ。貝を掘るという行為の愉しみははかりしれぬのであり、まさにそれは個々人の〈心的宇宙〉にあっては、一〇〇万キロワットの発電所をもしのぐ価値として刻まれるのだと。

裁判所は、ありありと我々の心的宇宙論に困惑を示している。それが法律になじまぬ主張であるという裁判所の歎息は無理からぬとしても、しかし我々とてここに拠ってしか海と海岸を守れぬところに追いこまれている以上、ひたすらに我らが心情の中の海について、我らが生活史の中の海と海岸について述べ続けるしかないのである。

我々がかくまでも固執する海岸なれば、さぞや美観と想像して、もし遙かな東京から訪れる人があれば、茫然とするだろう。貧弱な海岸である。私の歩幅で測って、奥行き三十七歩、間口一五五歩の狭い海岸には数本の痩せた松が立っているに過ぎず、ここから降りてゆく干潟も砂浜ではなく荒い石ころだらけである。だが、豊前という生活史の中に置かれるとき、この小さな明神海岸は遠い国定公園の海岸どころでないなつかしさで彩られるのであり、それゆえにこそ我々のドン・キホーテ的しろうと裁判も、九州を支配する大電力会社と対峙して崩れぬ戦列を組み続けているのである。

『草の根通信』のこと　気恥ずかしき機関誌

1975.9

一九六〇年六月十五日は、いうまでもなく六〇年安保闘争の絶頂の日であった。全学連主流七五〇〇人が国会構内へ突入、機動隊との激突の中で樺美智子さんが亡くなっている。

同じ頃、九州の山奥、阿蘇山系の北麓の渓谷で国家権力に抗する壮大な闘いが展開されていたことを、人は記憶にとどめているであろうか。蜂の巣城闘争という。文字通り、急峻な山崖に無数の砦を築き、ダム反対の叛乱農民がこもったのである。城主・室原知幸氏は山林地主としての巨富をこの闘争にそそぎこんだ。六〇年安保闘争の終熄ののちも、この山峡の闘いは執拗に持続され、一九七〇年の室原氏の死まで国家をてこずらせた。

公共性をふりかざしての国家権力に私権を拮抗《きっこう》させた、この壮絶な十三年間の闘いを記録すべく、今私は遅々たる取材を重ねているが、ほとほとに弱るのが、この果敢な〝抵抗者〟達が長い闘争の期間を通じて、ほとんど〈文字〉の記録を遺してくれていないことである。

今やすべての住民運動につきものの、機関誌はおろかビラの一枚すら出されなかったのである。今、ビラの一枚もない運動が考えられるだろうか。

だが、蜂の巣城闘争においては、機関誌はおろかビラさえ必要ではなかった。熊本県阿蘇郡小国町志屋部落一村の村民が、毎日交代で〈城中〉に詰めていたのであり、そこでの直接的な意思疎通は常に反対運動をきっかりと緊迫せしめていた。その頃蜂の巣城に詰めていた一婦人は、「うちには、あの連合赤軍の心理がわかるような気がするですたい」と、唐突にいいだして私を驚かせた。蜂の巣城という、生活域から抜きん出た〝抵抗の砦〟にこもって、教祖的存在である室原知幸氏の話に耳を傾ける中で、異様に昂進した集団意識が醸成されていったことを、そんなふうに表現したのであった。このような中で、機関誌とかビラのごとき間接的伝達手段は思いの外であったろう。

そこにはまた、外部に向かって支援を求めるという媚態もなかった。城中にこもる村民のみが国家に拮抗出来ると信じた彼等は、当初マスコミをさえ砦の中には立入らせなかった。城主との会見をめざして東京から乗りこんできた安部公房がそっけなく拒否に遇い、いささか頭に来た文章を書いている。

このような闘争の跡を辿っていくとき、機関誌も一枚のビラも遺さなかった彼等のいさぎよさの前に、実はもう第三〇号を重ねる機関誌『草の根通信』を持つおのれらの豊前火力反対闘争の、それこそが脆弱さの証明ともみえて、ひそかに気恥ずかしくてならぬのである。まして、『草の根通信』は今や全国的に好評なのである。

今や、真に強力な地域住民運動にあっては、機関誌を必要とせぬという結論を信奉する私にとって、『草の根通信』の発展(!)は、まさに嘲笑的皮肉である。

反公害闘争の機関誌の大先達としては、『公害トマレ』や『告発』があり、それらがすでに多数の死者の怨念を基調とした底重りする言葉で綴られていたのに反し、われらの『草の根通信』の一大特色は、その軽佻浮薄ぶりであろう。なぜそのようなトーンが生まれたのか、実は私自身にもよくわからぬ。われらが未だ人身被害の惨に遇わぬからという表面的由因だけのこととはいい切れぬ気がする。

それはまず、われら自身の運動そのものが軽佻浮薄ということと密に関連する。そして、それはどうやら運動をになうわれらの個性の軽佻浮薄の総和ということらしい。

軽佻浮薄の運動とはいかなるものか。それはまず、なによりも運動にかかわる一人一人の個性の充全な発揮を意味しよう。すなわち、組織というきっちりした統制下での行動よりむしろ、一人一人の個人の主体性を尊ぶということに尽きよう。

そのままの息吹きが持ちこまれるゆえに『草の根通信』は、筆者（運動者）一人一人の個性をにじませる。当会の、最も軽佻浮薄者である九州大学工学部助手坂本紘二センセの奥さんが菊子さんであり、長男が敢太君であることも、読者にとっては周知である。あるいは編集長原野嘉年君が、当会きっての飲ん兵衛であることも著名。つまり、『草の根通信』の読者には、機関誌に登場する一人一人の個性、あるいはその生活までがそこはかとなく伝っていくことになる。とかく固い論文調紙面で構成される機関誌の氾濫の中で、この人間的（?）紙面構成が、『草の根通信』を各地の読者に心待ちさせるらしい。

このようなありようを、〈遊び〉が過ぎると批判する声を聴かぬわけではない。だが、いささかの哀しみをこめて居直れば、然りまさにこのような〈遊び〉のゆえに、われらの運動は執拗に持続するのだといいきれよう。現実には圧倒的に敗北していく豊前火力反対闘争の趨勢の中で、絶望的なほどの少数者がなおケロリとして抵抗を続けていけるのは、このような遊びごころに支えられてのことであろう。いささかの哀しみをこめてといい添えたのは、かくも絶望的少数者がなお巨大な敵に抵抗しつつしかも連合赤軍的隘路に陥入るまいとしての、自己防衛本能にもとづく楽天性であり遊びごころだと、薄々は気付いている醒めたるおのれの視点より発しての言句。

たとえば遊びごころは次のごとく発揮される。『草の根通信』第三〇号（一九七五年六月号）の最初の頁を開くと、「〝法廷塾〟開講おしらせ」とある。〝法廷塾〟とはなんぞ。われわれが一昨年夏に提訴した民事訴訟・豊前火力発電所建設差止請求事件、いわゆる豊前環境権裁判も、いよいよ第六回公判（六月十二日）から証人が登場して立証段階に入った。当面は、豊前火力建設に伴う海面埋立ての理非を争う立証となるが、われわれの側が申請した証人は、瀬戸内海水島の老漁師横井安友氏を筆頭に、星野芳郎氏を中心とする瀬戸内海汚染総合調査団の各学者、東大の西村肇助教授、あるいは干潟の権威である東邦大の秋山章男助教授、さらに入浜権を提唱している高砂市民の会の高崎裕士氏、当会の野鳥愛好者狩野浪子さん等々多彩をきわめて、まさにこれは全国どこの大学にもないユニークな〈海岸環境学〉講座の観を呈する。

されば、これを単に〈公判〉の〈証人〉などと位置づけずに、いっそ法廷そのものを人民学校とみなして、各証人を講師とすれば、傍聴者は聴講生ではないかという発想が生まれる。すなわち〝法廷塾〟である。かくて、第三〇号の記事の中に次の如き〈法廷塾御案内〉が載ることになる。

塾長　森永龍彦氏（黒い法衣を着て、高い席に坐っている大変権威のあるお方です）　注・われらの裁判長
聴講資格　支配者的思想傾向にある者以外なら、誰でも自由。学歴、前科等いっさい不問（ただし、席は九十しかないので、あらかじめ申し込んでいただくと確実でしょう）。
聴講料　原則として無料、とかなんとかいいながらカンパをふんだくられる覚悟はしておいた方がよろしいでしょう。
規則　意外とうるさい。質問など発したら塾長は仰天して叱責するかもしれない。「ここは教室ではない、神聖な法廷ですぞ」と。
資格取得　全講座を聴講した者には、〈海と海岸を守る人民学会〉から名誉バカセ号を贈る。
講座日程　毎回、事前に『草の根通信』で告知する。
注意　なお法廷塾管理に毎回多数の〈裁判所職員〉が出席します。彼等は大変過敏なので、余りからかったりしないように。

もちろん、この頁にはごていねいに名誉バカセ号授与の漫画入りである。マジメな機関誌であれば、「いよいよ環境権裁判も立証へ」、「全傍聴者結集して証人を支援せよ！」などと掲げるであろうことが、われらの手にかかれば、かくのごとく漫画化されてしまうのである。ここに『草の根通信』の軽佻浮薄の真髄が在る。どうせのことなら、運動を愉しんでやれという遊びごころの自在さである。

卑下せずにいい切れば、かかる遊びごころの自在さによって、実は法廷というものの虚妄の権威はみごとに漫画化されるのである。法廷という国家権威を崩壊せしめ人民化していく手段として、かかる漫画化はすぐれて有効だと信ずる。

気恥ずかしいことに、『草の根通信』の頁数は増大するばかりで、ついに第三〇号ではB5判四段組み二十頁となってしまった。

各地の運動体の機関誌編集者から、「よくもまあ毎月あんなに原稿がきちんと集まるもんですね」といわれるたびに、なにやら豊前の運動は機関誌作りだけに精出してるんじゃないですかとでも疑われている気がして、ひどく羞じらうのである。

事実は、やはり運動の多彩さゆえに、その結果としての機関誌の増頁である。民事、刑事の両裁判をかかえ、さらには海上調査や講演会や映画上映会や座り込み小屋からの報告などで、苦もなく原稿は埋まってしまい、編集作業というのは、二度か三度集まって、見出しを入れたりカットを描いたりするくらいのことで済んでしまう。毎月初めに二千部刊行するこの機関誌に、われわれはさしたる労力を割く必要もないというのが真相なのだ。要するに原稿になるだけの行動が、毎月確実に展開されて三十カ月を経たということになる。『草の根通信』の一特色は、論文や主張はほとんどなく、すべての記事がなにかの行動の具体的報告以外ではないという点にもあろう。観念論的原稿は一片もなく、すべておのれ自身がどう動いたかの報告記であり、その具体性の明解さが、読者にすなおに通じていく。そのことを裏返していえば、ステ貼りをすら怠けるごとき者は『草の根通信』の筆者とはなれぬということである。よしんば、いかに高邁な住民運動論を持つ者であろうと。

かくのごとく毎月正確に運動の具体的経過が報告され、しかもあけすけに個性をにじませて綴られる『草の根通信』は、敵・九州電力とケーサツにとって願ってもない情報源でもある。発行の翌日には、早くも両者ともこれを入手しているらしく、われらに関する分析は充全である。昨夏の実力阻止行動で同志三名が逮捕された時も、発行したばかりの『草の根通信』がケーサツ側の証拠として手中にあったのである。

この時、われらのあっけらかんとしたすなおな報告記事は、さすがに問題となった。ここまですべてを誌上に公開することによって、敵を利しているのではないかという指摘は当然に鋭かった。しかしついに、その後も『草の根通信』のこの各人の個性丸出しの具体的報告掲載方針は撤回されなかった。なぜなら、そのことによって敵を利し敵につけこまれるという不利を承知の上で、なおやはりこのような隠しごとを持たぬ各個性の率直な発揮こそが同志（読者を含めて）との信頼を深めていくのであり、そのことの尊さの前には、ケーサツの卑しさに憫笑湧くのみである。

内実をいえば、われらの運動の膨大な資金を支えてきたのは、ひとえに『草の根通信』を介しての購読料やカンパによってである。毎月三十万円に近い入金は、機関誌の読者によって維持されてきた。それだけにわれわれは、なによりも誰からも待たれて読まれる機関誌でありたいという希求は濃く、それに沿うての努力を積んできたつもりである。お義理のつき合いで機関誌を読む者からは、とうてい三十カ月を通じての入金などのぞめぬこと自明なのだ。

しかして、読者が心待ちにして読む愉しい機関誌作りの要諦《ようてい》たるや次のごとく簡潔であろう。すなわち、まず筆者自身が生き生きと愉しんで綴ること。その息吹きがおのずから躍動して読者を打つ。さればそのような報告記を綴るためには、筆者自身がその行動を心から愉しんでいなければならぬ。つまりは、遊びごころもて運動に励むことにほかならぬ。

たとえば第二四号の表紙は、その遊びごころの最たるものとして、全国読者を驚かせた。実力阻止行動首魁《しゅかい》として逮捕され、長期拘留ののち起訴されて失職せざるをえなかった同志梶原得三郎（三十七歳）の求職広告を掲げたのである。

一端を紹介すれば――。

通称トクさんの略歴――高卒後、警察官になろうとしたほどの良識人。住友金属小倉工場に臨時工として入社。いつまでも本工になれぬ怨みの底から社会主義思想に目覚む。

一九七二年夏、中津で起こった豊前火力反対運動に顔を出したら、松下竜一さんにおだてられて、たちまち深入りしてしまう。一九七四年六月二十六日、九電の強行着工にやむにやまれず実力阻止に立つ。一週間後に逮捕され、四十七日間の拘留。七月二十二日、起訴とともに住友金属を退社。

いま――失業保険をもらいながら運動を持続している。五十万円の保釈金で保釈中の身。

希望職種――本人にもわからない。一見ニコニコしているので商売人向きとの説もある。

無病息災――痔も決して悪くない。

本人の性格――馬鹿正直、おひとよし、くそまじめ。

唄――全然下手くそ。唯一の持唄は〝ドナルドおじさん〟という短い童謡なのです。

さて、『草の根通信』の一番深い羞恥をしるせば、今や全国に好評のこの機関誌が肝心の地元でほとんど読まれぬという事実である。現在二千部刊行して、地元で消化するのは六百部程度であり、残り一四〇〇部は北海道から沖縄に至る全国読者に送り出される。地元六百部の内、五百部は豊前市であり、わが中津町では百部に満たぬというサンタンたる有様。

これはもう、大分県中津市におけるわれらの運動の絶望的なまでの孤立と、当然ながら呼応している。すべての組織から締めだされて、人口五万六〇〇〇の町でついに十人足らずで持続する運動にとって、やっと百部の機関誌読者を得るということが精一杯というみじめさ。われわれは、機会をとらえては『草の根通信』を読んでみて下さいと訴える。過日、直木賞作家井出孫六氏の講演会を主催したが、さすがに日頃は見ぬ顔が幾つも来て、それらの人々にわれわれは『草の根通信』を送った。お金は要りません。とにかくしばらく読んでみて下さいと。だが、さっそくに送り返して来た者が居る。こんな物を送られるのは迷惑だというのである。これほどの敵意に、一体どのようにして喰いこんでいけるのか。

豊前火力反対運動という、豊前市民・中津市民に深くかかわる問題をひたぶるに訴え続ける機関誌が、肝心な市民の偏見の壁に厳しく拒絶されて、遠い地の人々に読まれるのだとすれば、一体『草の根通信』の果たしている役割はなんなのか。

いっそ次のような考えも成り立つ。豊前・中津両市のほぼ全域に月一度、ビラを新聞折り込みで配布すれば、その費用は十二万円。これは現在『草の根通信』を毎月発行する額にひとしい。であってみれば、全国に好評の立派な機関誌よりは、簡単なビラを毎月一度両市の市民全部に読んでもらう方が、真に地域の運動としては有効ではないのかと迷う（しかし、これもジレンマである。なぜなら月十二万円の機関誌発行費は、好評の機関誌あってゆえ確保できているのであり、不特定市民に向けてのビラで、これまでカンパすらわれわれは受けるという経験を持たぬ）。

そこらの内実に触れてくれれば、愉しき『草の根通信』にも、陰画はみえてくる。たとえば、『草の根通信』によって愉しき運動を辿って来た読者が、私の著書『暗闇の思想を』、『明神の小さな海岸にて』を読むとき、あの愉しき楽天性の陰の悲劇に暗然とするとは、よくいわれること。両者が告げる、辛く厳しく重苦しい絶望的状況と、あの機関誌の軽薄なユーモアと、どちらが一体本当なのですかと問われる。

どちらも本当なのですと答える。その答えに嘘はない。現実は、まさに絶望的状況を呈している。豊前火力に伴う埋立ては着実に進行し、もはや海は喪われたが、それをどう阻止する手段も、今は尽きている。しかも、このような既成事実の前に、もはや今更何をしても仕方ないと諦めた市民達の無関心。なお貫いてビラを貼りまわる一部極少派への、異な者を見るごとき敵意。これこそが現実。

しかしそれにくじけてしまうことなく、すべてを冗談のタネにしながら、徒労ともみえる闘いをひそひそと続けているわれわれの遊びごころもまた現実。

正確には、この両面の現実が陽画と陰画として、ないまぜに綴られてこそ『草の根通信』も真に状況に即するのであろうが、なぜかしら陰画部分は私の著述に任されて、これはもう楽天的に陽画をひけらかすばかり。しかしその陽気なふるまいによってこそ、ついにこののちもくじけることなく小さな運動が絶望の大状況に拮抗していくだろうと思えば、いっそその道化ぶりの涙ぐましいまでに雄々しくはあるまいか。

第二九号表紙は、私宛ての中津市民の相も変わらぬイヤガラセ状を掲げる。

何日迄狂気沙汰をするのか
たいていにしてはどうか、馬鹿者
世間の人は気違いあつかいにしている。
それ程電力反対なら
君達の家に電気をつけるな
君達の肩を持ったMの女房
そしてYの馬鹿者達も
とうとうついて行けず手を引いた
様だな。君達の尻押しをするのは
八屋の釜井其の他五、六人の
気違共だけだ。
俺は九電にも何にも関係していない

一中津市民だ。一般会社の従業員達は
仕事をするより明神の浜で
反対闘争をする方が楽で面白いと
言っているだけだ。
馬鹿者！　早くクタバレ
作家とは生意気だぞ

中津市民

しかして、このイヤガラセ状を掲げた表紙には次の如き解説がつく。

うちら、しつこいやろ。
そじゃけん、イヤガラセもしつこいやろ。
もう、根較べやなあ――とつぶやきつつ猫背の竜一は行く。

然り、行かねばならぬのである。いかに敗北の道とはいえ、いかに孤影寂寞《せきばく》たりとも、行くしかないのだ。『草の根通信』もまた、気恥ずかしげに号を重ねてゆくだろう。

〈抵抗権〉は人民の見果てぬ夢か

1976.1

井出孫六氏と対談した折り、氏は「私の持っている『広辞苑』には〈抵抗権〉という言葉が出ていません」といわれた。成程、調べてみると『広辞苑』に〈抵抗権〉が登載されるのは第二版からである。つまり、第一版刊行の一九五五年から第二版刊行の一九六九年の間に、〈抵抗権〉という言葉も漸く社会性を帯びて来たということであろう。

ひとつの言葉が社会性を帯びるに当たっては、その契機となるに足る社会的事件（事相）が介在する筈であり、それを大雑把にあとづければ、たとえば『広辞苑』第一版刊行前年、東京地裁のポポロ事件第一審判決はその理由の中で「官憲の違法行為を目前に見て徒らに坐視し、これにたいする適切な反抗と抗議の手段を尽くさないことは自ら自由を廃棄することにもなるであろう。自由は、これにたいする侵害に対して絶えず一定の防衛の態勢をとって護って行かなくては侵され易いものである」と述べて、抵抗権を示唆している。以降、枚方事件、砂川事件等、抵抗権主張の著名な事件が相次ぎ、六〇年安保へと昂揚してゆく。

かくて、古くは植木枝盛が『東洋大日本国国憲按』（一八八一年）で「日本人民ハ凡ソ無法ニ抵抗スル事ヲ得」、「政府官吏圧制ヲ為ストキハ日本人民ハ之ヲ排斥スル事ヲ得」などと提唱した〈抵抗権〉も漸く市民権を得て辞書に位置を占めるに至ったのであろう。

とはいえ、平穏な小市民生活にあっては〈抵抗権〉は矢張り関心の薄い言葉であろう。実は、私自身この言葉の存在さえ知らぬ温順市民であった。では何故、私がその一語と出遇わねばならなかったかを書く。

私は同志と共に発電所建設差止請求訴訟を係争中であるが、その決着もつかぬうちに建設の為の埋立てが強行着工されたのである。これを無法行為と見做《みな》したわれわれは実力阻止でともかく初日の工事だけは中止させたのであるが、これが威力業務妨害等の罪に問われ、同志三名が逮捕され、今も刑事裁判の被告とされているのである。

右事件の経緯をいえば、われわれが環境権（潮干狩をしたり、海水浴をしたりする）を主張している海岸を守るには、もはや直接の阻止行動に立つほかなかったということである。すなわち、埋立ての可否を合法的に民事訴訟で係争中であるにも拘らず、これを無視して既成事実が築かれていく（併も、いったん埋められた海の復元は至難なのだ）とするなら、われわれとしては阻止行動に立つ以外に自らの権利を守るすべは無かったのである。

その当然とも思える行動が刑事罰に問われた時、われわれは茫然とし、やがて憤激した。やむにやまれず立ち上った抵抗行為を正当化する権利をわれわれは当然持つはずだと考えた。そこで初めて、われわれは〈抵抗権〉の存在に出遇い、ロック、ルソー、マルクスなど大雑把な系譜を慌しく辿ったのである。尤も、法にしろうとのわれわれには所詮精緻な法理論は理解を超えて煩瑣《はんさ》であったが。

むしろわれわれが、〈抵抗権〉という言葉から直截喚起されるのは、民衆史の幾多の抵抗群像、たとえば無数の百姓一揆であり、足尾鉱毒に苦しむ農民による押し出し等である。法に救いを求め得ぬ民衆が遂に自らを救うべく命を賭けて権力に肉薄していった凄絶な姿である。それら蒼氓《そうぼう》の抵抗のほとんどは無惨に打ち拉《ひし》がれたのであるが、打ち拉がれながら発した叫びこそが歴史を推《すす》めて来たのだといえよう。つまり、蒼氓の抵抗権はマルクスのいう社会の発展則に照らして正当化されているのであり、そのことが今抵抗権に拠るわれらを鼓舞してくれる。

平穏な小市民生活にあっては〈抵抗権〉に関心は薄かろうと書いたが、この私が思いがけなくそれに出遇わねばならなかったように、誰にとっても必ずしも無縁といい切れる言葉ではない。何故なら、現今各地の住民運動が直面している公共性と私権の衝突にみられるように、多数者による民主的手続きに従って少数者の基本的人権が一見合法的に侵害される時、その少数者は法に逆らってもこが権利を守ろうとするしかなく、その結果罪に問われるなら、〈抵抗権〉に拠って超法規的違法性阻却《そきやく》を主張する以外にないからである。あるいは又、スト権ストの如き紛争の過程で派生する刑事事件においても、労働者は〈抵抗権〉に拠るであろう。このように見てくると、〈抵抗権〉はもっと社会性を帯びて論議されるべき言葉であるはずだ。

にもかかわらず、何故〈抵抗権〉論議が大衆化されないのか。それは恐らく、人民が国家に抵抗する権利（国法に逆らう権利）を当の国家に保障させようという概念的矛盾につまずくからであろう。そんなことが期待出来るものかという苦笑が抵抗権論議を封ずる。

だが現実には、これまで数知れぬ者が〈抵抗権〉に拠る正当性を述べ立てて国家の論理と拮抗しようとして来たのだ。いわば、抵抗する人民のそれは見果てぬ夢といってよかろう。しかも、それらの各例を瞥見して直ちに気付く一側面がある。すなわち、超法規的な〈抵抗権〉に拠ろうとする者のほとんどが、実は国家に対して厳正に法を守れと主張しているという逆説的事実である。たとえばわれわれも、国が公水法・瀬戸内法を厳正に守るなら係争中の埋立てを認可出来ない筈だといい続けて容れられなかったのである。つまり、法の本意を恣意的に踏みはずした国家に、〈抵抗権〉は法（とりわけ憲法）の精神の遵守を迫っているのだといえよう。されば〈抵抗権〉論者こそが、憲法第十二条のいう「この憲法が国民に保障する自由及び権利は、国民の不断の努力によって、これを保持しなければならない」の精神の誠実な具現者といえはしないか。

このように見てくると、「悪法もまた法なり」という安易な遵法精神以上に、実は抵抗権論議の大衆化こそが法をより健全に問い直し蘇生させていくだろうという結論は、決して逆説ではないのである。

平和と人権　環境権

1976.4

冗談でなく言うのだが、私はカンキョーケンという語呂の良さをひそかに慶しているのである。一個の新しい言葉が速やかに瀰漫していく条件として、言葉の内実の牽引力に加えて、その語呂の口当たりの良さは欠かせないからだ。

つまり、私は望んでいるのである。まるでそよ風に誘われるように、ついだれもがカンキョーケンという言葉を呟いてしまうことを。呟いてしまってから、はて、カンキョーケンとは何だろうと考え始めることを。しかり、考えねばならぬのである。今やわれわれは一個の画期的な新権利の生成に立ち合っているのであり、これを誕生せしめるかどうかの帰趨は、断じて法曹界における法論争などにあるのではなく、法に疎遠な一般大衆と呼ばれるわれわれ一人一人がカンキョーケンという一語にどれほど共鳴していくかにかかっているからである。

〈環境権〉は一九七〇年九月、大阪弁護士会環境研究会の仁藤一・池尾隆良両弁護士によって提言された時をもって嚆矢《こうし》とすれば、すでに六年近い歳月を経ている。しかし、この新権利はいまだ法廷で拒まれ続けているし、当分の間認知される気配もない。どうやら、法理論としても十分に成熟していないらしい。にもかかわらず、現在までに全国各地でこの認知されぬ権利を掲げて果敢な法廷闘争を実践している住民組織はすでに四十近くに達しているのである。法的に言えばありもせぬ権利を盾にとって法廷闘争に突っ走るドン・キホーテ群が、さながら澎湃《ほうはい》と列島上に立ち上がっている光景は異様な現象には違いない。

ここにこそ、〈環境権〉の真骨頂をみる。つまり、カンキョーケンの旗幟《きし》の下に闘っているドン・キホーテ群は、その法理などはクソクラエとしか思っていないのであり、こんな当たり前な権利は法理で鎧《よろ》われなくとも認められて当然ではないか、といきり立っているということである。

その当たり前な権利とは何か。直截に言い切れば、われわれは、われわれが住む〈環境〉を共有しているのだということに尽きる。

これほど単純に要言できる権利が、なぜ画期的であるかを知るためには、これまでの公害裁判を振り返ってみれば足りる。四大公害訴訟の全面勝訴が一方でわれわれにみせつけたのは、いったんそこなわれた健康は金銭賠償ではつぐなわれぬし、況《ま》して死者は還らぬというむなしさと痛ましさであった。このような悲劇を繰り返さぬためになぜもっと早く手を打てぬのか、とだれしも考えるだろう。すなわち、人身被害に至る前段階で必ず環境悪化の現象（例えば大気汚染）が長期間続いているのであり、その時点で原因を除去できれば人身被害は最小限に食い止めえたろうにと。

実際にはそれができにくいのである。なぜなら、現行民法はわれわれが〈環境〉に対して個々に権利を持つことを認めていないのであり、従っていくら環境が汚染されようともそれだけでは権利侵害を言う法的根拠がなく、自らの健康がおかされ始めてやっと民法七〇九条に拠る訴訟に立てるというに過ぎない。公害裁判がおおむね後手を重ねてきたのも、このような法の仕組みのゆえであった。これはもちろん、現在のような大規模な環境破壊など想像もしえなかった時期に成立した法体系が、現実問題に対処できなくなっていることを示している。

そうであるなら、現実に対処しうるに足る新権利を創設すべきは当然であろう。さいわい〈環境権〉はわが国最高の法規と矛盾しないばかりか、むしろ憲法第二十五条、第十三条がわれわれに保障されるに当たっての基本条件として、それは欠くべからざるものとみなされるのである。それは、大気汚染の下で呻吟《しんぎん》している公害病患者の事例を想起すればはっきりする。呼吸すらが困難であるという業苦《ごうく》に耐えている人々に、「健康で文化的な最低限度の生活を営む権利」（第二十五条）も、況《ま》して「生命、自由及び幸福追求に対する国民の権利」（第十三条）も、もはや空文以外のものではない。すなわち、両条が保障する国民権利が充足されるためには、良好な環境は基本的条件なのである。

かくて、憲法の理念を具現する上で不可欠の〈環境権〉は、当然法理論上からも認知されるはずだと信ずるのだが、それはわれわれが法を知らぬゆえの楽天性であるらしい。どっこい、憲法第二十五条は国に対してかくあれと規定した条項であって、これからわれわれ国民が個々に具体的権利を導き出すことはできぬのだという。さらにどっこい、憲法は国家対国民の関係を律したもので、例えば住民対被告企業というごとき私人《しじん》間には適用されないともいう。いうのは、法学上の通説がである。われわれはもはや法の理屈などクソクラエと言うしかない。

一見乱暴だが、確かにクソクラエと言い切って差し支えはない。なぜなら〈環境権〉がいまだ認知されぬ究極の理由は、前述した憲法解釈上の問題（あるいは、法理上の難点はいくらでもあるらしいが）などにあるのではなく、〈環境権〉認知によってもたらされる社会的変動がおそれられているからにほかならぬ。

これまでの公害裁判が、常に加害者の態様と被害者の被害度を衡量してきたことは周知である。その結果、多くの場合加害者の公共性・有益性の重みによって罪状は減じられ、せいぜいが金銭賠償の域を出ず、差止めまでは不可能であった。だが、〈環境権〉による裁断では加害者の態様は原則的に排除される。すなわち、公共事業といえども、それが環境を一定程度侵害するものである以上、存在を許さぬのである。かくて、多くの企業活動・公共事業が完璧に近いほどの公害防除を達成せぬ限り、次々と住民多数（一定環境下の住民すべてが訴訟資格を持つゆえ）によって阻止されるという大きな社会的変動が予測される。それを社会生活の後退、破壊とすらみる危機感が〈環境権〉認知をちゅうちょさせている真因なのだ。

とすると、〈環境権〉論議は法論争などではなく、われわれ一人一人がどのような社会を選択しようとしているのかという、生きる姿勢にかかわってくる。そして、少なくとも現在〈環境権〉を掲げて開発に抗しているドン・キホーテ群がめざしているのは、もはや発展も繁栄も求めない、その代わりわれわれ及び子孫がこの列島上に生存するための最も基本的条件たる清浄な大気と水、日照、静穏、さらには汚染されぬ食糧を充分に産み出す土と海等が保全されるような社会だということである。

　このような単純さが、世慣れた大人の憫笑を買いやすいことを私は知っている。そのような人に私は問うてみたい。あなたは人間の肉体のはかなさに気づかないのですか？　わずかの大気汚染、少しの水の濁り、かすかな気温異変にもたちまちこわれかねないそのはかなさに？

明神海岸七六年夏

1976.8

通称ホンギャアとて、その呼名の由来は知らぬが、声に出して呼べば響きにこもる一抹の含羞《がんしゅう》の、いかにもその若者にふさわしい。

ホンギャアがこの小さな海岸で過ごす夏も、もう三度目。どこやらの貧しい小島の出と聞くが、ここ福岡県豊前市明神という異郷の小屋に非市民のまま丸二年余棲み着いたことになる。大学に未だ籍は残されているらしいが、己が来歴は黙して語らぬ。

彼がここに棲み着くきっかけの出来事があった一九七四年六月二十六日を、私もまた痛恨の日として忘れぬ。その日、九州電力は発電所建設のため豊前海の埋立てを強行着工したのであった。海岸を埋めた反対派数百名の〈海を殺すな〉の叫びも、結局五名の逮捕者を出して制圧されていったが、そのあとに尚執拗に眼前の工事を凝視してやまぬ一団が残って、真夏の座り込みを貫いたのである。ホンギャアもまた、いささかエラの張った顔を陽に焦がして、そこにいた。

豊前海一隅の埋立てが忽ち瀬戸内海汚染を加速せしめるのであれば、更には巨大発電所が列島をおおう開発と緊密に相関していることを見抜けば、これに抵抗する一群に地元民も非市民もありはしない。

その夏、海上保安庁巡視艇に護られながら傍若無人に捨石を続ける鉄鋼船団を眼前にして、ともすれば挫けんとする私の座り込みは、どれほどホンギャア達若者に励まされたことか。アホタニ、イモジュリー、エロ河童、狼青少年等々、おどろな名で呼び合う彼等の、しかし視線は澄んでいた。炎熱の海岸で格好の日陰を得たのは、さいわいであった。元々海水浴場であるこの海岸の、屋根つきの細い渡り廊下のような休憩場がそれである。

執拗な座り込みが秋に入り、早くも周防灘を渡る風の冷えて来始めた日、若者たちは吹抜けのこの休憩場の一隅に壁を打ち窓をつけて越冬に備えた。団結小屋の現出である。なりゆきとして、ホンギャアもまたそこに起居することになった。人家から遠い海岸で、貰い水とロウソクで耐えていく彼らのストイックな日々に、惰弱《だじやく》な私はひそかに打たれ続けた。

貧弱な一個の小屋も、そこから放つ凝視の執拗さゆえに、或る種の人々から危険視され始める。刑事がさりげなく覗きに来たり、右翼が来て爆竹を鳴らしたり、地元漁協から立ちのきを勧告されたりもする。いつの間にか、この不用となった休憩所は無償で市から漁協に譲渡されているという仕組みであった。

その間、眼前の海は日々に埋められていった。早くも一年を経た二度目の夏、もうそこに海は無かった。そしてこの夏、そこにはもう巨大な火電本体と高煙突のやぐらが聳え立っている。

夏の初め、私は明神の元市議T氏に呼び出された。「ものごとにはしおどきというものがありましょうが。今度、神社拝殿を改築するのを機に、休憩所を壊したいので、円満に小屋のみなさんを立ちのかせて下さい。もともと、皆さんが無断で不法占拠しているのですから」という。これは氏子一同の総意だといった。

地元の人達がここを明神さまと呼んで親しむのも、ここに小さな神社があるからで、明神海岸自体が、この厳島神社の神域を成している。つまり、氏子一同がここの地主ということであろうか。

その日、T氏から面白い文章をいただいた。〈企業は、地域社会の一員、本来の業務だけで貢献していればよい、という時代はとっくに終わった。これからは住民の生活向上、環境づくりに積極的に乗り出さなくてはならない〉と書き起こして、九州電力が海水浴場の代替として九電構内に市民プールと児童公園を造ることを、その文章は述べていくのである。九州電力自身の宣伝文だと早合点してはいけない。これは、拝殿改築趣意書なのであり、氏子総代の執筆である。こう続いていく。

〈これを機会に拝殿の改築を行い、この地の守護を祈念し地域の繁栄を祈願し、豊前発電所の建設が地域住民の幸せに及び、豊前市の発展隆昌に寄与出来るならば御神意と先祖の御心に添い得るものと考え……〉

もちろん、巨額の改築費の大半を九州電力が出すとあっては、なにやらウラの話も見えすくようで、「キッタネーナー」とホンギャアが顔をしかめたのも無理なかった。

〈拝見致しました改築趣意書によりますれば厳島神社の御神体は海底の石だとのことですが、さすればその海を守ろうとして既に丸二年にわたって神域一隅に棲ませてもらって来た彼等の行為は厳島神社の御神意にも適うことであったと信じざるをえません〉

私は、どうか彼等を追わないでほしいという要望書を書いたのである。若し敢えて小屋を取り壊すというなら、それは我々の運動への敵意としか考えられず、それは厳島神社の御神意にも触れることでしょうと、要望書を結んだ。その部分が氏子総代T氏の癇《かん》にさわったようである。〈御神意とは、それを尊崇する氏子のものであり、あなたがたがどう思おうと、どう考えようとそれはあなたがたの自由であり……〉とにかくすみやかに撤去されたいという通告書が返って来た。

某日、拝殿上棟式とて紅白の餅は小屋のトタン屋根の上にも落ちて来た気配であるが、さすがにそれを拾いに登るようなあさましいことはホンギャア達はしなかった。

七月二十日、時ならぬ鼓笛隊の楽にびっくりして飛び出してみれば、この日が九電提供のプール開きなのであった。翌日からの快晴に、来るわ来るわ、小屋の付近はさながら自転車置場と化してしまった。煙突直下のプールに、子も親も嬉々として歓声をあげるのである。本物の海水浴場が埋め立てられ、工場内に設けられたプールが歓迎されているかに見えるこの光景こそ、いやおうなしに現代というものなのであろうか。

「今日は到頭、アイスクリーム屋をここで開きたいんで電気を貸してくれという人が来ましたよ。うちは電気はない言うたら、ヘンな顔されました」と、ホンギャアが笑った。人一倍の汗っかきが、畜生、あのプールで死んでも泳ぐもんか、と痩我慢して一層汗まみれとなっている。

ホンギャアよ、そんな君がたまらなく好きだ。とめどない電力文明に疑問を突きつけ、開発を拒否しようとする我らの運動とは、所詮痩我慢に耐え抜くということなんだろうからね。

かくもコケにされて

1976.10

アッと驚く

夏休みの終わり頃から、風邪をこじらせてずっと病臥《びょうが》の有様である。それでも、民事裁判第十回公判が近付いていて、或る日起き上り咳に悩みながら得さんの車で豊前へと打ち合わせに出かけた。そのついでに久々に海岸に立寄ったが、明神様の拝殿も清しく落成していた。しかし、そこに建つ巨きな石碑を見た時、私はあっけにとられてしまった。その石碑というのが、表紙に掲げたものである〔略〕。

薫風や
豊前市《まち》を
護りの神として
永遠に栄えむ
徳の恵みを

という歌が刻んであって、「三郎書」とある。この、ありふれた三郎なる人名が誰のことか一瞬わからなかったが、下に目を移せば、九州電力会長瓦林潔、社長永倉三郎らの名が並んでいて、なんのことはない、この三郎は九電社長殿のことなのであった。

これ程に傍若無人な僭越行為があろうか。地元の者達が明神さまと愛称して敬して来た鎮守の宮に、れいれいしくも九州電力は己れらの名を刻んだ石碑を我物顔に据えているのである。地元住民たるもの、ここまでナメられても、まだ声さえ出せないというのであるか。

九電社長は歌人(?)

私があっけにとられたのは、この信じ難い程の僭越行為(彼等にしてみれば、この拝殿改築費の大半の面倒をみたから当然だというつもりであろう)を見てのことであったが、同時に、「一体なんや、この歌らしきもんは!?」という仰天でもあった。石碑に歌を刻む以上は、それが後世に伝えられても恥ずかしくない程のものを選ぶのは、当たり前であろう。ところが、この歌らしきものは、一体何であろう。

三郎書とあるのみだから、あるいはこれは永倉三郎殿の御製(?)ではないのかも知れぬ。しかし、自らが筆を執って書いた以上は、己れが書いて恥ずかしくない歌と信じたからであるに違いない。

読者のどなたでも、この歌らしきものが何をいおうとしているのか、お分りになるだろうか。元、歌人の松下センセたるもの、精一杯この歌らしきものの理解につとめてみよう――。

まず〈薫風や〉であるが、これは、噴飯ものであろう。第一、この石碑が建ったのは九月であるし、薫風という詩語の季節ではない。いっそ、潮風やとか沖風やとかにした方が明神海岸らしくてよいのであろうが、その海を埋めた張本人として、さすがに気が引けたというのであれば殊勝というべきなのだが。

そもそも、この〈薫風や〉という一句が以下の句と、なんの照応もしていないのである。つまり、どうでもいい句なのである。もっといえば、いかにも歌らしくするために、思いついた詩語を冒頭に据えてみたというだけのことである。比較するのも滑稽めくが、芭蕉の〈閑さや岩にしみ入蟬の声〉の〈閑さや〉が、以下の句をおおうている照応の緊密性を思い出すだけで、三郎書の〈薫風や〉という初句のいいかげんさが無惨に露呈するであろう。

文法も知らぬ？

さて、次にはてな？　と首をかしげさせられるのが、〈豊前市《まち》を　護りの神として〉という句であろう。これでは、まちが護りの神なのだというふうにしか解釈出来ないではないか。豊前市が神なんだって？

おそらく、この歌の作者は、豊前市《まち》の護りの神といいたかったのに違いない。良く日本語の文法を知らなかったので初歩的な助詞の使い方を誤ってしまったのだと善意に解釈してあげよう。

豊前市《まち》の神として永遠に栄えむ――というなら、意味が通る。どうせへたくそな歌なら〈薫風や〉などと歌らしい気取りをして、かえってとんちんかんにするよりは、もっと率直に〈此の宮は豊前市《まち》の護りの神として永遠に栄えむ〉といえば、まあ分かるのである。〈薫風や〉と冒頭に打ち出しているので、本来なら薫風が〈永遠に栄えむ〉というふうな解釈になるのであるが、実は作者はこの明神様のお宮のことを詠っているのだと、察してやらねばならない。〈永遠に栄えむ〉というのも、なんだかただの推量で、思いのこもっていないことおびただしい。ここは矢張り、永遠に栄えてほしいという願望を熱くこめた表現とならなければ、この石碑にふさわしい歌とはいえないのである。

得の恵みを？

そこまでは、なんとか解釈者の方でつじつまを合わせてあげることが出来たのだが、最後の〈徳の恵みを〉に至っては、茫然としてお手上げである。この蛇足の五句は、一体いかなる意味であろうか。

しいて想像をめぐらせば、この部分は明神さまに、〈徳の恵みを〉いついつまでも恵みつづけて下さいと祈っているつもりであろうか。こんな舌足らずな願いで神様にお祭し願おうというのは、なんとも虫のよすぎるはなしである。まして、この歌を書いたのが、厳島神社氏子惣代でもなければ、豊前市民でもない九電社長何某三郎だとするなら、どうやら九電にいついつまでも恵みあれと祈っているようで、それも徳の恵みではなくて、利得の恵みを露骨に祈っているようで、これ程に醜怪《しゅうかい》な一首もないという気がするのである。

これでも怒りは湧かぬか

私は冗談で、このくだらぬ歌を分析してみたのではない。私がいいたいのは、これは信じ難い程に地元住民をコケにした行為だということを知ってもらいたいということなのだ。おそらく各地に無数の石碑があり、多くのすぐれた歌が刻まれているのであるが、ここ豊前明神の厳島神社境内にこれ見よがしに建てられた石碑程に愚劣な歌を刻んだ例はふたつとないであろう。つまり、九州電力の瓦林潔も永倉三郎も、「豊前の連中にはなんの、歌なんか分かるもんか」という傲慢な思い上りをしているということなのだ。

これに対して、豊前市民がなんの怒りも発しないとすれば、彼等の思い上がりはますます豊前市そのものを九電の専制下に置いてしまうことになるだろう。

タンクを染めても……

九電の思い上がりぶりは、明神海岸に立ってみれば分かる。

一体、どこの地区に、発電所の煙突やタンクの下に公園を作った例があろうか。プール・野外舞台・憩いの家・土俵と施設は次々と作られているが、それらを威圧するようにそびえているのは九電の煙突でありタンクである。しかも、そのタンクを青と白のペンキでデザインして、海の感じを表現したなどというに至っては、どこまで住民をコケにするかといいたいのである。

ひとつひとつに、「どうせ豊前市民にはこの程度のマヤカシでうまく丸めることが出来るんだから」という九電の見くびった視線が見えみえで、私は海岸に立つだけでムラムラとして来てよけいに咳きこんでしまうのである。

文化まで買われてなるか！

市会議員として活動し始めた釜井健介さんがしみじみといった言葉として、「この豊前市では、どんな問題を論じても、最後は九電につながっている」という驚きと嘆き、そして怒りは本当であろう。

豊前市だけでなく、九州全体の経済・政治そして文化すらが九州電力によって左右されているのだ。今、新聞の広告面を大きくにぎわしている福岡天神地下街も、瓦林潔の執念(?)が実現させたものであるという。

各放送局や新聞社にも大きな株を所有しているというし、まして九電提供のニュースが、九電問題を報ずる筈もあるまい。九州の文化行事として著名な九州沖縄芸術祭の委員長も瓦林である。文化も又、九州に於いては九電の翼下に寄らねば育ちにくいらしい。事実、多くの同人誌が九電の賛助を鞠躬如《きつきゆうじよ》として受取っているのであり、そういう風潮の中から、たとえば玄海原発を訪れて、そこで句会(!)を開くという堂々たる(?)俳句グループまでが登場するのである。〈梅雨雲にひれ伏しはせず原子炉は〉という、著名なる老俳人のその折りの句に私は啞然としたのであった。

これを称して、幇間《ほうかん》の句という。

法廷に挑む「環境権」の焦点

1976？

だれにも判る環境悪化の恐怖

環境権という言葉から導かれるイメージには幾段階かがある。

法の専門家でない私にとって、最初に反射的に浮かび来るイメージは決して法理などというものではない。具体的に己が日々の生活を置いている親しみのある環境そのものの光景である。すなわち、大分県中津市船場町の界隈なのである。直ぐ裏に福沢諭吉旧邸が在り、そこに導くプラタナス並木の広い通りも、この界隈からはにわかに狭まる旧い町筋で、中津の町でも賑わいから取り残されている。私がいつも子等と散歩に出る山国川河口へは十分とかからない。ひとつの公園を過ぎ、旧家老の屋敷内の前を通れば宮嶽さんで、この小さなお宮の鳥居の傍には樹齢六百年の大公孫樹が峙っている。河口に立てば、周防灘の水平線が遙かに展けて、眼前には白鷺や鷗がいっぱいに遊んでいる。川上に眼を転ずれば、中津城の天守が影を落とし、遙かに遣る視線は高くはない山並みに遮られる。少なくとも、その山並みからこの河口迄の空間は、私の日常生きる環境である。それは、ただの空間的な拡がりではない。そこには、永い生活の中で（祖父の代にまで遡って）つちかって来たなつかしい人間関係がみっしりとはらまれているのだし、己が軌跡の懐い出もはらまれている。

環境権という言葉から卒然と浮かび来るイメージは右の如き光景である。つまり、環境権という言葉から反射的に喚起されるのは、決して法理としての抽象的概念ではなく、一人一人の棲み家である環境そのものだということである。生活のにおいの立ちこめる懐かしいわが街、わが町、わが樹、わが海辺ということである。先ずそれが脳裡に彷彿としたあとに、ではその光景を守ろうとする権利が環境権だと考えるだろう。あるいは、その光景をより快適なものにしたいとする権利を環境権だと考えるだろう。

その段階で抱く環境権のイメージには、まだなんの厄介事も含まれていない。それはそうであろう、己が棲む環境を快適な状態に守ろうとする権利は、なにも難しく厄介な法理によって鎧われなくても、もとより我々に自明の権利じゃないかという思いこみがある。すなわち、私が環境権という言葉からまっ先に導かれるすなおな想念には、ほとんど法理といった結屈な定義はまだ容喙《ようかい》していないといっていい。これは多分、私に限らず法に無縁に生きて来ている多くの住民の環境権に抱く最初のイメージと言い切ってよかろう。

環境権の特性はこの点にある。

予防したいと努めるのは当たり前

一九七〇年九月、新潟市での日弁連主催第十三回人権擁護大会において、仁藤一・池尾隆良両弁護士によって初めて環境権が提唱されてより、それが未だ法理論として充分に成熟するいとまも与えずに忽ち各種の住民運動がそれを実戦の武器にして法廷闘争に突っ走り始めたのも、環境権の法理の奥行きまでの理解はさて措《お》き、その言葉がかき立てるイメージが右に述べた如く極めて住民の生活感覚になじみ易かったからにほかなるまい。我々が日々の生活の中で（法以前の）道理として納得していることを整然と文章化し定義づけてくれたのが環境権だと受けとめたということである。

環境権とは「良き環境を享受し、かつこれを支配しうる権利である。それは人間が健康な生活を維持し、快適な生活を求めるための権利である」。しかして「元来大気や水・日照・通風・自然の環境等という自然の資源は、人間の生活にとって欠くことのできないものであり、不動産の所有権とは関係なく、すべての自然人に公平に分配されるべき資源である。もしこれらの資源の分配が、不動産の所有権の行使の結果として与えられるものと考え、これをもたないものは、その分配を拒否されることになれば、その者はもはや人間としての生存を許されないことになる。したがって、これらの環境上の素材は、元来不動産の利用権とは無関係に、万人に平等に分配されねばならぬ資源であり、それは当然に万人の共有に属すべき財産」なのであるから、「共有者の一人が、他の共有者全員の承諾を得ることなく、これを独占的に支配・利用して、これらを汚染・減耗させることは、それ自体他の共有者の権利の侵害であり、すなわち違法である」と、仁藤氏らによって提言される時、法理に慣れぬ我々とて、至極もっともな道理としてこれをそっくり納得出来たのである。しかも、この環境権を保障する筈だという憲法の次の如き条項も又、我々にはよく理解出来るのである。すなわち——。

第二十五条① すべて国民は、健康で文化的な最低限度の生活を営む権利を有する。
第十三条 すべて国民は、個人として尊重される。生命、自由及び幸福追求に対する国民の権利については、公共の福祉に反しない限り、立法その他の国政の上で、最大の尊重を必要とする。
第十一条 国民は、すべての基本的人権の享有を妨げられない。この憲法が国民に保障する基本的人権は、侵すことのできない永久の権利として、現在及び将来の国民に与えられる。

ところが「法の世界」は難しい

初発の素朴なイメージから一歩進んで、次の段階で捉える環境権は法理としての内実にまで踏みこまざるをえない。

正直に書けば、初めてそこに踏みこんでいった九三年前、私は全く法律というものに無知を極めていた（尤も、今もさしてそれを解しているとはいえぬのだが）。

したがって、初めて知る法的思考の世界はことごとく私を驚かせたといっていい。先ず最初の驚きは、我々個人には環境に対する権利が法的には全く認められていないという事実であった。たとえば、我々が生きる環境の最も根源的な素材をなしている大気についても、現在の法体系下で我々の私的権利を規定した民法の中にその該当する条項を見出すことは出来ない。つまり、己が棲む環境の大気が汚染されようとも、それは我々個々の私的権利の侵害であるという根拠を持たぬゆえに、手を束《つか》ねて傍観するしかないということである。我々が私的権利も持たぬのに大気を呼吸しているのは反射的利益と、法的には呼ばれるらしい。すなわち、環境をより良く管理する行政庁によってもたらされる利益を我々は反射的に享受しているという解釈であるらしい。

おそらく法的思考世界では、このような考え方は全く初歩的な基礎をなしているのであろう。民法という私的権利を網羅した法が、元々私有財産を根幹とした法体系である以上、大気とか日照とか水とか景観とかを含めた環境にまで及んでいないということは当然なこととして受容されて来たことなのであろう。ただ、そのことに初めて出会った私には、ひとつの衝撃であったといっていい過ぎではない。

その時初めて、私には過去の公害裁判から画然と変質した環境権思想の意義が見えて来たのであった。すなわち、環境に対して個々人が私権を持つとする環境権に拠る場合と、現在の民法に拠る場合とではどれ程に大きな違いが起きるかを理解出来たのである。

具体的な被害発生を待てと言う

その違いとは、たとえば大気汚染を考えれば、現在の民法に拠る限りそれにかかわる私的権利は規定されていないのであるから、大気が汚染されたからというだけのことでは訴訟を起こすことが出来ぬということである。では、どのような場合に訴訟の対象となるのかといえば、その大気汚染が進行して個々人の健康に障害が起こり始めた段階で、やっと人格権という私権の侵害が言えることになり、民法第七〇九条「故意又ハ過失ニ因リテ他人ノ権利ヲ侵害シタル者ハ之ニ因リテ生シタル損害ヲ賠償スル責ニ任ス」を根拠として訴訟を提起しうるということになる。

ここに、これまでの公害訴訟の限界があったことが解る。現実には、人体被害の前段階に相当に濃厚な大気の全体的汚染が発生しているのであるが、それでは訴訟対象とはなりえずに、みすみす健康が害されるのを待ってしか訴える術もないという現行法下で、我々の環境は列島総汚染という救い難い状況へと陥りつつあるのだ。

しかも、健康を害されたとして訴訟を提起しても、尚そこに受忍限度論という利益衡量が裁定の根幹をなしているらしいと知ったことも、私には驚きであった。すなわち、Aという工場から排出される煙によってBが健康を侵害されたとしても、それだけの事実では足りないとされる。Aの社会的貢献度とBの健康被害の度合が比較衡量されて、尚その健康被害が受忍の限度を超えて著しいと認定された時、Bの訴えは認められるという裁定のしかたである。しかもこれが、単なる賠償請求と工場差止めの場合では、後者の受忍限度は甚しく高度となるのである。これでは、一個人はその死を以てしても巨大工場を差し止めることが不可能といわざるをえない。正に、一個の命の重さよりも企業活動を重視する資本主義思想ならではの法的思考といえよう。

右の如き根本的矛盾を一挙に解決しようとするのが、環境権だということである。先ずそれは、環境破壊（汚染）の早い段階での訴訟を可能とする。すなわち、大気の例でいえば、人身被害が己れに及ぶまでもなく、ただ大気が汚染され始めたというだけで、既に環境権の侵害が成立しているからである。しかも、その場合の環境は民法上の己が所有する不動産の範囲とは無関係に、いわば己が通常の生活圏全体をカバーする広域を意味するであろう。しかも環境権による裁定では加害者の違法性を阻止するが如き加害行為の社会的価値（すなわち公共性）等は考慮されないのである。

四大公害訴訟が全面勝訴であったにもかかわらず、多数の死者は還らず、尚多くの患者が苦しみ抜いているという取返しのつかぬ悲惨を、二度と繰り返さぬ為にはどうすればいいのかという厳しい反省から生み出されたのが、環境権という法理の主張であることは、むしろ当然であったといえよう。

法廷では通用しない環境防衛権

さて私は厄介なことに、更にもう一歩踏みこんだ段階での環境権のイメージとも直面せざるをえない。ほかでもない、実戦の武器としての環境権である。そこでは、環境権もにわかに翳《かげ》りを帯びて来る。いうまでもなく、環境権はまだ法廷で認知されていないのであり、庶子としての扱いしか受け得ぬからである。

私が同志六名と共に火力発電所建設差止請求訴訟を福岡地方裁判所小倉支部に提訴したのは、一九七三年八月二十一日であった。純粋に環境権に拠る訴訟であった。もしその時点で環境権という提言を知らねば起こすことを得ぬ訴訟であったというべきであろう。

なぜなら、従来の民法的思考を採るならば、その火力発電所の建設・操業によって発生するであろう排煙が私（あるいは六原告個々人）に到達し、それによって私（あるいは六原告個々人）が重大な健康被害を受けるに違いないということを充分に立証せねば訴訟は成り立たぬのであり、しかしてそのような立証はまずもって不可能だからである。

環境権に拠るならば、右の如き立証は必要ないことになる。その発電所の排煙によって私（あるいは六原告）の棲む一定の環境である豊前平野の大気が相当程度に汚染されることを立証すればよいことになる。それが必ず私の健康を害するのだとまでは立証しなくても、私の持つ環境権に対する侵害は成立するからである。

我々の訴訟に対して被告側が真っ先に答弁書で応じて来たことは環境権などというものは未だ公認された権利でないのであるから、そのような権利による訴訟そのものが成り立たぬはずであり、従ってこれは審尋《しんじん》の必要もなく却下すべきだという主張であった。

環境権が認められぬ理由としては、答弁書の中で次の如く指摘している。「原告等の主張する環境権なるものは憲法第十三条、同二十五条を根拠とするものである。然しながら、憲法十三条の「個人の尊重、幸福追求」、同二十五条「国民の生存権」の規定は、個人を尊重しかつ国民がすべて健康で文化的な最低限度の生活を営み得るように国政を運営すべきことを国の責務として宣言したにとどまり、直接個々の国民に対して具体的権利を賦与したものではない」のであり、その最高裁判例を二例挙げている。一例は、朝日訴訟である。

憲法さえ法理上は私人とは無縁

私は、ここで初めて憲法プログラム規定論という、おそらく法学にこころざす者には最も初歩的な問題に直面したのであった。憲法とは、国にかくあれと責務を決めたものであり、国民個々が私権としてそれに拠りうるものではないという論が「憲法プログラム規定」論である。国立岡山療養所の重症結核患者朝日茂氏が、国の生活扶助費では到底療養所生活は出来ず、これは憲法第二十五条一項に違反するとして厚生大臣を訴えた〈朝日訴訟〉は、第一審勝訴、二審却下、更に最高裁上告中に当人が死亡して自然終結したが、最高裁は〈なお念のために〉と前置きして、憲法第二十五条一項は国に施策を促すべく定められているのであって、国民一人一人は直接に同条から具体的権利を引き出せぬという判断を示したのであった。憲法プログラム規定論に拠ったのである。

だが、朝日訴訟と火電建設差止請求訴訟とが根拠とする生存権には、大きく中身の相違がある。そもそも、生存規定とは、自由主義経済のもとで落伍していく無産者を救済すべくして生まれた経済的施策であったのであり、いわば貧者に対するおめぐみにほかならない。それゆえに、これは施すものであり、施される側が権利として主張するなどは僭上《せんじょう》の沙汰という解釈もそこから生まれたのであろう。しかし、今や我々の生存権をおびやかすものは経済的貧苦というよりは、環境の劣悪化の方が大きくなっているのである。この場合、大気や水や景観等は施策者によっておめぐみ的に我々に賦与されるものではなく、もともと天与のものであったのである。その天与のものが一方的に侵害されることを、憲法第二十五条によって防禦しようとするのは至当なことであろう。いわば時代と共に法の中身も変化せざるをえぬのであり、いたずらに憲法第二十五条を朝日訴訟の最高裁判例を以てプログラム規定とみなすことは許されぬはずなのだ。

法の世界というものは、なんと厄介なものであろうか。よしんば憲法プログラム規定論を突破しても、次には「憲法の私人間の適用」という命題が控えていることも、私は知らねばならなかった。すなわち、被告である電力会社という私人と、原告である七名の市民という私人間に憲法が適用出来るのかという問題も又、あるらしいのである。

ここまで踏みこんで来ると、法理の展開に随いていけぬ私如きには、もはや甚だ疎ましいのである。ゆえに我々は準備書面第一の末尾で次のように書いてしまう。

「被告九電はこれに対して、憲法に拠る環境権は認められない、なぜなら憲法は個人の権利を保障しているのではないからという答弁書を寄せて来て、私達を仰天させた。私達は憲法は国の最高法規であり、日本国民はすべて、この憲法の恩恵に浴しているものと信じていたら、そうではないというのである。私達はそんな寝言みたいな法律論に応ずるつもりはない」

〈注〉憲法第二十五条を宣言規定であるとした最も新しい判例としては、一九七五年十一月十日、大阪高裁が「堀木訴訟」に敗訴判決をいい渡している。これは全盲の堀木文子さんが「児童手当法（改正前）が障害福祉年金との併給を禁止していたのは憲法違反」として兵庫県知事を相手に争っていたものである。

憲法の私人間適用には限界があるとした最近の判例では、一九七三年十二月十二日、最高裁が「三菱樹脂訴訟」で憲法第十九条（思想、良心の自由）、同十四条（法の下の平等）の保障が及ぶ範囲について、「国などの統合行動に対して個人の基本的な自由や平等を保障する目的が主であり、私人間の関係を直接規律することを予定するものではない」との解釈を示している。

だが敢て法に挑んだ環境権闘争

実は我々原告七名が環境権に拠る火力発電所建設差止請求訴訟を一九七三年に提訴しようとした時には、多くの非難を受けたのであった。まだ環境権が認知されぬ尚早期において、それを武器として争訟すれば敗訴するに違いなく、その敗訴判例は環境権の認知を更に遅滞させることになるのではないかという、主に弁護士からの諫言は我々にとって厳しいものであった。

それにもかかわらず、遂に弁護士もつかぬ儘の本人訴訟を提起してしまったのは、それ以外に豊前火力発電所（一〇〇万キロワット時出力）の建設を阻止する手段がもはや残されていないところにまで追いこまれていたということであったし、今ひとつは、一個の権利というものは次々と実戦によってしか獲得出来ぬはずだという肚の内であった。よしんば我々がドン・キホーテであろうとも、おそらく全国各地で忽ちの内に環境権訴訟は澎湃と起こるだろうという予感が我々にはあった。そのような圧倒的な実戦力によってしか環境権が一個の人民権利となりえぬと考えたのである。

その予感ははずれなかったようだ。「毎日新聞」調査（一九七五年十一月現在）によれば、全国で実に三十八件の訴訟が環境権を掲げて係争中（内三件は近く提訴）であるという。この調査では、九州で環境権を援用しているふたつの訴訟が洩れていることからも、おそらく精密に調査すればもっと多い件数になることであろう。このような勢いが、裁判所という牢固《ろうこ》とした世界に環境権思想を吹きこんでゆくのである。

これ等の訴訟の中で最も注目されたのが、一九七五年十一月二十七日大阪高裁で判決をくだされた「大阪空港騒音訴訟控訴審」であった。これは住民側の完全勝訴であったが、ただ我々が注目していた「環境権にどのような解釈を示すか」という点に関しては全くの肩すかしに終わって落胆させられた。

すなわち、次のように述べているのであった。

「個人の生命、身体、精神および生活に関する利益は、各人の人格に本質的なものであって、たとえ実定法に規定はなくとも、その総体を人格権として構成し、その侵害に対してはその排除を求めることができ、また、被害が現実化していなくとも、その危険が切迫している場合には、あらかじめ侵害行為の禁止を求めることができるものと解すべきであって、いわゆる物件的請求権によって救済されぬ場合もあり、人格権について学説による体系化類型化をまたなくては裁判上採用しえないという被害の主張は採用できない。

原告らの人格権は侵害されているものというべく、その救済のためには損害の賠償だけでは足りず、差止めの問題を十分検討しなければならない。

このように人格権侵害を理由に差止めおよび損害賠償の請求を認容するに十分である以上、環境権の理論を考察する必要はない」（傍点筆者）

この判決のあった日、幾つかの新聞社から、この全面勝訴が豊前の環境権訴訟にどのように影響すると思うかとの問い合わせがあった。私は次のように答えた。

「確かにこの大阪空港騒音訴訟控訴審が公共性論を突き崩した意義は大きく、その影響は電力の公共性を強調している発電所建設にも及んで我々の武器となしうるでしょう。ただ、この判決が人格権に拠るものであって、環境権の判断を避けたことは実に残念です。確かに大阪空港周辺の原告の方々は既に甚だしい騒音公害を受けているわけで、それが人格権侵害であることは明白です。しかしながら、我々の火電建設差止めでは、予測される人格権侵害（健康被害）を個々に立証することは不可能であり、人格権での事前差止めは非常に難しいわけで、矢張り環境権で差止めを請求するしかないわけです。その意味で注目していたのですが、肩すかしされましたね」

ちなみに、大阪空港騒音訴訟第一審判決は、環境権は実定法上の根拠を欠き、認められないとして、矢張り人格権に拠っている。

全国に同種の法廷闘争が広がる

ところで、大阪空港訴訟控訴審判決のおよそ一カ月余前の「毎日新聞」に「〝環境権〟認める宇都宮地裁」という余り大きくない記事が掲載されていた。

都市計画法で準工業地域に指定された栃木県栃木市の新興住宅地の住民二十人が、栃木県を相手に「将来工場が乱立すれば環境が悪化する」ことを理由に、（その指定に至る手続的な問題点も理由として）用途指定処分を取り消せと訴えていた行政訴訟の判決が十月十四日宇都宮地裁でくだされたが、「この準工業地域指定処分で環境の悪化による生存権の侵害が心配される。さらに都市計画上、必要もないのに住民の意思を無視した処分は裁量権の乱用」として原告勝訴の判決を言い渡したのである。もっとも、判決理由の中に環境権という言葉が出て来るのではない。環境破壊について「都市住民は農村にない各種の便利な生活をする代りに騒音、大気汚染などある程度の環境破壊はがまんする必要があるが、それは健全な良識により判断された必要最小限にすべきであり、その限度を超える環境破壊に対しては住民はその防止を要求する権利を有する」という判決理由のくだりを、〝環境権的〟権利を認めたものと解して、右の如き見出しを付したのであった。

右の如く、判決理由の中に環境権という言葉は使わぬながら、正に〝環境権的〟発想に拠った判決例は必ずしも乏しくはない。

一九七一年七月二十日、大分地裁における「漁業権確認請求訴訟」の判決理由書にも、それが見られる。これは、大阪セメントが大分県臼杵市の日比海岸を埋め立てようとして、いったんは漁協に漁業権放棄をさせたのに対して、一部漁民がその放棄決議の無効を主張して争った訴訟であり、これは漁民側の勝訴となった。それは、漁業権放棄決議にあたって漁業法第八条第三項が適用されなかったという手続的不備に拠っての判決であったが、なお判決理由書の中に次のような一節が見出されるのである。

「すなわち、免許を受ける者が一般私企業の場合、造成される埋立地の価格や土地に建設される工場のもたらす経済的利益の程度と、埋立てにより蒙る権利者の損害の程度とを、単に計数的に比較検討するだけではなく、工場建設がその地方住民の生活環境におよぼすもろもろのマイナス面の影響の有無、程度をも検討するとともに、他面、埋立てにより蒙る権利者の直接、間接の損害の実態を正確に把握し、国土の総合利用、国民経済上の見地からして、埋立てにより生ずる利益の程度が既存権利の消滅、その他埋立てにより生ずる損害の程度より著しく超過することが、何人の目から見ても客観的に明瞭であり、既存の権利を消滅させ、または損害を生じさせてもやむをえないことが肯認される場合に限ると解すべきである」

実は、〝環境権的〟発想という点ではもっと注目すべき判決が、同じ年の五月二十日に広島地裁で出されている。「広島県吉田町し尿処理場等の建築工事禁止仮処分申請訴訟」の判決である。これは、吉田町が衛生施設管理組合を作って、し尿処理施設とゴミ処理施設を建設しようと計画し、予定地の買収も終えた段階で、付近住民一三五名が水質及び大気が汚染されるとして、建設禁止の仮処分を求めた訴訟で、判決は申請人（住民）の勝訴であった。その判決理由の中で、特に〃環境権的〃に注目されるのは、次のように述べている点である。

「本件申請は過去における違法な生活利益の侵害を基礎として賠償あるいは差止等を求めるのではなく、将来の被害を予測してその差止を求めるものであり、かついわゆる公害はその及ぶ範囲が広くそれによる被害者も多数人が予想されるという特異性を有するところから、個人個人のうける被害の程度を個々的に判することは容易でなく、一応地域的な判断をもってこれにかえざるを得ない」と。

これは正に環境権の考え方そのものである。従来の如く、あくまでも一人一人の人格権がどのように侵害されるのかという考え方では、このような地域的判断は採れないからである。一定範囲の環境下にある者全員に原告適格を認めたことは、〃環境権的〃発想そのものである。更に又、理由は次の如く述べている。

「前述認定の如く、本件の場合、本件予定地附近に居住する申請人らは生存にもっとも根本的な水と空気につき相当程度の可能性をもって汚染による被害を受けることが予想され、かつその汚染は一過性のものではなく永年継続し、施設が老朽化するに伴って汚染程度も悪化するものであり、又本来健康は財産的な補償になじまないものであるから、このような生命身体に対する侵害に対しては事前にせよその侵害の予防として本件申請の如き差止請求を認容すべきものであることは多言を要しないであろう」

この一審判決は、広島高裁での控訴審においても維持されている。

このような考え方から環境権へは、ほんのあと一歩のように見える。それでいて、現在に至るまで裁判所が環境権という言葉を明確に使ってこれを積極的に首肯した判例はまだ絶無である（逆に、これを否定した判例は幾つかある）。

晴れて公認を阻む五つの反対論

裁判所がこのような躊躇をみせるのも、矢張り環境権という法理の未成熟のゆえには違いない。では、一体どのような点で環境権の肯認に問題点があるのかを八代紀彦氏（弁護士）は、差止めに関する私法理論としての環境権説をめぐる問題点として五つに分けてみている（『現代損害賠償法講座 五』）。

第一に、「裁判所の役割は、現実に被害が生じあるいは生じるおそれがある場合に限るべきであって、それ以前の環境破壊の段階における問題は、民事訴訟法の射程距離外だと考えるべき」だとする批判があるという。その理由は「環境保全と産業開発はともに重要な社会的価値であるから、どちらの価値を優先させるかは、一住民たる原告と一企業たる被告との間の相対的な解決になじむ問題ではなく、国や地方公共団体が、地域全体の見地から、民主的ルートを通じてなすべき政治的・政策的次元に属する問題である」からとされる。

第二に、環境権はそれが侵害されもしくはそのおそれがあるときに住民がその権利に基づいて侵害の排除もしくはその予防を請求するのであり、つまり所有権に基づく物件的請求という場合の所有権と同様の位置に環境権を置こうとしているのであるが、「この解釈手法は、はじめに環境権を観念的に設定し、そこからいくつかの解釈論を演繹的に導き出そうとする概念法学的な思考を示すもので、事実に即して具体的な解釈論を展開しようとする近時の解釈論の一般的な方法に逆行する、逆立ちした議論である」とする批判があるという（ここらの論議は法学に無縁な私の理解を超えているので、機械的に紹介するにとどめる）。

第三に、環境権はできる限り利益衡量を排除（すなわち受忍限度論を克服）しようとしているのであるが、このような考え方は「硬直的かつ被害者一辺倒で一方的であり、現実社会の実情を無視している」との批判であり、これは第一の批判と同じ根から発していて、環境権容認をおそれさせている主な社会的要因であるだろう。

第四に、在来の法体系との整合性の問題である。在来の私法理論は個人的被害を中心にして組立てられているので、一般的環境破壊の段階で企業の責任を追及していくには無力であり、むしろ新しい立法に待つべきだとする批判である。

第五に、環境権説自体に内在する問題として、たとえば環境権の対象となる環境の範囲の問題がある（我々の場合、火力発電所の排煙が充分に届く範囲内に七名の原告が居住しているが、しかしその発電所建設に伴う埋立てによって無くなる海水浴場には遙かな北九州からも客が来ていたのであり、彼等にも原告適格があるか否かという問題である）。

あるいは又、環境権のいう環境に社会的・文化的環境を含めることの問題もある。そもそも社会的環境は大なり小なり自然的環境権に対立して作られるものである以上、これらが相剋した場合の選択の基準をどうするかの問題である。

以上の如き諸問題は、確かに法学の世界において容易に明確に割切ることを得ない難問に違いあるまい。

進む破壊、法学論など待てない

しかし、我々はそれらの難問を法学者が完全に解決してくれるのを期待して現在の抵抗を放棄するわけにはいかない。今も着実に進んでいく環境破壊に抵抗して闘っていくには、実戦に邁進するしかないのである。次々と環境権が法廷に出されることによって、次第に〝環境権的〟判例が引き出されていくことは既に瞥見して来た。このような積み重ねこそが環境権獲得の一里塚にほかなるまい。

そして、なによりも考えねばならぬことは、これが単にもはや法理の問題などではなく、人類の生存を賭けての価値観の根本的転換を迫られていることだという点である。大気を汚染し、海を埋め、山を削り、土壌を汚すことで、あるいは限られた資源を濫費することで招来される次代の地球がどのような地獄であるかを真剣に凝視するならば、やはり環境権に就かざるをえないことは自明であろう。それも、一日も早くにである。

そして我々も又、自らの主張する環境権の中身を掘り下げて豊富化していく努力を怠ってはなるまい。たとえば我々は発電所建設によって埋め立てられる豊前海（瀬戸内海の一隅）に対する環境権を当初から主張し続けているのであるが、その内容は海水浴権であり、潮干狩権であり釣権であり眺望権といったものであった。だが、証人として登場した星野芳郎氏（科学技術評論家）は、瀬戸内海における相次ぐ埋立てがいかに水産資源を激減させているかを資料で示し、更には国際海洋法会議で日本の遠洋漁業が大幅に締め出されようとしている今、正に民族の生存を危うくする蛋白資源の欠乏は目にみえていると証言した。つまり海にかかわる環境権は、単に海水浴や潮干狩や釣や眺望ではなく、民族生存を賭けた水産資源を守ろうとする権利であることを強調して我々の眼を醒まさせたのであった。

このことを契機として我々はもっと深く各々の抱く環境権のイメージを再考してみようという機運を高めている。僅か三年前、まるでドン・キホーテのようにはねあがりとして批判され、身を小さくして訴訟に立ち上がった頃のことを考えると、今の環境権をめぐる趨勢がまるで嘘のようである。列島全域に澎湃とするこの環境権主張の力こそが、必ず裁判所を、法学界を、突き上げていくに違いない。たとえ幾十の敗訴をいい渡されるとも、この趨勢はもはや誰にも抑え得ないであろう。

ドン・キホーテ的奮戦記　豊前環境権裁判からの教訓

1977.4

二つの問題点

裁判所とつき合い始めて丸三年半になるのだが、いまだにそこに行くのは好きではない。それでも公判が近づけば、裁判官との打ち合わせに出向かねばならない。なにしろ、私達の訴訟は弁護士のついていない本人訴訟なので、いやでも自分でそういうことをしなければならないのだ。
一九七七年が明けての私達と裁判官の初顔合わせは、粉雪のしきりに舞う一月十三日午前であった。その日、私達原告三人は一七〇〇名の署名を添えた要請書を裁判長に手交した。

要請書
私は、福岡地裁小倉支部に於ける豊前火力発電所建設差止請求訴訟を多大な関心を持って見守っている者ですが、公判が異常に遅延し、年に三回という現状では、建設工事が著しく進行し、この裁判自体が無意味になるのではないかと憂慮しています。原告団は、こうなることをおそれて、着工前から提訴しているにもかかわらず、このような事態に至っていることは、裁判への不信感をつのらせます。
どうか、もっと真剣に環境問題を考慮下さいまして、公判期日の回数をふやし、且つ一回の公判期日に丸一日をあてるが如き配慮を切に要請するものであります。
署名人印

世上、環境権裁判として知られる豊前火力発電所建設差止請求事件を、原告七人が福岡地裁小倉支部に提訴したのが一九七三年八月二十一日であるから、すでに丸三年半が経過している。この間、公判回数はわずかに十回で、今年一月二十日でやっと第十一回公判となる。

私達が事前差止めをねらって早期提訴したにもかかわらず、丸三年半後の今、現地福岡県豊前市明神の海岸は完全に埋め立てられ、第一期五〇万キロワットの火力発電所は完成し、五月には試験操業開始がいわれている。それにもかかわらず、私達は〈埋立てがいかなる被害をもたらすか〉の立証段階にしかない。裁判が大きく現実進行から取り残されているのだ。

ここにまず、現在の公害裁判（特に事前差止め）が直面している二つの問題点が指摘される。なぜこんなに裁判が遅れるのかという問題がひとつ。裁判係争中にもかかわらず、なぜ着工が許されてしまうのかという問題がもう一点。

第一の問題点については、本件担当裁判長の言葉を聴こう。氏は、私達が手交した要請書に目を通したあと、こういったのである。

「要請の趣旨はよく分かります。私どもも、あなた方の裁判を故意に遅延させたからといって少しも楽になるわけじゃありませんしね、精一杯の努力はしてるんですよ。ただ、もう何度もいうことなんですが、カネミの判決が迫っていましてね、御覧のように、一人の裁判官には自宅にこもりきりで書類に目を通してもらっているという有様でしてね。……なんとか、あなた方の要請に添う努力はするつもりですが、はっきりとは約束できませんですね。国が裁判官をふやしてくれればいいんですが、そうもいきませんし……」

実は、こういう問答を私達は幾度も裁判長と繰り返してきている。本件担当の三裁判官は、カネミ油症被害者による損害賠償請求事件の担当であり、それゆえの多忙を私達が理解していないわけではない。周知のように、カネミ裁判は四大公害裁判後有数の公害裁判で、原告数が七百名を超えている。その一人一人について被害を認定して賠償額を決めてゆく審理を進めているのであるから、三人の裁判官が休日もないといって私達に嘆いてみせる事情も分る。

しかし、私達も切実な裁判をしている当事者として、裁判官の置かれている事情が分かるからといって黙って裁判遅延を忍ぶわけにはいかぬのだ。裁判官の事情がどうあれ、それは裁判所内部の問題であり、裁判所として解決してゆくべきであり、裁判に訴える権利を憲法で保障されている国民に皺寄せすべきことではない。私達の担当裁判官に即していえば、カネミ裁判を抱えている以上他事件まで担当する能力が無いなら無いと、なぜ引受ける前に主張しなかったのか。もし、それが慣例上出来なかったというのであれば、そのような慣例そのものを告発してゆくべきであろう。みすみす出来ないと分っていながら私達の事件を引受けたのだとすれば、これほど不誠実なことはない。私達に不誠実であるだけでなく、カネミ油症事件原告七百余名に対しても不誠実だということになろう。

ことに気になるのは、しばしば裁判長の言葉にちらつく、カネミ油症事件に比しての私達の事件への軽視である。

「なんといっても、カネミの方は死者も出ていますし、沢山の被害者が苦しんでいますが、あなた方の方は今のところなんの苦痛もあるわけじゃないし……」

だから、カネミ裁判を優先するのが当然だというのである。カネミ油症被害者の苦しみを裁判官が重視すべきは当然であり、そのことは私達も切望することである。しかし、裁判長の言葉にちらつく危険性は、事前差止めに対する無理解にある。

四大公害裁判が勝利したあとの痛切な反省は、いくら裁判で勝っても死者は還らぬしむしばまれた健康は元に戻らぬというむなしさにあった。そこから、真に必要なのは環境が破壊される段階での事前差止めでなければならぬという公害裁判の根本的な発想転換であったはずだ。もし、事前差止めの意義を重視していれば、「あなた方の方は今のところなんの苦痛もあるわけじゃないし……」というような裁判長の発言はありえぬだろう。

腹立たしい現実

第二の問題点もまた、事前差止めをめざす裁判のほとんどが直面する腹立たしい現実である。たとえ差止訴訟が係争中であろうとも、それを無視して着工するのは企業・行政の常套手段であり、いったん着工さえしてしまえば裁判遅延に助けられて工事は完成し、その既成事実の重さによって裁判自体が左右されることになるのだ。

私達の事件に即していえば、発電所建設に伴う明神海岸埋立てが目前に迫っていた第三回公判（一九七四年六月二十日）で、原告の一人梶原得三郎君がそのことで被告九州電力株式会社に迫っている。

梶原「先程、原告の方から出されましたように、情勢としましては福岡県は公有水面の埋立免許を明日にもあさってにも出しそうな気配です。で、それさえ出れば、九電側はいつでも着工できるわけです。正に今埋め立てられんとするという情況にあるわけです。

ただ我々として非常に心配なのは、ゴリ押しでそういう工事を進めながら、本裁判の過程に於いて我々が勝訴した場合に、その埋め立てた所をどのようにして復元しようとしているのか、その具体的な工法を示してほしい。我々は第一回の公判の中で、一度埋め立てられた海というものはほとんど復元不可能であるというふうに述べました。そういう心配が非常に強いわけです。いかに行政の権力を手中に収め、権力の専制をほしいままにする九電といえども、本裁判が被告の側の勝に終わるという安穏な考え方でおられるはずはないと思います。もし負けた場合に、既に埋立工事を進めておったその段階をどのようにして元に戻すのか、その具体的な工法を示してほしい。それから、その工法の持つ問題点について、水質汚濁なり海底の生態破壊なり、そういうものについて、どういう配慮をしたのか、詳細に示してほしい。その点の釈明を願います」

裁判長（被告側に向き）「原告勝訴の場合ですね、復元の計画があるかどうかということです。

どうですか？」

九電弁護士「エー、被告は裁判の確定致しました状態については当然遵守したいと考えます。エー、しかし本件につきましては、かような結果になるとは全然考えておりません。その後のことにつきましては、会社としては具体的にはまだ何ら考えておりません」

梶原「裁判長、お願いします。ただいまの被告代理人の発言は、この裁判はやる意味がないという意味です。当然被告側の勝訴に終わるということを考えておる。事後の対策を全く考えていない。裁判長自身に私の方からうかがいたいんですが、この裁判をやる意味を全く彼らは考えていない。そういう裁判を担当する裁判官として、ああいうことを許されるのかどうかうかがいたいと思います」

裁判長「裁判所の立場としてはね、何ともいえません」

裁判長の当惑

九電側が、敗訴の結果などは考えていないとうそぶいたのも当然、公有水面埋立法第三十五条は、埋立免許の失効した場合にも〈原状回復ノ義務ヲ免除スルコトヲ得〉と定めているのだ。こういう条項に保護されている企業が裁判を無視して着工せぬほどに紳士であると期待すべきではあるまい。

事実、第三回公判の六日後に九州電力は埋立てを着工し、その理不尽に抗議して阻止行動に立った梶原君らは威力業務妨害等の罪名で長期間拘留され、今も被告として刑事裁判に付されているのだ。「一体、裁判はどんな役に立つのか」という私達の憤りに対して、裁判長は当惑したようにいったものである。

「あなた方は、裁判所に対して過大な期待を持ち過ぎています。どうもこの頃、そういう傾向が強いんですが、本来行政段階で解決すべきことなんかも、裁判所に持って来ればどうにかなるんじゃないかという期待で、なにもかも持ち込まれて来る。しかし、裁判所には出来る限界があるわけですよ。それに、どうしてあなた方は仮処分申請をしなかったんですか。それさえしておれば……」

私がまだ裁判に全く無知であった頃、仮処分さえ申請しておけば、その間着工は出来ぬと思い込んでいた。今もそう信じ込んでいる人が案外多い。実際には、たとえ仮処分という緊急訴訟を起しても、着工することを法的に規制できるわけではない。ただ、仮処分の裁判は本裁判に比して迅速な結論を出すというだけのことである。その迅速さも、一年はかかるのであり、明日に控えた着工阻止手段とはならない。

裁判所に過大な要求を持たれるのは迷惑であるという裁判長の愚痴には、確かにもっともな一面がある。これは、わが国の民主主義の底の浅さにほかならない。企業進出問題で、行政が真に住民の代弁者としてあるならば、あえて住民が苦手な裁判所にまで駆け込まずに済むケースが大半であろう。行政がおおむね企業の側に立つゆえに、見捨てられた住民は、裁判所こそ厳正なる中立者と信じて駆け込むのであり、これは裁判所から見れば、不誠実な行政の尻ぬぐいをさせられているのだという愚痴になるだろう。

ただ、それが日本の今の現状であるという事実は動かせぬ。とするならば、裁判所にはその現状の中で、精一杯の努力をしてもらいたいのだ。環境問題が人間社会の未来を左右するのだという重大な認識に立てば、国民すべてがそれぞれの立場での叡智《えいち》を尽くすことを要請されているのであり、裁判所もまたその重さに耐えてもらわねばならぬ。

裁く側の認識の基準

粉雪舞う日の裁判官との一九七七年度初顔合わせは、ひどく私達を落胆させた。それは、裁判促進要請に積極的な確約が取れなかったということもあるが、それ以上に、別れ際に裁判長がいった次の言葉によってである。

「あなた方もいろいろ調べて発電所の被害データをもう集めていると思いますから、それを出来れば早く裁判所に出してもらえませんか。――それとですな、ま、最近は環境権が大層いわれていて、それはそれで結構なんですが、一体あなた方原告一人一人が具体的にどんな被害を受けるのかという点をですな、矢張りちゃんと述べてもらわんことには裁判所としても判断のくだしようがないわけですよ。ま、最後でいいですから、考えておいてください」

この言葉に、なぜ私達が甚だしく落胆したかについては説明が要るだろう。

裁判長から、早く発電所の被害データを出しなさいといわれた時、私はあっけにとられたのだった。だって、私達はここ数回の公判廷で、その被害を立証しつづけているのだから。つまり、発電所建設に伴う埋立てそのものが既に重大な被害であるという観点からの証人を私達は次々と繰り出しているのであり、一九七七年度の公判もそれを継続しようとしているのだ。

「被害データというのは、大気汚染のことなんですか？」

と問い返すと、裁判長はうなずいた。ああやっぱりなあと、私は心中溜息をついていた。私達がこの三年半にわたって、熱情をこめて説き続けて来た環境権の主張は、この裁判長にはやはり馬耳東風であったのかという溜息にほかならない。

私達原告七名は漁業者ではない。漁業者でない者が海岸埋立てに関して差止めを申立てる権利はないというのが裁判長の考え方である。なぜなら、あなた方にはなんの法的権利もないのですからというのであろう。

だが、埋め立てられる明神海岸は、背後地市民の海水浴場であり、潮干狩の干潟であり、磯遊びの場であった。そういう古くからの慣習としての既得権の重さを、私達は豊前市民九人に証人として法廷で証言してもらったりもしたのであった。更にもう少し巨視的に見れば、すでに瀕死の状況にある瀬戸内海を回生させてゆくことは、瀬戸内海環境保全臨時措置法の前文が述べている通り国民の義務であり、私達がよしんばその一角とはいえ明神海岸の埋立てに抵抗することは、むしろ至当な行為のはずである。たとい、実定法上の権利が認められていないとしても、もしもこのことを重大問題だと考えれば、憲法解釈からでも私達の主張を法の枠組の中にとらえこむことは可能なはずなのだ。

要するに、裁判長の認識の中では、大気汚染による人身被害、それもかなりの重症度の場合以外は公害被害としてとらえられていないということである。たかだか三九ヘクタールの干潟が喪われることは、被害ではないと告白していることになる。

この認識は、四大公害裁判の時点から一歩も進んでいないということであり、あれらのむなしい勝訴の反省をいささかも踏まえていないということである。もし、この裁判長の認識である限り、人はみすみす再起不能な人身被害に至って、やっと法的に救済されるということにしかならず、健全な環境保全という予防裁判は全く不可能となって来る。

環境には法的権利がない

環境権という新しい主張が生まれたのも、もはや四大公害裁判の如く後手の裁判ではどうにもならぬという不幸な体験からであった。すなわち、深甚な人身被害に至る前段階で必ず環境の悪化が進行しているのであり、そうであるならば、その環境が悪化した段階（あるいは悪化しそうだと予測できる段階）で差し止めることは出来ぬのかというところから環境権の主張は発想されている。そのためには、環境に対してそこの住民一人一人が権利を持つのだとすればいい、そしてその環境を汚染するものがあれば、その権利に拠って汚染源を排除すればいいのだ、と環境権を考えるのだ。

現在の如く、広範囲な環境破壊の時代に、この考え方は非常に有効な阻止手段となり得る。なぜなら、従来の考え方でいけば、私達は環境に対して法的権利がないばかりに、それが汚染されてきても訴える権利はなく、とうとう病気になってしまってから、やっと人格権侵害で訴訟が可能になるという矛盾から救われることになる。のみならず、人格権という己れ自身に限られる権利侵害であれば、発生源からの汚染物質がどのようにして自分に到達し、自分はどの程度に健康をむしばまれたのかという点が厳密に問題にされることになるのだが、環境権的考え方でいけば、一定地域の環境が悪化することを立証出来さえすれば、つまりその環境下の不特定な誰かが健康を侵害される蓋然性を相当程度に立証できれば有効だといえることになる。

私が明神海岸で何度海水浴を愉しんだかということよりも、私を含めて多数の市民がそこを利用し続けていたのだという主張に重きを置くことになる。そういう意味では、環境権訴訟は、本来私的権利の救済を求める裁判とは根本的に異なって、一定環境下の多数住民の権利を原告を代弁していることになる。

――しかし、現在の民法が私権の体系になっている以上、あなた方のようないいぶんでは裁判に乗っかりませんよ、やはり原告七人の一人一人がそれぞれ自分にかかわる被害を特定してください、というのが裁判長の前記の発言であり、これは露骨な環境権への否定の言辞なのである。

素朴な声の復権

ひどく落胆させられるのは、この裁判長がこれまで環境権の主張について、真剣に思料し、現在の法体系との矛盾に、苦悩した果てに、このような言辞を吐いているのではないという点なのだ。氏は、それこそ私達の提訴時から一貫して環境権的発想を拒否し続けているのであり、そこになんの苦渋もうかがえぬのである。私どもは法体系の枠組の中でしか何も出来ないのですよという言葉を隠れみののようにして、そこに安住している限り、現実の社会との落差は拡大されるばかりなのに。

「松下さんは、どこかの雑誌に発表する原稿を間違えて裁判所に持ってきているのではないか」

私達が提出した準備書面を手にした裁判長が、そういって苦笑したという話が私の耳に伝わっている。法律用語と科学的データで構成された公害裁判の書面を見ることに慣れて来ている裁判長にしてみれば、法律のホの字も科学のカの字もない私達の書面に対して、それくらいな揶揄は発してもみたくなるだろう。苦笑のあとの吐息までが想像される。

この裁判長の苦笑には、これではとても裁判にはなりはしないという呆れた思いがこめられているのだろう。ここにもまた、私達住民が想いを賭ける裁判と、現実の裁判所との超えられぬ隔絶がある。

私達は提訴時に支援弁護士に恵まれなかったばかりに、全く法にしろうとの原告七名で本人訴訟に踏切ったのであるが、それならいっそ法を知らぬ住民としての裁判を貫いてみようというのが今に至るまでの姿勢となっている。そのことは第一回公判で、ちゃんと私が法廷で次の如く陳述していることである。

松下「我々としては何か日常生活の中で不条理に出会いました時に、これはそのう、我々が日常の中でこんな不条理が行われているということで、まあ腹を立てたり怒りを発したりする時に、我々としてはこれは明らかに何の法律の何条に基づいているからこれは不条理だと判断して腹を立てるわけじゃなくって、いわゆる日常生活感覚で、こりゃあ、まさに理不尽だということを直感して怒りを発するわけですね。で、我々ここに訴えているものを、どういう法律に違反しているから、それでけしからんというのではなくて、数々の不条理、理不尽というものを我々は直感して、それをだから、そのように具体的にこういうような理不尽があるんだという形で書いたわけで、陳述した準備書面でも、それを指摘しているわけです。（中略）とにかくこれは不条理、理不尽なんだということを、いろんな事実を今まで、あのう、主張して来ましたので、それじゃあ法的に照らして、成程これが何法の何条を侵害しているんだということは、それは法律の専門家である裁判所側で判断していただけませんか、というのが私達の考えなんです」

火力発電所が海を埋めて進出して来ることに反対だという場合、それに反対する住民の動機、理由はさまざまである。しかし、それを法的にいえばどのような権利侵害であるのか、また科学的にいえばどういう因果関係によるどの程度の被害であるのかを問いつめられて、たじろがずに応答出来る住民は数少ないだろう。では法的にいえないからその主張が荒唐無稽なのだ、とは決していえないのだ。

むしろ、これまでの科学的に立証出来ないからということで住民の生活感覚から発する主張・疑問が封ぜられ続けてきたところに、公害のとめどない拡大がもたらされたのであり、それゆえにこそ、私達が環境権訴訟に賭けているものも、そのような素朴な声の復権なのだといっていい。

環境権裁判のジレンマ

実は昨夜も遅くまで私達の会では、第十二回公判に証人として出廷する一人の女性を囲んでその証言内容の検討を続けたのだが、野鳥愛好家の彼女の証言趣旨は、喪われた明神干潟が野鳥や水鳥にとってどんなに大切な場所であったかを立証するにある。

裁判所も被告側も、彼女の証言にまるきり重きを置いていないことは確かである。「たかだか鳥がなんだっていうのです。発電所という公共施設の有用性を考えれば、鳥のことなんかいっていられますかね。それに、明神干潟がなくなっても、近くの河口に行って餌を拾うんでしょ、なにも騒ぐことはないじゃないですか」という彼等の反論が今から聴こえるようである。

そういう反論を論理的に説得する言葉を探そうとして私達の検討会は苦悩したのだが、最後には諦めてしまった。この種の反論を論理的に破ろうとすることはほとんど不可能だと観念した上で、証言者自身の野鳥にそそぐ愛情をそのまま法廷に吐露しようということが、私達の合意であった。

「たかだか野鳥だといいますが、その野鳥を私は好きで仕方ないんです。もし、野鳥が喪われた世界を想像すると、私はとても生きられません。その理由を説明せよといわれても私には出来ませんが、野鳥もいなくなる環境というものは、必ず人間に対しても不幸をもたらすという気がしてならないのです」

彼女は、これまで明神海岸や豊前平野一帯で観察し続けて来た沢山の野鳥の愛らしい姿を法廷でスライド映写しつつ、右のような証言を展開することになるだろう。価値観の相違ですなあという苦笑まじりの表情で被告側弁護士達が反対尋問もなくやり過ごす有様までが、今から想像はつく。そして、そのことに私達がいらだたぬわけではない。

あえていえば、環境権裁判のジレンマが右の光景の中にある。私達が、素朴な情念をこめて、法にも科学にも盛り込めぬ思いのたけを述べれば述べるほどに、被告側は苦笑してやり過ごしていればいいという態度に終始してしまうということなのだ。法の専門家である彼等企業顧問弁護士は、同じ仲間である裁判官が、このような非科学的な、法律からもはずれた主張に毫《ごう》も動かされぬことをちゃんと承知しているわけで、いいたいだけいわせておきましょと高みの見物で済ませていられるのだ。

そのことにいらだちつつ、それでも私達はこのような裁判姿勢を基本的に崩そうとはしていない。なぜなら、今私達が法廷で主張し続けているような素朴な言葉が真に聴きとめられるようにならぬ限りは、決して環境権の主張は容認されぬと信じているからである。

しろうと裁判の意気込み

今ではもう、何か大きな事業を起こそうとする企業なり行政なりは、最初から反対者が訴訟を提起することを想定しているのだと聞く。むしろ、そのことを待ち受けているのかもしれない。なぜなら、反対運動のエネルギーを、法廷という現場から隔絶した冷静な密室に閉じ込めてしまうということは、企業や行政当事者にとっては歓迎すべきことなのだから。敗訴しないのだと高を括れるなら、これほどありがたい鎮撫策はあるまい。

私達もまた、豊前市から急行電車で一時間の小倉の裁判所に切り離されてしまったというもどかしさは消せない。遙かな町での裁判に現地の人々の関心はもはや喪われている。

そしてまた、私達は環境権裁判と刑事裁判ふたつをかかえて、それのみの対処でエネルギーの大半を費やしている。九州電力にとって、これはのぞましいことに違いない。

私達が提訴時にその危険に気付かぬわけではなかった。それを承知で、それでもこの訴訟以外にもはや反対手段が残されていなかったということで追い込まれた果ての提訴であった。

そうである以上、私達はどんなむなしさにも耐えて、あと幾年続くとも知れぬこの環境権訴訟に賭けて行く覚悟である。むなしさという言葉を私は繰り返しているが、しかし安易にそれをいう前に、私達は果たして今の法廷でぎりぎりの可能性まで迫っているのかという反省も濃いのである。裁判所に裁いてもらうのではない、法廷を借りて俺達が直接に被告を裁くのだというしろうと裁判の意気込みも、回を重ねるに従って、次第に老獪《ろうかい》な裁判官のペースに押さえ込まれている。

たとえばこんな具合に――。

私達は裁判の密室化を極力解放してゆくべく、第一回公判以来、傍聴席と共に裁判を進めて行くのだという基本方針を貫いて来ていて、それゆえに、立証もスライドや八ミリフィルム上映という手段を多用して傍聴席からも見えるようにという配慮をとっているほどなのだ。傍聴者もまたそれに呼応して、原告団を励まして共感の拍手をし、笑い、抗議の声を唱和して来た。そのことが、豊前環境権裁判に一種独特の熱い雰囲気を醸して、傍聴者を集め続けて来ていた。

叱責しても退廷を警告してもやまぬ拍手に手を焼いた裁判長は、第九回公判の途中で、突如自ら退廷してしまったのである。「これ以上、裁判を続けることは出来ませんから」といい残して。警告に従わぬ傍聴者を退廷させる裁判長はざらにいるが、自分の方が退廷してしまった裁判長は稀なのではあるまいか。そうしておいて私を裁判官室に呼んで、「あなたの方で傍聴席を鎮めてくれるならば、裁判を続行しましょう」と取引きを持ち出したのだ。

裁判遅延に悩む私達が一回の公判をもおろそかにできぬという足元を見すかしての老獪な手くだに、私達はまんまと乗せられてしまった。裁判長は、自ら手をくださずに法廷を鎮めてしまったことになる。

そういう老獪さにしてやられつつ、しかし私達はしろうと流の裁判を試行錯誤しつつ模索し続けてゆくだろう。しろうと流の裁判とは、法にも科学にも知悉《ちしつ》せぬ私達にとって、最も分り易い自然な裁判を意味している。その自然さの中には、法廷でおかしければ爆笑し、感動すれば拍手をするという感情のすなおな発露も含まれている。

いま問われていること

実際には、発電所が建設されてしまって、五月から操業に入るのだという圧倒的な既成事実に拮抗して、埋めた海を元に戻せという裁判を維持していくには、強靭な意志力が要求される。「もう、どうにもならないのに、まだ裁判をやっているのですか」という、呆れたような質問にしばしば出遇う。「ええ、もうこうなったら意地ですからね」と私達原告は笑うのだが、これは冗談ではなく真意である。

私達は意地を徹したいのである。既成事実がどうあれ、その眼前の既成事実に納得できぬのだという意地は貫きたいと思う。

それにもう、私達は後へは退けはしない。なにしろ、全国からの支援が厚いのである。それはもう、私達の裁判でありながら、私達だけの裁判だとはいえぬ熱い思いに囲まれているのだといえよう。例えば、私はつい先日、一体私達の運動がこれまでについやした費用はどのくらいであろうかと概算して驚いた。一千万円を超えていたのである。そして、それが総て多数者からの支援カンパでまかなわれているという事実の前に、私は身のひきしまる思いがしたのであった。

私達の試行錯誤だらけの、弁護士にいわせればなんともぶざまな裁判が、これほどに熱い支援を呼んでいるところに、今の裁判に寄せた庶民の絶望が表出されているのだといえはしないか。

裁判の主人公であるべき当事者の住民が、一体、今弁護士同士がやり合っている係争点が何なのかさえ理解出来ずにとどまっているといったふうな大方の公害裁判、そしてまた本当にいいたいことはこういうことなんだという熱い訴えが弁護士によって法廷用語に置き換えられた時、いやそういうことじゃないんだ、そんな冷静さでいえることとは違うんだというもどかしさを一度でも体験した者なら、私達が豊前環境権裁判で試みようとし続けているドン・キホーテ的努力に、共感を寄せざるをえなくなるのであろう。そういう視線を背後に感じることによって、私達はこの三年半を猪突して来たのだといっていい。

「あなた方のそういういいぶんは分ります。法よりも心で裁けという気持ちは分りますよ。しかし、今はもう大岡裁判の時代ではありませんからねえ。そりゃあ余程ちゃんとした人がそういう裁き方をするんならともかく、誰でもが勝手に恣意的な裁判をしたんでは大変なことになるわけですよ。だからこそ、法の枠組の中での裁判として規制されているんだということを、あなた方も分ってもらわんとですね……」

私達の裁判長の率直な〝名言〟である。

さよう、私達もまた裁判官に法の枠組を踏みはずしてまでの恣意的裁判を求めるほどのロマンチストではない。しかし、次のことだけはいいたいのだ。あなた方は法律家である前に一人の人間として次代にどのような環境を残そうとしているのか、真剣に苦悩していただきたいということを。そのことこそが、今ありとあらゆる大人に問われていることなのだから。その苦悩が人間として真剣であればあるほどに、今ある法の枠組を内部から私達と共に押し拡げることに力を尽くすであろう、と私は信じているのです。

光と闇

1977.8

「ところで、あなたは何歳ですか？」

名乗らぬ電話の声は、もう二十分も続いている問答の途中で、不意に問うて来た。

「四十歳ですが」

「そうすると……終戦は八歳ですか。それじゃあ、終戦直後のひどい停電を知らんわけだ。それで発電所反対などと気楽なことがいえるんだな」

先ほどから私の発電所建設反対理由を執拗に問い続けている電話の声は、これで分かったぞという調子で決めつけた。確かに私は、敗戦直後の甚だしい停電状況を実感として記憶していない。電球のフィラメントが線香の火のように赤くなり、ふっと消えこむたよりなさに、線香送電と呼ばれたという電力事情も、当時の新聞資料で知るのみである。

「再びあんなことにならんように、発電所は次々と必要です。資源のない日本は工業輸出で発展するしかないでしょうが。それには電力ですよ。あなた方は海岸を大切にというが、海岸と国の発展を較べれば、やはり誰も発展の方をのぞんでいるのじゃないですか」

電話の声は、勢いを得たようであった。

隣り町の海岸を埋めて立つ火力発電所に反対して環境権裁判を係争中の私には、今でも名乗らぬ電話がかかって来る。それも、誰かにそそのかされてでなく、当人の社会正義の発露として自発的らしいのだ。

そういう人にとっては、電力のとめどない増強こそが国の発展、ひいては国民生活の向上であるから、発電所建設に反対の徒を非国民として糾弾せざるをえなくなるらしい。しかも、そういう発展志向の社会正義は、戦後の疲弊のどん底からしゃにむに這いのぼって来たのだという勤勉な体験によって既に体質化されている感すらある。振り返れば、個々の家庭にあってもそれなりに戦後の向上を跡付けることができるし、それが主として電力によるのであってみれば、電力翼賛体制が強力に形成されていることに不思議はない。

戦後、豆腐屋を始めたわが家でも、電力とともにあゆんださささやかな発展の過程がある。まず最初に浮かび来るのは、重い石臼でゴトリゴトリと大豆をひいていた父母の、疲れ切った立ちん坊の後ろ姿である。線香送電の時期であったろう。一切が手作業であった。やがてモーターが取り付けられ、大仰なベルトを縦横に回して石臼そのものを動力で動かすという稚拙な発展があったが、それは電力業界が復興して来た昭和二十五年以降であったろう。次の発展は、仕事場から石臼がのけられて、グラインダー式豆摺機が据えられたことであった。それでも母は過労で亡くなった。くどを壊し、重油バーナーとボイラーに換えたのは、母の死後であった。旧全国総合開発計画に乗って高度経済成長へと国の〝発展〟が始動した頃であったろう。

父と私は、ほとんど年中無休で働き続けた。社会的事象にはなんの関心も払わず（払えず）に、ひたすら豆腐を造り、あぶらげを揚げ続けた。高度経済成長の余沢は、なかなか零細な家内業には及ばぬのであった。

七年前の夏、私は唐突に豆腐屋をやめた。家に閉じこもって過ぎた十三年間の生き方に疑問が突き上げたからである。さながら初めての視線で家庭の外を見ることになった時、その視線は思いがけなく、既に顕在化している繁栄の陰の公害問題に吸い寄せられていった。気付いてみれば、わが町も巨大開発にさらされているのであった。私が豆腐を積んで朝夕通った河口が埋められると知った時、私はじっとしておれなかった。私は周防灘総合開発反対――具体的には、そのエネルギー拠点となる火力発電所建設反対に立った。五年前である。

火力発電所建設反対運動の困難さは、市民社会に根を張っている電力翼賛体制との対決にある。戦後の線香送電の暗がりから、今のぼりつめている明るさと便利さを、もはや後退させたくないという恐怖が、電力翼賛体制を支えている。そういう〝ゆたかな生活〟を破壊させかねない発電所建設反対派は民衆の敵としかみえなくなる。

この壁を突き破るには、人間の本当にゆたかな生き方とはなんであるのかを、もう一度問い直すしかない。明るさと便利さを得たことによって喪ったもののことを想い返すことである。たとえば、開発に蹂躪される前の山や野や空や木々を。たとえば、テレビのなかった頃の夜の団欒を。

あの頃、私達はしあわせではなかったのか。反対運動の過程で、私達が〈暗闇の思想〉を唱えざるをえなかったのも、とめどなく明るさと便利にのめりこむ物質文明を懐疑し、人間精神の尊厳を回復しようと志したからであり、それは端的にいえば、「電力も物も、もうこれ以上結構」ということである。

いきなり敗戦直後の線香送電の話を持ち出して来た電話の声には、論理の故意なる短絡がある。しかしこれは、今にもテレビが止まり電気が消えるかの如く繰り返している電気事業連合会のキャンペーンに代表されるように、電力翼賛体制の常套論法なのだ。

発電所建設反対派とて、今在る電力を全面否定するほどの非現実論はいっていないのである。ただ、もうこれ以上の電力増産はやめるべきだといっているに過ぎない。もし、このまま電力需要の急増を是認し続けるなら、それは地獄の底まで止まることはないことになり、海岸は埋め尽くされ、大気汚染は蔓延し、なによりも石油の蕩尽《とうじん》から破綻するのは目に見えている。もう〝発展〟も少しゆき過ぎているのではないか、電力需要の上限ももう少し抑えて、それで生活出来るような社会のありようを国民総ぐるみで検討しようではないかといっているに過ぎないのだ。

だが、私達のそのような考えがついに多数とはなりえぬままに、隣り町の海岸は埋められ、発電所は立ってしまった。その海岸は潮干狩の干潟であり、海水浴場であったが、電力会社は煙突直下に市民プールを造って償いとした。

そして今年の夏も、発電所に付属したそのプールは市民で賑わっている。こうして、海を喪ったということすら忘れられていくのだと思うと、その賑わいが私にはくやしくもの哀しい光景に見えてくる。海という母性のように豊饒な自然から、やっと〝泳ぐ場〟としての機能のみが抽出されて代替されたのがプールであるものを。

思えば、私達が繁栄の中で得たものと喪ったものの関係は、象徴すれば右の光景かも知れない。豊饒なる本物を喪い、その薄っぺらな代替物が氾濫しているにもかかわらず、それに馴れゆき、逆に本物には耐え切れぬほどに精神は衰弱し始めている。

「考え方の違いですな」という一言で切られた受話器の向こうに、発展志向の世界が茫々と見えるようで、私は孤独であった。

新たなる環境権論議へ

1977.10

沖縄金武湾の石油基地反対闘争は、現在那覇地裁でのＣＴＳタンク建設工事差止仮処分事件として争われている。金武湾埋立地に危険な石油タンク群を建てさせないでほしい、と漁民や住民が訴えた大規模な裁判である。

私はこれを環境権裁判として注目していたが、債権者（原告）側弁護士の一人が「われわれは、タンク設置差止訴訟を〈環境権訴訟〉と呼ばれることを拒否する」と述べている文章に出遭って、少なからぬ衝撃を受けた。「〈生命〉と〈生活〉そのものがかけられたこの闘いは、〈環境権訴訟〉という手あかのついた名で呼ばれるにはあまりにも重すぎる」というのである。

私が衝撃を受けたのは、私もまた、豊前環境権訴訟と呼ばれる火力発電所建設差止事件を係争中の当事者（原告）であるからだ。前記の発言は、裏返せば、「環境権訴訟とは、〈生命〉も〈生活〉もかからぬ、真剣さ切実さを欠いた裁判である」といっているにほかならないのであり、それは私が当事者である豊前環境権訴訟をも、そのように決めつけられたと同じことになる。

そのことに私は烈しく反発したいが、しかし同時にその弁護士の発言の無理からぬ点をも私は理解せざるをえないのである。なぜなら、前記発言はいわば、現在環境権裁判で実戦中の当事者たちが等しく味わっているいらだちの反語だとみえてならないのだ。

環境権裁判というものが、一見、〈生命〉とも〈生活〉とも切実にかかわらぬ裁判のように見えるといわれれば、そうであろう。

豊前環境権裁判においても、海岸を埋め立てて発電所を建てる電力会社を訴えている原告七名は漁業者でも農業者でもないので、漁業被害、作物被害という直接の生活権侵害をいえる立場にはない。せいぜい、その海岸が市民の海水浴場であり貝掘りの場であったのだから埋めないでほしいと述べることになる。

あるいは又、一定の公害防除施設を備えた新設発電所が排出する汚染物質によって、原告自身が必ずひどい健康被害を受けるのだとも立証はできない。しかし、煙突からは絶え間なく汚染物質が排出され続けるのだから、やはり豊前平野の大気環境は次第に悪化していくことは間違いない。こういう環境権的主張が、〈生命〉とも〈生活〉とも切実にかかわらぬといわれれば、確かにそうみえよう。だが、それはあくまでも公害というものを、四日市や水俣という視点でとらえての話である。

人が死んだり病床に呻吟してからの救済などありえないのだという痛切な反省から、ではそこまでいく前に阻止手段はないのかという発想で始まったのが環境権の主張であったはずだ。いい換えれば、〈生命〉や〈生活〉が直接におかされる数歩前で侵害行為を食い止めようということなのだ。もうひとついい換えれば、環境権の一見迂遠な主張は、〈生命〉とも〈生活〉ともかかわらぬのではなく、数歩先を読めば必ずかかわってくるということなのだ。つまり、数歩先を真剣に切実に読み抜くかどうかこそが、環境権裁判の最重要点なのだと思う。

残念ながら、現在の裁判所は、この数歩先を読み抜くという努力において甚だしく消極的である。いまもって公害とは四日市や水俣の被害者像としてしかイメージされないとみえて、それゆえにまだ健康な原告らによる環境権裁判にはひどく冷淡である。現在全国にどれだけの環境権裁判が係争中であるのか不分明であるが、二年前の「毎日新聞」調査で三十八件であったことから推して、既に五十件を超えたに違いなく、そのほとんどの裁判が直面しているのは、右の如き裁判所の無理解である。そこから、前記弁護士の反語は生まれて来ている。

いくら環境権を主張しても、それが裁判所に容れられぬといういらだちは、実戦当事者の実感である。だから環境権裁判はむなしいと自嘲するのではなく、実は環境権裁判こそが、真に〈生命〉と〈生活〉を考え抜いた裁判なのだと、私は突き出していきたいのだ。

裁判所が環境権裁判に無理解であるという点を、私は一方的に難じたくはない。環境権の思想はともかく、その法理において十分明快に整理されていない以上、法の枠内で裁く裁判所に躊躇がみられるのもやむをえない面がある。

とするなら、裁判所を説得できるだけの環境権法理の生成を一日も急がねばならない。ところが、現実はどうか。環境権が提唱されてから七年経つ今、環境権訴訟は続発したにもかかわらず、法廷という実戦の場で効果を挙げえないというむなしさから、環境権論議は逆に退潮気味であり、法理生成への熱気が薄れて来ているのではないかというのが私の危惧である。

それは私一人の危惧ではなかったらしく、立教大学教授・淡路剛久氏（民法）から、「環境権を現場で考えるシンポジウム」を提案された時、嬉しくて私達は飛びついた。しろうとに難解な抽象法理としてではなく、豊前環境権裁判が現実に法廷で直面している問題点をいちいち検証し考えていくことが、とりもなおさず、今環境権そのものが直面している壁を検証することになっていくはずだ。それを、法学者・弁護士・住民三者で論議していくという試みは、実に有意義である。

十月三十日に開かれる豊前環境権シンポジウムの参加講師は、淡路氏のほか、川村俊雄弁護士、浜秀和弁護士、西原道雄神戸大教授、横田耕一九州大助教授の諸氏である。

今後、もしこのような形のシンポジウムが全国各地の環境権裁判の実戦地で重ねられていけば、その成果は着実に相乗されていくだろうと、私の期待は大きい。

豊前火力反対一〇・〇〇一％による持続

1978.6

人口六万余の中津市で、全域の新聞購読者（朝日、毎日、読売、西日本、大分合同）に折り込み広告をしようとすれば、二万五〇〇〇部のビラが必要である。西洋紙半分程度の小さなビラを折り込むとしても、印刷費と折り込み手数料で約十三万円はかかることになる。

手痛い出費であるが、五月十日朝、私たちの会は久々に新聞折り込みのビラを出した。


〈もうできてしまったからといって、それが正しいとはいえない〉

きょうは豊前火力発電所の竣工式だそうです。すでに発電所は、昨年来から本格操業に入っています。もう、豊前火力問題は終わったのだと思われるかも知れません。

しかし私達は、そこに強引にそれが造られてしまったからといって、それが正しいものだと認めることはできません。海を埋める行為は本当に正しかったのか、そしてそこに巨大火力発電所を建設することは正しかったのか、それを今も私達は問い続けているのです。

一九七三年八月二十一日に小倉裁判所に提訴した「火力発電所建設差止事件」（いわゆる豊前環境権裁判）は、多くの学者や豊前市民を証人として、この問題を追及しています。今、裁判は各地の火力発電所による健康被害の発生状況についての証言にさしかかっています。

五月十二日の第十五回公判では、七人の原告全員が意見陳述をします。弁護士支援もないままに果敢に闘っている七原告の弁論を、ぜひ傍聴してみて下さい。

この環境権裁判の一部始終を報告し、豊前火力問題を追及し、しかも誌面を彩るユーモアによって、全国に読者を持つユニークな機関誌『草の根通信』も、既に六五号に達し、豊前平野に新しい文化を啓きつつあると評価されています。一度、お読み下さい。

豊前火力絶対阻止・環境権訴訟をすすめる会

その数日前であった。この町の記者が来て問うたのである。「どうですか、十日の竣工式には、当然、抗議行動に行くでしょうが」

「いいえ、行きませんね」

「なんにもしないで見過ごすのですか」

「その朝、ビラで市民に訴えます」

「ほんとに抗議に行かんのですか。なんか、さびしいですなあ」

よくもそういうせりふが出るものだ、とこちらの方が内心呆れていた。この記者氏も、ここ三年以上取材に来たことはない。福岡県豊前市に建つ発電所に反対して、隣町である大分県中津市で起こった運動は当初こそ革新諸派政党、婦人会等を中心に盛り上がりを呈したが、およそ一年間で収束してしまったあと、新聞の県版ニュースとなることはなくなった。なお反対をやめぬ数人の存在があり、諸組織による運動収束後からでもすでに五年以上の運動を継続しているにもかかわらず。

つまり、新聞報道で見る限り、豊前火力問題は大分県側では五年前に終わったことになっているのだ。その見方は、当を得ているかもしれない。なにしろ、六万余のこの市で、裁判原告である私と梶原得三郎君（実力阻止行動で長期勾留されて失職、現在は魚の行商）を支えて若者が数人同調しているだけ、〇・〇〇一％の存在でしかないのだから。

さて、十三万円という私たちにとっては大金を投資（！）した新聞折り込みのビラに、どんな反響があったか。まず、第十五回公判にビラに誘われて来た傍聴者はゼロであった。少数の傍聴者は、いつもの仲間内であった。『草の根通信』の申し込みもゼロであった。

だが、それだから投資効果ゼロとは思わない。少なくとも一万人以上の人がビラを読み、何かを心に留めたと信ずるからである。数日前、遠慮がちな声で電話がかかってきた。

「私、もう十年間もあることで苦しめられている者です。ビラを見て、あなた方になら相談に乗っていただけるのではないかと思いまして……」

有罪となることを恐れず　なぜ国が環境を護らないのか

1979.6

少数者を密室に追いこむ裁判

これから語ろうとする小裁判は、今年二月十九日の結審までに四年半を経過し、三十五回の公判が開かれたが、後半二年間には毎回の傍聴者は六、七人であったし、私一人が傍聴者であったという公判すら一度あったのである（じつは三十五回の公判を通じて、必ず得体の知れぬ監視者が傍聴席の隅に座りに来たが、これは特殊な任務を帯びてのことであったろう）。

かくて、公判という密室を覗く少数者はいつしか孤独の心を抱き始める。私たち少数者は、北九州市小倉での公判からの帰途、混み合う電車の中でどれほどに孤独をかみしめていたことか。疲れた一日の労働の終わりに、缶ビールを片手に声高な世間話がはずんでいるといった日常次元の光景にむかって、いま法廷で視て来た〈国家権力の構造〉を語りかける勇気を、私たちはとうてい持ちえないのだった。そこには、視えない壁が立ちはだかっているようであった。

おそらく、国家権力による弾圧の本質とは、裁判という密室に追いこんだ少数者を、そのような孤独とむなしさで内側から絶望させていくことにほかならぬだろう。事実、私たちの刑事裁判闘争とは、検事とわたり合うという正面の闘い以上に、ともすればおのが心の裡《うち》をむしばむ孤独とむなしさに耐え抜くひそかな闘いであったといえる。

本件被告は、梶原得三郎（大分県中津市）、西尾勇（大分県北海部郡佐賀関町）、上田耕三郎（同じく佐賀関町）の三名である。私はすでに本誌〔『潮』〕四月号「なぜ漁師は日本刀をふるったか」で、西尾勇氏のことには触れた。上田氏もまた、西尾氏の緊密な同志として佐賀関漁民闘争での行動の軌跡は重なっている。

それゆえ、本稿では本件の主犯・梶原得三郎氏にしぼっての報告としたい。それは、誠実過ぎる一市民が必然的に犯罪者たらざるをえない物語である。梶原得三郎氏などと改まるよりは、日頃呼び慣れた得さんという名で書く。

梶原得三郎さんとの出会い

得さんと私との出会いは、一九七二年七月三十日である。その日、私が主催して開いた「中津の自然を守る会」発足の集会に参加して来たのである。集会後、入会申し込みとカンパの金を差し出し、黙って会場の跡片付けを手伝い始めたこの見知らぬ若者に、私は驚いた記憶がある。人口六万足らずの中津市には若者は少なく、まして何らかの市民運動にたずさわろうとする者の数は極度に限られていて、その一人ひとりを私は知り尽くしているほどであったから、こんなふうに私のまだ知らぬ若者がいたのかという嬉しい驚きであった。

彼がその時私と同年の三十五歳であり、聞いてみれば直ぐ近くに住んでいたということにも驚かされた。身近にありながら会えなかったのは、彼が北九州の住友金属に通勤していて、中津にはやっと寝るために帰るだけというような日常であったからだ。彼はのちにあるインタビューの中で、その日の集会に参加したのはたまたまの偶然であったといっている。

「三交代勤務でしたから必ず日曜日が休みになるとは限らなかったんです。あの集会は、たまたま私が昼間中津におる日だった。勤務の日でしたら、それを休んでまで参加はしなかったかも知れません」

とすれば、一九七二年七月三十日の日曜日がたまたま彼の休日にあたっていたことは、なんと運命的であったか。彼の人生の激変は、この日から始まるのである。

中津の自然を守る会は、周防灘総合開発計画に反対する目的をもって発足した。この町では珍しい市民組織であった。結局、数年後に挫折することになるその開発計画は、山口・福岡・大分の三県にまたがる周防灘の遠浅の沿岸部を水深一〇メートルまで埋め尽くしてしまおうという、無謀なまでの巨大計画であった。

折りしも反公害運動の全国的な高まりの中で、中津の自然を守る会は革新政党や労働組合と共に婦人会までが加わる大きな運動として始まった。最初の運動目標は、隣町の福岡県豊前市の海岸を埋めて建つ火力発電所の建設阻止に向けられた。この巨大火電は、明らかに周防灘総合開発計画を牽引するエネルギー拠点として位置づけられていたのだ。

だが、既成諸組織の寄合世帯にすぎなかった自然を守る会の運動は、一年足らずで瓦解する。既成組織が掲げる大儀の旗の手前、義務的に参加している大多数の会員の中で、本当にこの無謀な開発を心痛しやむにやまれずに加わってきた少数の自立した行動者は、いつしか浮き上がっていた。結局、私を中心に一番真剣に行動していた者たちが、過激派として会を追われるのである。

以降、中津の町での豊前火力反対運動を執拗に貫くのは、こうして追われた者たち、十指に満たぬ若者だけになる。私はその極少グループの中心者には違いなかったが、しかし、もし傍に得さんの存在がなければ、私とて以降の運動を持続することはできなかったろう。彼の並みはずれた誠実さが、極少グループとして残った若者たちをつなぎとめて放さなかったといえる。

得さんの市民運動への傾斜

「わしは、仲間の内で自分より苦しんでいる者がいるちゅうことが、どうにも自分に許せんもんじゃき」と、彼がいつか苦笑まじりに洩らしたことがある。そうである以上、彼が仲間との行動の中で他の誰よりも身体を粉にして働くことになるのは、やむをえない。

夜のポスター貼りに歩き回って、そのまま深夜の勤務へと駅に走りこむなどはいつものことで、火電認可の緊迫時期には彼は幾日も睡眠時間を削っていた。たまりかねた和嘉子夫人がそっと私に頼みに来た。「あなたから勧めて、おとうさんを少し休ませてやってください」と。だが、私の勧告を彼は笑って受け流すのだった。

こんなこともあった。九州電力との交渉に出かける朝、得さんを誘いに行くと、和嘉子夫人が陰でそっとささやいた。「おとうさんから口止めされてるんやけど……ほんとは、昨日からおとうさんの会社は慰安旅行なんよ。あんたたちが九電の交渉に行くのに、自分だけは旅行にとても行けないちゅうて、とうとう自分は旅行をとりやめたんよ」
彼は小倉の住友金属三千人の労働者のほとんどが御用組合化している中で、わずか五人の組合員として、工場にあっても極少者であることに耐えていた。長いものに巻かれれば楽になるのに、自らをごまかすことができぬばかりに不利を承知で筋を立てようとする姿勢は、彼にあってはもはや自分でもどうにもならぬ病癖とでもいった感がある。彼は高校卒業後、臨時工として住友金属に働き始めたのだが、やがて同時入社の臨時工が次々と正社員に登用されていく中で、いつまでも臨時工のまま残されたという。勤務成績が悪かったのではない。頼むべき筋に、頼みに行かなかったからである。

彼は、いつしか北九州での組合運動よりも中津での市民運動へとのめりこんでいった。両者の運動の違いを、やはりインタビューの中でこう答えている。「第一に違うのは、住民運動の場合、自分の家庭でやる運動みたいなところがありますね。それは外側の違いということだけでなく、運動の質にかかわってくるところがあるんです。つまり、けっして建前でやれないということですね。労働運動で、一緒に事をする仲間に話してオルグするなんていうときには、結構なことが言えるわけですよ。それは建前ですね」(『技術と人間』一九七八年十二月号)

家族をも巻き込んでの、建前でない運動に得さんが燃えていく。

一九七三年八月二十一日、豊前平野に住む七人の住民は福岡地裁小倉支部に、九州電力株式会社を被告人として豊前火力発電所建設差止請求訴訟を提訴した。建設現地の豊前市側から五名の原告、そして隣町中津市からの原告は得さんと私であった。世上、豊前環境権裁判と呼ばれることになるこの訴訟は、ついに支援の弁護士もないまま、まったく法律に暗いしろうと市民による本人訴訟として注目を集めた。

会社側からの圧力

私たちは、得さんだけは原告に立たぬようにと、どれだけ説得したことか。彼に会社での圧力が強まっていることを知っていたからである。「この期に及んで、わしだけをのけ者にせんじょくれ」と笑って、彼はがえんじなかった。

環境権裁判第二回口頭弁論の原告意見陳述の中で、彼はそのことに触れる。

「私がこの運動にかかわり始めて、具体的には裁判を提起した昨年の八月二十一日以降、私の勤め先である小倉の住友金属の直接の上司から色々圧力がありました。こういう運動をする社員を抱えることは、企業の利益にとってマイナスであるというわけです。で、出来ればやめてほしいと。私は、この運動は自分にとってどう生きるかというかかわりである。住友金属に勤めているということは、たまたまそうなっただけの話で、住友金属に職を奉じる以外に私がメシを喰う道がないわけではない。とすれば、より自分にとって重要なこの運動の方を選ぶ、そういうふうに答えたわけです。（中略）で、更に会社としては、これは裏話としては、九電からもいろんな話があったそうです。つまり九州電力が私に直接この運動をやめるようにという投げかけをするよりも、直接賃金を得ている住友金属を通じてやった方が、より効果的であることは、誰が考えても出てくるわけでありまして、九州電力は矢張り住友金属からすればおとくいさんであるわけです。そういうところから、非常に卑劣な手段をもって住友金属の労働課に圧力がかかっている。それによって、私はいろんな圧力を受ける。

今、私の会社としては、九電が豊前の現地で着工の段階で実力阻止に立ち上がった時に何らかの形で私が刑事責任を追及されるような事態が招来することを待っている。それがあれば、就業規則によって、いつでも懲戒解雇が出来るわけです。

しかし、私はそれにひるみません。なぜなら、自分がどう生きるかという問題で、この運動があるわけです。誰から指図されてやっているわけではないわけです。従って、現実には首根っこを押さえている私の雇主がいかに介入をしようとも、それは一歩も譲ることが出来ない。

それほどのものが私の中に生まれて来たについては、この日本の公害の実態がある」

それは、梶原得三郎の公の場に於ける宣言であった。「いやあ、実はああいう大見得を切って自分を追いこんでおかんと、いざという時に臆病になりそうだから――」と、あとで得さんは笑っていたが。

しかし、これは文字通り予言となった。この意見陳述からわずか四カ月足らずの後に、彼は逮捕され、十余年勤続した住友金属を去らねばならなくなる。

平然とした九電側の釈明

一九七四年六月二十日の環境権裁判第三回口頭弁論は、緊迫の内に開かれた。反対勢力が遙かな小倉の裁判所に行っている留守中に、埋立免許が出されて電光石火の着工があるのではないかといったうわさに、私たちは苛立っていた。梶原得三郎は怒りをこめて、被告九州電力に求釈明をぶっつけた。

「で、あの求釈明に入ります。それは先程原告の方から出されましたように、情勢としては、福岡県は公有水面の埋立免許を明日にもあさってにも出しそうな気配です。で、それさえ出れば九電側はいつでも着工できるわけです。で、正に今埋め立てられんとするという情況にあるわけです。ただ我々として非常に心配なのは、ゴリ押しでそういう工事を進めながら、本裁判の過程に於いて我々が勝訴した場合にその埋め立てた所をどのようにして復元しようとしているのか、その具体的な工法を示してほしい。

我々は第一回公判の中で、一度埋め立てられた海というものはほとんど復元不可能であるというふうに述べました。そういう心配が非常に強いわけです。いかに行政の権力を手中に収め、権力の専制をほしいままにする九電といえども、本裁判が被告の側の勝に終わるという安穏な考え方でおられるはずはないと思います。もし負けた場合に、既に埋立工事を進めておったその段階をどのようにして元に戻すのか、具体的な工法を示してほしい」

それは当然過ぎる求釈明であった。これから環境権裁判で埋立ての可否がじっくりと審理されようとしているのに、その裁判を無視しての強行着工が許されるということが、私たちにはどうしても納得がいかない。これでは、裁判自体が無意味にされてしまう。

だが、九電側の釈明は平然たるものであった。「この裁判を負けるとは思っていないので、復元工法などは考えていない」と述べた時、法廷は怒号に包まれた。

後日、私は公有水面埋立法を調べていて驚くべき条項を見出した。そこには、もし埋め立てたのちにその埋立てが無効となった場合でも、その埋立てを元に戻すことが不可能であると県知事が判断した場合には、元に戻さなくてよろしいという意味がのべられている。こういう法によって手厚く保護されているのだとすれば、九電が復元工法など考えていないとうそぶくのも当然である。

私たちは、この環境権裁判が、目睫《もくしょう》の間に迫った強行着工に対しての何の阻止力にもなりえないことを悟らねばならなかった。

大漁旗をかかげた一隻の漁船

六月二十五日、福岡県知事亀井光は九州電力に対して埋立免許を交付。翌二十六日着工という情報に、私たちは現地の海岸に集結して対策に苦慮した。こうなっては実力阻止行動をとるしかない。だが、いち早く漁業権を放棄し補償金を手中にしているこのあたりの漁業者の誰一人、私たちに船を貸してくれる者はいないのだった。船もなくて、海上での埋立着工をどう阻止するというのか。私は眠れぬ一夜を海岸の粗い網の上で思い悩んだ。ひどく肌寒い夜であったという記憶がある。

六月二十六日朝、明神海岸に集結した人数は百名を超えていたであろう。地元豊前市の地区労が抗議の動員をしていたのだ。だが、その中で実力阻止行動までを思いつめているのは、得さんと私を中心とする中津のグループのみであった。その大半は、外部から来た支援の学生である。この日、有給休暇をとって海岸に駆けつけた得さんの胸には、「海を殺すな」のゼッケンがつけられていた。

潮の満ちて来た午前十時二十分、海上での測量が始まった。その時のことを、私は『明神の小さな海岸にて』（朝日新聞社刊）の中で次のように記している。

船を持たぬ私たちは、茫然として沖をみつめている。もし一人一人の視線が矢を放つなら、この小さな海岸から幾百の怒りの矢が海上の測量船をひゅうひゅうと襲っていったろう。だが、海上では妨げる者もないままに、次々と赤い旗竿が立てられてゆく。

新聞社の飛行機やヘリコプターが低く旋回して轟音を降らす。

午前十一時、共闘会議代表団が築上火力に行き岩瀬建設所長に面会を申し入れるので、私たち「環境権訴訟をすすめる会」からも代表を立ててくれということになり、私は宣伝カーに乗り込んだ。

その時、船体を傾けるようにして、大漁旗を飾った一隻の漁船が海岸めざして疾走してくるのが見えた。双眼鏡で船名（ＯＴ３－２０８６）を読みとった時、歓びが突き上げた。

真勇丸！

全速力で近づいてくる真勇丸の舳先を双眼鏡で見据えれば、おお、海岸に向けて手を振っているのは、西尾勇さんと上田耕三郎さんだ。

佐賀関から応援の船が来たと、皆に知らせてくれと、私は叫んだ。直ちに共闘会議の宣伝カーが告げ始める。

「皆さん。ただ今、遙かな佐賀関から支援の漁船が到着しました。拍手で迎えて下さい。佐賀関の同志が船で駆けつけてきました」

真勇丸が私たちのたむろしている海岸の西端に突き出している明神鼻防波堤に接舷していくのを見届けて、宣伝カーは築上火力の方に向かった。私は残りたかった。残って真勇丸に駆け寄りたかった。

捨石工事はやめて下さい！

建設所長との交渉を要求するために海岸を後にした私は、だからその後海上で展開された〝豊前海海戦〟を目撃していない。のちに同志の報告を聴き、また一六ミリフィルムの記録によってその日の光景が心に焼き付けられることになる。

真勇丸の接岸を待ちかねたように、学生たちが次々に乗り込み、そのリーダー格として得さんもまたマイクを持って乗ったが、その時彼は磨き上げられたように清潔な真勇丸に、思わず靴をぬぎ捨てていた。

四・四八トンの漁船真勇丸は二十人を超える反対派を満載して洋上へと突き進んだ。一斉に逃げまどう測量船団を、西尾さんは巧みな操船で追い回した。ついに一隻のやや大きめの船を追いつめこれに接舷すると、得さんを始め一部の者たちがこれに乗り移っていった。これが作業指揮船ふじであった。

彼らはふじに命じて、すでに捨石作業を開始しているクレーン船第五内海丸（一九八・四二トン）に接舷させると、全員がこれに移乗して行った。得さんは穏やかに「捨石工事はやめて下さい」と懇請して、クレーンのバケットに登り、これに座りこんだまま動かなかった。一方、真勇丸からもう一隻の捨石船第二関海丸に乗り込んだ者たちも、その捨石作業をやめさせた。午後一時、九州電力はやむなくこの日の工事の中止を伝えた。真勇丸は、「また、いつでも応援にくるからな」といい置いて、遠い佐賀関へと帰って行った。

それは、思いがけない勝利のように見えた。

だが、翌朝雨にけぶる海岸に出た私たちは、眼を疑うような光景に出会うのだった。沖に一線に並んだ二十隻からの捨石船が、不気味な音をきしませながらクレーンを左右にふりまわしては、醜怪な鉄の爪で石を海中に沈めているのだ。それを護衛して、海上保安庁の巡視船一隻と巡視艇五隻が遊曳《ゆうえい》するというものものしさ。海岸には機動隊もたむろしている。海岸に寄せ来る波は早くも濁り始めていた。

もはや私たちには、憎しみの凝視を沖に向けて放つ以外にすべはなかった。

そんな無力な私たちの抵抗の意志を根絶やしにしようとしてか、七月四日早朝、門司海上保安部保安官は梶原得三郎・西尾勇・上田耕三郎三名の寝こみを急襲して、逮捕していったのである。

中津の極少グループにとって、それは初めて体験する弾圧であった。とても運動者とは呼べぬような気弱な者ばかりの集まりである私たちが、いきなりの弾圧にうろたえないはずはなかった。私はその時の自分を含めての取乱しようを、隠すことなく『明神の小さな海岸にて』に記録している。ことに、夫を獄舎に奪われて絶望した和嘉子夫人の、ホンネをさらけ出した私への詰問をそのままに記録した部分は、公判後彼女から「ここまで書かなくっても――」とうらみを買ったほどである。

とはいえ、その正確な記録が今となってはなつかしいのではあるまいか。結果的には、気弱なこの極少グループの誰一人、弾圧に屈する者はなかったし、いつしか鍛えられてさえいったのであるから。

なぜ国が環境破壊を認めるのか

三人は真夏の四十七日間を拘留された。第一回公判は、旧盆の八月十六日であった。罪名は次の通り。

艦船進入・威力業務妨害　梶原得三郎
艦船進入・船舶安全法違反　西尾　勇
艦船進入　上田耕三郎

この日、得さんは獄中で書き上げた意見陳述書を激しい声で朗読したが、その冒頭部分で次のように述べている。

「今日、汎地球的規模で、工業化による自然環境の破壊が進み、とりわけわが日本列島における破壊はすさまじく、世界中から巨大な人体実験室として注目を浴びている現状であります。

ここに至ってなお、企業は全くの反省を示さず、間に合わせの法律は次々に作られるものの、全く骨抜きのザル法でしかなく、各段階の行政体はみごとなまでに主権者を踏みにじって、企業利益のガードマンと化し、全体としてまさに破滅への近道をひた走っている姿があります。われわれは、二年余にわたる反対運動を通じて、この実態を体で確認させられてきました。

その中で得た結論は、自分と自分の子孫が生きるための自然環境は、自力で守る以外にない。誰も守ってはくれないということであります。

逮捕の理由となった本年六月二十六日の阻止行動は、そういう背景の中でまさに万策つきた果てにとられたものであり、いうならば身にふりかかる火の粉を手で払う、たったそれだけのことであります。

ところが、そのわれわれは逮捕、起訴され、長期拘留を強いられる。一方では、いまだ確たる防止技術も開発されぬままに、巨大な自然破壊装置とでもいうべき火力発電所の建設工事は、五隻に及ぶ海上保安部巡視艇と乱闘服の機動隊、私服刑事の護衛を受ける。

もし、この一連の権力の行動が法であり、正義であるとするならば、日本民族はもはや救うべくもないと思います。この上はむしろ、一日も早く全滅することで全世界の人々の反面教師となることにしか意味は見出し得ません」

法律に寡黙な検察側

豊前海戦裁判は、激しい求釈明論争で一年間を経過する。

われわれの側の主張は、威力業務妨害が成立するというのなら、妨害された業務があくまでも正当な行為であったということを検事は立証すべきであるという一点につきる。本件に即していえば、福岡県知事が下した公有水面埋立免許が正当であったことを検事は立証すべきだったと迫ったのである。その場合、単に諸手続きが形式的に整えられているからというだけでは足りない。瀬戸内海環境保全臨時措置法や改正公有水面埋立法の趣旨に厳密に照らして、実質吟味がなされねばならない。いいかえれば、それは私たちが環境権裁判の前で展開している係争点そのものである。

　環境権裁判には弁護士がつかなかったが、海戦裁判は四人もの若手の弁護士陣を得た。いずれも熱意と正義感を抱く優秀なスタッフで、一年間にわたって検察側を法的論争で攻めたてた。

　それに対する検察側の対応は、寡黙をきめこむことに終始する。業務の正当性は、福岡県知事が埋立免許を交付したという事実だけで充分であるとする行政行為の定力で片づけ、ひたすら本件を当日の海上での妨害行為そのものだけに限定して矮小《わいしょう》化をはかろうとするのである。したがって、いよいよ立証段階に入って検察側が繰り出す証人は、ことごとく当日の捨石船や指揮船の乗組員で、同じような証言を繰り返す公判は退屈をきわめていった。そんな退屈な公判を茶化して、私が自ら発行する機関誌『草の根通信』に草した戯文がある。戯文めかしてはいるが、事実はほぼかくのごとくであった。

証言が描いた海戦の真相

〈この頃、得さんが海戦裁判の報告をとんと書きたがらぬ。

「毎回、たいした公判内容じゃありゃせん。そげえ報告するこつもねえわ」とうそぶいているのだが、ほんとは報告したくないという底意が丸見えである。

なにしろ、検察側の繰り出す証人によってかの名高き豊前海海戦の真相がバクロされてゆくにつれて、提督梶原得三郎はオトコをさげてゆく一方なのだから。

波低き豊前海上、敵捨石艦に乗り移り、その壮絶なる威力をもって敵の巨砲（捨石クレーン）を沈黙せしめ、敵参謀九州電力永倉社長をして、「これにはまいった」と嘆ぜしめた英雄梶原提督としては、豊前海海戦を永遠に住民運動戦史上の栄光の伝説としたかったのであろうが、ああ、法廷は冷酷なものである。

検察側が次々と繰り出して来る証人は皆、事件当日の捨石船や指揮船の乗組員であるが、彼等は検事から、「反対派が乗り込んで来て、こわいと思いましたね」と念を押されても、「いいえ、別にこわいとは思いませんでした……」と、ケロリと答えてしまうのである。威力業務妨害の成立を主張する検察としては、ここで是非とも「こわくてブルブル震えていました」くらいな証言がほしいところなのである。

それよりもカッコウのつかぬのが、提督梶原得三郎である。彼等がこわがってくれないとオトコが立たぬではないか。「はい、この人が乗り移ってきたときの形相はすさまじいものでした。私は恐怖のあまり、思わず小便を洩らしたほどでした」とでもいってくれれば、特攻隊の先頭を切った英雄の面目も立つというのに。

「もっと検察はマジメにやらないかんなあ。どうして事前に証人と綿密に打ち合わせて、真相を隠す努力をせんのかなあ。こわくなくても、こわかったといわせるようにするのが検察の役目じゃないか」と、得さんは憤懣《ふんまん》をぶちまける始末。

とにかく、ここ十三回、十四回の海戦裁判公判の証言が描く海戦の真相は次の如くである。

捨石船上では乗組員達が、「もうそろそろ反対派が来るんじゃないかなあ。来てくれんと面白うないなあ」と期待していると、やっと反対派が乗り移って来てくれた。ほとんど学生風であったが、中に一人年増がいて、彼がリーダーだと思われた。そのリーダーはきわめておとなしく、「作業をやめて下さい」といって、クレーンバケットに登って行き、これを作動させないように坐りこんだ。よく見ると、彼は落ちないように必死にワイヤーにしがみつき、緊張のあまり自分で震えているようであった。

我々（乗組員）は、この人達も仕事でこんな反対運動をやってるんだなあと思って、学生達に、「あんたら、なんぼで雇われたんや」などと、したしく談笑などしている内に昼刻になったので、皆で愉しく弁当を食べたというのである。

では、いったい壮絶なる豊前海海戦はどこにあったんだろう？　呆れた検事が、それでも最後の念を押したものである。「あなた方が船から退去してくれといったのに、彼等は居座って動かなかったというわけですね」

ところが証人達は、またもやケロリとして答えるではないか。「いいえ、退去してくれとか、こちらからはいいませんでした」

「一度もいわなかったんですか」

「一度もいいませんでした」

検事はさすがにもう、威力業務妨害の成立を投げたようである。乗組員の誰も、得さんらの侵入に威力を感じなかったし、出て行ってくれと迫りもしなかったというのだから、これはもうどうしようもない。

ああ、かくて豊前海海戦の雄々しき提督梶原得三郎の伝説は、劇的に消え果ててしまったのであ

る。代って立ち現われたる姿は、あのお人好しで小心で律儀で、少々オッチョコチョイなわれらの得さんである〉

さかな屋になった得さん

最初のうちこそ大法廷からもはみだしたほどの傍聴者が、公判の回を重ねるごとに減ってゆくのは当然のなりゆきである。とうとう小法廷に移されるが、そこでも空席が目立つようになる。

その頃になると、私たちには国家権力による弾圧の構造の巧妙さが、いつしか心身の奥深く喰いこんで内側から蚕食《さんしょく》してやまぬ黴菌のようにも見え始める。

公判の日の朝は、私は得さんと今井のり子さんという若い花造りの女性の三人で駅へ向かうのだったが、つまり六万の中津市民の中でこの公判を欠かさず見守っているのは三人だけということになる。駅への道すがら、私はいつもいいしれぬ孤独と気恥ずかしさにうつむきがちであった。

その気恥ずかしさというのを、どう説明すればいいだろう。朝の町では、市民の忙しく確かな日常生活が始まっている。その中を通って、私たちはおよそ日常とは乖離《かいり》してしまっている法廷という非日常の場所へとおもむこうとしているのである。

そんなある朝、得さんは知人から声をかけられた。「おっ、今朝は仕事を休んで、どこへ行くんな」

得さんは一瞬恥ずかしそうに笑うと、言葉を濁した。「いやあ、ちょっと野暮用で……」

そういってごまかすしかない気恥ずかしさと違和感に、得さんもまた耐えているのだ。もし、

「裁判に」といえば、その知人はまじまじと得さんをみつめて、確実に彼から離れていくだろう。それが、私たちをとりまいている世間なのだ。

得さんはその頃、すでにさかなの行商人になっていた。拘留され起訴された獄中で、住友金属は彼に懲戒免職か依願退職かを迫ったのである。この会社の労使協約には、有罪かどうかも未定の起訴時点で懲戒免職ができることが定められている。追いつめられた彼は、依願退職を選んだ。百万円にも満たぬ退職金ながら、それがなければ以後の一家の当面の生活を支えられなかったのだ。彼は痛恨の思いで、節を屈した。本当なら、懲戒免職の不当を会社と争いたかったのに。

一年後、彼は退職金で車を買ってさかな屋となった。自営する以外に、どこも彼を受け入れてはくれなかったのだ。さかな屋といっても、中津の町から車で一時間ほど山の手に入りこんだ谷間の里を行商してゆくのだ。そんな山里では利の薄い安いさかなしか売れない。

彼の収入は一家を支えるに足らず、和嘉子夫人がそれを補うために新聞の集金やパートに立働かねばならない。

裁判へ行く日は行商を休まねばならず、それは確実に減収につながる。弾圧の構造の巧妙さは、まずこうして金銭の面から追いつめていくところにある。

権力とは、なんとほしいままな存在であることか。恣意的に起訴し、裁判所に送りこんでしまえば、あとはもう放っておいても被告とその同志が疲弊していかざるをえない仕掛けが自動的に働くようになっている。

一日の仕事を休み、さらに旅費を使って北九州の裁判所まで来てみれば、本日の公判は流れたなどということすら二、三度あった。検察側証人が来なかったというのだ。検察にしても裁判所にしても、幾度こういうことを繰り返そうとも、税金に養われている彼らに何の痛痒《つうよう》もあるはずはなく、私たちの側は確実に疲弊させられてゆくのだ。さいわい私たちについた弁護士陣は並々ならぬ犠牲的奉仕で活動してくださったが、それでも旅費という実費だけは当方の気持として支払わねばならず、一度の公判で十万からの金は用意せねばならなかったのだから。

そして、金銭的疲弊以上に私たちを消耗させていくのが、法廷のむなしさである。あの一九七四年六月二十六日の明神海上に突出して行ったわれわれの熱い憤りの行為が、その現場をまったく知らぬ裁判官と検事によって、冷静に再構成されていくとき、いかにそれがあの日の時々刻々を追って詳細をきわめようとも、それはもうわれわれが体験したものとは別な何かである。「そうじゃない。そんなことじゃないんだ」と心中に叫びつつ、しかしその別な何かの中に被告人はずるずるとからめとられてゆくのである。

ただ、この裁判の救いは、裁判長が大幅に被告側の立証を許した点にある。

われわれは、海上での着工妨害行為の事実は一切認め、争うつもりはない。それよりも、なぜ温厚な市民がそうまでしなければならなかったかに本件の核心がある以上、被告側の立証は本件埋立工事が環境問題の視点から許されるのかどうかに尽きると主張し続けてきた。

ここにおいて、このような立証まで裁判長が踏み込もうとするかどうかが、この裁判の最大の焦点であったわけだが、福嶋登裁判長はあえて踏み切った。被告側立証計画のほぼ八割が採用されたとき、検察側は色を喪って抗議をした。

どうやらそこまで裁判長を引き込んだのは、弁護士陣の力量はもちろんながら、公判を通じて視えてきた被告梶原得三郎の誠実な人格への一種の感応ではなかったかと私は推している。

かくて、海戦裁判は被告側の逆襲に転じた。瀬戸内海の汚染問題や電力需要のまやかしをひっさげて、環境権裁判の方で活躍した学者証人が次々と海戦裁判の公判に出廷した。検事は反対尋問を一切放棄し続けた。

本件結審後、弁護士陣がしみじみとつぶやいた。「公安事件で、これほど愉しくやりがいのあった裁判は初めてです」。正当な報酬も払わぬままに四年半も働いていただいた彼らの口からその一言が洩れたとき、私たちはどんなに嬉しく慰められたことか。

過酷な検事の求刑

以上のような四年半の経緯をつぶさに視て来た私に、本年二月十九日の結審公判における検事の求刑はショックであった。予測を超えて、それは過酷であった。

論告求刑の最終部分を掲げる。

〈被告人らは本件各犯行は環境を守るためなしたもので正当な目的である旨主張するが、いかに正当な目的であっても手段方法を選ばぬ行為は現行法秩序のもとではとうていゆるされないことであり、この種犯行を放置すれば違法な実力行使を誘発しかねず、このような風潮は民主主義を根幹から崩壊させるおそれもあるので、被告人らに対しては厳重な態度で臨む必要がある。

被告人梶原は、率先して作業指揮船ふじ及び石材運搬船第五内海丸に侵入し、バケットの上にあがるなど反対派の中でも最も積極的に艦船侵入、威力業務妨害の各犯行に及んだもので、被告人西尾、同上田に比べ、その刑責は重大であるといわなければならない。

よって、相当法条適用のうえ、被告人梶原を懲役十月、被告人西尾、同上田をそれぞれ懲役八月に処するを相当と考える〉

私が傍点を振った部分に、この過酷な求刑のホンネが述べられている。全国の反公害運動への、一罰百戒的みせしめにほかならない。

四年半にわたる海戦裁判は、被告梶原得三郎の最終弁論によって結審した。万感をこめて朗読されたその最終弁論の一部を掲げる。

歯ブラシと洗面道具を用意して

「最終弁論の場を迎えたいま、私の胸中にあるものはただ虚しさのみであります。

もし、われわれの反対運動が実力を以て今日に至るもなお豊前火力発電所の建設工事を阻止し続けており、そのことのために公訴の提起を受け、いわば工事計画としては白紙の状態で本件の審理が進められており、その中でいま生きているわれわれとこの後生まれ出ずる子孫全部にとって、その建設が妥当なのか否かを見極める裁判であったならば、このような虚しさにとらわれることはなかったろうと思います。

現実はわれわれがその建設を阻止しようとした発電所はすでに操業を開始して二年になろうとしており、本裁判の帰結の如何に拘りなくその操業を継続できるのであります。つまり、たとえわれわれがその行動の正当性を認められて無罪判決を得たとしても、それはもはや発電所の操業停止や取り壊し、あるいは明神海岸の原状回復を意味しないのであります。

当事者の一人として、本件に即して考えるとき、法律とは何なのか、裁判とは誰のために何を裁くのかという重大な疑問に突き当らざるを得ません。

当法廷は、ただ単に三名の被告人を裁くだけで事足れりとするのでしょうか。四年を超える歳月をかけて、三十五回に及ぶ公判を重ねて、そこに析出した結晶がわずかに三被告の罪の有無にすぎないとすれば、裁判とは何と無益な制度なのでありましょうか。

(中略)

そこで権力が庇護した業務とは地域の住民にとって何であったのか、いま一度考えてほしいと思います。それは決して、単なる海岸の一画の埋立てやその上への火力発電所建設を意味するものではないのであります。

それはかけがえのない自然海岸の喪失であり、清浄な大気の喪失であり、そして、それは子々孫々にわたって取り返すことのできないものであります。

その意味でわれわれは子孫に対して申しひらきようのない負い目を負うたことになります。たとえ現行法がそれを許すとしても、われわれとその子孫は断じて許すことはできないものであります。

われわれは、現行法による刑罰よりもむしろ、子孫に怯懦《きょうだ》を指弾されることの方を恐れるものであります。

さらに、先ほど検察官が論告の中で言及した、民主主義を守るためにもこのような阻止行動は許されるべきではないと考える、という部分に一言反論しておきたいと思います。

もし検察官が真剣に民主主義の将来を憂えているのならば、こうした開発、公害の問題には一切介入をしないで頂きたいのであります。

民主主義は、権力と行政がべったりと企業の側につくことによって守られるものでは断じてないのであります。

民主主義の何たるかは、われわれの住民運動が行政と企業に教え、われわれが守らせることを約束します。以上であります」

私も、ここでいったんペンを置こう。

一週間後、判決公判から帰って来た夜、私は残された余白に判決を記して本稿を閉じたいと思う。判決がどう出るのか、私には予測がつかない。和嘉子夫人が今日笑っていった。

「やっぱり、歯ブラシと洗面道具は用意して行くつもりよ」

実刑判決であれば、三被告はその場で収監されるのだ。その心配は彼女の胸の奥底を噛んでいるはずである。

それにもかかわらず彼女のかげりのない笑顔に、私はこの四年半が私たちにもたらしたものを確かに視ていた。

いくら有罪にされても

四月十八日午後一時半、福嶋登裁判長は三被告に次の判決をいいわたした。

梶原得三郎、罰金八万円。西尾勇、罰金一万五〇〇〇円。上田耕三郎、無罪。

これは形としては有罪判決であるが、過酷な求刑と対比すれば実質的無罪判決といえる。なぜなら、梶原得三郎に対しては未決拘留中の三十日間を一日二千円として計算した額を罰金額に算入する、西尾勇に対しては同じく全額を算入するという付帯条件なので、得さんが実際に払わねばならぬ罰金は二万円、西尾さんは一円も払わなくていいのである。

「これは判決理由には書き込みませんでしたが――」と、とくに前置きして裁判長は次のようなことをいった。

「あなた方の運動の真摯さを思い、拘留の長過ぎたことを思えば、懲役刑を科するにしのびず、罰金刑としました」

帰りの急行を待つ小倉駅のホームで求めた夕刊には、早くもこの判決が大きな記事となっていた。だが、私たちの眼を惹きつけたのは、一面トップの大きな記事であった。

筑後川河口堰の強行着工に反発した漁民たちが阻止行動に結集し、いったん打たれたくいを引き抜いたという報道である。

「皮肉な記事の対照じゃね」

得さんが私の方を見て笑った。

「いくら有罪にされても、それしか方法がないところに追いこまれた住民は、やっぱり阻止行動に立ち上がるもんだよね」

Ⅳ　『草の根通信』は続く

無力なはぐれ者たちの「わが闘争」

1980.1

負けても意気上がる豊前の草の根

この報告を始めるにあたって、次のような手続きを取りたいと思う。松下センセなる人物を登場させようというのである。

そこでまず、松下センセと松下竜一の微妙な関係から注釈しておかねばならない。『草の根通信』は、豊前火力反対運動の機関誌として、いまや全国に名高いが、その好評の真因は松下竜一が毎号連載する「ずいひつ」にある。それだけを読みたいがための購読者すら少なくないほどである。

ほかでもない、松下センセなる人物はその「ずいひつ」に登場する主人公なのだ。彼は豊前火力反対運動の代表的存在であるが、その実体たるや、きわめて小心で軽薄なおっちょこちょいというに尽きる。一応は作家として自認しているらしいが、彼の書く本など売れるはずもなく、必然的に彼の貧しさは相当なものである。おまけに肺嚢胞症《はいのうほうしょう》という不治の難病で、咳の絶える時がない。そんなお先まっくらな生活のくせに、四十歳を超えて三人目の子どもをつくってしまって、周囲のひんしゅくを買っているという始末。

「ずいひつ」が面白がられるのは、この哀れにもこっけいな松下センセの、当人としては大まじめで懸命な生活ぶりが赤裸々に語られるからであろう。つまり、松下センセとは、松下竜一が突き放した眼で見たおのれであるといっていい。したがって、本稿においても、豊前火力反対運動の代表者・松下センセの登場によって、松下竜一は単なる報告者の位置に退こうという寸法である。

一九七九年も終わろうとするある日、私は松下センセの胸中に去来する、この一年の感慨を尋ねてみた。

彼は黙って、机の下の段ボール箱をごそごそとあさっていたが、やおら一枚の垂れ幕を私の前にはらりと垂らすと、少しはにかんだ声で、「感慨といえば、この一語に尽きますね」といった。垂れ幕には、〈アハハハ……敗けた、敗けた〉と、なかなかの達筆で書かれている。

私はなるほどと、うなずいた。この垂れ幕なら知っている。きっと、たくさんの人々がこの垂れ幕をみたはずだし、それぞれの印象を抱いたはずである。

一九七九年八月三十一日、福岡地裁小倉支部で、豊前火力発電所建設差止請求事件（世上、豊前環境権裁判と呼ばれる）の判決がいいわたされたが、それは訴え却下という完全なる門前払いであった。その時原告側が裁判所玄関でかかげたこの垂れ幕は、テレビニュースで全国に伝えられている。意表をついた型破りな垂れ幕であった。

私の知人の一人などは、これを見た瞬間、敗訴したのは被告九州電力だと錯覚したという。つまり、原告側は〈アハハハ……敗けた、敗けた〉いいざまだと、相手を嘲笑してみせたと思ったのだ。

そうではない、原告の完敗であり、〈アハハハ……敗けた、敗けた〉は文字通り敗北是認宣言なのだと気づいた時、知人はウーンと考えこみ、それから「やったあ、これはすごい」と手を打ったという。そのことを、私は松下センセに告げた。

「そうなんですね。あの垂れ幕には大変な反響がありましたね。なにかの運動をやっている人、あるいは運動意識を持っている人からは圧倒的な共感がよせられました。――だって、現実はいまやどこも敗北の連続なんですからね。その敗北にくよくよしてたら自滅ですよ。アハハハ、敗けた、敗けた、また出直すか、というしかないんですよ」

「そんなふうに理解しない人もいたでしょうね」

「ありましたねえ。あの連中はいったい、ふざけてるのかまじめなのかという声は、ずいぶん聞きましたよ。それと、もうひとつ、はっとさせられたのは、ある法学者と話した時のことです。私の尊敬しているまじめな学者なんですが、この人からあの垂れ幕に対する思いがけない怒りをいわれましてね。その先生も含めて、周辺の学者や弁護士がニュースであの垂れ幕を見た時、いちように激怒したというんですね。裁判に対する冒瀆とみえたんだと思います。法学者も弁護士も、裁判という聖域内の人ですからね」

反対運動の闘士にしてはひどく気の弱そうな松下センセは、しょげたように声を落とすと再び垂れ幕を巻いて、段ボール箱にしまいこんだ。

一九七二年春に始まった豊前火力反対運動の経過を簡略に挿入しておこう。

この反対運動の背景には、周防灘総合開発という巨大計画があった。瀬戸内海の西端に位置する周防灘の遠浅の海岸を、水深一〇メートルまで埋め尽くして、鉄と石油のコンビナートを設けようというもので、山口・福岡・大分三県にまたがる巨大計画であった。

きわめて漠然としたこの計画の中で、まず具体化したのが、九州電力による豊前火力発電所建設計画である。福岡県豊前市明神地先三九ヘクタールを埋めて、巨大火力発電所を建てるという計画が発表されたのは、一九七一年十月である。それは明らかに、巨大開発を牽引するエネルギー拠点に違いなかった。

翌年六月ごろから、むしろ隣町である大分県中津市（人口六万人余）で反対運動が始まり、それは豊前市にも波及した。

「中津の自然を守る会」は、革新政党や地区労や連合婦人会が中心となった大きな勢力として反対運動を展開したが、一年たらずで動きをひそめてしまった。結局、それは組織がスローガンとしてかかげたタテマエの運動であったのであり、本心から巨大開発を拒否しようとする、やむにやまれぬ個人の運動ではなかったからである。一九七三年二月から三月にかけて、豊前市も中津市も九州電力と環境保全協定を結んで、建設を承認した。

中津の町で、それでもなお反対運動をやめまいとする者がわずかに残ったが、彼らがなんの組織にも属さぬ無力なはぐれ者ばかりであったのは、偶然ではない。十指にも満たぬ彼らは、松下グループと呼ばれて孤立をきわめることになる。反対運動をやめていった者たちは、そのことを正当化するために、なおそれを続けている者たちをそしることになる。松下センセは、運動の報告書である『暗闇の思想を』（朝日新聞社刊）を公刊したことで、地元の革新組織地区労から告訴される。

火電闘争をやめたという事実を報告したことによって、地区労の名誉を傷つけたというのである。

一九七三年三月、中津の極少グループは、県境を越えて豊前市の反対派と手を結び、「豊前火力絶対阻止・環境権訴訟をすすめる会」を結成、再出発をはかる。

豊前市（人口三万余）の反対運動は高教組と自治労を中心とするもので、一般市民が参加する運動とはならなかった。革新市議一人すら持ちえぬこの田舎町では、それも無理からぬことであった。それにしても、中津の町では革新政党や労組からすっかり嫌われた松下グループが、県境を越えた隣町では同じような組織から友好的に迎えられたというところが面白い。実に珍なる組み合わせなのだが、これはついに崩れることのない不思議なバランスをその後も保っていくことになる。

一九七三年八月二十一日、環境権訴訟をすすめる会は、九州電力を被告として火力発電所建設差止訴訟を提訴。原告はわずかに七人で、農漁業者を含まぬ原告団はこれを環境権裁判とせざるをえなかった。とうてい勝ちめのない裁判に尻ごみして、弁護士もついてくれぬまま、素人原告団による本人訴訟となった。

「被告人の行為は真摯であった」

一九七三年の夏のある日曜日が、たまたま勤務休みであったということが、梶原得三郎さん（四十二歳）の運命を激変させることになった。北九州市の住友金属に汽車通勤する彼は、日曜と休みが重なることはめったになかった。

その朝、ひらいた新聞から一致のビラがこぼれ落ちた。中津の自然を守る会の結成集会案内のビラであった。ふっと、それに行ってみようかという気になった。そういう気持が動いたのも、彼の求めるものがそこにありそうな予感がしたからであった。

彼は住友金属何千人かの本工組合員の中で、たった五人の組合を作って運動を続けていたが、いつしかあるむなしさを抱き始めていた。組合運動というものが、家庭とは切り離された職場での運動であって、いったん家庭に戻ればもう闘う姿勢すら忘れているようなありように、ひそかに悩んでいた。

その日の集会で、彼は初めて松下センセと出会った。こんな貧相な小さな男が反対運動のリーダであることに驚いた。だが、この日以後、彼は松下センセの最もよき相棒となって、火電建設反対運動にのめりこんでいく。なぜなら、住民運動はタテマエではできない。まさに家庭もろともの日常運動だと知るからである。

彼が裁判の原告に立つことを表明した時、周囲はそれを止めようとした。なぜなら、彼にはすでに会社からの露骨な圧力がかけられていたからである。住友金属では、発電所反対運動をする社員など、とうてい見逃せることではなかった。それでも彼は、「わしを男にさせちょくれ。クビになっても筋は通させておくれ」とミエを切って、ついに原告団の一員となった。

恐れていた事態はすぐにやってきた。一九七四年六月、九州電力は埋立てを強行着工したが、これに抗議して捨石船に乗り移った梶原さんは逮捕され被告とされて、十八年間勤務した会社をやめねばならなかった。

彼が田舎まわりの魚の行商を始めて、もう四年が過ぎる。いつまでたっても、もうけることのできぬ彼に呆れつつ、和嘉子夫人がこまめなアルバイトでどうやら毎月のつじつまを合わせている。当人の生活が不安定そのものなのに、彼は松下センセ一家の貧しさを気づかっているのだからおかしい。

梶原さんの並はずれた誠実さを、誰もがいう。「運動というのは、やっていることの中身で理解される前に、どういう人物がやっているかによって理解されるはずだ」と信じている彼は、だから痛ましいまでに生活の全姿勢を正そうとしているようにみえる。もうけの薄い小さな魚の方を勧めてしまう商売ぶりまで含めての、それが彼の生きる姿勢なのだ。

それに耐えかねて、和嘉子夫人が、「あなたのようなことをいいよったら、この世は生きていけんがあ」と嘆じてみせても、もはや彼には自身の心がごまかせないのである。

彼が逮捕されたと知った時、激しく泣きじゃくった一人娘の玲子ちゃんは、そんな父を間近に見つつ、いまでは中学二年生となった。そして、『草の根通信』に寄稿するのである。

父上の刑事裁判での論告求刑、最終弁論。わたしは学校を二時間で早びけして、傍聴に行った。早びけというのは、いつやってもよいものである。

法廷には、深い沈黙の中に、はりつめた緊迫感があった。父上は落着いていた。イライラもせず、ハラハラもせず、じっと腕を組んでいた。

「被告人、梶原」

父上はおもむろに立上った。わたしにはこの時ほど、父上が大きく見えたことはない。父上の弁論はすばらしかった（これは決して、父上の子だから言っているのではない）。なぜ拍手がなかったのか。これが最大の問題であろう。

今日の傍聴は、学校で数学や社会の教科書とにらめっこしているより、ずっと勉強になった気がする。また、大きくなった時に、きっと何かの役に立つのではないかと思う。勉強は教科書だけでやるものではない。九〇％の事実と、七％の思想と、三％のいいわけから、わたしはそう考える。

梶原さんには、罰金刑がいいわたされたが、判決文を読み上げたあと、裁判長は異例のコメントを付して、「被告人の行為は真摯でひたむきであった」と述べた。

六年前も今も変わらぬ極少ぶり

こんなふうに、豊前火力反対運動の一人一人を紹介していけば、紙数は尽きてしまう。八年間にわたって、毎週木曜夜の定例学習会に、必ず遙かな福岡から通い続けている坂本紘二さん（九州大学工学部助手・三十四歳）のことも書きたいし、北九州市から通い続ける野鳥の会の狩野浪子さん（公務員）のことも書きたい。もちろん、豊前市の五人の原告たち、市崎由春さん（自治労役員・五十四歳）、坪根侔《ひとし》さん（高校教師・四十四歳）、釜井健介さん（毛糸屋・社会党市議・三十四歳）、恒遠俊輔さん（高校教師・三十四歳）、伊藤龍文さん（高校教師・三十四歳）のことも、それぞれに書きたい。

この一見奇妙な運動の、正体は何なのかということの秘密は、この運動にかかわり続けている一人一人を語り尽くすことによってしか解けないという気がするのだ。

奇妙な運動——と書いたが、第一に、いったいこの運動には力があるのかないのかということが、どうにもわからないのだ。中津の町における松下一派の極少ぶりは、六年前もいまも少しも改まっていないのである。

「もう、二年前になります。反原発映画の上映会を当会主催でやりましてね、全市に三万枚のビラを新聞折り込みしたんです。この町で三万枚といえば、全戸ですよ。そのビラを見て参加して来た市民がたった一人いました。その時からもう、集会は諦めています」

「毎月二千部発行の『草の根通信』も、この町で読んでくれてるのは三十人もいないでしょう。あと、四百部は豊前の組織にまわして、残りは全部遠い各地の読者に郵送です」

松下センセが自嘲気味にいう孤立ぶりを見ると、「これではもう、とても運動とは呼べんですよ」といった呟きにも、ついうなずきたくなる。実際、松下センセらのやっていることを手厳しく批判する運動者も少なくない。

だが、それでいて、弁護士なしの大きな裁判を支えてきたのは、梶原さんの借家に毎週ひそひそと集まって来る、これら十指にも満たぬグループであったのであり、そのあるかなきかの存在が、九州電力からもあるいは町の人々からも絶えず気にされ続けているというまぎれもない事実から見れば、やはりこれは何かを撃ち続けている運動なのであろうかと思い迷うのである。

たとえば、環境権といえば即座に豊前という言葉が連想されるくらいに、豊前火力の裁判が環境権という新権利の概念を世論になじませたという功績は、気弱な松下センセとてさすがに自認しているようである。

環境権は弁護士抜きで控訴審へ

明神の海岸が埋められ、すでに豊前火力は操業を続けている。豊前・中津両市民にとっては、どこからでも仰げるその二〇〇メートルの高煙突はもはやどうしようもない既成事実である。着工時の阻止行動は有罪が確定し、差止裁判は門前払い判決となった。「アハハハ……敗けた、敗けた」と認めながら、しかしなぜ、彼らは徒労ともみえる執拗な抵抗をやめようとしないのか。一九八〇年一月には、またしても本人訴訟で控訴審に挑もうとしている。

『草の根通信』（七九年十二月号）の座談会の中に、松下センセの次のような言葉がある。

「だからね、どこやら行ってよく聞かれる質問にね、これだけ負け続けて、なぜまだやるんかちゅうのが、必ずあるんよね。そんな時、なかなか答えにくくて、ただひとつだけいえることは、やっぱり、これまで一緒にやってきたのりちゃんみたいな人を、裏切ることはできないちゅうのがあるんよね。別に、のりちゃんだけちゅうのじゃなくて、それは同志全部のことなんだけど、やっぱりその象徴みたいに、のりちゃんのことがパッとおもいうかぶところがあるね」

その言葉を鍵とみて、のりちゃんこと今井のり子さんを訪ねてみよう。

彼女の家は、中津市のやや郊外にある。ビニールハウスの中で、彼女はカーネーションの手入れをしていた。野良着のよく似合う小柄な娘さんで、目が美しい。人と接したくないという内向的性格が、彼女に花づくりの道を選ばせたという。

「それなのに、どうして運動に加わったんですか」

「それが、いまとなっては自分でもよくわからないんです。もちろん農作物にとって大気汚染のことを心配したってことはあるんだけど……。運動がこの町で始まったばっかりのころ、人見知りの激しい私が、いきなり松下センセの自宅を訪ねたんです。――でも、この会に集まる人って、みんな似た性格なんですよ。内向的で気が弱くって、人がよくて……、だから、私のような者でも、ほっとする雰囲気があるんです」

「どうして、そんな者ばかりが集まったんでしょうね」

「集まったというより、気がついたら、そんな者だけが取り残されていたということでしょ。要領よくやめていくことのできない者、人を裏切ったりできん者、あるいは自分の心をごまかせん者が、自然に残ったということなんでしょうね」

「そんな結びつきだとしたら、ここの運動はどんなに少人数でもいつまでも続いていくことになるじゃないですか」

「そうかも知れませんね」

花畑の中で、今井さんの返事はなんの気負いもないく、ひどく静かだった。

八〇年代はきっと仲間がふえる

松下センセに、今井さんとの問答を報告すると、彼はうなずいて、「面白い話があるんですよ」

といった。

「S君といって、二十九歳の独身青年ですけどね、福岡のスーパーで店員をしているんだが、たまの休日には必ずはるばると汽車に乗ってこの会のメンバーに会いに来るんですよ。そのたびにうちに泊まるんだけど、このS君の飯の食べっぷりがすごいんだ。S君は小さな体なんだけど、ビール三本飲んだあとに飯を五杯は食べるんだ。――ところが、最近になって初めてわかってびっくりしたんだけど、S君は日常はごく少食らしいんだ。それがこちらに来ると、なんだか解放された気分で、つい食欲がわくというんだから、彼は福岡で一人も身近に友をつくれないんですね、それではるばると通ってくる……」

坂本さんが、かたわらで少し性急なしゃべり方で話を引き取った。

「だからね、この運動に集まってきている者たちは、みんな実は今の社会状況に順応できない者たちなんだよね。――開発はもうおことわりだ、発電所ももうこれ以上造らせまい、電力が足りないというなら、いまある電力で足りるような生活に戻ればいいんだ、貧しくてもいいじゃないか、もっともっと本当の人間関係で生きられるような社会を考えようといい続けているのが僕らの運動であってね、そのことを一番痛切に願う者たちが、S君であったり、のりちゃんであったり、得さんであったり、松下センセであったりするのは、これは絶対に偶然じゃないと思うんだな。だからさ、いよいよ石油危機の深刻化する八〇年代の混沌の中で、僕はね、この仲間はきっとふえていくという気がするんだな」

これは七九年も暮れようとする師走なかばの学習会の夜の会話なのであったが、突如として松下センセが、「実は、チラッと聞いた子どもニュースなんで、あんまり確かじゃないんだけど、今夜の九時から流星群が見られるらしいんだ。いまから、みんなで河口に行かんか」といいだした。

その夜のメンバー七人（プラス乳児二人）は、たちまち賛成して、ぞろぞろと夜の河口へと出て行った。寒気の厳しい夜であったが、七人のロマンチストはいつまでも冴えた夜空を仰ぎ続けた。

嫌われたる者として

1980.3

中津の風

昨年、私は『疾風の人――ある草莽伝』（朝日新聞社刊）という本を出した。福沢諭吉のまたいとこにあたる無名の草莽増田宋太郎の短く烈しい生の軌跡を辿ったものである。敬神尊皇の国学の徒である宋太郎は、夷風を導入する福沢を憎み暗殺をすらはかるが、のちには初期民権運動の一員となって福沢にも学ぼうとする。結局、彼の騒ぎ過ぎる血は、西南役に中津隊を結成して、西郷と共に薩摩の地に果てたのであるが。

「いったい、なぜこんな人物をとりあげたのですか」と記者に聞かれて、幾つかのそれらしい回答をした上で、最後に冗談めかせて私はこんなふうなことをいった。

「白状しますと、私には福沢諭吉に対する屈折した思いがあり続けましてね……。周知のように、福沢諭吉はこの中津という救いがたい保守風土をさっさと捨てて、中央で大成した人物です。一方、増田宋太郎はこの地のしがらみから抜け切れずに、この地で何かをなそうとしてあがき続けた人物なんですね。そういう宋太郎に対して、私にはひそかな惻隠《そくいん》の情の如きものがあります。なぜなら、私もまたこの地に残った者だからです」

　私が冗談めかせてしか口にできなかった、その屈折した思いは、多分、記者氏には軽くしか受けとめられなかったかも知れない。

　私が高校を卒業したのは、もう二十余年も前のことになるが、その時同級生のほとんど全員が都会の大学に進学していき、あるいは就職していくのを見送ったみじめさは、およそ十年ほども私の胸中に疼き続けたように思う。この停滞した町に残るということは、それほどに屈辱的であった。なぜなら、それは才能もなければ覇気《はき》もないことを自認することのようであった。家業の豆腐屋として働くことになった私は、都会から帰省して来た旧友達の姿を遠くにみかけただけで、あわてて姿を隠そうとするのだった。なんとかして、自分もこの地から脱したいと願い続けた。その日に備えてひそかに貯めた金も、すでに都会に出て職を転々としている三人の弟達の悲鳴のような送金依頼の速達で奪われていくのだった。

　私が本当にこの地に棲み続けると覚悟を定めたのは、もう三十歳に近い頃だった。

　そして皮肉にも、その数年後には自分がこの町の嫌われ者となっていることを知らねばならなかった。棲み続けようとする私にむかって、「この町を出て行け」という脅迫状が幾通も届くことになるのである。

　なぜ、そうなったのかを書いてみよう。それを書くことで、この町――大分県中津市――の風土の片鱗くらいには触れることができるかも知れぬ。

生き方を求めて

嫌われる前の私に、束の間ながらも人気の時期があった。結果的には、その人気がのちの憎悪を増幅させることになったのであるから、まずその人気から記さねばなるまい。

テレビ『豆腐屋の四季』を観ましょう! 中津市船場町の豆腐屋歌人、松下竜一さんの青春の記録『豆腐屋の四季』(講談社刊)がテレビ化され、いよいよ来る七月十七日夜からRKB毎日テレビ(8チャンネル)、OBS大分テレビ(5チャンネル)などで放映されます。郷土中津を舞台の、このうつくしい感動のドラマを全市あげて観ましょう。ここから拍手をおくりましょう。

これは、市民有志が中津全市の各戸に配ったビラの書き出し部分である。

私の処女作である『豆腐屋の四季』が刊行されて、直ちに連続ドラマとして緒形拳主演で全国放映された一九六九年から七〇年にかけては、この町における松下竜一の人気は絶頂にあった。それまで一人の友すらなかった(本当に文字通りの意味で)私は、この一作でにわかに町の名士のような存在となったのである。ロケ隊歓迎会では緒形拳さんと並んで主座に据えられ、市長夫妻をはじめとしてこの町の有力者や知名士が列座した。私にはにわかに沢山の友ができた。

この町のさまざまな会に招かれて、講話のようなことをさせられる機会が多くなった。私は、どんなに自分が辛い労働に耐えて来たかを、苦況の弟達をいかに励まし支え続けて来たかを、そんな中で短歌を作ることがどれほどに生甲斐であったかを、時には涙をこぼしながらひたぶるに訴え続けた。そのことによって、ますます私はこの町の人々に愛されるようだった。

だが、それは実に短い人気であった。

その人気を突如崩させてしまったのは、他ならぬ私自身であった。いや、人気を崩したというにとどまらない。人気を憎悪へと逆転させてしまったのである。

逆転の始まりは、一九七〇年六月、私が唐突に豆腐屋を廃業したことにある。

私が豆腐屋をやめたについては、そうしなければならぬ幾つかの理由があったが、一番大きな原因は精神的に追い込まれてしまっていたということである。

私の人気が高まり、人々に愛され頭を撫でられれば撫でられるほどに、私の内心には違和感がつのっていた。結局、私がこんなにもてはやされているのは、社会にとって無害な模範青年であるからではないのか。世の中にどんな問題があろうと、なんの発言をするでもなく、豆腐屋の分際を守って、自分の仕事にいちずであり、妻や子らをいつくしみ、家庭をのみ守っていこうとしている生き方――それが模範とされるのなら、これほど危険なことはないのではないか。鈍い私も、さすがにそんなふうに気付かざるをえないのだった。

悩み抜いた果てに、私は自らに冠せられた模範青年という看板を引きずり降ろすことを決意した。そして、豆腐屋をやめたのである。

著述家としての道を選んだのは、いささかでもそこに自由がありそうであったからだ。夜中の二時から起き出て一日中を労働に追いまくられた豆腐屋としての十四年間、私は世の中のどんなことに連帯する時間的余裕も持ちえなかった。新しい一歩を踏み出そうとして、なによりも欲しかったのは自由の時間であった。はたして著述家としてやっていけるかどうかということすら、私にはその時大きな問題ではなかった。

本当の優しさのために

豆腐屋をやめたとたんに、最初の憎悪がやって来た。「たった一冊の本の成功で思いあがって、生意気にも作家面をしやがって」という非難の声がさまざまな形で打ちつけられた。

だが、その時点ではまだ私を見守ってくれる人々も沢山いた。『豆腐屋の四季』的な作品を次々と書き続けるようにと、励ましてくれる人々である。

そんな人々からすら、あいそをつかされるようになったのは、私が火力発電所建設反対運動の先頭に立つようになってからである。一九七二年の春頃からのことである。

大分県中津市は、周防灘に臨む静かな城下町である。これといった企業もない人口六万たらず(当時)の市は、田園都市といってもいいだろう。ちょうど、北九州市と大分市の中間に位置して、周辺農村の消費人口を背景とした商業の町でもある。

この町の中でスオーナダ総合開発という言葉がささやかれ始めたのは、いつ頃からのことであったろう。私がその言葉に不安をおぼえたのは、一九七一年の春頃のことであったと思う。とにかく、山口・福岡・大分三県にまたがる周防灘の沿岸を埋め尽くして、そこに鉄と石油の基幹産業を並べようという巨大計画である。

これまでの静かで穏やかなこの町の風土が激変することを予感して、私はこの巨大開発に嫌悪を抱いた。いやいやながらこの町に残り、朝から夕べまで河口の土手を豆腐を積んで往き来する内に、私はいつしかそんな風景にひたりこんでいるのだった。そんな風景に触発されて、私の短歌作りも始まったのだった。その風景を、私はもはや喪いたくなかった。

だが、スオーナダ開発は、この町の人々にバラ色の幻想を与えることになった。この町はそれによって大きく発展するはずであり、〝発展こそはのぞましいこと〟なのであった。

周防灘開発のエネルギー拠点となるはずの豊前火力発電所（隣り町の福岡県豊前市に建設される）に反対する運動を始めた時、私には決定的な憎悪が集中し始めた。

開発をのぞむ者たちにとっては、もはや私は〝敵〟であった。しかも、御しやすい模範青年として、ついこの前までは頭を撫でてやっていたのに、生意気にも敵にまわったのであるから、彼らにしてみれば〝裏切られた〟と感じたのも当然だろう。「この町から出て行け」という電話がかかるようになった。とうとう或る日、わが家を買いに来た者がいる。「いよいよこの町を出られるそうで、それでしたら私にこの家を売って下さい」といわれた時、私は啞然とした。私を追い出したいという声々が、とうとう出て行くらしいという噂をまで生んでいたのだ。にわかに増えていた友人達は、もう近付かなくなった。

そんな中で、殊に私を寂しくさせたのは、私の本を心から愛読してくれた読者すらが、私から離れて行ってしまったことである。『豆腐屋の四季』という、優しい小世界を愛してくれたそんな読者は、私が反対運動という時には荒々しい姿を見せざるをえない行為に走ったことで、やはり〝裏切られた〟と感じたのである。「あなたは道を間違っています。もう一度、やさしかったあなたに帰って下さい」という懇切な忠告を、そんな読者から私は沢山受けとった。「いいえ、私は以前の自分と少しも違っていないのですよ。やさしさの世界を守るためには、時に激しく闘わねばならないのですよ」という私の返答は、頭から受け容れられることはなかった。

十年の孤独

もちろん、一方でそんな私を〝素朴な目覚めた青年〟として遇してくれる人びとが、この町にもいた。それは、かねがねこの町で革新的存在である社会党や共産党や地区労などの人びとであった。そのような人びとと共に、私の火力発電所反対運動は始まった。

「松下は、社会党や共産党に利用されているのだ」という声はしきりに私の耳に届いたが、そんなことは気にとめなかった。とにかく、この火力発電所を阻止して、周防灘開発を廃棄させることだけが、私の願いであった。一人でも多くの仲間と共に闘いたかった。

だが、私の町の大きな反対運動は一年と続かなかった。私は、思いもかけず、過激派としてその運動組織から追われてしまうのである。もし、過激派という言葉が、最も熱心なる者の謂《いい》であるなら、私はその烙印を甘受したいと思う。おそらく、私は最も熱心に行動したがゆえに、そんなには行動しない者達（ほとんど既成組織に属する者）との間に軋轢《あつれき》を生んでしまったのであり、そこを政治的に調整するほどの老獪《ろうかい》さを私は持っていなかったのである。

七三年初めに、私は反対運動の組織から追われた。私と行動を共にしたのは、ほんの十指にも満たぬ若者だけだった。当の反対組織は、私達を追い出したあと、もはや反対運動を収拾するのである。その機をとらえて、中津市は九州電力と環境保全協定を結び、隣り町の発電所の建設を認めた。私はこの時点から、どうやらこの市の一番の嫌われ者となったようである。豆腐屋をやめた時が嫌われ始めであるなら、反対運動を始めた時が、より一層嫌われた時であり、そして最後にその反対組織からも嫌われてしまったことによって、この町における私の嫌われぶりは、まさに仕上ったのである。

まことに悲劇的なことに、この町の素朴な人びとからは、「あいつはアカだ」と信じられていて（この田舎町では、こういういいかたは大きな力で残っている）、しかもアカの陣営からも私は追放されているのであるから、どこにも身の置場はないのである。

以来、七年間、私は極少数の仲間と共に執拗に反対運動を貫いて来た。私の相棒である梶原得三郎さんは、九州電力の強行着工を実力阻止しようとして逮捕され、それまで十八年間勤務した会社をやめさせられ、いまは魚の行商をしているのだが、彼の家に毎週木曜の夜に集まる同志は十人に満たない。人口六万の中の六人とみれば、実に〇・〇一%というあるかなきかの存在として、運動を続けていることになる。

「どうして、そんなに仲間がふえないのですか」と、よくよそから取材に来る人に不思議がられるのだが、これもひとえに松下竜一の不徳のいたすところである。かつての人気から逆転した憎悪は、十年やそこらでは解けないということなのだ。つまり、ひとつの憎悪あるいは悪評が十年やそこらは薄れずに続くというところに、こんな田舎町の澱んだ停滞性があるといえる。

おそらく、よその地から見れば、この町での豊前火力発電所反対運動の孤立のすさまじさは想像を絶しているだろう。たとえば、反原発映画の上映会を企画して、全市に三万枚の宣伝ビラを新聞折り込みして、それによって来てくれた人は一人であった。

或る時、井出孫六氏の講演会を主催したことがある。さすがに、聴衆が来てくれた。あとでその聴衆の中のこれはと思うような人に宛てて、私達の会の機関誌である『草の根通信』を送ってみた。どうか読んでみてほしい、というつもりであった。だが、その通信をわざわざ送り返して来た人がいる。「私は井出氏の話が聴きたくて参加したので、あなた方に共鳴したのではないから」と但し書きを添えて。残りの人々からも、通信の申し込みはついに届かなかった。

微妙な変化

伝え聞くところによれば、北アイルランドの地下組織の一員となるには、本人の親はもとより、そのじいさん、更にひいじいさんまでさかのぼって、その一族が信頼に価する者であったかどうかによって判断されるのだという。

考えてみれば、地方という風土にあって、十年やそこらの孤立などはいうにも価しないことなのだろう。嫌われながらも、私の存在はいまではこの町に認知されてきている。もう、私にむかってこの町を出て行けという声は届かない。

昨年、私達が進めていた火力発電所建設差止訴訟（豊前環境権裁判）は却下判決となった。いわば、最悪の敗訴であったわけだが、この町の人びとから「それみたことか、いいざまだ」というような罵声《ばせい》を浴びせられることは一度もなかった。それどころか、逆に、これはと思うような人から、「御苦労さまでしたね。本当によくやってくださって、ありがとうございました」と声をかけられることが幾度かあった。路上で呼び止められてである。

それは、微妙な変化の始まりのようにみえる。満八年間、ひとつの理念を掲げて筋を通し続けたことが、ようやく評価へとつながり始めたという気配がある。私達の運動は、じっと視られていたのである。

地方にあって、容易に一つの憎悪が薄れないという状況は、いい換えるなら、長年にわたって視られ続けているということでもある。これは、都会では考えられない視線であろう。めまぐるしい都会で、ひとつのものに執拗な視線を注ぎ続けるということは考えられまい。だが、この町にあっては、私と私の少数の仲間の運動はみつめられ続けてきた。みつめられ続けることによって、私への憎悪は維持されたが、同時に又、八年間をみつめ続けることによって、その評価も生まれ始めたのではないかという気がする。

そして、そういう気配が、直ちに私らと共に手を組むことへと高まっていくのだなどという性急な期待を、私は抱きはしない。ここまでが八年間なら、更に八年間が必要なのかも知れない。

暗闇の思想

宇井純氏が『朝日ジャーナル』に書いていたように、七〇年代の反開発運動がこの列島の改造に歯止めをかけたことは、事態が今日に至ってみれば、まさに救国の運動であったといえるだろう。もしも、列島改造をほしいままにして、山を削り海を埋めてコンビナートを倍増していたら、エネルギー危機の八〇年代はいよいよ収拾のつかぬ状況となっていたであろう。

その意味で、豊前火力は建設されたが、ついにスオーナダ開発は凍結され、沿岸の町々は救われたといえる。

七〇年代の初頭に『暗闇の思想』(朝日新聞社刊)を掲げて、発展はしなくていい、開発はごめんだと訴えた時、それはこの町で猛反発に遭い、過激派という烙印の一因ともなったのだが、八〇年代を迎えたいま、さすがにそのことをもう一度考え直そうとしている人びとは、この町にも少ないような気がする。

昨年末、NHKの『新日本紀行』は、「七〇年代を刻む」というシリーズで、私達の小さな運動に視点を据えて、スオーナダ開発に侵されなかったこの町の海岸を、美し過ぎる画面で描いてみせたが、それを視たこの町のいろんな人々から、美しい画面に幻惑されたように、「この海岸を護ったのは、あなた方の力ですよ。あなた方のことはいろいろ悪くいわれましたが、結局正しかったんですね」という過褒をいただいて、私は照れねばならなかった。周防灘開発が凍結されたのは、まさかわれわれの微力が国を動かしたのだなどと自認するほどに私は楽天家ではない。瀬戸内海汚染の救いがたい進行と、不況による企業側の自己抑制が、この信じがたいほどにおろかしい巨大計画を挫折せしめたに過ぎない。

ともあれ、こうしてこの町の環境があるいは襲ったかも知れぬ激変からまぬがれたことを、「それでよかったのだ」と肯定する者は増え始めているようである。八〇年代に臨んで、『暗闇の思想』は潜在的に普遍化していくのだと思う。

一九七二年、私はこの町のことに触れての一文〔本書収録「で、中津はどうなるん」76ページ〕を書いたが、その小文を次のように結んでいる。

「『広辞苑』第一版に登載された〈中津市〉は、一昨年の第二版から消えてしまった。岩波書店に問い合わせたら、人口が減少して重要性のない町になったと判断しましたので、ということであった。

貝掘りが出来て、ツバメが多くて、空の美しい町――それが重要性のない町のみの特権であるなら、私は〈中津〉が『広辞苑』第三版に復権しないことを、ひそかに願っている」

ほぼ九年前の文章でこの稿を結ぶことに、私は少しも違和感をおぼえないのである。

魚（テネシー）と鳥（豊前）を結ぶ環境権裁判

1980.3

福岡県豊前市という人口四万足らずの田舎の町でアメリカの法学教授が講演をして、会場を満員にしたのだから、これはちょっとした〝文化的事件〟といえないだろうか。

ミシガン州立ウエイン大学教授、ジグムント・プラッター氏のこのたびの来日を語ろうとすれば、一昨年六月十六日付の「朝日新聞」記事にまでさかのぼらねばならぬ。

〈七センチの魚が勝った！　ダム中止の判決、一億ドルの費用フイ〉という、私が見た夕刊の見出しの記事は、決して大きいものではなかったが、その内容は画期的なことを伝えていた。

「米最高裁は十五日、七センチあまりの小さな魚を絶滅の危機から救うため、テネシー州リトル・テネシー川に建設中のダム工事の中止を求める決定をくだした。環境保護論者に軍配を上げた形だが、現実に巨費を投じている上に、人間の側の経済生活向上を目ざすダムは立ちぐされの憂き目、とあって、今後も論争は続きそうな気配である」という前書き部分を引くだけでも、この判決の意義は伝わってくるだろう。実際、全国で環境保護の裁判に苦闘している者たちに、この小記事は鮮烈な示唆を投げかけたのである。

われわれが日本の裁判所に多く絶望させられるのは、既成事実を前にしての司法の権威の全面的屈服に対してである。

たとえば、海面埋立差止裁判というものが、いかに無力であることか。企業の側は、裁判を無視して埋立てを強行してしまえば勝ちであることを、知っている。なぜなら、裁判所自身がこういって裁判を無意味にしてくれるのだから。

「すでに巨費を投じて完成した埋立地を、元の海面に戻せということは、もはや非現実的であるから、本件における訴えの利益はなくなったとみなされる」と。

それほどに、わが国の裁判所は既成事実(いいかえれば、経済的投資)の前に、自らの権威を放棄して卑屈である。

いかなる巨費を投じて既成事実が築かれようとも、それが法に照らして不正であるのなら、それは否定さるべきであって、そういう毅然たる判決が一件でも例示される時、裁判所への信頼ははかり知れないほどに回復をみるはずである。

そう願い続けている者たちが、海の向こうの判決とはいえ、まさにその〝一例〟を知って快哉《かいさい》を叫んだのは、当然であった。

もっとこの判決の内容を知りたいとして、積極的にアメリカまで情報を求めたのは、琵琶湖環境権訴訟団代表の辻田啓志氏である。氏の努力によって、われわれはダム差止裁判の原告として活躍したプラッター教授の存在を知ることとなる。

この三月二日、全国の住民運動の百万円カンパによって、プラッター教授は来日した。京都での講演のためである。

滞在短いプラッター教授を、私は強引に豊前に招いた。そうすることを〝遠来の客〟も喜んでくれるはずだと、私は辻田氏らに広言したものだ。

駅頭に出迎えた私の手を握った時、プラッター氏が発したのは、おぼえたばかりの日本語であった。「おお、七人のサムライ！」

豊前平野の七人の市民が起こした火電差止裁判の第一準備書面が、次のように書きだされていることは、よく知られているはずだ。「一羽の鳥のことから語り始めたい――」と。

あえて原告たちが、埋立予定海域に飛来する水鳥のことから語り始めたのは、経済効果をすべてに優先させてきた開発行為に対する、鋭い反問として象徴的意味を帯びていた。

五日行われた豊前での講演で、プラッター教授がまさに一尾の小さな魚の……ことから語り始めた時、誰もがスッと聞く姿勢に入れたのは、そのためである。

TVA（テネシー流域開発公社）が、リトル・テネシー川にテリコ・ダムを完成させようとしていた一九七三年八月、渓流にスネールダーターというスズキ科の小魚が発見された。四カ月後、アメリカでは「絶滅の危機に瀕する種に関する法律」が制定される。さらに二年後、スネールダーターが同法の適用種に指定されたところで、プラッター氏の登場となる。

ダムによってこの小魚が絶滅する以上、ダム建設は「種に関する法律」に照らして違法であると、プラッター教授らがダム差止裁判を提訴するのは七六年二月である。七八年六月、前記記事の告げる通り、連邦最高裁はすでに完成して水を貯めるばかりのダムを差し止めてしまった。

この裁判の意義の第一を、既成事実の前に屈服せぬ法の厳正さの確認であるとすれば、第二には、真に守り抜かねばならぬものは何なのかという問いに答えていることである。「スネールダーターは一つの象徴でした。炭坑夫がカナリヤをさげて地底の安全をはかるように、この小さな魚の存在が、人間の生存条件のバロメーターかも知れないのですから」とプラッター氏は述べている。

実際には、その後の政治的工作によってダムには水が貯められてしまったのであるが、そのことがこの裁判の意義を色褪せさせるものではない。それはちょうど、全面敗訴に終わった豊前環境権裁判を、われわれがいささかも恥じていないことと同じであろう。

裁判所の市民から　傍聴者にもわかる裁判を

1980.10

七年前、七人の市民が弁護士支援もたのめぬまま、本人訴訟を覚悟して火力発電所建設差止請求裁判に踏切ろうとした時、一番心配したことは、この裁判をどれだけ公開できるだろうかという点であった。なにしろ、私を含めて原告七名の中には、一人として裁判の体験者はいず、法律に縁ある者もいない有様で、それだけに法廷という〝密室〟への尻ごみは相当なものであった。

もし、密室の中に原告団だけで閉じこめられ、被告側弁護団と裁判官という専門家と対峙《たいじ》するということになれば、われわれ七人はいいようにあしらわれるに違いない。法を知らず裁判体験を持たぬわれわれであるから、どんなふうにでもいいくるめられてしまうのではないかという不安を消せないのだった。

そうならないためには、この裁判を法廷という密室からできうる限り開放し、その内容を逐一世間に公開することで、世論の注目にさらし続ける以外にない。多数の眼がみつめ、多数の耳が聴いているとすれば、いかにわれわれがしろうと原告団であろうとも、これをいいかげんにあしらうことはできないだろう。――というのが、しろうと裁判開始にあたっての最も基本的な戦略なのであった。

その戦術としては、まず福岡地裁小倉支部で最大の法廷を要求し、その傍聴席を毎回埋め尽くすことである。とはいえ、長期にわたる裁判で傍聴席（一一〇名）を満席にし続けることは容易ではない。おおかたの裁判で、傍聴席が溢れるのは第一回口頭弁論と判決時くらいなもので、途中の実質的審理では空席の目立つのがふつうである。われわれの裁判が、六年間にわたってほぼ毎回傍聴者を多数惹きつけえたのは、それなりの工夫があったからである。工夫といっても、特殊なことではない。傍聴者にもわかる裁判を心がけたというにすぎない。

　私自身の傍聴体験からしても、傍聴席で眠くなるのは、弁護士同士が法律用語で渡り合い、傍聴者が眼を通すことのできぬ書類を交換し合ってすませているからである。さいわい、われわれ原告団は傍聴者と同じしろうとであるゆえ、誰にもわかる言葉で発言したし、書類を提出するにあたっても、必ずそれを朗読することで（裁判所はうんざりしていたようだが）、傍聴者にもその内容を理解してもらった。

　立証に入って、学者の専門的証言が続くことになった時も、その学問的内容をいかにわかり易くかみくだいて法廷に提出するかに、われわれは知恵を尽くしたつもりである。たとえば、その一つの方法として法廷でのスライド映写は傍聴者にも好評であった。

　最初、裁判所は法廷でのスライド映写による証言をずいぶんしぶったものである。それは、証拠としての記録の難しさという技術的理由もあったのだが、それ以上に、法廷を暗くした場合警備上の問題が生ずる恐れがあると真顔でいわれた時、私は思わず苦笑してしまった。

　いったいに、裁判所は、われわれのこのような基本方針――すなわち、傍聴者にもわかるように裁判を進めるというやり方に、好意を示さなかった。われわれのやり方が、裁判として邪道であるという意味の注意を、再三にわたって裁判長から指摘されたものだ。

本当にそうであろうか。私には、傍聴者にも理解される裁判であることこそが、公正な裁判の基本条件ではないのかと思えてならないのだ。もし、裁判所がそういう認識に立つなら、法廷のありようはよほど違ってくるだろう。

はっきりいって、現在の裁判所は、傍聴者の存在を厄介なお荷物としている。ほんとうは居てほしくないのだが、裁判公開の原則上やむをえず認めてやっているのだという姿勢がありありとしている。

たとえば、なぜ裁判官席にマイクを置かないのだろう。裁判長が何と発言したのかは、しばしば傍聴席では聴きとれない。大きな声を出しては威厳にかかわるとでも考えているのか、くぐもり声の裁判長がやたらに多いのだから。要するに、傍聴席に聴こえようと聴こえまいと、知ったことではないというわけだ。

もし、傍聴者（いうなれば、世間代表とみなすべきだ）の理解をも得つつ裁判を進めるということになれば、こういう態度は改まってくるだろう。そして、こういう裁判の進め方で、裁判所は何を喪うと恐れているのだろうか。

裁判公開をめざすわれわれの第二の戦術は、録音許可を取ることであった。周知のように、法廷での録音は当事者とて許されないのが原則である。傍聴者のメモが禁じられていることと共に、なぜそうなのか、私にはさっぱりその理由がわからないのだが、とにかく録音は禁止事項である。

われわれが録音の許可を求めた時、裁判長はなかなか承知しなかった。しかし、われわれはしろうと原告団による本人訴訟であるという特殊事情を強調して、くいさがった。「なんといっても、われわれは裁判に不馴れでありますから、録音して帰って、もう一度検討をする必要がありますから」といういいぶんを、結局裁判所は認めざるをえなかった。「あくまでも、あなた方の内部学習に限定するということで認めます」という条件はつけられたが、この決定によって豊前環境権裁判の全法廷は逐一録音されることになった。

その第一回口頭弁論でさっそく〝録音〟がわれわれを助けることになったから、面白い。その日、裁判のあと検討会を開いて、傍聴に来れなかった者のために録音を再生したのであるが、たまたまその中に弁護士がいて、法廷が閉じられる間際の裁判長の発言に耳をとめたのだ。もう一度、そこの部分を再生させた上で、彼は「あなた方の裁判はジュンビ手続に決定されましたよ。そのことを承知しているのですか」と指摘した。

そういえば、最後に裁判長がジュンビ云々というようなことを発言していたが、「次回からはもっと準備をして下さい」とでもいったのだと受けとめて、われわれはハーイと小学生のような返事をしたのだった。準備手続というのが、民訴法上の用語で、裁判を公開の場から非公開の密室に移し、原告・被告・裁判官三者が格式ばらずに話し合って問題点を整理していくことなのだと知った時の、われわれの驚きようといったら。それは、多くの傍聴者と共に裁判を進めていくというわれわれの基本戦略を、のっけから封じられたということである。

翌日、あわてて裁判長に面会を求めて、とにかく準備手続の決定をくつがえしてもらったが、ここらは緒戦から、いかに裁判を公開していくかというわれわれと、いかにこの裁判を密室に封じこめるかという裁判所の虚々実々の駆引であったといえる。

裁判を公開していくという上で、録音の効果は絶大であった。なぜなら、即座にテープ起こしをして、われわれの機関誌『草の根通信』に活字化していけたからである。法廷が開かれた翌月号には、早くも口頭弁論の逐一が記録されているのであるから、迅速な公開であったといっていい。『草の根通信』一千部によって、この裁判を見守り続けた者は多い。豊前環境権裁判が六年間にわたって多くの人々を惹きつけえたのは、このように迅速に毎回の法廷の中味を公開できたということも大きな理由である。それを可能ならしめたのが録音許可であった。

逆にいうならば、原則として録音を禁ずることで、裁判所は裁判の公開を阻んでいるということになる。もちろん、裁判所自身が速記および録音、タイプによって記録を作っていて、それを要求すれば取れるのだからというかもしれないが、そうしたところで記録は相当に遅滞するものだし、それを手元に取ろうとすれば費用も小さくない。

われわれの裁判が福岡高裁に移ってさっそく要求したのも録音許可であったが、これははねられてしまった。それも、なんの説得理由もなしの拒絶であった。

いったい、なぜ、このように裁判所は法廷の内容を外に洩らすことを警戒するのか。私にはその理由がわからぬし、それが健全なこととは思えないのだ。

傍聴拒否といえば、こんなこともあった。立証の過程で、発電所建設現地である豊前市の市民多数が証言に立つことになったので、われわれは現地での出張尋問を裁判所に要請して、裁判所もその意向を示した。ところが、その詰めの段階で、出張尋問は原則として非公開である旨をいわれて、驚かされた。

現地で現地の市民が数多く証言するのであるから、傍聴希望者は多い。それを許さないというのだ。「だいたい、出張尋問というのは病人とかの場合が多いんですよ。そんな病床に、傍聴者を入れるわけにはいきませんもんね」という説明では、このケースの傍聴拒否理由にはならない。結局、出張尋問法廷の秩序維持に不安があるということをいいだした。数人に制限しての傍聴なら認めるという裁判所の条件に呆れて、われわれは出張尋問をとりさげてしまった。多数の傍聴者と共に裁判を進めるという基本方針を、最後まで貫くためには、そうする以外になかったのだ。

ふりかえって、われわれ如きしろうとが、これだけの大きな裁判を六年間にわたって維持できたのも、この基本方針を貫けたからであると、私は信じている。裁判は、あとうかぎり公開すべきであるし、公開によって喪うものはないはずなのだ。傍聴者（くり返していうが、世間の代表とみなすべき存在として）に理解できないような裁判は、やはりそれ自体どこかおかしいと考えるべきではあるまいか。

道化の裁判を演じ抜く

1981.3

豊前火力建設差止請求裁判控訴審の判決が三月三十一日と決まって、われわれの機関誌『草の根通信』では、その全読者に向けてもっか〈垂れ幕の名文句〉を募集中である。垂れ幕とは、裁判の判決時に裁判所玄関で掲げてみせる勝敗報告のあれである。傍聴席に入りきれずに裁判所構庭にたむろしている支援者に、一刻も早く判決結果を知らせようとして法廷から駆け出してきた一人が、用意の垂れ幕をさっと垂らしてみせるといった光景は、大裁判の判決ニュースでは欠かせぬさわりの場面である。

それだけに、あれは訴訟当事者以上に報道陣の方が必要とするものらしく、一昨年の一審判決時には、その用意のなかったわれわれは、「それではテレビニュースの絵にならんでしょうが」と呆れられて、報道陣に尻を叩かれるようにして前夜にわかに垂れ幕づくりを考えねばならなかった。

われわれにその用意がなかったのは、その判決が一〇〇%敗訴に終わることがわかっていたからである。当事者だけでなく、誰にもそれはわかっていた。垂れ幕が劇的であるのは、固唾《かたず》を呑んで勝敗を待つ中でのことであって、一〇〇%敗訴とわかりきっているところに、いまさら「全面敗訴」などという間の抜けた垂れ幕を出せるものではない。

その間の抜けたことをやってくれとテレビ各局から懇請されて、私は困ってしまった。その時私の脳裡には、伊方《いかた》原発訴訟の原告達が敗訴の日に掲げた「辛酸入佳境」の垂れ幕が思い浮かんでいた。田中正造の晩年の言葉がそのまま伊方の人々の心境を表現していて、粛然とさせるものがあった。だが、われわれの裁判はそういう思いつめた心境とも違っている。

とうとう、判決前夜の小さな集いで、「実はテレビ局がうるさくいうので、みんな何か考えてくれんかなあ」と相談すると、どっと笑いが湧いた。やがて、皆がメモ用紙に走り書きしたものを集めてみたが、一読これだといえるほどの名文句(?)はなかった。しいて採るとすればこれかなというのが、「敗けた敗けた」という捨台詞であった。数分間それをみつめていた私は、その上に「アハハハ……」と書き添えて皆に廻した。爆笑が拡がる中で、「決まったァ」の声が起こった。

一九七九年八月三十一日午前十時三十分、福岡地方裁判所小倉支部の玄関に掲げられたのは、「アハハハ……敗けた、敗けた」という前代未聞の垂れ幕であった。

「あれはきわどかったのですよ」と、後日、テレビの取材記者から打ち明けられた。彼の局では、「あんなふざけた垂れ幕はニュースとして流せない」というデスクの怒りによって、あやうくその場面がカットされそうになったのだという。現場記者達の説得でようやく押し切ったのだと打ち明けられて、私は驚いた。

われわれ当事者にはあれ以外にありえなかった垂れ幕の文句も、遠くから傍観する者の眼には、単にふざけたものとしてしか見えなかったのかという驚きであった。その後も、このテレビ局のデスク氏と同じ怒りを、私は幾度も耳にせねばならなかった。

「いやしくも裁判という土俵に登った以上は、どんな判決であれ真面目に対応すべきであるのに、豊前火力裁判の垂れ幕は判決をコケにしていて、いわば神聖なる裁判全体を冒瀆したものである」という怒りは、弁護士や法学者など法曹界の人々に多いようであった。その批判は、まことに正論である。

だが、裁判の現場で絶望を重ねて来た者達に、その正論のなんとむなしく響くことか。だからこそ、現実の裁判の中で悪戦苦闘して来た者、打ちひしがれている者からは、あの垂れ幕は涙を誘うほどの共感で迎えられたのである。「アハハハ……敗けた、敗けた」とうそぶいている心中の哀しみが直感的に読み取られたのである。

一九七三年八月二十一日の提訴から丸六年間続いた豊前環境権裁判（そう通称した）は、自嘲と誇りをこめていえば、壮大なる道化の裁判であったといえるだろう。

法律も裁判の仕組さえもよくは知らぬ七人の市民が、弁護士からも断わられて、やむなく本人訴訟で火力発電所の建設（と、それに伴う海面埋立て）を差し止めようとした裁判である。提唱されて間もない環境権を掲げての裁判としては、札幌地裁での伊達火力建設差止事件に続いて早い時期のものであった。

この裁判が道化の裁判となったのは、しろうと市民が「裁判とはかくあってほしい」というやり方をそのまま法廷に持ち込み、それが実際には丸で通用しなかったというちぐはぐな光景においてである。

一例を挙げようか。

原告は、発電所建設に伴う海岸の埋立てを差し止めるために、海岸に対して背後地住民は環境権を持っているのだという主張を強く打ち出した。現行法規では、漁業権者が漁業権を放棄すれば（すなわち、海を売れば）、埋立てにはほとんど障害はないのである。実際には、これまで背後地住民もまた海水浴や貝掘りや魚釣りや磯遊びを介して、海岸を享受していたにもかかわらず、それらは現行の法的権利ではないという一言で無視されるのである。

そんなおかしなことはない、昔から慣行化してきたそういう既成事実こそが環境権にほかならないのだという主張を展開した原告は、その立証方法として、豊前平野の市民を次々と証人として招き、法廷で「私は明神海岸とこんなに深くかかわってきました」と証言してもらった。

これこそが、われわれの裁判の全経過の中での眼目といってよかった。

だが、私が海岸近くで育った一人の若い女性から、その渚でのままごと遊び（貝殻や海草を使っての）をつぶさに証言させようとした時の、被告側代理人の憮然たる表情といったら。いったい、何を世迷い言を演じているのだろうと思ったのは、裁判官とても同じであったろう。

一人の娘の人格形成に、どれほど明神海岸が大きく作用したかという、きわめて重要な証言も、「法律」と「科学的立証」というふるいに掛からぬ心情的表現である以上、法廷においては世迷い言なのである。

右の証言を、科学的立証に近づけようとはかるならば、次のようにパロディ風にならざるをえない。

①あなたは、何歳から何歳までに、明神海岸で、正確には何度ままごと遊びをしましたか。又、それを証明する方法はありますか。

②その結果、あなたの人格のどんな部分が何パーセント程度育成されましたか。又、それを科学的に立証しえますか。

要するに、われわれが裁判所に聴いてほしいと願ったことごとくが、世迷い言となったのである。裁判長はしばしばこういって嘆いたものである。「あなた方も、そんなに演説ばかり続けられても仕方ないんですよ。も少し法律との関係で述べていただかんと、これでは裁判にならんのですよ」

結局、六年間の審理を経たにもかかわらず、その実質審理はなかったと同じにみなされて、判決は門前払いとなった。環境権という法的権利は認められないので、そもそもこの裁判は成り立たないのだという却下判決であった。「アハハハ……敗けた、敗けた」としか対応のしようのない判決であったわけだ。

豊前しろうと裁判が道化の裁判であることは、最初から敗けを承知の楽天性からも来ている。しろうと流儀で、裁判というものの正体をとことん見据えてやろうというのである。さればこそ、門前払い判決という最も恥ずかしい惨敗にも、てんと畏れ入るどころか、「アハハハ……敗けた、敗けた」と受け流して、たちまち控訴をしたのであった。

われわれより一年早く先行して裁判に突入していた伊達環境権裁判は、昨年十月に敗訴して、控訴を断念した。もはや、現行の裁判で闘うことに意味を見出しえないとしての控訴断念であり、それは痛烈な裁判批判である。提唱されて十年間を経た環境権が、実際の裁判では一歩も踏み出していないという事実を前にして、住民運動の中での裁判闘争はいよいよ後退気味である。

そんな中で、豊前しろうと裁判のみは、まことに楽天的に法廷での道化を演じ続けるつもりである。とりあえずは、三月三十一日の控訴審判決の垂れ幕の名文句である。厄介なことに、一〇〇％敗訴とわかっていた一審と違って、ひょっとしたら今度は勝つかも知れぬ予測があって、垂れ幕の用意も二本必要である。「アハハハ……敗けた、敗けた」を凌駕するだけの名文句を用意できるかどうか、おかしな私は勝敗の帰趨以上にそんなことを気にしている。

羞じるべきか誇るべきか　一〇〇号を超えた『草の根通信』のジレンマ　1981.11

一

運動の実体はすでに喪われているのに、その機関誌だけがいよいよ栄えていくといった奇怪な現象を、羞じるべきなのか誇るべきなのか。松下センセのひそかな懊悩《おうのう》はそこにあるのだが、しかしそのことをキリキリと自問し考え込もうとするよりも早く、忽ち次号の編集期日は迫っていて、そうなるともう、丸九年間の編集習性は一種の本能と化しているらしく、ついつい『草の根通信』を作り上げてしまうのである。

いま、一〇七号、つまり一九八一年十月号を作り上げたところである。

『草の根通信』の発行者は松下竜一となっているが、本来は「豊前火力絶対阻止・環境権訴訟をすすめる会」という長い名称の会の機関誌であって、発行を個人名にしたのは、第三種郵便物の認可を取るための方便である（一九七六年四月認可）。

ちゃんと、題字にも「豊前火力絶対阻止」というスローガンがあったが、しかし現実にはこの反対運動は豊前火力発電所の建設を阻止しえなかったのであり、一〇〇万キロワットの石油火力は、すでに三年前からこともなく営業運転を続けている。つまり、その時点から『草の根通信』は負け犬の遠吠えの気恥ずかしさに身を揉んでいることになる。

運動の柱であった環境権裁判（豊前火力建設差止請求）は一審、二審とも門前払いの敗訴で、現在最高裁に上告中とはいえ、もう実質的には裁判闘争も終わっていて、その後は『草の根通信』で報告するような運動実体は何もない。

報告する運動実体がないのだから、当然その機関誌も廃刊となって終わるべきなのに、一〇七号まで続いて来て、しかも読者が増えつつあるという現象は運動の常識からすれば奇怪としかいいようがあるまい。

よくも悪くも、この奇怪な現象に『草の根通信』の特性は集約されているといっていい。

二

『草の根通信』が住民運動の機関誌であるかといわれれば、その発足時から否であった。なぜなら、豊前環境権裁判を中心としたこの反火力運動には、当初から住民運動という拡がり、あるいは地域的拠点を欠いていたからである。

それが埋立反対運動であるのに、漁民の参加はなかったし、大気汚染による農作物被害が予測されるのに、農業者の参加もなかった。原告七名のうちわけも、高校教師三名、自治労専従役員一名、社会党役員一名、工員一名、著述業一名といったふうで、住民運動というくくり方でイメージされるような町のオッサン、オバサンは一人もいない。

誤解をおそれずにいえば、中津市・豊前市という地方の町での知識人的運動が、この環境権裁判であったのであり、『草の根通信』の想定した読者の中には漁民も農民も町のオッサンもオバサンもいなかったといっていい。月に五百円の会費を払って裁判を支持してくれるよく分かった読者だけが対象の機関誌として出発したといっていい。

漁民も農民も町のオッサンもオバサンも総結集しての反火力運動をねらいながら、一年たらずの経過で反対運動は一部の極少派に追いこめられてしまい、その最後の手段が裁判であったのだから、『草の根通信』ももはや誰に気を配ることもない少数者の、ホンネだけでの機関誌として出発することになった。

たとえば、連合婦人会が反公害の立場でこの反火電運動に共闘していた短い時期、私の書くビラは、婦人会長の厳しい点検で修正され続けた。九州電力や市長を〈敵〉と書いてはならなかった。妥協に妥協を重ねたのに、結局は総ての組織が反火電運動の旗をおさめて、中津市で裁判の原告となったのは二名でしかなかったし、それを支える者も十名足らずという孤立に追い込まれた。

そういう少数者であることに徹して始めた裁判闘争であったから、『草の根通信』はもはや誰の掣肘《せいちゅう》を気にすることもなかった。運動をになう者達一人一人の思いのままを誌面に打ち出せばよかった。

それゆえにであろうか、のちに多くの人達から不思議がられることになる『草の根通信』のいくつかの特徴は、別に意識したわけでもないのに、すでに最初の頃の誌面から顕著であった。

次に掲げるのは、第六号（一九七三年六月）の梶原得三郎さん（原告・当時三十五歳・工員）の文章である。

三

〈「学生」を使いこなせぬわれわれのとまどい〉　梶原得三郎

中津・公害学習教室は、小さな会である。正直にいえば、若者十五人ほどの会なのだ。しかも、メンバーの全員が労働者なので、自由な時間を持てない悩みがある。私自身も北九州への通勤労働者であり、昼勤、宵勤、夜勤の繰り返しである。

どうしても、反対運動を展開していくうえで人手不足であり、行動が制限されることになる。そんな我々のなやみをみかねてか、下関水産大学学生有志が、中津に常駐して、運動を手伝いたいと申し出てくれた。

下関水産大学の学生との縁は、先号にも書いたように、当会の松下さんが今年一月招かれて講演に行って以来である。さいわい安いアパートの一室がみつかり、六月五日、まず山上、山崎の両君が入居した。われわれも、電気釜や茶碗や机やプロパンガスなど差入れして、生活体制をととのえた。

若い自由な行動者（助っ人）を二人も得て、このうえもなく心強く嬉しいのだが、実は私などかえってオタオタしている始末である。「手足の如くこき使って下さい」といわれて、一向に使いこなせないのである。

北海道伊達現地を視察して来た松下さんの話では、農漁民が北海道大学の学生達をみごとに使いこなしていることに感心していたが、われわれときてはたった二人の学生を自在に使えずにオタオタしているのである。

つまり、この低調な運動状況の中で、われわれ自身、次にどんな行動をとればいいのかの判断がつかず、おまけに少数派であることの無力感も加わって、つい行動をびびってしまう傾向があり、これでは折角の助っ人両君のすることがないのである。

謙虚にも「学生である我々は中津の闘いに学ぶ」といって、わざわざこんな地まで来て安アパートに起居し自炊するこの両君に、本当にこの地に来てよかったと充実した日々を送ってもらうためには、なによりも果敢にわれわれが運動目標を次々と打ち出して行動していくしかない。両君常駐で、私は尻に火をつけられたような思いで、いささか焦っているのだ。


大学のない中津・豊前の市民感情の中には、大学生に対する偏見が濃い。運動支援などで乗りこんで来た大学生は、何かの意図を持った過激派だと予断してしまう傾向がある。

とんでもないことである。昨年六月から中津にかかわってきている九州大学工学部道路研究会（略してどろ研）の面々も、なんと誠実な若者達であることか。一部の人からトロツキストなどときめつけられた彼らが、一年後の今も、われわれの本当に心やさしい同志として、陰の支援を続けてくれている。

私も松下さんも大学に行けなかったひがみを抱く人間だが、そんな私達に九州大学がなにかの意味を持つとすれば、それは〝どろ研〟の面々との連帯によってでしかない。

今回、中津と豊前の町々に、みごとな「豊前火力絶対阻止・反公害くらやみ集会」のポスターが貼られたのも、工学部助手坂本紘二さんのおかげである。彼が苦心のシルクスクリーン技法による二百枚の手製ポスターであった。工学部助手たる若き学究を、こんな雑用に巻きこんでいいのだろうかと、われわれにもためらいと遠慮がないわけではないが、おたがいの若さに甘え合っているのである。(以下略)

四

右の文章を引用したのは、『草の根通信』の一特徴である〈あっけにとられるほど、何もかも洗いざらいにさらけだしてしまう〉例示としてである。

この短い一文を精読するだけで、公安も九州電力も、豊前火力反対運動の一翼をになう中津公害学習教室の内情、人脈は手にとるように察しがつくはずである。いかにこの組織が少数派であるか、かかわっている学生がどこの誰であるか、更には梶原得三郎さんの工場勤務形態はおろか、彼の心優しい性格まで分析できるはずである。

〈敵〉からの切り崩しや弾圧に常に気を配らねばならぬ運動の機関誌が、自らこのように内情をあけっぴろげに公表するということ自体考えられないことであって、この時も当の学生達が仰天して駆けつけて来たものである。なぜ、実名で公表するのかと問いつめられて、私の方がかえってびっくりしてしまった。

私小説に毒され、おのがことをあからさまに書いてこそ文学と心得て来ている三文文士松下センセは、隠さねばならぬことを思いつきもしなかったのである。一緒に編集をしていた若い仲間も、運動の未体験者ばかりで、機関誌などこれまで見たこともなく、〈敵〉に対する防御の姿勢などまるきり持たぬ楽天ぶりで共通していた。

いわば無意識で選んだ編集方針であったが、そのことが問題とされて考え抜いた末にやはり私はそのあけっぴろげ方針を変えることはしなかった。

その理由はこうである。

運動の機関誌の特性は、どうやらその匿名性にあるらしい。弾圧に備えて、筆者名をあらわさないということがそれであるが、それ以上に匿名性を際立てているのが、そこには人間が見えないという点であろう。確かに、ある筆者が、運動の報告をし、主張を訴えてはいるが、その筆者がどんな人間であるのかは伝わらぬ文章となっているのが殆どといっていい。この筆者は子供が何人いるのだろうか、仕事は何をしているのだろうか、病気に悩んではいないだろうかなどといったことは一切、切り捨てられている。

人と人とがつながっていくきずなは、勿論、その考え方であり理窟の共通性においてであろうが、それが本当のぬくもりで結ばれるには、丸ごとの人間を知ってのことでしかないだろう。機関誌の冷たさが、そこにある。匿名性のもどかしさが、そこにある。

三文文士松下センセの私小説的発想によれば、まず自分という人間を丸ごとさらけだすことで、本当の人と人との結びつきをつくっていきたいということである。確かに〈敵〉に内情を知り尽くされるという不利はある。だが、さいわいなことに、豊前火力反対運動は余りにも小さくて余りにも弱体ゆえに、隠すほどのものがなかったということがある。

一九七四年夏、九州電力の埋立強行着工を妨害した罪で三人の逮捕者が出た時、早速に『草の根通信』は証拠物件として押収されたが、それでも「あけっぴろげ方針」が変更されることはなかった。『草の根通信』のストリップ精神は筋金入りといってよろしい。

五

いつの間にか、『草の根通信』は全国に読者を拡げていった。いつ、どうして拡がったのかとなると、もはや曖昧模糊としている。

最初から外部に向けて拡めようなどという意識のなかったことだけは、はっきりと思い出せる。第一、『草の根通信』をそんなに続けるつもりもなかった。裁判の支援会員から毎月五百円を貰う以上は、何か機関誌くらいは配らなければ……といった程度の発足であった。

その機関誌作りが面白くなったのは、一つは前述したように、誌面に一人一人の個人像が描かれ始めたからであったし、もう一つには裁判の面白さともからまっていた気がする。

原告七人が九州電力を相手にしたこの民事裁判は、弁護士なしの本人訴訟であった。弁護士からも請合ってもらえぬ一〇〇％負けとわかっている裁判を、しろうと原告団（誰一人、法律も知らぬし、裁判経験もなかった）がどこまでひっかきまわすことができるか――ということで始まった裁判であるから、相当に自由な発想で臨むことができた。どうせ負けると覚悟しているのだから、姑息な手段で妥協することはなかった。大げさにいうならば、われわれはゲリラ戦法で法廷に臨んだのであり、そこで問われたことはあくまでも反権力、反権威の創造的な知恵にほかならなかった。それが『草の根通信』の、創造的な楽天性といった質を決めたのだと思う。

読者もまた、この反火力運動が現実には負けることは当初から予測していて、だから勝負を度外視したところで、『草の根通信』に惹かれていったに違いない。

そもそも、北海道や沖縄の人が、なぜ『草の根通信』という、縁もゆかりもないはずの豊前火力反対運動の機関誌を申し込み、読み続けてくれるのか。

それは、最初からこの運動が地域での孤立を前提として始まったがゆえに、逆に「暗闇の思想」という反エネルギー、反開発という普遍的理念を正面から打ち出し、あるいは環境権という新法理を実践することで、地域運動の枠をとっぱらっていたからであろう。

そして、あけっぴろげで登場する一人一人に、読者は遠くから友人のような共感と親しみを抱き続けたからであろう。長期の読者は、梶原得三郎さんが逮捕されたことを知って泣きじゃくった小学校三年の玲子ちゃんが、いまはもう高校一年生になって、父親に代って『草の根通信』に寄稿するほどに成長して来たその過程を、ずっと視て来ているのである。

『草の根通信』の読者が離れないのは、そんな結びつきによっている。

六

一〇〇号がやめどきだったかな、という悔いのようなものが私にはある。

豊前火力反対運動はもはや実体を喪い、形としては最高裁の判決を待っているだけという有様で、機関誌をもって報告すべきことは殆どない。

ところが、前述したように、『草の根通信』が全国的に読者を得ていったのは、単に豊前火力反対運動という地域運動の報告によってではなく、もっと普遍的な主張――反エネルギー、反開発、環境権、反権力といった主張によってであったわけで、それは豊前火力発電所が建設され営業していても、終幕とはならない、地域の勝負を超えた運動だということになる。

だから、豊前火力反対運動がなくなっても、『草の根通信』を続けるべしという読者は随分と多いし、困ったことに送金が絶えないのである。もし、読者からの送金が絶えて、経済的に発行不能となれば（毎月、発行に二十万円必要）、それこそ廃刊理由になるわけで、そういう先細りを心ひそかに期しているのに、皮肉にも購読希望は増える有様なのだ。

われわれの運動が、二つの裁判（刑事、民事）も含めて、この九年以上、総ての費用を『草の根通信』に寄せられる購読料とカンパだけでまかなってきたというと、信じられないような顔をされる。しかし、これは事実である。それほどに、『草の根通信』が読者に支えられて来ている以上、もはや発行者の方だけで、その去就《きょしゅう》を決定できないというのが実状で、毎月毎月編集に追われる三文文士松下センセの苦しいジレンマがそこにある。

まずおのれをさらけ出すという率先の精神で、松下センセは『草の根通信』に私小説的ずいひつを連載しているのであるが、この不器用で貧しい男の哀れにもみじめな生活のあからさまな表白が馬鹿にウケてしまって、毎月半ばをすぎると、さて何を書こうかと深刻な顔で考え込んでしまうのである。ユーモラスな文章が、このうえなく深刻な表情から生まれるという舞台裏は、読者には分ってもらえないことだろう。

かつて、新聞記者から「草の根通信はいつまで続きますか」と問われた時、口ごもる松下センセに代って、一人の仲間が実に正直な答で皆を爆笑させたことがある。「それが……やめる展望が持てないんですよ」。豊前火力反対運動の一特性であった展望のなさに引っかけた名答であった。それが確か六〇号の頃であったと思うのだが、一〇七号の今も同じように答えるしかないだろう。

あの「四日市市民兵の会」の機関誌「公害トマレ」が一〇〇号で幕を引いたように、一〇〇号が区切りであったのかも知れないのに、それを超えてしまって、もはやカッコイイ幕引きの展望も持てない。読者が『草の根通信』を必要とする限りは続けて、やがて見捨てられた時に窮死する――それが自然であろうかと思ったりもする。

不治の肺嚢胞症を抱えて、いつも咳ばかりしては入院したり喀血したりしているヨロヨロの松下センセであるが、たとえ入院先のベッドでも編集作業を怠ることはなかったし、痔の手術で唸りつつも病院から原稿督促の叱責電話を掛け続けた鬼の編集者の、そのしつっこさだけは実に相当なものなのである。

贈ることば　最高裁第二小法廷へ

1982.6

私は貴法廷に係属中の豊前火力発電所建設差止請求事件（昭和五十六年(オ)第六七三号）の上告人の一人です。

これを書いています今日四月十七日は、われわれが本件を上告してちょうど一年目にあたる日です。上告記念日といったところです。

一審でも二審でも、上告人達の主張する「環境権」があっさりと否定されて門前払い判決を受けているという経緯からみて、おおかたの予想は、せいぜい半年くらいでの上告棄却という見通しでしたのに、いまだに判決をもらえないのはどうしてなのでしょう。

それだけ入念に審理されているというのなら大変有難いことですが、おそらくわれわれの上告状は、まだファイルされたまま見てもらえる順番が回って来てないのかなと思ったりします。

われわれはまことに無知なるままに、最高裁でも法廷が開かれて、当然われわれ上告人七名の弁論を聴いていただけるものと思いこんでいたものです。一審二審とも弁護士なしで通して来た、しろうと本人訴訟の「七人の侍」にしてみれば、最高裁の法廷で最期のミエを切る期待に胸をふくらませていたわけです。

とんでもない。よほど天下の大事件ででもなければ最高裁の口頭弁論は開かれない。しろうと本人訴訟の如きは密室での書面審理だけで充分。ある日突然、一方的に「判決」だけが送達されて来るのだと知った時の驚きと落胆といったら。つまり、われわれは昨年四月十七日に福岡高裁の窓口を通して最高裁判所に「上告状」を送った時点で、もうなんにもすることがなくなったわけですね。ひたすら、いつ送達されてくるとも知れぬ「判決」を待つだけなんですね。

ところで、貴法廷におかれても、われわれのほぼ九年間に及ぶ裁判闘争の母体となった「豊前火力絶対阻止・環境権訴訟をすすめる会」が、今年一月三十一日で解散したことはご存じでしょう。新聞にもかなり報道されましたからね。

「あの非情なる大阪空港判決にみられるように、もはや最高裁には一片の期待も抱けないので、われわれも棄却判決しかもらえないことがはっきりした。そんな判決をいたずらに待つよりは、新たな運動方向に再出発することにした」という解散理由も、読まれたことと思います。

法律とか裁判とかにおよそ縁のなかった者達が、九年間をかけて挑み続けてきた裁判闘争のあげくに到達した「不信」と「挑戦」が、判決前の会の解散という一見突飛なる戦術としてあらわれたのだとお考え下さい。

もう葬式の方を先に済ませてしまったんだから、いつだってバッサリやってもらいましょうと、「七人の侍」は死装束で首をさしのべてるんですが、どうしてそんなにためらっているのですかねえ。

いつになったらやめられるのか　『草の根通信』二〇〇号に

1989.7

松下センセなる軽忽《けいこつ》の人物がいる。世間的には、いちおう作家ながら、いっこうに売れぬ地方作家のことゆえ、家族五人を抱えながら年収二百万円にも満たず、私大に通う二人の息子達への送金もままならぬ有様で、車も持たずクーラーもない質素な暮らしに甘んじている。

彼は富や才能に恵まれぬのみならず、健康にも恵まれず、多発性肺嚢胞症なる不治の難病をはじめ幾つもの病苦を背負って入退院をくり返している。いや、彼にはその症状から周りの者達が「洋子病」と名付ける奇病まである。五十二歳にもなりながら、妻（洋子）恋いの情がヘンタイ的に激しすぎるというのだ。なにしろ三日と離れたくないばかりに遠くへの講演旅行も断るというのだから、やはり病気の範疇というべきか。

もともと小心で人と争えぬ彼は、遅くに生まれた末娘と十一歳若い妻を溺愛して、ただもうひっそりと生きたいという願いであるのに、なんという運命の皮肉か、なぜそうなってしまうのか本人にもわからぬのだが、気がついてみれば、やれ環境権だ、やれ株主権裁判だ、死刑制度反対だ、原発いらないなどという旗を振っては世間を騒がせ、警視庁からは過激派などというレッテルを貼られて、家宅捜査を受けるハメに至ったりしている。いったい、松下センセなる人物は悲劇を生きているのか、喜劇を生きているのか。はたまた稀有なまでの愛に生きているのだろうか。
その点に関心を抱かれる読者があるのだとすれば、松下竜一が発行する月刊のミニコミ『草の根通信』を読んでみるしかない。この七月で二〇〇号に達した『草の通信』の巻末に掲載されている〝ずいひつ〟の主人公が、松下センセという人物なのだから。

『草の根通信』は明確な目的をもって、一九七三年四月に創刊されている。

その年八月に福岡地裁小倉支部に提訴された火電建設差止裁判を、広く世間に訴えるためのミニコミである。環境権を掲げながら、弁護士からも見捨てられたしろうと裁判をやりとげるためには、欠くことのできない広報誌であった。

私が〝ずいひつ〟の連載を始めたのは、わりと早い時期である。裁判とか運動とかばかりでとかく紙面の硬くなりがちな機関誌に、息抜きの頁をという思いがあってのことだが、もう一つ積極的な意図も秘められていた。

一般的に運動の機関誌の特性として匿名性ということがある。権力の弾圧を意識してのことだが、それは単に筆者の名前を匿《かく》すにとどまらず、内容をも規制していかざるをえない。たとえば、こういう主張なり報告をしているこの筆者は、いかなる人物なのかは全く伝わらなくても不思議としない。

私はそれを逆転させようとしたのだ。豊前火力になぜ反対するのかを打ち出すのは当然としても、それだけにとどまらず私はこういう人間ですということを紙面にさらけだしていく方針をとったのだ。主義・主張が人物と切り離されて掲げられるのではなく、まず人物像を鮮明にしたうえで、そんな人がやっている運動ですということを伝えることで、遠い読者との厚い信頼関係が生まれると考えたのだ。

率先して、私は自分を裸にしなければならなかった。いささかの含羞をこめて登場させたのが松下センセなる主人公というわけだ。ほぼ実像なのだが虚像部分が影のように伴って、その虚実定かならざるあたりで自在におのれをさらしものにしていこうという工夫である。

こんな無力な、こんな軽薄な、こんな小心者が闘っているのかという共感が、『草の根通信』の読者を緊密に結びつけることになった。もちろん、松下センセのみではない。おのれのホンネを等身大でさらけだしていくという「草の根」の流儀は、これに登場する殆どの筆者にゆきわたっていった。

十二年目の最高裁却下で『草の根通信』の当初の役割は終わり、本来なら廃刊となるべきはずであったのに、全国の読者がそれを許してくれないのだった。

いつの間にか、『草の根通信』は原発、教育、人権、反戦・反核など、市民運動が取り組む多岐なテーマを通じて、全国的に文字通り草の根のネットワークを編み上げてしまっていた。

いま二〇〇号を迎えた時点で、いつになったらやめられるかの展望も持てずにいる。

十六年余にわたり読者から毎月待たれていることは驚くべきことであり、喜ぶべきことには違いないが、しかし、かくもこっけいでものがなしくて卑小なおのれをさらけだし続けてきた五十二歳の松下センセとしては、そろそろ舞台から降りて洋子とひっそりとこもりたいなという退嬰的な思いが、時に胸中をかすめなくもないのである。

『草の根通信』が紡いだネットワーク

1994.4

私が発行する月刊ミニコミ誌『草の根通信』で最近一番読者を面白がらせたのは、家出してきた八十二歳の老人の話である。

熊本県A市の秀川老人が、大分県中津市の松下センセ宅を一人で訪ねて来たのは、昨年の八月の終わりだった。

長年の確執で家族を信じられず、町の人々をも敵視し、行政や警察からもいじめられていると訴える秀川老人は、家出して来たらしく「しばらく中津に置いて下さい」といって、持参していた現金一八〇万円の札束を松下センセに預けた。ひそかに家族に連絡をしてみたが、「本人の気のすむようにさせてやって下さい」という。手を焼いているらしい。

体調もすぐれないようであったが、はたして三日目には路上で昏倒《こんとう》して、そのまま中津の病院に入院させねばならなかった。

その時点でやっとわかってきたことだが、秀川老人は最初から中津の病院に入院し、松下センセ夫妻に見守ってもらいたくて、倒れそうな身体をやっと中津まで運んで来ていたのだ。

秀川老人も読者である『草の根通信』には、〝売れないものかき〟である松下センセが主人公の

〝ずいひつ〟の頁がある。

そこでは毎月、貧乏作家松下センセの平凡にしていささかこっけいな日常がノンフィクションで語られるのだが、昨年の前半はほとんど父の看病記に終始していた。

松下センセの八十七歳の父は三年前から足腰の立たぬ寝たきりの病人となり、最後の一年間を中津の病院で過ごして終わったが、その看病記を〝ずいひつ〟で読みつづけた秀川老人は、自分の体調が悪くなってきた時、A市の病院が信用できぬままに（八年前に秀川老人は伴侶をA市の病院で亡くしているが、彼は妻を病院で殺されたと信じている）、松下センセのじいちゃんが入院していた中津の病院に入り、松下センセ夫妻の看病を受けたいというねがいを抱いたのだ。

結局、秀川老人の願いどおりに事は運んで、松下センセは縁もゆかりもない一人の老人の身元引受人となって中津の病院に入院させ、細君とともに毎日病院に通って、異郷で病む孤独な老人を慰めるというなりゆきとなった。

松下センセの父がその病院で亡くなったのが昨年の七月であったから、「おじいさんの看病が終わったと思ったら、またこんどは秀川さんの看病になったなあ」と、松下センセの細君はおかしそうに笑った。

さいわいにも、病気が癒されていくにつれ、秀川老人は松下センセ夫妻や他の入院患者、看護婦さんたちとの交流の中で、しだいにかたくなな心をほぐされていくことになった。一カ月半ぶりに退院となり、迎えに来た息子さんとも和解していっしょに帰って行く秀川老人は、亡くなった松下センセの父が着ていたジャンパーやズボンを身につけていた。真夏にシャツ姿で家出して来たのだが、帰って行く日は肌寒い季節に移っていたのだ。

そんな一部始終を『草の根通信』の〝ずいひつ〟で読んだ読者から「草の根ならではの人間関係ですね」とか「きっとこれを読んで第二、第三の秀川老人が現われますよ」とか、半分面白がられながら半分心配もされたのだった。

『草の根通信』が二十一年にわたって紡ぎあげてきたネットワークの意味を、秀川老人のてんまつは象徴してみせたといえるかもしれない。

『草の根通信』が創刊されたのは、一九七三年四月なので、今春に満二十一周年を迎えることになる。豊前火力発電所建設差止裁判をすすめるための機関誌として、月刊で発行され始め、以後一度も遅滞なく発行はつづいてきた。

一九七〇年代の初め、九州北部の沿岸一帯には周防灘総合開発計画という巨大な埋立計画があり、その一環として福岡県豊前市の海岸に巨大火力発電所が建設される計画が具体化していた。

私の住む大分県中津市は、県境をはさんで豊前火力発電所予定地とはわずかに一〇キロしか離れていない。

当時の反公害気運に乗って、中津の町でも革新政党、労働組合、婦人会、市民グループなどが一緒になって巨大火電の建設に反対の声を挙げたのだが、その反対運動も一年足らずで終息してしまい、一九七三年の春には私はもう中津市で孤立をきわめていた。

人口六万足らずの地方の小都市が開発を期待していることはしかたのない現実で、そのためにも発電所の新設に最後まで反対をしきれなかったのだ。

逆に、みんなといっしょに反対運動の旗をおろそうとせぬ私にむかっては、「中津の発展をのぞまぬおまえは出ていけ」とか、「国の発展をのぞまぬ非国民だ」とか、「電力を否定する過激派だ」とか罵声を浴びせられることになってしまった。

五万七〇〇〇人の町で、私には相棒である梶原得三郎さんという同年の心強い同士が一人とあとはもう若い数人の気弱な仲間が残されているだけであった。

結局、県境を越えて福岡県豊前側の反対運動と手を結び、裁判に訴えてでもこの火電の建設を阻止しようと決意したのが一九七三年春で、そのための機関誌として『草の根通信』は創刊されたものだった。

創刊号冒頭に環境権宣言を掲げているとおり、私たちがめざす裁判は当時やっと注目を集め始めたばかりの新権利・環境権を柱とするユニークな訴訟だった。

原告七人(中津からは私と梶原さんのみ、あと五人は豊前側原告)による豊前環境権裁判には、弁護士もついてはくれなかった。環境権という新主張は実際の裁判ではまず認められることはないので、一〇〇%敗訴となるのは眼に見えていて、そんな裁判にはかかわれないというのだが、私たちの反対運動が地域で孤立していて、後押しする有力な組織がついていないということも協力を拒まれた理由であった。

やむなく私たちは、法律も知らなければ裁判体験もないしろうと七人による本人訴訟を決意し、それをすすめていく意気ごみの一つとして『草の根通信』は創刊されたのだ。

豊前側の原告五人は高校教師などで組織に属していたこともあり、『草の根通信』は受け入れられたが、中津市の側の状況はひどいものであった。この人なら読んでくれはしないかと送ってみた通信がそのまま返送されてくるといったふうで、読者は十人足らずでしかなかった。

不思議なことに、気がついてみると『草の根通信』は遠くに向かってひろがっていた。テーマが豊前火力というきわめて地域的な問題であるにもかかわらず北九州や福岡、さらには大阪、東京など遠い都市の読者がふえていくのである。

多分、それは環境権という普遍的テーマを掲げていることへの共鳴があってのことと思われるが、もっと直接的には〈面白い〉ということに尽きたようである。

せっかく、弁護士なしでやるしろうと裁判なのだから、傍聴者の誰もがわかるような平易で愉しい裁判にしていこうという豊前環境権裁判の内容は確かにユニークで、しろうとゆえの失敗をも含めて共感を呼んだが、その法廷記録を即座に誌上で実況中継できたということも、『草の根通信』がひろがっていく大きな力になったと思われる。

現在でもなぜか法廷での録音は当事者にさえ許されないのだが、一九七三年という時点で豊前環境権裁判はそれを実現している。「なにしろ、みんな裁判も法律も知らないしろうと原告団ですから、帰ってもう一度復習する必要がありますから」と裁判長に泣きついて異例の法廷内録音の許可を得たのだ。もちろん裁判長からは「あくまでもあなた方の学習のためだけに許可しとるんですから、一切外部に洩らさないように」と釘を差されたのだが、録音をしてしまえばこちらのもので、法廷の進行の一切を録音テープから起こした実況中継が『草の根通信』に登場するという画期的なことが可能となり、しろうと裁判が生き生きと伝えられることになった。

大分県中津市という地域で孤立しながら、しかし『草の根通信』を介して全国に何百という同志を私は得ることになった。

それが何よりの支えとなったのは、一九七四年夏であった。

海岸を埋め立てないでほしいという裁判が進行中であるのに、それを無視して九州電力が強行着工したその夏、私たちは阻止行動に立たざるを得なかったが、それを威力業務妨害として梶原得三郎さんが逮捕され、四十七日間拘留され、起訴されるのである。

私の一番の相棒を獄中に奪われたあの夏の私の孤立はきわまっていた。この逮捕によって梶原さんは長年勤めた会社をやめることになり、そういう事態を招いた責任も含めて私は孤立とつらさに押しひしがれそうであった。

そんな私を励ましてくれたのが、『草の根通信』を介して声援やカンパを寄せて下さるたくさんの人々の存在だった。多額の保釈金までがそれらのカンパによってまかなわれたのである。

豊前環境権裁判という大きな民事裁判と並行して、梶原得三郎が被告とされる豊前海戦裁判（海上での阻止行動をそう名づけた）という刑事裁判まできちんと維持することができたのも、『草の根通信』のネットワークという支えなしには考えられないことであった。

「どうして『草の根通信』は、あんな編集方針をとったのですか?」と初めて聞かれた時、私はめんくらった。〝あんな編集方針〟というのが、どんなことなのかわからなかったのだ。指摘されてみて較べると、確かに『草の根通信』は他のおおかたの運動機関誌（ミニコミ）とは違っていた。

少し理窟っぽくいえば、おおかたの機関誌に共通する性格は「匿名性」だといえる。もちろん、運動が厳しければ厳しいほど弾圧や懐柔に備えて執筆者が匿名になっていくのは必然なのだが、そういう文字どおりの匿名は別にしても、内容自体の匿名性も一つの特徴だと思える。

執筆者の名前は実名で出ていても、その内容から執筆者の顔をうかがうことはできないという意味で、やはり匿名的性格が基本になっているのだ。こういう主張をしている、あるいはこういう報告をしている執筆者はどんな素顔をもった人なのかを読者はうかがえないし、また執筆者の方も知らせる必要はないと考えている。かんじんなのは、伝えたい主張であり報告なのであって、その余のことは不要だし、むしろ排除されねばならないというのが運動機関誌の基本的な考え方だろう。

指摘されて初めて気がついたことだが、『草の根通信』はその基本的性格がまったく逆転しているのだった。

もちろん、環境権の主張を高々と掲げているし、とめどない発電所建設になぜ反対するかを繰り返し主張しているのだが、それ以上に『草の根通信』が熱心に読者に伝えようとしているのは一人一人の顔である。

逮捕されれば会社をやめねばならなくなることを承知しながら、みんなから止められながら、それでも阻止行動に立ってしまう梶原得三郎が、どんな男で、どんな家族と暮らしているのかを逐一さらけだしてしまうのが『草の根通信』なのだ。なんとか運動から身を引かせようとする梶原夫人の率直な手記さえ登場させるのだから、普通の運動機関誌を読み慣れた眼には唖然とする内容ということになる。

実際、刑事裁判の弁護士からは「どうしてこんなに内情をさらけだしてしまうんですか。こんなに無防備ではたたかえませんよ」と忠告されたし、梶原得三郎逮捕の時には『草の根通信』が証拠として押収されたのだが、私はそのあっけらかんとした編集方針をいささかも変えようとはしなかった。

人と人が本当に強く結びつくのは、その人を丸ごと知った時だと考える私は、『草の根通信』に登場する一人一人の丸ごとの人間を知らせたいのだ。主張や報告だけを切り離して掲げるのではなく、こんな生き方をしている人が主張していることですといった形で登場させたいのだ。

当然、無責任な空威張りのスローガン的主張は、『草の根通信』には登場しない。弱さも気おくれも伴った等身大の主張や報告でなければならない。

〝ずいひつ〟に登場する松下センセは、率先して自らを赤裸にしてホンネをさらしている。『草の根通信』の編集方針はそんな素朴な〝人間主義〟とでも名づけられるのがふさわしいだろう。

私はあえてそんな編集方針を選んだのではなかった。初めてミニコミを編集しようとして、一番自然な形としてそれ以外を思いつかなかったのだ。

一九七九年八月三十一日、福岡地裁小倉支部は豊前環境権裁判の第一審判決で原告を敗訴とした。原告らには環境権はないという門前払いの判決であった。つづいて一九八一年三月三十一日には福岡高裁も原告らの控訴を棄却する。原告らは最高裁へ上告をしたが、実際には高裁での敗訴によって裁判闘争は終わることになった。

この裁判をになってきた「環境権訴訟をすすめる会」は一九八二年一月三十一日をもって解散し、最高裁判決を待つまでもなく豊前火力発電所建設反対運動は幕をおろした。

建設された豊前火力発電所はわずかに数年を営業運転しただけで、やがて休眠施設となる。九州もまた原子力発電が主体の時代へと移ったのだ。そして私が豊前火力以上に恐れていた周防　総合開発は、石油ショック後の低成長経済の中で中止となっていった。

豊前環境権裁判のための機関誌として刊行され始めた『草の根通信』であったから、裁判と裁判闘争の幕がおり、「すすめる会」を解散した時点で当然ながら終刊となるはずであった。

にもかかわらず、『草の根通信』は幕をおろすことができなかった。全国の読者が廃刊を許してくれなかったのだ。やめようにも、次々と年間購読の前払い金が届いて、やめるわけにはいかなくなったのだ。

『草の根通信』では、購読者一人一人に送金を請求するということは一度もしていない。「あなたの購読料が切れましたので、次の一年分を送って下さい」といった通知を誰かにだしたということはない。そういう事務作業がわずらわしいということもあるが、もし本当に『草の根通信』が待たれているのであれば必ず積極的な送金があるはずだという考えによっている。

逆にいえば、催促しなければ送金が減って赤字になるというのであれば、もうその時には『草の根通信』の運命は終わっていることになる。赤字になれば即座に廃刊することを私は公言してきている。

そうである以上、読者からの送金がどっと届いている中で、発行者の一存で『草の根通信』をやめることは許されない。

一九八二年二月以降も、私は『草の根通信』を発行しつづけた。

環境権裁判という個別的テーマは喪ったが、今度は全国からさまざまなテーマを抱えたさまざまな人々が登場するということになる。特徴的には、ちょうど私が中津の町でそうであったように、それぞれの地域や職場できわめて〃少数派〃としての生き方を一生懸命に貫こうとしている人が、『草の根通信』のネットワークを形成しているといいきって、それほどまちがいはあるまい。

「毎月きちんと届けられる草の根通信を読むたびに、砂漠でオアシスに出会ったようにほっとして元気づけられます」という読者の声がいいあてているように、現実にはまわりに少数の同志しか持ち得ない読者が、『草の根通信』に登場する〃同じような人〃に出会って共鳴し勇気づけられているのだ。

多数者の流れに呑み込まれずに自分流の生き方・考え方を貫いていこうとするのは、日常生活では容易なことではない。「(抱えているテーマはことなっても)あそこにも、ここにも自分をごまかさずに一生懸命に生きている人がいる」という感動を『草の根通信』によって確認することで、読者は励まされるのだ。

だからこそ、『草の根通信』では机上での評論的文章は原則として載せない。あくまでも一人の生活者が実践の中で体験し考えたことを、泣きごとも隠さずにさらけだしてもらうことにしている。

〝人間丸ごと主義〟は『草の根通信』の創刊以来不変の編集方針なのだ。

現在は、『草の根通信』の読者は一八〇〇人弱。この数字は地方発のミニコミとしてみる時大きいとも小さいともいえるだろうが、そのネットワークの緊密さ、あたたかさでは群を抜いているだろうと思う。


本稿の冒頭に登場した秀川老人はA市へと帰って行く日、私の手を握ってこういい残した。

「センセ、長生きして下さいよ。生きてる限り草の根通信を出し続けて下さい。わたしみたいに、この通信に励まされて生きている人はいっぱいいると思いますよ」

いったい、いつになれば『草の根通信』は赤字に転落して幕をおろさせてもらえるのだろうか。創刊時三十六歳であった私も、いまや五十七歳である。

「環境権」を豊前海から見る

1995.8

環境権

環境権がわが国で初めて法理として提唱されたのは、一九七〇年九月に新潟市で開かれた日本弁護士連合会第十三回人権擁護大会公害シンポジウムにおいてであった。提唱者は大阪弁護士会所属の仁藤一・池尾隆良両氏である。

環境権の主張が、研究室の法学者の間から提唱されたのではなく、実践的に公害裁判にかかわる弁護士の間から生まれたところに、この新権利の出自の背景がよくうかがえるだろう。

だがおそらく、最初の提唱者自身も、産声をあげたとたんの環境権がたちまち法廷という実践の場に引き出されようとは予測していなかったのではあるまいか。北海道伊達市の住民達が環境権を掲げて火力発電所建設差止訴訟を提訴したのが一九七二年七月二十七日のことで、これが環境権訴訟の第一号であるから、この新権利が提唱されてから二年しかたっていない。環境権の法理が法学者や弁護士の間で大きな論争となっている最中に、早くも実践の場に引き出されたことに、提唱者達は大いにとまどったのではあるまいか。まだ法理の細部も詰められていない段階で、早くも実際の裁判の武器に使われることを危惧したことは確かであろう。

しかし、住民の側にしてみれば、環境権に飛びつかざるをえない事情があった。私のかかわった豊前火力発電所問題において、その事情は殊に切実であったといえる。

私はいまでも一九七二年七月七日の「朝日新聞」の記事を保存しているのだが、北海道伊達市の住民達が環境権によって訴訟を起こすことを伝える内容のその記事によって、私は初めて環境権という考え方を知ったのだった。

「〈良好な自然、環境を求める権利〉として環境権は、憲法に明記された権利ではないが、公害問題が続発するにつれて、最近、憲法の前文や生存権を保障した同二十五条などに照らして、当然保障されるべき国民固有の権利である、という考え方が法曹界に定着しつつあるという」と解説された部分に、私は赤い棒線を入れている。これでわれわれも裁判をやれるのだという強調であったのだろう。

のちに法学者の淡路剛久氏から、「あなた方はまるで環境権を〝魔法の杖〟のように思ってるんだから」と嘆息されたことがあるが、当時の藁にもすがる思いであった私達にしてみれば、この時の一片の新聞記事から知った環境権は、まさに〝魔法の杖〟のようなものであった。

地図を展《ひら》いていただきたい。

瀬戸内海の一番西の部分に位置するのが周防灘である。

高度経済成長期の六〇年代末から七〇年代初めにかけて、この周防灘の沿岸をすべて埋め立てて巨大コンビナートを林立させようという開発計画があった。この周防灘総合開発計画は大分・福岡・山口三県にまたがるものであるが、実際には山口県側沿岸はほぼ埋め立てられているので、九州側沿岸が計画の主対象であった。九州の地図で、人頭のように突き出しているのが大分県の国東半島だが、この半島の西側の沿岸から宇佐市・中津市の沿岸、福岡県に移って豊前市・行橋市・北九州までの海岸線がこの埋立計画の対象である。この長い海岸線はいずれも大変な遠浅なのだが、不思議なくらい大規模な埋立計画をまぬがれてきているのだった。

周防灘総合開発計画の中で一番先に具体化してきたのが、豊前火力発電所建設計画であった。福岡県豊前市の明神海岸三九万平方メートルを埋め立てて建設される巨大火力発電所（一〇〇万キロワット）は、明らかに周防灘総合開発計画を牽引していくエネルギー基地として策定されていた。

私の住む大分県中津市から火電建設予定地の明神海岸までは、直線距離で一〇キロメートルしかない。私が中津市内の同志達と語らって豊前火力発電所建設反対運動を始めたのは、一九七二年春からである。時を同じくして現地豊前市でも反対運動が起き、県境を越えて両市の運動は合流していくことになる。

豊前火力反対運動は火電公害そのものを問題にしたことはいうまでもないが、それ以上にこのエネルギー基地から始まっていく周防灘開発を阻止することを目的としていた。

だが、七〇年代初めの地方都市のどこでもがそうであったように、住民の開発期待の高まりのなかで、私達の豊前火力（＝周防灘開発）反対運動は孤立していかざるをえなかった。一番の砦であるべき現地の漁業組合は、私達が豊前火力計画を知った段階ですでに漁業権放棄を終えているという有様であった。

一九七三年を迎える時点で、私達は反対運動をやめるのか、それとも裁判に訴えてでも争うのかという、ぎりぎりのところまで追い込まれていたのである。その裁判の根拠としては、環境権以外になかった。

豊前環境権裁判

一九七三年八月二十一日、福岡県豊前市と大分県中津市の原告七名は九州電力を被告とする「火力発電所建設差止請求訴訟」を、福岡地裁小倉支部に提訴する。のちに豊前環境権裁判と通称されるようになっていくこの裁判が社会的に注目されたのは、これが本格的な環境権裁判の第一号であったことと、弁護士のつかぬ本人訴訟という特異性によっている。

前述したように、環境権を掲げての訴訟の第一号は北海道での伊達火力裁判であるが、そちらの場合は原告団の中に漁業者や農業者が含まれていて、実定法上の漁業権や財産権侵害をも争える裁判であり、環境権の主張はいわば補足的援用であった。

残念ながら豊前火力裁判の原告七名の中には漁業者も農業者も一人もいなくて、環境権以外に拠るべき法理を持たないという意味で、本格的環境権裁判の第一号とならざるをえなかったし、それゆえに弁護士からも見捨てられての本人訴訟に踏み切らざるをえなかったということだ。

豊前火力発電所が建設されるのは、福岡県豊前市の明神海岸の公有水面三九ヘクタールを埋め立てた造成地である。

対象水面は豊前海十八漁協の共同漁業権が設定されている所だが、十八漁協が漁業権を放棄し、九州電力から申請された埋立免許を福岡県知事が認可すれば、もはや埋立着工を阻止する法的手段がないというのが原告七名が直面している現実であった。

それに異議を申し立てる〝魔法の杖〟が環境権の主張である。なぜ、海は漁業権者だけのものなのか。企業は漁業権を買い取っただけで、なぜ海面を私有し埋め立てることが許されるのか。海は万人のものであるはずだし、逆にいえば誰のものでもないはずなのだ。明神海岸地先三九ヘクタールの海面を消失せしめるというのなら、漁業権を買収しただけでは足りない。背後地の住民すべての同意をも必要としなければならないと主張するのが、環境権による考え方である。憲法第二十五条（生存権）、第十三条（幸福追求権）から導かれるのが環境権なのだが、法理に詳しくないしろうと原告団である私たちにとっては、あまりにも当然な主張であり分り易い考え方ということである。

そもそも公有水面埋立法は、いかに公有水面を埋め易くするかのための法律であり、「国土の増えることはいいことだ」という富国強兵時代の遺産というほかなく、自然環境を護るというチェック機能があろうはずもない。その結果、瀬戸内海の沿岸は埋め尽くされ、七〇年代の初めにはすでに瀬戸内海は瀕死の状態となり、工場群のない豊前海にすら赤潮が発生し漁場は疲弊していた。それゆえに、豊前海の漁業者も簡単に漁業権を放棄したのだが、これはもう悪循環というしかない。

漁業者が海を放棄した（させられた）以上、背後地住民たる七名の原告は、環境権を主張して公有水面埋立法の論理と対決せざるをえないのだった。

第一準備書面の中で、私たちは次のように宣言する。

〈よろしい、そんなに埋め立てたければ、漁業権に加えて、海そのものをも買い上げていただこうではないか。しかして、海の価格は巨億である。豊前海明神地先の海三九万平方メートルの価格は、どのように算定されようか。漁業権の放棄は、漁民にとっては生活権の放棄だが、それは同時に私達にとっては食糧としてのタンパク源の喪失である。明神地先は、前項の藻場として、魚類の産卵と生長の場であり、これの喪失は、豊前海漁業に少なからぬ打撃を与え、それはひいては、私達のタンパク源の減少である。その価格の算定はいくらに換算すればいいのか。

あるいはまた、一人の人間が海岸にたたずんで安らぎを得るという心情の働きは、どのように価格換算されうるだろうか。日々の生活に疲れ、打ちひしがれて海岸にたたずんだ者が、おだやかに光る海面をみつめるうちに、湧然として生きる活力を蘇生せしめたとすれば、その時の海の存在の価格は、その者にとって敢えていえば百万円どころではあるまい。

かくの如く一人一人にとって海の価格ははかり知れぬのである。海岸にたたずんで海に慰めをうる者、海から啓示をうる者、汐干狩を楽しむ者、海水浴を楽しむ者、一人一人の心の受けとめようで、その価格は絶大である。そして、海は万人に対して開放されているはずであり、更には、私達の後に続く子孫にまで開放されているはずであれば、まさに価額は、無限倍されねばならぬのである。それにとどまらぬ。現今の価額がまだ認知しえていない精妙な作用で、海は自然界に寄与していることは充分に察しられるのであり、そこまでを測らんとすれば、もはや海の価額は、私企業の支払能力を超えての巨億である。（中略）

勿論、原告七名は漁業者ではない。しかして農業者でもない。されば漁業被害・農業被害について言及する権利はないなどとする論は、私達にとってこっけいきわまりない。

ここで明確に宣言しておきたい。私達は、原告七名であるが、しかし七名それぞれの私的権利、私的利益を追求して、かかる訴訟を提起しているのではないということである。即ち、私達は豊前平野全体の環境保持を目的として、それを侵害するものを排除せんとしているのであり、いうなれば、私達七名は、地域環境（豊前平野・豊前海）の代表として立っているのであり、本件訴訟においては、私達七名はまさに漁業者であり、農業者でもあるのだ。

いやもう、まわりくどい論旨の展開はやめよう。地上のいのちの始原を妊んだ母への凌辱はどのように理由づけようと断じて許せぬのである〉

漁業権のない市民が海を守るには

「火力発電所を建設してはならないとの判決を求める」という裁判を争っている以上、判決が出るまでは着工しないだろうと考えたのは、しろうと原告団が裁判に抱いた幻想でしかなかった。

豊前環境権裁判がようやく緒についたばかりの一九七四年六月二十六日、九州電力は明神海岸地先の公有水面埋立てに着工する。

法廷の場でこの埋立ての可否を論じようとしていた私たちは、裁判そのものを無意味にされてしまうこの強行着工に対し、支援の漁船を得て海上に乗り出し阻止行動を展開せざるをえなかった。

しかし翌日からは海上保安庁の巡視船に海上を制圧されて、私たちがもはや手も足も出せない状況の中で、海はどんどん埋められていった。

私たちは海岸から沖の捨石船にむかって、「海を殺すな！」、「ふるさとの海を奪うな！」、「海が泣いているぞ！」と、血を吐くような思いで叫び続け、そんな私たちを機動隊員が指差して嘲笑していた。

それだけではない。たった一日の阻止行動が威力業務妨害の罪に問われ、七月四日に同志三人が逮捕され、やがて長期の刑事裁判となっていく。

以上の経緯であきらかなように、漁業権を持たぬ背後地住民には、海を護る手段はまったく残されていないということなのだ。埋立差止訴訟を提訴しても、それを無視して強行着工されてしまうのであり、さればとて阻止行動に立てば逮捕され、刑事被告とされていくことになる。

公有水面埋立法第三十五条が、原状回復義務の免除を定めていると知った時の、私の絶望と憤りは大きかった。つまり、もし仮に私たちが勝訴した場合でも、すでに完工した埋立地を元の海面に戻すことが不可能だと県知事が判断した場合は、原状回復義務が免除されることを、法律が定めているのだ。埋め立てる側にしてみれば、差止裁判などなんの支障にもならぬというわけだ。

さらに私たちの絶望と憤りを大きくしたのは、一九七四年十月四日の那覇地裁の「公有水面埋立免許無効確認請求事件」の判決であった。これは沖縄の金武湾に建設されるＣＴＳ（石油基地）のための埋立差止を求めた裁判であるが、ここでも裁判の途中で強行着工がされて埋立地は完工してしまった。そして一審判決は、埋立地が完工したためにもはや原告らの訴えの利益はなくなったとして、原告を敗訴にしたのである。

理不尽というしかないではないか。

民主的手続きである裁判で理非を決しようにも、それを無視して海を埋めてしまい、そこに出来上がった既成事実の重みによって裁判が敗訴にされるというからくりなのだ。

私たちは那覇地裁の判決を知って、急遽請求趣旨を変更せざるをえなかった。埋立差止めの請求を、海面復元請求へと切り換えたのだ。裁判を打ち切られないための手段であった。尤も、この請求趣旨の変更にも印紙貼用という難題がつきまとったのだが、本稿では触れる余裕がない。

明神地先三九ヘクタールの埋立ては、あっという間に完工してしまった。

海も海岸も万人のもの

海も海岸も万人のものであり、逆にいえば誰のものでもない。

この単純でむしろ自明な主張が、環境権の考え方である。

もし法廷で環境権が実定法的に認知されているのであれば、それこそ〝魔法の杖〞のように、環境権をふりかざすことによって明神地先三九ヘクタールの埋立ての罪を断じることができるのだろうが、私たちがこの裁判で迫られたのは、海や海岸に対して背後地住民にも権利があるのだ（それを名づければ環境権となる）ということを、まず実証しなければならないという点であった。

しろうと原告団である私たちには、それを法的に構成することなどできるはずもなかったし、そうするつもりもなかった。私たちが法廷で実証しようとしたのは、これまでに実際に私たちが明神海岸とどうかかわってきたのかを、具体的に述べるということに尽きている。そのかかわりの重みを、既得権利として主張するのである。

私たちはできるだけ沢山の豊前市民に証言をしてもらおうとして、最初は五十人の証人を裁判所に申請したが、曲折ののちに結局十人の市民の証言を法廷で聴こうということになった。

「市民証言」一番手に立った五十八歳の釜井千代さんは、「私は明神の海の上で生まれたんだから、私ほど明神の海と縁の深いものがほかにあろうか」と自慢する人である。

なにしろ、家が海上まで突き出していて、潮水を沸かして「潮湯」（大衆浴場）を家業とする家庭に育ち、のちにすぐ近くの釜井家に嫁いだというのだから、明神海岸の主《ぬし》のような女性なのだ。彼女は明神海岸などという呼び方はしない。明神さまという愛称（同時に敬称でもあるが）で、海をも海岸をも表現する。

法廷で語る〝明神さま〟は、こんなふうであった。

「第一に、明神さまの森がものすごう、うっそうとしてきれいで、桜の花がきれいで、海面は鏡のごとく澄みまして、ほんとうに私たちにいわせれば夢みたいに楽しい場所でした。そして潮がひけば貝掘り、また満ちてくればみな魚釣り、それから女の子の私たちがそんなにありましたから、男の子にとってはそれこそ私たち以上、倍くらいの楽しみがあったんじゃあないかと思います。楽しい海水浴ができ、おいしい貝がとれ、そしてまた、ずうっと遠浅になれば美しい潟にでまして、シャコをとり、カタリをとりました。ほんとうに楽しさ一杯でした。いまから思えばまったく夢みたいなことですけど……」

はるかに若い川本さかえさんは、次のように証言する。

「明神さまは私たちの遊び場所だったんですよね。私たちというより、私と父なんですけど。父は魚釣りが好きで、小さいころ私はいつでも、昼でも夜でも父について海に行くんです。そして父が魚釣りしていると、私は眠くなると、その釣りをしている砂浜でも石原でも一緒ですけど、その傍で寝ているんですよね。そして父が帰る頃になると、父が私をおぶって帰るんです。そんなのはもう、ざらだったと思うんですよね。そしてあのう、一人で遊ぶということはあんまりなかったと思うんですけど、明神の子供たちが来て海に遊びにいくんですけど、泳ぐこともまずそうですけど、海に行くと貝が沢山あるので、貝をとって、貝がままごとの容器になるんです。海草が野菜になるんです。岩場の窪みとかがなんとかの部屋とか、あっちの水が池とかいって、よく、貝を包丁にしたりなんかして、よく遊んでいました……」

十人の市民の証言は、私たちにとってはゆたかなふくらみのある内容として貴重であったが、しかしそれらはすべて法律にかかわることでもなかったし、科学的数値に置き換えられることでもなかった。被告側も裁判所も、裁判とはかかわりのないこととして聴き流したふうである。

結局、私たちの裁判は科学的基準値や法の条文ではすくいあげることのできぬ、私たちの海や海岸に対する思いを切々と述べ続けたという、むなしい努力であったのかも知れない。

一九七九年八月三十一日、福岡地裁小倉支部は「原告たちの主張する環境権には実定法上の根拠が存しない」として、門前払いの却下判決を下し、二審も最高裁もこれを追認する。

ほぼ十二年に及んだ裁判闘争が最高裁判決で確定した時、私は新聞社からのコメントを求められて、次のように答えた。

「残念ながら豊前火力は建設されたが、周防灘総合開発計画が流れて、周防灘沿岸が護られたことで、当初の目的は達成されたと思う。環境権の法的認知は遠のいた感があるが、いまや環境権という考え方自体は社会的常識となっている。このような社会的通念が、遅れている裁判の世界をも少しずつ変えていくのだと期待している。十二年間の裁判闘争にいささかの悔いも抱いてはいない」

初出一覧

I

『タスケテクダサイ』（「朝日新聞」声欄、１９７０年7月17日）
タスケテクダサイ（「毎日新聞」１９７０年8月4日）
再びタスケテクダサイ（「朝日新聞」声欄、１９７０年8月5日）
岡部通保さんの訴えを聞いてあげて（「朝日新聞」声欄、１９７０年8月19日）
仁保事件の岡部保さんの訴えを聞く会＝お願い（ビラ、１９７１年4月14日）
まだ終わってはいない仁保事件（「朝日新聞」声欄、１９７１年4月25日）
ひらかれた眼――仁保事件と私（「西日本新聞」１９７２年12月18日）

II

落日の海（「西日本新聞」１９７１年11月7日～12月26日。16は補筆、次項参照）
周防灘総合開発反対のための私的勉強ノート（自費刊行『海を殺すな』１９７２年7月）
＊『海を殺すな』を自費刊行した際、「落日の海」連載分に「16　企業が来たらおしまい」を補筆した。また、『海を殺すな』所収の「周防灘総合開発反対のための私的勉強ノート」の中から、「シンゼンソーって、なんなのだ？」、「漁民には、あんな絵を見せておけ！」を省いて、『月刊地域闘争』（１９７２年10月号）に転載した。
人間的心情の復権を――計算可能な開発利益論に抗して（「毎日新聞」１９７２年3月23日）

地域エゴ、涙もろさを起点に（「西日本新聞」1972年9月27日）
計算が示すこの害――豊前発電所に反対する（「朝日新聞」声欄、1972年10月11日）
暗闇の思想（「朝日新聞」1972年12月16日）
海を売りたい漁民たち――周防灘開発計画のかげで（『月刊労働問題』1973年2月号、日本評論社）
豊前火力反対運動の中の環境権（『月刊地域闘争』1973年4月号、ロシナンテ社。『草の根通信』第4号〔1973年4月5日〕に転載）
武器としての環境権――〝預かりもの〟を汚さぬため（「朝日新聞」1973年6月23日）
暗闇への志向（『市民』1973年7月号、勁草書房）
われら、しろうと！（「西日本新聞」1973年9月18～22日）

Ⅲ

豊前環境権裁判第一準備書面（1974年3月4日）
われらが暗闇の思想――豊前平野の開発を拒否する心情（『月刊エコノミスト』1974年4月号、毎日新聞社）
放たれたランソの矢――標的・環境権裁判に向かって（「毎日新聞」1974年12月28日）
文明への懐疑（『日本読書新聞』1975年1月13日）
海の環境権（『日本読書新聞』1975年2月10日）
豊前海戦裁判――被告冒頭陳述書（1975年2月5日。『草の根通信』第27号、1975年3月5日）
市民の証言を積みあげる――九州・豊前環境権裁判（「東京新聞」1975年5月16日）
『草の根通信』のこと――気恥ずかしき機関誌（『市民』1975年9月号、勁草書房）
〈抵抗権〉は人民の見果てぬ夢か（「毎日新聞」1976年1月10日）

平和と人権――環境権（「朝日新聞」１９７６年４月28日）
明神海岸七六年夏（「毎日新聞」１９７６年８月２日）
かくもコケにされて（『草の根通信』第46号、１９７６年10月５日）
法廷に挑む「環境権」の焦点（掲載誌不明、１９７６年頃）
ドン・キホーテ的奮戦記――豊前環境権裁判からの教訓（『潮』１９７７年４月号、潮出版社）
光と闇（「朝日新聞」１９７７年８月15日）
新たなる環境権論議へ（「毎日新聞」１９７７年10月18日）
豊前火力反対―〇・〇〇一％による持続（『朝日ジャーナル』１９７８年６月23日号、朝日新聞社）
有罪となることを恐れず――なぜ国が環境を護らないのか（『潮』１９７９年６月号、潮出版社）

Ⅳ

無力なはぐれ者たちの「わが闘争」（『朝日ジャーナル』１９８０年１月４日号）
嫌われたる者として（『80年代』３・４月号、野草社、１９８０年３月）
魚（テネシー）と鳥（豊前）を結ぶ環境権裁判（「朝日新聞」１９８０年３月12日）
裁判所の市民から――傍聴者にもわかる裁判を（『法律時報』52巻10号、日本評論社、１９８０年10月）
道化の裁判を演じ抜く（『ちくま』１９８１年３月号、筑摩書房）
羞じるべきか誇るべきか――一〇〇号を超えた『草の根通信』のジレンマ（『80年代』11・12月号、１９８１年11月）
贈ることば――最高裁第二小法廷へ（『季刊　いま人間として』創刊第１巻、径書房、１９８２年６月）
いつになったらやめられるのか――『草の根通信』二〇〇号に（「西日本新聞」１９８９年７月17日）
『草の根通信』が紡いだネットワーク（『月刊社会教育』１９９４年４月号、国土社）

「環境権」を豊前海から見る（全国自然保護連合会編『自然保護事典 2 海』緑風出版、1995年8月）

主張微塵も枉《ま》ぐと言わなく

恒遠俊輔

文芸評論家でもなく、ましてや住民運動の闘士でもない私には、『松下竜一未刊行著作集』の解説文はいささか重荷である。永いこと一文字も書けないまま途方に暮れていた。どだいそんな資格など私にはないのだと思う気持が強い。それゆえ、これは『環境権の過程』の解説というより、たんなる松下さんとの想い出話と言った方がいいのかも知れぬ。

さて、私と松下竜一さんとの出会いは、彼が豆腐屋を廃業し「作家宣言」をした直後の一九七〇年の夏である。当時北九州で『九州人』という名の文化誌が発行されていて、互いにその同人であったところから、手紙のやりとりが始まり、時折私が中津の彼の自宅を訪ねたりすることとなった。その頃、既に彼は「仁保事件」という冤罪事件の被告・岡部保さんの救援運動に参加していて、父親の無実を訴えて全国を駆けずりまわっていた息子の岡部通保さんや仁保事件を題材に『タスケテクダサイ』を著した作家の金重剛二さんらを中津に招いて、事件の真相を聞く会を催したり、署名活動に取り組んだりしていた。そして、この運動を機に、松下さんは家に閉じこもって過ごしたそれまでの生き方を脱して、新たな一歩を踏み出すのである。

彼は、『人魚通信』や『絵本を切る日々』を自費出版するかたわら、七一年には、大分新産都の公害を取材して、「落日の海」と題したルポルタージュを「西日本新聞」に連載。さらに、翌年には大阪セメントの進出を阻止した風成の漁民たちのたたかいを取材して、『風成の女たち——ある漁村の闘い』を朝日新聞社から刊行する。作家として生きると決めた彼は、「ものを書く」という行為のために、いよいよ心を研ぎ澄まし、カッと眼を見開いて日々を生きることになったにちがいない。そして、心を研ぎ澄まし眼を見開いて生きるがゆえに、自らもまた行動者として起たずにはいられなくなってゆくのだ。やがて松下さんの反公害の闘いがはじまる。

後刻、彼はこう語っている、「七年前の夏、私は唐突に豆腐屋をやめた。家に閉じこもって過ぎた十三年間の生き方に疑問が突き上げたからである。さながら初めての視線で家庭の外を見ることになった時、その視線は思いがけなく、既に顕在化している繁栄の陰の公害問題に吸い寄せられていった。気付いてみれば、わが町も巨大開発にさらされているのであった。私が豆腐を積んで朝夕通った河口が埋められると知った時、私はじっとしておれなかった」と。

七〇年代に入っても、高度成長真っ盛り。「日本列島改造論」とやらが声高に叫ばれ、巨大開発が列島全体を覆った。海は埋め立てられ、次々に工場用地と化してゆく。一方、とどまるところを知らぬそれら開発行為は、深刻な環境破壊を引き起こし、公害病が人びとの健康を蝕んでいた。むろん豊前の地も例外ではなく、我われの前には周防灘総合開発計画が提示され、いわばその尖兵としての九州電力豊前火力発電所の建設計画が表面化していた。そんな折、松下さんは中津で「公害学習教室」を立ち上げ、私は豊前で「公害を考える千人実行委員会」を発足させて、期せずしてともに豊前火力反対運動に起ち上がることになる。火電こそが公害の元凶にほかならないと考えたからだ。

運動の手はじめは、公害先進地の視察であった。松下竜一、伊藤龍文、滝口寛彦、そして私の四人は、姫路、大阪岬町、水島をまわって、公害の現状をこの目で確かめ、反公害を闘う人たちとの交流を果たそうとした。伊藤さん運転の車に同乗しての小旅行である。その道すがら、車中で松下さんはあの風成の漁民たちの闘いについて熱っぽく語った。いつもは寡黙な彼がこの時ばかりは実に饒舌で、臼杵湾に浮かべた筏に乗りこんで埋立阻止を闘う女たちの姿がまるで目に浮かぶような話しぶりであった。そして彼は、その修羅場に女たちの真の優しさを見てとっていた。私は鳥肌がたつような興奮を覚えて彼の話に聞き入りながら、人のやさしさとは一体何なのかをその時改めて考えさせられたのだった。

彼は、四日市コンビナートの状況を伝える映画を観て、「幼子がぜんそくに苦しむ画面になると、やはり私は涙ぐんでしまう。この涙もろさが、私の行動の起点である。すぐに二人の幼子を想って〈むげのうてたまらん〉気持ちが、豊前火力建設反対運動に私を突き上げる」と書いている。そして、「やさしさがやさしさゆえに権力からつけこまれるのではなく、やさしさがそのやさしさのままに強靭な抵抗力となりえぬのか」と問う。真のやさしさとは何なのか、それは松下作品に流れる一つの大きなテーマである。

豊前火力反対が少数派の運動に終始し孤立を極めてゆく中で、七三年八月、我われは火力発電所建設差止を求めて提訴に及んだ。支援の弁護士も得られないままに、素人原告七名は憲法第十三条の「幸福追求権」と第二十五条の「生存権」を拠所にした「環境権」を掲げて法廷に臨んだのである。周りからは、無謀な訴訟であり、思い止まってほしいとの声が聞こえてきた。全国的に住民運動の状況を分析して、ここなら環境権を掲げて闘って勝てるという地点を選んで裁判をやり、そこを突破口に新しい権利としての環境権を確立してゆくべきだというのである。みすみす敗れるとわかっていて裁判をやるというのは、全国の住民運動の足を引っ張るものというわけだ。環境権の確立は法的に多くの困難な問題を抱えていて容易でないというのが法曹界の通念であり、ごもっともな指摘であった。しかしながら、我われにとってはふるさと豊前がすべてであり、それを全体の中の一部分として片付けてしまうことはできなかった。そして、巨大開発と深刻な環境破壊の引き金になるであろう火力発電所建設を何としても止めたい、ひたすらそう願う我われには、選ぶべき道はもはやこれしかなかったのである。

裁判は松下さんのリーダーシップで進められたが、彼はいつの間にか諸々の法律をマスターしていて、時に法廷で精緻な法理論を展開して九電側代理人の弁護士を圧倒するほどであった。しかし、松下さんは、「住民運動の中から育つ〈思想〉が極北的なものでありえようはずがない。それは常に適度に微温的であろう」と言い、また「環境権は、決して法理としての抽象的概念ではなく、一人一人の棲み家である環境そのもののだということである。生活のにおいの立ち込める懐かしいわが街、わが町、わが樹、わが海辺ということである。先ずそれが脳裡に彷彿としたあとに、ではその光景を守ろうとする権利が環境権だと考える」と主張する。我われは「法律があるから暮らしがあるのではなく、暮らしがあるから法律がある」という考え方のもと、あくまで素人裁判に徹しようとした。そして、地裁判決前夜の七九年八月三十日、「豊前人民法廷」を開催、裁判所が許さなかった七原告の最終弁論をここで行い、住民の名において被告九州電力を裁いたのである。

松下さんは、激変する新産都に強い疑問を抱く元々の大分市民の「ある日、家の中を見回してみたら、本当は無くなってもいいようなガラクタばかりあふれている……それが今の物質文明じゃないかなって思う」という言葉を重く受け止め、「ひょっとしたら、小鳥をいとおしむココロがあるがゆえに、人類は生息しえてきたのかもしれぬ。そのココロを喪失するとき人類は滅びるのかもしれない」と記す。彼が主張した環境権とは、我われの暮らしの在り様を問い、現代文明そのものを問い直す試みに他ならなかった。裁判所によって門前払いにされたとは言え、それは人類の生存を賭けての価値観の根本的な転換を迫ろうとするものであったと言っていい。私は、この裁判闘争を通じて、科学は万能ではないということ、科学するということは信じることではなく疑うことだということ、環境基準は美しい環境を守ろうというのではなく、ここまでは汚染しても良いという数字であるということ、そして何よりも、人間が大自然の生態系の微妙なバランスの上に辛うじて生かされて生きている非力な存在なのだということを再認識させられたのだった。

ものを作りものを売って高度経済成長を遂げてきた日本は、この半世紀を爆走しながら、富の代わりに大切なものを手放し見失ってしまった。おカネで買えるものを買い過ぎてしまった人びとは、消費量が必ずしも豊かさの指標でないことに気づいた。飽食の時代にあって、ご馳走を食べながら、何かしら心の空腹を感じてしまう。狂想曲が終わって、今ようやく人びとはことの重大さを知るのである。そして「自然支配から自然との共生へ」、「人間中心から生命中心へ」、「量重視から質重視の生活へ」などと言い始めた。それは、かつて松下さんが孤軍奮闘、ずっと主張し続けてきたことそのものである。「キラワレモノ」の「危険思想」が、いまや至極当たり前のことであるかのように多くの人びとの口から発せられるのだ。「だから言ったじゃないの」である。むろん、こうした時代情況を手放しに歓ぶことはできまい。それほどに地球環境をめぐる情況は憂うべき深刻な事態にあるのである。

魯迅の作品の中に「路とは何か、それは路のないところを踏み歩いてできたものである。荊棘ばかりのところを伐りひらいてできたものである」という言葉がある。全国に先駆けて環境権を掲げて闘った松下さんの歩みは、まさしくその言葉通りだ。彼は混沌とした状況下で暗中模索しながら、現実の課題に真摯に向き合い、運動を起こし、絶えず自己変革を遂げながら、その歩みに一つの方向づけをしていった。そして、環境権裁判控訴審判決の折、彼は歌を詠む。

破れたり破れたれども十年の主張微塵も枉ぐと言わなく

思えば、松下竜一という人は、決して節を枉ることのない類稀な「硬骨漢」であった。

彼が逝って丸四年、その著作を今一度読み返してみる意味は大変大きいと思う。

二〇〇八年四月

つねとお・としすけ　一九四四年、福岡県豊前市生まれ。早稲田大学文学部史学科卒業。福岡県立高等学校勤務。七二年、豊前の公害を考える千人実行委員会結成。七三年、環境権訴訟をすすめる会結成。豊前環境権訴訟原告。九三年、福岡県立求菩提資料館副館長、九九年、同館館長。著書に『幕末の私塾・蔵春園——教育の源流を訪ねて』（葦書房、九一年）、『天狗たちの森——求菩提山と修験道』（葦書房、二〇〇一年）。

松下竜一（まつした・りゅういち）

1937年：2月15日、中津市に生まれる。10月、肺炎の高熱のため右目失明、多発性肺嚢胞症を発症。

1956年：3月、中津北高卒業。5月、進学を諦め、豆腐屋を継ぐ。

1966年：11月、三原洋子と結婚。歌集『相聞』を作る。

1968年：12月、『豆腐屋の四季』自費出版。

1970年：7月9日、豆腐屋をやめ、作家宣言。

1972年：7月、中津の自然を守る会発足。梶原得三郎と出会う。

1973年：3月、環境権訴訟をすすめる会結成。4月、豊前の公害を考える千人実行委員会の機関誌名を引き継ぎ、『草の根通信』第4号を発行。8月、7人で豊前火力建設差止請求訴訟（環境権訴訟）提訴。

1974年：6月、着工阻止闘争。8月、豊前海戦裁判始まる。

1977年：10月、鞍手町立病院で多発性肺嚢胞症の診断。

1979年：4月、豊前海戦裁判で、罰金刑。8月、豊前市中央公民館で「豊前人民法廷」。翌日豊前環境権裁判、門前払い判決。控訴。

1981年：3月、控訴審、却下判決。上告。

1982年：1月、環境権訴訟をすすめる会解散。『草の根通信』は2月・111号より、サブ・タイトルを「豊前火力絶対阻止」から「環境権確立に向けて」に変える。6月、『ルイズ、父に貰いし名は』で講談社ノンフィクション賞受賞。

1984年：9月、九電株主総会決議取消し請求訴訟（株主権訴訟）提訴。

1985年：12月、環境権訴訟、最高裁が却下判決。

1986年：3月、なかつ博に非核平和館展示。8月、第1回平和の鐘まつり（以後毎年）。

1987年：1月、非核憲法を制定したパラオ（ベラウ）へ行く。3月、差入れ交通権訴訟（Tシャツ裁判）提訴。11月、大分県・日出生台での日米共同訓練反対全国集会（3万人、玖珠河原）でアピール。

1988年：1月と2月、四国電力伊方原発出力調整実験反対行動。1月、警視庁による家宅捜索を受ける。9月、国家賠償請求裁判提訴（96年一部勝訴、控訴。2000年勝訴）。7月、島根原発2号機試運転反対集会に参加。

1998年：1月、築城基地日米共同訓練に抗議の座り込み。10月、『松下竜一　その仕事』（全30巻）刊行開始。「松下竜一その仕事展」開催。

1999年：1月、米海兵隊実弾演習に抗議して日出生台に通う。以後毎年。

2000年：2月、日出生台米海兵隊実弾演習に抗議。

2003年：6月、築城基地前座込み169回に参加。6月、福岡市で講演の後、小脳出血で倒れる。リハビリに励む。

2004年：6月17日、中津市の村上記念病院で、多発性肺嚢胞症による出血性ショックにより死去。67歳。『草の根通信』は7月・380号で終刊。

新木安利（あらき・やすとし）
1949年，福岡県椎田町（現・築上町）生まれ。北九州大学文学部英文科卒業。現在，築上町図書館勤務。75年から『草の根通信』の発送手伝い。著書に『くじら』（私家版，79年），『宮沢賢治の冒険』（海鳥社，95年），『松下竜一の青春』（海鳥社，2005年）。編著書に，前田俊彦著『百姓は米をつくらず田をつくる』（海鳥社，03年），『頸き草の根　松下竜一追悼文集』（草の根会編・刊，05年）。『復刻「草の根通信」』の解題・総目次（すいれん舎，06年）。

梶原得三郎（かじわら・とくさぶろう）
1937年，大分県本耶馬渓町（現・中津市）生まれ。大分県立中津南高等学校卒業。住友金属小倉工場勤務。73年，環境権訴訟をすすめる会結成。豊前環境権訴訟原告。74年，豊前火力建設阻止行動で豊前海戦裁判被告。75年からさかな屋となり，92年，東九州女子短期大学学生寮の管理人となる。著書に『さかなやの四季』（草の根会，82年）。『草の根通信』に執筆多数。同誌92年12月・241号～94年10月・262号に「ボラにもならず」を連載。編著書に『頸き草の根　松下竜一追悼文集』（草の根会編・刊，05年）。

環境権《かんきようけん》の過程《かてい》
松下竜一《まつしたりゆういち》未刊行著作集《みかんこうちよさくしゆう》 4

■

2008年 6 月17日　第 1 刷発行

■

著者　松下竜一

編者　新木安利・梶原得三郎

発行者　西　俊明

発行所　有限会社海鳥社

〒810-0074 福岡市中央区大手門 3 丁目 6 番13号

電話 092(771)0132　FAX 092(771)2546

http://www.kaichosha-f.co.jp

印刷・製本　モリモト印刷株式会社

ISBN978-4-87415-683-4

［定価は表紙カバーに表示］

■松下竜一未刊行著作集◉全5巻

新木安利・梶原得三郎編

（＊は既刊）

1　かもめ来るころ　【解説】山田　泉

2　出会いの風　【解説】上野　朱

3　草の根のあかり　【解説】梶原得三郎

＊4　環境権の過程　【解説】恒遠俊輔

5　平和・反原発の方向　【解説】渡辺ひろ子